책을 내면서

　이 책은 한국 근대문학 연구를 국가 혹은 민족 단위의 협소한 틀을 넘어 한국, 중국, 일본을 아우르는 동아시아적 지형 위에서 비교문학적 관점으로 살펴보고자 한 것이다. 즉 한국 근대문학이 식민지 시기를 거치면서 중국과 일본으로부터 어떤 영향을 받았는지를 구체적으로 살펴봄으로써, 한국 근대문학과 동아시아 근대문학의 영향 관계와 교섭 양상을 실증적으로 규명하려는 데 목적이 있었다. 이를 원활히 수행하기 위해서는 장기적인 계획 하에 '식민지 시기 한국 근대문학과 중국', '식민지 시기 한국 근대문학과 일본'으로 편의상 연구주제를 구분하고 순차적으로 그 교섭 양상을 분석하여, 그 결과를 토대로 '식민지 시기 한중일 근대문학의 교섭 양상'이라는 거시적 연구를 체계화하는 방향으로 심화 확장되어야 할 것이다. 다시 말해 동아시아의 지형 속에서 한중일의 근대문학의 교섭과 굴절 양상을 분석하고 체계화하는 작업으로, 궁극적으로 식민지 시기 동아시아 근대문학사의 체계를 재정립하는 서술 방향과 방법론을 모색하고자 했다.

　이러한 연구목적을 수행하기 위해 식민지 한국 근대문학을 중국과 일본에 거주하는 내부자 혹은 외부자의 시선으로 바라봄으로써, 민족이나 국가 단위에 한정된 근대문학의 대상과 범주를 확장하는 데 주력했다. 특히 제국주의의 억압을 넘어서 자발적이든 강제적이든 조선인의 이주를 경험했던 동아시아의 역사적 장소성에 주목하여 식민지 시기 조선 문인들의 근대 인식과 동아시아적 시각을 이해함으로써, 식민지 시기 한국 근대문학의 실증적 의미와 문학사적 의의를 재정립하는 중요한 과정으로 삼고자 했다. 이는 최근 학계에서 특별히 주목하는 해외 한인들의 삶에 대한 이해의 폭을 넓히는 계기가 될 뿐만 아니라, 디아스포라의 관점에서 식민지 시기 한국 근대문학을 새롭게 읽어내는 중요한 문제의식을 던져준다. 또한 한국 근대 문인들의 해외 활동과 이를 배경으로 삼은 문학 작품을 두루 포괄하는 한민족문학사 정립으로 나아가는 의미 있는 토대가 될 수 있을 것으로 기대된다.

이런 점에서 앞으로 한국 근대문학 연구는 특정 언어와 특정 지역에 매몰된 협소한 연구의 틀을 벗어나 식민지 시기 동아시아의 거시적 지형 위에서 한중일을 아우르는 동아시아적인 연구의 새로운 방향을 모색해야 할 것이다. 즉 한민족문학사의 정립이라는 차원에서 해외에 산재한 자료를 광범위하게 수집하고, 주요 문인들의 해외 활동을 구체적으로 조사하여 식민지 시기 한국 근대문학사의 빈틈과 소외 지점을 메우는 실증적 연구방향을 마련할 필요가 있는 것이다. 이 책은 이러한 방향성을 구체화하는 실천적 장으로서, 동아시아적 시각에서 한국 근대문학 연구의 심화된 방향을 여는 새로운 길 찾기로서의 의미를 지닌다.

최근 들어 인문학 연구 환경이 급격한 위기 상황에 직면해 있다. 현장 위주의 실용 학문의 중요성이 계속해서 강조됨에 따라 인문학은 더 이상 대학의 몫이 아닌 사회 교양의 영역으로 변화되어 가는 실정이다. 대학에서의 인문학은 고사 직전인데 대외적인 장소에서의 인문학 열풍은 점점 더 고조되는 기이한 현상이 벌어지고 있는 것이다. 물론 이러한 문제는 그동안 대학의 인문학이 상아탑 안에서 자족적인 세계에만 빠져 있었던 데 가장 큰 원인이 있을지도 모른다. 인문학은 학문이기 이전에 세상을 사유하고 성찰하고 살아가는 가장 의미 있는 길잡이로서의 역할도 흔쾌히 짊어져야 하는 것인데, 그동안 인문학은 오로지 학자들의 지식놀음이 되어 현실과 사회로부터 외면당하는 결과를 자초했다고 할 수 있는 것이다. 이런 점에서 방송을 비롯한 다양한 프로그램에서 인문학 강의가 확산되는 현실을 대학 인문학의 고사라는 부정적 측면으로 보기보다는, 앞으로 인문학이 무엇을 고민하고 실천해야 하는지를 성찰하는 중요한 계기로 삼을 필요가 있다. 이 책의 출간이 필자에게도 이러한 문제의식을 진지하게 고민하고 해결해 나가는 출발점이 되기를 기대한다.

책을 출간하는 일이 이제는 참으로 부끄럽고 곤혹스러운 일이라는 사실을 절감한다. 그동안 썼던 글을 모아 한 권으로 묶는다는 것이 무슨 의미가 있을까라는 자기반성을 하지 않을 수 없기 때문이다. 한 가지 연구 주제를 세우고 수년간에 걸쳐 지속적인 연구를 수행하는 과정이 결여되었다는 자괴감이 들기도 한다. 다만, 부족한 대로 세상에 내놓는 이 책이 앞으로 더욱 진전된 연구를 결심하는 소중한 기회가 되어주어 고마운 마음도 든다. 한국 근현대문학을 공부하면서도 두 아들과 함께 문학작품 한 편조차 마음 깊이 나누지 못한 아버지라는 사실이 새삼 안타깝고 미안하다. 경빈, 경훈 두 아들이 아빠의 공부를 곁눈질로나마 지켜보면서 함께 질문하고 토론할 수 있는 때가 빨리 오기를 기대한다. 이 책에서 다룬 한국 근현대문학의 자랑스러운 유산 심훈처럼, 이육사처럼, 김정한처럼, 두 아들이 이 세상을 그렇게 정의롭게 살아주기를 간절히 바란다.

2019년 1월
하상일

차례

제2부 심훈과 중국

제4부 한국 근대문학과 재일조선인

제5부 한국 근대문학과 동아시아적 시각의 확장

한국 근대문학 연구와 동아시아적 시각

식민지 시기 한국 근대문학은 일본과 중국을 비롯한 동아시아 지형 위에서 역사적 교류와 영향 등을 다각적으로 논의하지 않고서는 당시의 문학적 성과에 대한 총체적인 이해는 사실상 불가능하다. 식민지 시기 독립운동이나 유학 등의 이유로 중국이나 일본 등으로 이주했던 경험을 갖고 있는 한국문인들의 동아시아 국가와의 실질적인 교류나 영향 관계 가 어떠했는지를 구체적으로 살펴봄으로써, 이러한 동아시아적 영향이 당시 이들의 문학 작품에 어떻게 구현되었는지를 논의하는 데 관심을 기 울일 필요가 있는 것이다. 최근 들어 동아시아적 시각에서 한국 근대문 학을 실증적으로 논의하는 연구가 활발하게 이루어지고 있는 이유도 바 로 이러한 문제의식에서 비롯된 결과이다.

그런데 이러한 식민지 근대문학의 동아시아적 시각에 대한 논의에 있 어서 일본과의 비교문학적 논의는 상당히 깊이 있는 연구가 이루어지고 있지만, 당시 한국문인들이 중국과의 교류를 통해 형성한 문제의식에 대한 접근은 상대적으로 소외되어 있는 것이 사실이다. 물론 식민지 시기 동아시아의 문학적 교류에 있어서 일본의 영향이 중국에 비해 양적으로든 질적으로든 두드러진 양상을 보였다는 점은 명백하다. 우리 근대 문인들 상당수가 식민지 종주국 일본에서 유학 생활을 했다는 점과 일본 내에서의 조직적 활동 그리고 귀국 이후 일본을 통해 유입된 근대 의식의 확장이 우리 근대문학의 변화와 발전에 많은 영향을 미쳤다는 결과적 사실을 부인할 수는 없는 것이다. 하지만 당시 우리나라가 처한 대내외적 정치 상황을 염두에 둔다면, 기미독립만세운동 이후 상해임시정부를 비롯한 독립운동 기지로서 중국의 역할이 한국 근대문학에 미친 영향도 만만치 않았음을 결코 간과해서는 안 된다. 특히 식민지 시기 상해로 이주한 한국문인들의 주요 활동은 상해임시정부의 노선과도 직·간접적으로 맞물리면서 근대문학의 정치성을 고조시켰다는 사실을 반드시 기억해야 하는 것이다. 따라서 당시 이들이 창작한 상해 배경 문학작품에 나타난 근대 의식과 독립운동의 문학적 형상화에 대한 실증적 접근과 이해는, 식민지 시기 한국 근대문학을 동아시아적 시각에서 바라보는 중요한 문제의식을 담고 있다.

이러한 점에서 최근 학계에서는 민족 단위 혹은 국가 단위로 이루어지던 문학사 연구의 경계를 넘어서 민족 혹은 국가 간의 교섭이나 경계의 지점에서 발생한 역사적 쟁점들을 다양한 시각에서 접근하는 탈민족, 탈국가 담론이 크게 주목받고 있다. 특히 유럽과 미국 그리고 일본에 의한 강제적 점령으로서의 식민지 제국의 기억을 공유한 아시아 공동체에 대한 비교 연구 혹은 통합적 연구는 상당히 활발한 논의가 이루어지고 있다. 다양한 인종, 언어, 문화 그리고 세대 간의 격차에 의해 자연스럽게 형성된 식민지 내부의 혼종성 문제 등을 비롯한 초국가적transnational인 쟁점들이 민족 혹은 국가 단위의 협소한 틀을 넘어서 아시아적 시각에서 논의되는 비교역사학적 연구가 활발하게 진행되고 있는 것이다. 이러한 세계 인식의 변화에 적극적으로 대응하면서 민족 혹은 국가의 경계에서 발생한 역사적 문제들을 포괄적으로 이해하는 아주 유효한 방법론으로 디아스포라diaspora적 관점과 문제의식이 크게 부각되고 있다.

디아스포라는 전지구적인 탈영토화 과정, 국적을 초월한 이주와 문화적 혼종성 등을 내재한 복합적이고 중층적인 개념으로, 최근 들어 문학, 역사학, 사회학 등 다양한 분야에서 학문적 또는 실천적 관심을 불러일으키고 있다. 본래 팔레스타인 지역을 떠나 세계 각지에 흩어져 거주하는 유대인과 그 공동체를 가리키는 협의적 개념으로 사용되었지만, 지금은 이러한 지역적이고 종교적인 제한성을 넘어서 자신이 속한 공동체로부터 떠남을 강요당한 혹은 표면적으로는 자발적 선택이었더라도 시대적 정황에 비추어볼 때 이주를 선택할 수밖에 없었던 세계 여러 민족의 구성원들을 두루 포괄하는 확장된 개념으로 받아들여지고 있다.[1] 따라서 강요된 분산이나 국외 추방, 손실 등의 부정적 의미보다는 '중재하는 문화들mediating culture'로서의 디아스포라의 건설적인 잠재력에 초점을 맞춤으로써, 모국으로 귀환하려는 의지를 포기 내지 유보하거나 그러한 생각을 처음부터 갖지 않은 이주자 집단들까지도 디아스포라의 범주에 포

---

1 대문자의 디아스포라Diaspora라는 말은 본래 "'이산離散'을 의미하는 그리스어"로 "팔레스타인 땅을 떠나 세계 각지에 거주하는 이산 유대인과 그 공동체"를 가리키는 말이었다. 하지만 오늘날 '디아스포라'의 의미는 유대인뿐만 아니라 아르메니아인, 팔레스타인 등 다양한 '이산의 백성'을 일반적으로 지칭하는 소문자 보통명사 디아스포라diaspora로 사용하는 경우가 많아졌다. (서경식, 『디아스포라 기행-추방당한 자의 시선』, 돌베개, 2006, 13쪽)

함시켜 논의하고 있다.[2] 다시 말해 최근의 디아스포라 연구는 이주의 경험을 공유한 민족 공동체의 정체성 형성에 초점을 두고 역사적, 정치적, 이념적인 차원에서 접근하는 것은 물론이거니와, 국가 혹은 민족 간의 대립과 경계를 허무는 통합적 시각을 강조함으로써 문화적 교섭의 차원에서 디아스포라의 의미를 현실적으로 재구성하는 방향으로 나아가고 있는 것이다.[3]

이와 같은 문제의식에서 본 연구의 궁극적인 연구 목적과 방향은 식민지 시대 한국 근대문학을 일국적 차원을 넘어서 동아시아적 지형 위에서 총체적으로 살펴보고자 하는 데 있다. 즉 국가나 민족 단위에 한정된 한국 근대문학 연구의 대상과 관점을 확대하여 20세기 초 한국, 중국, 일본을 중심으로 한 동아시아의 역사적 상황에 토대를 둔 비교문학적 연구를 시도하려는 것이다. 다시 말해 식민지 시대 한국 근대문학의 외연을 확장함으로써 당시 급변했던 동아시아의 역사적 상황 속에서 한국 근대문인들의 대외 활동과 그에 따른 문학 활동의 국제주의적 시각을 이해하는 데 초점을 두고자 한다. 또한 식민지 시기 망명 혹은 독립운동의 차원에서 중국과 일본으로 이주했던 한국 근대문인들의 이산離散의 경험을 실증적으로 규명함으로써, 서구적 근대정신과 문명적 세계인식이 당시 한국 근대문학 속으로 어떻게 유입되었는지를 이해하는 단초를 마련하는 데 그 의의가 있다. 이러한 궁극적 연구 목적을 원활히 수행하기 위해서는 중국과 일본에 산재한 한국 근대문인들의 주요 작

---

2   Clifford James, "Diaspora", *Cultural Anthropology* 9-3, cultural anthropology association, 1994. 본고에서는 임유경, 「디아스포라의 정치학」, 『한국문학연구학회 제2회 국제학술대회자료집』, 한국문학연구학회, 2008.7.2, 138쪽에서 재인용.
3   하상일, 『재일디아스포라 시문학의 역사적 이해』, 소명출판, 2011, 15쪽.

품과 미발굴 자료를 찾아내어 정리하는 것은 물론이거니와, 그들의 주요 활동 양상을 실증적으로 재구성하는 전기적 재구성 작업이 가장 먼저 선행되어야 할 것이다. 본 연구는 이와 같은 연구 목적과 방향을 수행하기 위한 기초적인 작업으로, 우선적으로 식민지 시기 상해 이주 조선문인들과 동아시아를 중심으로 활동한 주요 작가들의 자료를 개괄적으로 검토하고, 이에 바탕을 둔 선행 연구 성과들을 총괄적으로 점검하는 데 주된 목적이 있다.

이 책의 구성은 연구 주제나 대상을 기준으로 전체 5부로 나누어, 한국 근대문학과 상해, 심훈과 중국, 김정한과 동아시아, 한국 근대문학과 재일조선인, 한국 근대문학과 동아시아적 시각이라는 소주제로 묶어 정리하였다.

제1부 '한국 근대문학과 상해'에서는 식민지 시기 상해 이주 조선문인들에 대한 연구를 한데 묶었다. 지금까지 식민지 시기 조선의 독립운동과 사회주의 사상 형성의 중요한 장소였던 중국 상해 지역을 중심으로 한국과 중국의 문학적 교섭 양상을 직접적으로 논의한 본격적인 연구는 거의 없었다고 해도 과언이 아니다. 이는 북경 혹은 만주를 거점으로 한 조선인들의 창작 활동에 대부분의 연구가 집중되었다는 결과적 측면이 가장 큰 이유가 되었던 것이 사실이다. 하지만 당시 상해가 세계를 이해하는 중요한 통로였고 근대적이고 국제주의적인 도시였다는 점을 주목한다면, 한국의 근대문인들에게 상해 이주의 경험은 아주 특별한 문제로 주목하지 않을 수 없다. 따라서 당시 상해로 이주한 한인문인들은 이러한 상해의 역사적 장소성에 천착하여 서구적 근대와 제국주의적 모순을 긴장감 있게 바라보고 인식하는 이중의 시선을 가졌던 것임을 주목하

였다.

제2부 '심훈과 중국'은 제1부의 연장선상에서 대표적인 문인 가운데한 사람인 심훈과 중국 그리고 상해의 관련성에 대한 집중적인 연구를수행한 결과이다. 심훈에게 중국 체험은 민족적 사회주의의 길을 걷고자 했던 자신의 사상적 거점을 마련하는데 주된 목적이 있었다. 하지만그는 근대적 문명과 제국주의적 모순이 충돌하는 공간으로서의 상해의이중성에 대한 절망과 독립운동의 노선 갈등에서 비롯된 정치적 분파 투쟁에 대한 실망으로 중국에서의 활동을 접었다. 그리고 귀국 이후 중국에서의 체험을 토대로 정치적 좌절과 회의를 극복하는 새로운 문학의 방향성을 찾고자 했다. 이처럼 심훈의 사상과 문학의 형성 과정에서 중국체험이 어떤 의미를 지니는가를 중심으로 살펴보면서, 그의 문학 작품에 반영된 중국의 의미와 영향 관계를 논의하였다.

제3부 '김정한과 동아시아'에서는 김정한 소설의 지역성에 내재된 동아시아적 시각을 일제 말을 배경으로 한 주요 작품들을 중심으로 분석하였다. 주지하다시피 김정한은 낙동강을 중심으로 살아온 토착 민중들의역사를 서사화하는 데 주력한 작가이다. 그는 식민지 근대가 만든 왜곡된 보편주의와 해방 이후 국가주의의 폭압적 제도화에 대한 비판을 소설속에 담았다. 그리고 이러한 주제의식을 올바르게 구현하기 위한 방법적 선택으로, 그는 평생을 살아온 터전인 낙동강을 중심으로 한 부산과경남을 소설의 배경으로 삼았다고 할 수 있다. 따라서 그에게 지역적 구체성은 왜곡된 추상성과 식민화된 보편성을 확장함으로써 동시대적 '세계성'을 공유하려는 역사적 문제의식에 바탕을 두고 있었음을 주목할 필요가 있다. 따라서 앞으로 김정한 소설에 대한 논의는 '지역'을 넘어서

'동아시아적'으로 확장될 필요가 있다는 새로운 연구의 시각을 제시하고 자 했다.

제4부는 '한국 근대문학과 재일조선인'에 대한 연구이다. 광복 70주년 을 넘긴 지금, 식민의 역사를 온전히 안고 살아온 재일조선인의 삶과 문학 을 전반적으로 정리하고, 재일조선인 시인을 대표하는 김시종의 시세계 를 그가 주재했던 시전문지 『진달래』 필화 사건을 중심으로 살펴보았다.

마지막으로 제5부 '한국 근대문학과 동아시아적 시각의 확장'에서는 이육사와 백석의 문학에 대해 논의하였다. 식민지 시기 여러 차례 중국 을 오고 가면서 독립운동의 일환으로 문학 활동을 했던 이육사와 중국의 관계를 실증적으로 규명하는 데 초점을 두었다. 또한 백석의 토속주의 가 지닌 근대적 성격을 지방주의라는 관점에서 재정리하고, 1930년대 향토의 문제를 식민지 검열의 문제와 연관 지어 논의하였다.

한국 근대문학 연구는 한국과 중국 그리고 일본이라는 세 국가의 교 섭과 충돌을 이해하지 않고서는 온전히 그 실체에 다가설 수 없다. 특히 식민지 시기 한국문학 연구의 경우에는 이러한 동아시아적 시각에 토대 를 두고 상호 교섭과 교류에서 발생한 여러 가지 쟁점들을 주목해야만 당시 발표된 문학 작품의 정치적이고 역사적인 의미를 올바르게 규명해 낼 수 있다. 따라서 한국 근대문학 연구는 동아시아적 연구방법론이라 는 거시적 체계 위에서 식민지 시기 한중일의 역사적 모순과 굴곡을 가 로지르는 인적 교류와 이동 그리고 세 국가의 사회문화적 지형을 넘나드 는 통섭의 양상들을 실증적으로 살펴보는 데 초점을 두어야 한다. 이를 통해 당시 동아시아 문인들 사이에 이루어진 실제적 영향 관계가 지닌 사회역사적 의미를 동아시아적 지평 확대라는 차원에서 면밀히 검토할 수 있는 것이다.

본 연구는 이러한 문제의식에서 한국 근대문학 연구의 동아시아적 시각 확장이라는 방향성을 정립하고, 이러한 방향성을 당대의 작품과 작가들의 면면을 통해 실증적으로 확인하고 그 의미를 분석한 결과물이다. 식민지 시기 중국과 일본을 넘나들며 조선독립의 방향성과 근대적 문명에 대한 이해를 모색한 여러 작가들의 행적과 그에 바탕을 둔 작품들의 면면을 실증적으로 확인하는 과정은, 근대문학 연구와 동아시아적 시각의 확장이라는 궁극적인 연구 방향을 수립하기 위한 가장 핵심적인 토대를 마련하는 중요한 의미를 지녔음을 간과해서는 안 된다. 하지만 아직까지도 이러한 작가들에 대한 자료와 정보가 충분히 공유되지 못하고, 한중일 간의 유기적인 협력 연구도 거의 이루어지지 못함에 따라, 상당수의 연구 결과가 실증적 확인 없이 합리적인 추정에 머무르는 경우가 많다는 사실은 안타까운 일이 아닐 수 없다. 앞으로 이러한 문제를 해결하기 위해 한중일 학자가 동아시아적 지형 위에서 상호협력적인 연구를 활발하게 진행함으로써, 실증에 기초한 동아시아 문학 연구의 공통된 바탕을 마련하는 데 매진해야 할 것이다. 본 연구는 이러한 문제의식을 깊이 새기면서 한국 근대문학 연구와 동아시아적 시각이라는 궁극적인 연구 방향과 과제를 수행하기 위한 기초적인 토대를 마련하는 데 가장 중요한 초점을 두었음을 밝혀둔다.

제1부
한국 근대문학과 상해짝

제1장

식민지 시기 상해 이주 조선문인 연구의 주제와 방법

1. 서구적 근대와 제국주의적 근대의
모순 공간으로서의 상해의 형상화

식민지 시기 상해로 이주한 조선인의 수는 1910년대 초 50명에 불과하던 것이 1925년 795명, 1932년에는 1,000명을 넘었고, 중일전쟁 무렵인 1938년에는 3,138명으로 비약적인 증가를 하였다.[1] 조선인의 상해 이주는 크게 네 시기로 구분되는데, 한일 합방으로부터 3·1운동까지, 3·1운동 직후부터 1920년대 초까지, 1920년대 중반부터 1920년대 말까지, 1930년대부터 해방 때까지로 나눌 수 있다. 그리고 각각 이 시기는 애

---

1 손과지, 『上海韓人社會史 1910~1945』, 한울, 2011, 58쪽 〈표 1-6〉 참조.

국계몽운동에 적극적으로 참가했던 인사들과 독립사상을 품은 청년지식인, 애국자와 유지인사, 상해에서 독립운동에 종사하는 조선인 가족들이나 상해에 정착한 조선인들의 가족들, 생계나 경제적 이익을 추구하는 일반 조선인들과 친일 조선인들이 중심이 되어 있었다.[2] 이처럼 식민지 시기 상해로 이주한 조선인들의 수가 급격히 늘어나게 된 데는 당시 상해가 조선인들에게 식민지 현실을 넘어서는 이상적 공간으로서의 면모와 조선의 가난한 현실을 극복하는 근대 문명적 공간으로서의 면모를 동시에 지닌 매력적인 도시로 인식되었기 때문이다. 하지만 이러한 선망과 동경의 시선 안에는 타자의 시선이 아닌 동일자의 시선으로 상해를 바라보려는 인식이 내면화되어 있었음을 반드시 기억할 필요가 있다. 즉 식민지 조선 내부의 검열과 통제를 벗어나 제국주의적 근대의 이중성을 극복하려는 문제의식 또한 분명하게 내재되어 있었음을 간과해서는 안 되는 것이다.

> 上海는 元來─自由의 都市이며 平和의 理想鄕이었다. 故로 上海는 東亞에 在한 經濟的 中心地일뿐안이라 種種雜多의 目的으로써 或은 經濟上 或은 自由를 愛하는 上 世界各處의 人人이 自由로 出入하는 巢窟이 띄엇섯다. 그리하야 其等人人의 中에는 各自의 本國에 對하야 政治的 不滿을 抱하고 來한 者가 多하며 從하야 其處는 種種의 陰謀를 企하는 自由의 都市로 所謂 危險人物 社會의 落伍者 腐敗分子 等 雜多의 浪人豪客이 聚集하는 點에서 上海는 一面 光明의 都市됨과 同時에 一面 暗黑의 都市라하야도 過言이안이겠다.[3]

---

2   위의 책, 52~58쪽 참조.
3   上海寓客, 「上海의 解剖」, 『개벽』 3, 1920.8. 본고에서는 연변대 조선문학연구소·김동훈·

인용문에도 명시되어 있듯이 식민지 시기 상해로 이주한 조선인들에게 상해는 "자유의 도시이며 평화의 이상향"으로 아시아의 "경제적 중심지"였을 뿐만 아니라 세계 각국의 사람들이 모여드는 국제적 도시로 인식되었다. 하지만 이러한 상해의 국제적 위상과는 달리 그 이면을 들여다보면, 당시 상해는 식민지 현실에 대한 "정치적 불만"으로 여러 가지 "음모"가 은폐되어 있었고 "잡다의 낭인호객"이 모여드는 혼란스러운 도시의 면모를 동시에 지니고 있었다. 즉 "광명의 도시"와 "암흑의 도시"라는 모순이 자연스럽게 공존하는 이중성을 그대로 노출시키고 있었던 곳이 바로 식민지 시기 상해의 도시적 성격이라고 할 수 있다. 이러한 상해의 시공간적 모순은 식민지 조선이 직면한 현실적 모순의 축소판이었다고 해도 과언이 아니다. 당시 상해로 이주했던 조선문인들의 활동은 이러한 문제의식에서 출발했다고 볼 수 있는데, 그들의 작품 속에는 서구적 근대와 제국주의적 근대의 이중성이 공존하는 모순 공간으로서의 상해의 형상화가 뚜렷하게 나타났다. 다시 말해 식민지 시기 상해의 모습에서 표면적으로는 개방과 문명의 국제주의적 면모를 읽어내려 했지만, 그 이면에는 제국주의적 지배와 피지배의 관계가 은폐된 식민지 도시의 성격이 내재되어 있음을 분명히 인식하고자 했던 것이다.

식민지 시기 상해를 배경으로 가장 왕성하게 문학 창작 활동을 했던 작가는 김광주이다. 김광주는 1929년 상해에 정착하여 1937년 중일전쟁 이후 상해를 떠날 때까지 시, 소설, 영화평론, 수필 그리고 중국문학 번역 및 소개, 중국문학평론 등 다양한 분야에서 아주 활발한 활동을 하였

허경진·허휘훈 주편, 『종합산문』 1, 보고사, 2010, 504쪽에서 재인용.

다. 특히 상해에 거주하면서 김구 등의 독립운동가들과 직접적인 관계를 맺으면서 홍사단 등의 반일단체 활동에 앞장섰고, 중국문학을 소개하는 평론에서 프로문학에 대해 우호적인 평가를 하는 등 그의 문학적 지향은 민족주의적이면서 프로문학에 경도된 양상을 보였다. 하지만 그의 문학 작품을 통해서만 볼 때는 정치적 이데올로기나 당파적 행동주의에 대한 강한 부정을 드러냈다는 점에서, 특정 이데올로기나 정치적 관점과 결부지어 그의 문학을 평가하는 것이 올바른지에 대해서는 좀 더 세밀한 접근이 요구된다.[4]

上海라면 무슨 別天地같이 아는 사람들이 있고 父母덕에 苦生모르며하든 工夫도 中途廢止하고 뛰어들어오는 사람이잇으나 그實 이곳은 그다지 憧憬할만한 곳이 못되네. 國際都市 東洋의 巴里! 또는 젊은이들의 虛榮心과 好奇心을 자아낼 어떠한 奇妙한 이름을 부치더라도 上海란 結局 租界라는 그럴듯한 洋裝을 입혀가지고 코큰사람들의 歡樂場으로 提供한 가엾은 妖婦일세.[5]

---

4 지금까지 발표된 식민지 시기 김광주의 문학에 대한 연구로는 다음과 같은 것이 있다. 김철, 「김광주의 전기 소설 연구—1950년 전 중국 배경의 단편소설을 중심으로」, 연변대 조선문학연구소·김동훈·허경진·허휘훈 주편, 『김학철·김광주 외』, 보고사, 2007; 김호웅, 「1920~30년대 한국문학과 상해」, 『현대문학의 연구』 23, 한국문학연구학회, 2004; 박남용·박은혜, 「김광주의 중국체험과 중국신문학의 소개, 번역과 수용」, 『중국연구』 47, 한국외대 중국문제연구소, 2009; 서은주, 「1930년대 문학에 나타난 '모던 상하이'의 표상—김광주의 문학적 글쓰기를 중심으로」, 『한국문학이론과비평』 40, 한국문학이론과비평학회, 2008; 손지봉, 「1920~30년대 한국문학에 나타난 상해의 의미」, 한국정신문화연구원 석사논문, 1988; 최낙민, 「김광주의 문학작품을 통해 본 해항도시 상해와 한인사회」, 『동북아문화연구』 26, 동북아시아문화학회, 2011; 최병우, 「김광주의 상해 체험과 그 문학적 형상화 연구」, 『한중인문학연구』 25, 한중인문학회, 2008; 황춘옥, 「상해를 배경으로 한 한국근대소설 연구」, 인하대 석사논문, 2005.
5 강로향, 「江南夏夜散筆」, 『동아일보』 1935.8.6.

인용문은 김광주가 강로향에게 보낸 편지의 일부로 그가 상해라는 도시를 철저하게 이중적으로 인식하고 있었음을 잘 보여준다. 그는 상해를 무슨 별천지로 동경했던 당시의 분위기를 냉정하게 바라보고 서양인들의 의식에 점령된 조계라는 공간적 한계 속에서 욕망이 발산되는 환락장의 요부와 같은 형상이라는 극단적인 비판을 서슴지 않았다. 즉 그에게 있어서 상해는 "자연을 등지고 살아가는 '로보트'의 싸움터, 자연을 등진 도시"였고, "'양키-'들이 狂亂하는 거리"[6]로 인식되기도 했던 것이다. 김광주가 상해로 이주한 후 발표한 소설은 지금까지 모두 8편[7]으로 알려져 있다. 이 가운데 1930년대 중반 상해를 배경으로 한 조선인의 생활을 제제로 삼은 작품은 「포도의 우울」, 「南京路의 蒼空」, 「북평서 온 '영감'」, 「野鷄-이쁜이의 편지」 등 4편이다.

「南京路의 蒼空」은 지사가 아편밀수입자가 되고, 교사가 타락자가 되는 상해라는 공간을 통해 돈과 육체의 욕망에 사로잡힌 근대 도시의 이면을 신랄하게 비판하였다. 즉 정의와 도덕 그리고 아편밀수가 상해를 유지시키는 공생관계라는 사실을 비판적으로 인식함으로써, 1930년대 상해를 중심으로 활동한 혁명가들의 위선과 파탄의 실상을 폭로하였다. 이러한 상해의 이중성에 대한 인식은 상해에 살고 있는 젊은 조선인 지사의 생활고를 다룬 「포도의 우울」에도 잘 드러난다.

「野鷄-이쁜이의 편지」는 자본주의 근대의 물신화가 여성의 상품화

---

6 김광주, 「黃浦江畔에 서서」, 『신동아』 1934.9, 143쪽.

7 「상해와 그 여자」(『조선일보』, 1932.3.27~4.4), 「長髮老人」(『조선일보』, 1933.5.13~5.20), 「鋪道의 憂鬱」(『신동아』, 1934.2), 「破婚」(『신가정』, 1934.10), 「南京路의 蒼空」(『조선문단』 詩歌特大號, 1935.6), 「野鷄-이쁜이의 편지」(『조선문학』 속간, 1936.9), 「北平서 온 令監」(『신동아』, 1936.2), 「병상에서」(『조선문단』 창간특대호)

를 가속화시키는 상해의 현실을 비판한 작품이다. 꿈 많던 조선의 여자아이 '이쁜이'가 상해의 매음굴에서 애지野鷄가 되어가는 과정을 편지 형식에 담아 고백하고 있는 이 작품은, 절망적이고 비참한 생활에 허덕이는 식민지 여성 인물의 수난사를 잘 보여준다. 하지만 그의 소설은 식민지 시기 작품 가운데 여성의 성을 오히려 당당하게 보여줌으로써 남성중심의 주류적 욕망을 해체하고 있다는 점에서 식민지 시기 여성 주인공을 내세운 여느 소설과는 조금은 다른 지점에 있음을 주목할 필요가 있다.

이와는 달리 남성 인물을 형상화한 작품으로는 「북평서 온 '영감」이 있는데, 이 작품에서 '영감'은 하층계급의 농민으로 식민지 조선에서의 가난과 고통을 피해 만주로 갔다가 북평에서 알게 된 사람 밑에서 아편 심부름을 하다 공안에 잡혀 고초를 당하고 결국 상해로 온다. 상해에서 영감은 어느 혁명지사의 딸인 메리라는 여자를 사랑하게 되는데, 결국에는 근대 신여성의 표상인 메리에게 버림받고 감옥으로 가는 비극을 맞이한다. 타고난 순박함과 정직함이 비합리적인 근대의 표상인 상해라는 도시와 만나 어떻게 좌절하게 되는지를 극명하게 보여주는 작품이다. 이처럼 이쁜이나 영감의 이야기는 자본주의적 근대의 부정성에 쉽게 노출된 비주류 기층민의 서사를 형상화한 것이라고 할 수 있다.

김광주가 경험한 1930년대의 상해는 정치적 명분과 독립운동의 정신이 거의 상실되어 가던 시기였다. 1932년 조선의 임시정부마저 상해를 떠남에 따라 혁명적 활기는 약화되고, 음모와 테러, 간첩과 사기꾼이라는 혁명의 변종들이 활개를 치는 부정적 근대의 모습이 두드러졌던 때인 것이다. 따라서 당시 김광주의 문학은 1930년대 이후 상해의 현실을 직시하면서 혁명이 부재하는 공간에서 헤게모니 투쟁을 벌이는 사이비 혁명가들에 대한 환멸을 전면에 부각시켰다. 이러한 그의 작품 세계는 식민지 시기 조선의 활동가들이 추구한 민족이데올로기의 자기모순과 상해의 근대에 내재된 이중성을 밝혀내는 데 중요한 의미를 지녔다고 평가할 수 있다.

2. 상해 지역 독립운동과 상해 배경 작품의 관련성에 대한 실증적 규명

식민지 시기 상해는 중국혁명의 핵심 거점으로 독립사상과 혁명의식을 가진 많은 지사들의 망명지였다. 또한 군사와 경제적 측면에서도 혁명군의 주요 거점이 되어 동아시아 민족운동의 중심지 역할을 하였다.[8] 식민지 조선의 현실에 있어서도 이러한 상해의 특성은 예외가 아니어서 식민지 시기 상해한인사회는 해외 한인 독립운동의 총본부 역할을 했던 대한민국임시정부의 사회적 지지기반이었다. 당시 임시정부를 중심으로 전개된 독립운동과 민족운동 등은 상해한인사회의 전폭적인 지지가 있어 가능했던 것이다. 상해가 항일투쟁의 중요한 장소로 인식된 것은 신규식, 박은식, 신채호 등의 활동으로부터 비롯되었다. 이들은 상해 지역 내에서 조선 독립운동가들이 비교적 안전하게 은신할 수 있는 곳이었

---

8 김희곤, 「19세기 말~20세기 전반, 한국인의 눈으로 본 상해」, 『지방사와 지방문화』 9-1, 역사문화학회, 2006, 253쪽.

던 프랑스조계를 거점으로 삼아 항일운동을 전개해나갔다. 따라서 식민지 시기 상해한인사회의 역사는 상해 지역 독립운동사와 동일선상에서 파악해야 할 것이고, 상해한인사회 내의 조선문인들의 창작 활동 역시 이와 같은 맥락에서 논의될 필요가 있다.[9]

당시 상해로 이주한 조선인문인들 대부분은 근대의 식민성을 극복하기 위한 다양한 방안을 모색했는데, 상해 조선인 사회의 일상을 넘어서는 혁명에 대한 의지를 담은 작품들을 보여주었다. 상해를 배경으로 발표된 소설들로는 유진오의 「상해의 기억」(1931), 심훈의 「동방의 애인」(1930), 최독견의 「황혼」(1927) 등이 있는데, 이 소설들은 중국 공산당의 혁명적 정치의식을 바탕으로 항일독립운동의 방향성을 선명하게 제시하였다.

「상해의 기억」은 장개석이 이끄는 국민당이 공산주의자를 대대적으로 탄압하던 1920년대 말에서 1930년대 초를 배경으로 중국 공산당 청년의 죽음을 제재로 한 작품이다. 국민당 정부의 극심한 탄압 속에서도 자신의 이념과 신념을 끝끝내 저버리지 않은 한 청년의 죽음을 통해 혁명적 정치의식의 숭고함을 충실히 각인시키고자 했다. 그리고 「동방의 애인」은 상해를 무대로 활동했던 공산주의계열 독립운동 조직의 활약상을 담은 작품으로, 김원봉이 이끌었던 '의열단'의 역사와 깊은 관련을 지

---

9 이러한 관점에서 발표된 선행 연구논문으로는 다음과 같은 것을 주목할 필요가 있다. 김윤식, 「3·1운동과 문인들의 저항운동」, 『한국독립운동사연구』 1, 독립기념관 한국독립운동사연구소, 1987; 민현기, 「상해 독립 투사의 성격과 그 문학적 형상화」, 「일제 강점기 한국 소설에 나타난 독립운동가상 연구」, 『한국 근대소설과 민족 현실』, 문학과지성사, 1989; 정호웅, 「한국 현대소설과 상해」, 『한국언어문화』 36, 한국언어문화학회, 2008; 이영미, 「중국 상해의 항일운동과 한국의 문학지식인」, 『평화학연구』 13-3, 한국평화연구학회, 2012.

닌 것으로 보인다. 중심인물 가운데 한 사람인 박진이 황포군관학교를 졸업했고, 공산주의 계열 독립운동 조직에 속해 있었으며, 국내로 잠입하는 과정이 치밀하게 그려진 데서 '의열단'과 상당한 관련성이 있음을 충분히 짐작하게 한다.[10] 「동방의 애인」에서 주목해야 할 또 한 가지 사실은 표면적으로는 혁명적 정치의식과 낭만적 사랑의 성격이 혼재된 연애소설의 형식을 드러내고 있다는 점이다. 혁명적 정치성은 현실의 억압과 구속을 넘어서 진정한 자유와 해방을 추구하는 지향성과 맞닿아 있다는 점에서 낭만적 사랑과 일치되는 점이 많다. 이런 점에서 「동방의 애인」은 연애소설의 형식으로 사회주의혁명을 말하고자 했던 정치소설의 성격을 지닌 작품이라고 평가할 수 있다.

> 남녀 간에 맺어지는 연애의 결과는 조그만 보금자리를 얽어놓는 데 지나지 못하고 어버이와 자녀간의 사랑은 핏줄을 이어 나아가는 한낱 情實관계에 그치고 마는 것입니다.
> 우리는 보다 더 크고 깊고 변함이 없는 사랑 가운데 살아야 하겠습니다. 그러려면 우리 민족과 같은 계급에 처한 남녀노소가 사랑에 겨워 껴안고 몸부림칠만한 새로운 공통된 애인을 발견치 안고는 견디지 못할 것입니다.[11]

여기에서 말한 "새로운 공통된 애인"은 혁명적 정치성에 토대를 둔 낭만적 사랑의 결실을 의미한다. "남녀 간에 맺어지는 연애의 결과"도 "어버이와 자녀간의 사랑"도 아닌 "우리 민족과 같은 계급"이 함께 "껴안고

---

10 정호웅, 앞의 글, 299~301쪽 참조.
11 심훈, 『沈熏文學全集』 2-「織女星」, 「東方의 愛人」, 탐구당, 1966, 537쪽.

몸부림칠만한" 것, 그것은 바로 '사회주의혁명'을 의미하는 것이다. 이러한 점은 혁명 지사로 살아가는 박진과 허영심으로 가득 차 일본으로 놀러 다니는 영숙의 연애와, 무산계급의 해방을 달성하기 위해 모스크바에 가서 직접 혁명을 배우는 동렬과 세정의 연애를 대비함으로써 선명하게 제시된다. 동렬과 세정의 연애를 통해 식민지 청년들의 진정한 사랑과 연애의 모습을 보여줌으로써 사회주의혁명과 '공통의 애인'의 관련성, 즉 혁명적 정치성과 낭만적 사랑의 일치를 더욱 명확하게 제시하고자 했던 것이다.[12]

「황혼」은 3·1운동에 참가했다가 상해로 망명한 독립운동가와 그의 아내를 주인공으로 내세워 독립운동을 위한 투쟁에 의연히 투신하는 혁명가의 모습을 제시한 작품이다. 주인공 박선생은 일본의 식민문화정책에 동화된 여성이었던 아내의 귀국 권유를 마다하면서까지 조국의 독립을 위한 투쟁을 절대 포기하지 않는 인물이다. 교사였던 아내는 나라를 위하는 일보다 가족을 부양하는 일이 더 중요하다고 생각하는 사람으로, 조선 독립을 위해 상해에 머무르는 남편을 방랑병을 지닌 인물로 매도하기까지 한다.

설교보다도 지리한 안해의 말을 듯고잇든 그의 머릿속에는 성장盛裝한 애인처럼 곱게 보이는 조선이 떠돌고 눈 오고 바란 치는 시베리아가 떠도랏다 입을 다물고 눈을 감은 그의 압헤는 모란봉이보이고 간도 골작이가 보이고 구슬 갓치 맑은 한강이보이고 막걸니 갓치 흐린 황포강이 보이고 따뜻한 자기 집

---

12 김호웅, 앞의 글, 32~34쪽 참조.

아랫목이 보이고 찬 달이 새여드는 쓰러진 객창을 보앗다 그는 마지막으로 자기의 안해와 아들이 뒤따르는 곱다란 상여喪輿가 보이고 괭이와 거적을 질머진 동지가 차자가는 자기의 시체를 보앗다.[13]

인용부분은 소설의 끝부분으로 "거적을 짊어진 동지가 찾아가는 자기의 시체"에서 알 수 있듯이, 죽음을 무릅쓰고라도 조선 독립을 위한 투쟁을 굽히지 않겠다는 주인공의 확고한 의지가 상상의 형식을 통해서 더욱 설득력 있게 제시되고 있다. 물론 일제의 검열로 인해 본문 일부가 삭제되고 후반부 14줄이 삭제되어 계속해서 귀국을 회유하는 아내의 설득에 박 선생이 최종적으로 어떤 선택을 했는지 정확히 알 수는 없다. 하지만 소설 전체의 정황과 박 선생의 일관된 태도로 보아 아내의 귀국 종용을 뿌리치고 끝까지 상해에 남아 조선 독립을 위한 투쟁을 다짐했을 것으로 충분히 짐작된다. 이처럼 「황혼」은 상해 망명생활의 어려움과 일제의 교묘한 유화 정책을 선명하게 대비함으로써, 당시 상해 이주 조선문인의 고통과 갈등을 직접적으로 형상화했다는 점에서 중요한 의미가 있다.[14]

이상에서 살펴보았듯이 식민지 시기 상해 이주 조선문인의 작품 활동은 상해임시정부를 중심으로 전개된 조선독립운동과 아주 밀접한 관련을 맺고 있다. 당시 발표된 대부분의 작품에서 주인공은 혁명을 꿈꾸는 청년의 모습으로 형상화되는데, 때로는 구체적인 역사적 사건과 궤를 같이 하면서 때로는 남녀 간의 사랑이라는 형식을 통해서 사회주의 공동

---

13 연변대 조선문학연구소 · 김동훈 · 허경진 · 허휘훈 주편, 『신채호 · 주요섭 · 최상덕 · 김산의 소설』, 보고사, 2007, 564쪽.
14 손지봉, 앞의 글, 71~74쪽 참조.

체가 지향하는 혁명적 정치의식을 실천하는 방향성을 찾고자 했다. 이러한 지향성은 곧 조선 독립 투쟁의 지도 이념으로 정립되어 상해를 배경으로 한 여러 소설 작품들이 창작되는 핵심적 기반이 되었다. 따라서 식민지 시기 상해 이주 조선문인들의 작품 활동에 대한 논의는 상해 지역 독립운동사와의 관련성을 실증적으로 규명하는 작업과 더불어 더욱 자세한 연구가 전개되어야 할 것이다.

3. 상해판 『독립신문』의 서지적, 주제론적, 작가론적 이해

1913년 11월 초 이광수는 '세계일주프로젝트'를 위해 조국을 떠났다. 만주와 단동을 거쳐 북경으로 가서 베트남, 버마, 태국, 인도를 두루 돌아 아프리카, 유럽으로 향하는 대장정 계획이었다. 그런데 그는 단동에서 우연히 정인보를 만났는데, 이러한 계획을 설명하자 그는 이광수에게 차라리 홍명희가 있는 상해로 가라고 말했다. 그래서 그는 일정을 수정하여 대련, 연태, 청도를 거쳐 상해로 갔고, 그곳에서 그는 홍명희, 문일평, 신채호, 박은식, 김규식 등과 지적 교류를 나누며 식민지 시기 상해 이주 조선인 문단 형성의 초석 역할을 담당하였다.

이광수의 두 번째 상해행은 1919년 2월 5일이었다. 동경에서 「2·8독립선언서」를 기초한 경력으로 망명하여 3·1운동 이후 상해로 망명한 다른 우국지사들과 함께 임시정부를 중심으로 연대하면서 그는 임시정부

기관지『독립신문』편집 일을 전적으로 맡았다. 이 때 그는 현진건, 피천득, 주요한, 주요섭, 심훈 등과 직접적으로 만나면서 상해를 중심으로 한 한국 근대문학 창작과 문단 형성의 밑받침 역할을 하면서 조선독립운동을 지원하는 조선문인으로서의 사명을 실천적으로 보여주었다.[15]

상해에서 이광수와 함께『독립신문』편집 일을 맡아본 이가 바로 주요한이다. 주요한이 중국 상해로 건너간 것은 1919년 3·1운동이 일어난 후 여름 무렵인 것으로 확인된다. 신시운동의 과제를 민족 독립의 정치운동과 동일선상에서 바라보기 위한 것으로 상해임시정부에 가담한 이광수 등을 따른 것으로 생각된다. 상해임시정부 기관지인『독립신문』은 1925년 11월 11일 제189호로 중단되었는데, 여기에 그는 '송아지'라는 필명으로 시와 논설 등을 다수 발표하였다. '송아지'라는 필명으로 발표한 작품 가운데「조국」은 산문시의 형식으로 조국에 대한 애정을 호방한 어조로 표현한 작품이다. 즉 주관적 격정을 토로하면서도 그 내면 공간은 폐쇄적 개인의 자의식을 드러내거나 심미적 정서에 압도되기보다는 공적 공간으로서의 민족국가에 대한 호명을 형상화하였다. 이는 상해임시정부의 특정한 현실 공간을 낭만과 동경의 형식으로 표현한 것으로 조국 상실에 대한 희망과 미래에의 전망을 투사한 것으로 이해할 수 있다. 이처럼 상해 시기 주요한의 시적 경향은 개인의 차원을 넘어서 민족 주체의 정립과 민족의 독립 의지를 촉구하는 메시지를 전면에 내세움으로써 개인적이고 내면적인 서정의 세계를 외연적으로 확대하는 서사정신으로 나아갔다고 평가할 수 있다.[16]

---

15 김남일,「상해와 한국문학—춘원 이광수를 중심으로」,『ASIA』25, 2012, 286~296 참조.
16 주요한은 상해에 머무르는 동안 독립운동에 직접적으로 관여하면서 자신의 민중적 세계관을

식민지 시기 상해 이주 조선문인의 활동을 연구하는 데 있어서『독립신문』이 차지하는 비중은 상당히 크다. 비록 상해임시정부의 기관지적 성격으로 문학 분야에 한정된 매체는 아니었지만, 상해판『독립신문』의 서지적 · 주제론적 · 작가론적 이해는 당시 조선문인들의 전반적인 활동을 이해하는 데 있어서 상당히 중요한 방법론적 경로가 된다고 해도 과언이 아니다. 그동안『독립신문』소재 문학 연구가 주요한의 시와 시론에 집중된 한계는 분명히 있었지만, 식민지 시기 상해 이주 조선문인에 대한 연구에서 상해판『독립신문』을 중심으로 한 연구가 상대적으로 많았다는 사실에서 그 중요성을 충분히 짐작하게 한다.[17] 따라서 앞으로 식민지 시기 상해 이주 조선문인을 대상으로 한 연구는 상해판『독립신문』을 주요 거점으로 다음과 같은 연구의 방향을 정립할 필요가 있다.

첫째, 상해판『독립신문』의 서지 정리 및 작가별 색인 작업과 같은 기

민요와 동일시하는 관점을 보여주었다. 중국 상해에서의 이와 같은 민족 주체의 정립 노력은 귀국 이후 한국 근대시의 성립 과정에도 아주 중요한 역할로 이어진다. 즉 그의 시론과 시 창작은 민족시의 전통적 시형과 문체를 계승하고자 한 것으로, 그의 시학은 전통과 근대의 융합을 통해 한국 근대시의 변혁을 가져오는 중요한 디딤돌이 되었던 것이다. (박윤우, 「상해시절 주요한의 시와 민중시론」, 『제21회 한중인문학회 국제학술대회 자료집』, 한중인문학회, 2008.11.1, 42~49쪽 참조)

17 지금까지 발표된『독립신문』소재 문학 작품에 대한 연구로는 다음과 같은 것들이 있다. 권유성, 「상해『독립신문』소재 주요한 시에 대한 서지적 고찰」, 『문학과언어』29, 문학과언어학회, 2007; 김주현, 「상해판『독립신문』소재 신채호의 작품 발굴 및 그 의의」, 『어문학』97, 한국어문학회, 2007; 노춘기, 「상해『독립신문』소재 시가의 계몽적 주체와 발화 구조─유암 김여제의 작품을 중심으로」, 『한국문학이론과비평』17-1, 한국문학이론과비평학회, 2013; 박경수, 「주요한의 상해 시절 시와 이중적 글쓰기의 문제」, 『제32회 한중인문학회 국제학술대회자료집』, 한중인문학회, 2013.6.28~7.2; 박윤우, 앞의 글; 이동순, 「상해판「독립신문」과 망명지에서의 문학 주체의식의 확보」, 『민족시의 정신사』, 창작과비평사, 1996; 이상경, 「상해판『독립신문』의 여성관련 서사연구」, 『페미니즘연구』10-2, 한국여성연구소, 2010; 임형택, 「항일민족시─상해독립신문소재」, 『대동문화연구』14, 대동문화연구원, 1981; 조두섭, 「주요한 상해 시의 근대성」, 『우리말글』21, 우리말글학회, 2001; 조두섭, 「주요한 상해독립신문 시의 문학사적 위상」, 『인문과학연구』11, 대구대 인문과학연구소, 1993.2.

초적인 분석을 토대로 한 서지·주석적 연구가 좀 더 정교하게 이루어져야 한다. 수록 시작품에 대한 기본적인 분석은 이미 이루어져서 장르, 율격, 주제, 소재별로 작품이 목록화되었고, 작품 및 시인에 대한 대략적인 소개와 설명도 이루어졌다.[18] 이에 덧붙여 같은 필자가 여러 필명을 사용한 점을 주목하여 시인과 작품의 실증적 관계를 확인하고, 타 장르 및 다른 분야를 세분화한 목록 및 분석 작업도 계속해서 이어나감으로써, 상해판 『독립신문』에 대한 총괄적인 토대가 구축되는 기초 연구가 진행되어야 할 것이다. 각 작가별 작품에 대한 분석 또한 정교하게 논의될 필요가 있는데, 주요한을 대상으로 삼은 서지 연구로 권유성의 글[19]이 있어 본보기로 삼을 만하다. 그는 기존 연구에서 주요한으로 언급되었던 필명 가운데 '붉참', '耀', '牧神'이 왜 주요한이 아닌가에 대한 실증적 규명을 통해 상해판 『독립신문』 소재 주요한 시의 정본을 확정하는 의미 있는 연구 결과를 도출하였다. 이처럼 앞으로 상해판 『독립신문』에 대한 연구는 매체 전반의 서지 연구뿐만 아니라 개별 시인이나 작가에 대한 서지 연구가 구체적으로 이루어짐으로써, 식민지 시기 상해 이주 조선문인들의 작품에 대한 종합적 토대를 구축하는 것을 무엇보다도 중요한 과제로 삼아야 할 것이다.

둘째, 상해판 『독립신문』을 토대로 당시 상해 이주 조선인들의 생활과 의식 그리고 조직 활동 등을 총체적으로 이해하고, 그 바탕 위에서 조선문인들의 문학적 지향이 어떤 주제로 변주되고 확산되었는지를 면밀히 살펴볼 필요가 있다. 이러한 관점에서 주목할 만한 연구로는 상해판

---

18 이동순, 앞의 글 참조.
19 권유성, 앞의 글 참조.

『독립신문』의 여성 관련 서사에 대한 연구[20]가 있다. 이 논문은 상해판 『독립신문』제14호부터 제21호까지 연재된 「여학생 일기」와 그밖에 신문에 실린 여성 관련 서사물을 통해 당시 상해 이주 조선인 여성들의 민족의식에 대한 이해와 여성으로서의 자각을 중점적으로 논의하였다. 그동안 상해판 『독립신문』에 대한 연구가 특정 작가의 작품을 중심으로만 논의되거나 문학 텍스트에 한정되어 당대의 역사적 정황과 다양한 계층의 의식을 반영하는 신문 매체의 특성을 충실히 반영하는 연구로 심화되지 못했음을 고려할 때, '여성'을 키워드로 한 이와 같은 논의는 앞으로 식민지 시기 상해 이주 조선인들의 의식과 생활을 연구하는 중요한 방향성을 제시한 것으로 평가할 수 있다. 따라서 앞으로 상해판 『독립신문』에 대한 연구는 문학 분야를 넘어서 당시의 생활과 문화를 담아낸 다양한 주제로 심화 확대함으로써 식민지 시기 상해 이주 조선인의 역사와 문화의 관련성에 대한 총체적 이해로 나아갈 필요가 있다.

셋째, 상해판 『독립신문』에 작품을 발표한 조선문인들에 대한 개별 작가 연구가 더욱 세분화되고 구체화될 필요가 있다. 지금까지는 주요한에 절대적 비중을 두고 김여제, 신채호 등을 다룬 개별 논문이 한두 편 발표되는데 그쳤다면, 앞으로는 작가의 대상도 확대되어야 할 뿐만 아니라 텍스트 내부에 국한하지 않고 전기적 차원에서 당시 조선문인들의 주요 활동을 실증적으로 규명하는 논의도 뒤따라야 할 것이다. 특히 아직까지 실체를 파악하기 어려운 필명으로 발표된 글들이 많다는 점과 장르별로 다양한 작가들이 있었다는 점을 주목하여, 당시 상해에 거

---

20 이상경, 앞의 글 참조.

주했던 조선문인들의 전반적인 활동과 문학 작품과의 관련성을 총체적으로 규명하는 실증적 대비 작업도 이루어져야 할 것이다. 비록 비슷한 시기에 간도를 중심으로 형성되었던 만주 조선인 문단에 비할 때 상해 조선인 문단은 양적으로 그 규모가 적었던 것은 분명한 사실이지만, 당시 상해에서 발간되었던 대한민국임시정부 기관지 『독립신문』의 중요성을 감안할 때 단순히 양적인 평가만으로 재단할 수는 없을 것이다. 따라서 당시 상해를 중심으로 발표된 문학 작품들과 여러 산문들의 의미를 역사적으로 재구해내고 그 의미를 밝혀내는 작업은 식민지 시기 상해 이주 조선인 문단의 전체적인 지형을 이해하는 데 있어서 상당히 중요한 과제임에 틀림없다.[21]

---

[21] 이러한 연구를 원활히 수행하기 위해서는 상해 소재 대학, 연구단체와 유기적 협조가 무엇보다도 필요하다. 아직까지 알려지지 않은 미발굴 자료의 대부분이 상해 현지에 남아 있을 것으로 추정되므로, 상해 주요 도서관이나 민간단체 그리고 현지 학자들의 도움을 받아 관련 자료를 최대한 입수하고 관련 학자나 증언자들의 경험을 인터뷰 등을 통해 확보함으로써 연구의 실증적 토대를 충실히 확보해야 한다. 특히 식민지 시기 상해로 이주한 조선문인들 상당수가 지금은 없어진 호강대학(현재 상해이공대학으로 편입)을 비롯한 여러 대학에 다녔다는 사실에 주목하여, 지금은 관련 자료가 여러 곳으로 분산된 호강대학 학적부 등의 관련 기록 등을 조사하여 당시 조선문인들의 주요 활동을 전기적으로 재구성해내는 실증적 작업도 반드시 이루어져야 할 것이다.

4. 식민지 시기 상해 이주 조선문인 연구의 과제

식민지 시기 상해는 중국의 경제, 무역, 금융, 문화의 중심지로서 주변 아시아 국가들에게 서구적 근대를 경험하게 하는 가장 이상적인 도시였다. 당시 조선의 정치인들과 문학인들에게도 이러한 인식은 예외가 아니어서, 대한민국임시정부 수립을 전후로 상당히 많은 정치인들과 문학인들 그리고 유학생들이 상해로 이주하여 조선의 식민성을 극복하는 근대적 표상을 실재적으로 경험하고자 했다. 반면 식민지 시기 상해는 조선문인들에게 식민지 근대의 이중성을 가장 현실적으로 이해하는 중요한 통로로 작용하기도 했음을 간과해서는 안 된다. 즉 식민지 조선인에게 상해는 서구적 근대에 대한 선망의 태도와 그 속에 내재된 제국주의적 속성을 극복하는 탈식민 의식이 공존하는 양가성을 지닌 도시로 인식되었던 것이다. 이와 같은 양가성은 식민지 시기 상해 이주 조선문인을 이해하는 중요한 문제의식으로, 그동안의 연구 성과 역시 대체로 이러한 측면에 주목하여 작품을 분석하고 작가의식을 조명한 경우가 많았다.

지금까지 식민지 시기 상해를 중심으로 활동한 조선문인에 관한 연구는 김광주, 주요섭, 주요한, 최독견, 심훈 등 몇몇 작가를 대상으로 그들의 근대적 체험을 상해의 공간적 의미를 중심으로 개략적으로 정리하고 소개하는 차원에서 이루어졌다. 그 결과 민족과 국가를 넘어선 근대적 교류의 시각과 동아시아적 지형 속에서의 영향 관계를 총체적으로 이해하는 심화된 연구 방향을 보여주지는 못했다. 즉 식민지 시기 상해 지역에서 활동한 한국 근대문인들의 행적에 대한 단편적인 소개와 주요 작품에 대한 소재주의적 평가에 머무르는 한계가 뚜렷했다고 할 수 있다. 뿐만 아니라 식민지 시기 상해는 대한민국임시정부가 있었던 역사적 장소였다는 점에서 한국 독립운동사에서 가장 중요하게 다루어야 할 해외 지역이었다는 역사적 현장성을 간과한 점도 두드러진다. 당시 상해를 중심으로 전개된 한국 근대문인들의 조직 활동과 창작 활동 역시 이와 같은 독립운동의 일환으로 수행된 측면이 있었음을 특별히 주목할 필요가 있기 때문이다. 다시 말해 상해 지역 독립운동사 연구와 식민지 시기 상해 이주 한국 근대문인의 여러 활동은 아주 밀접한 연관을 이루고 있었다는 점에서 복합적이고 중층적으로 이해하고 분석할 필요가 있는 것이다. 그럼에도 불구하고 지금까지의 연구결과는 대체로 상해 지역이라는 장소의 특이성만 주목했을 뿐, 상해의 역사적 변화 과정에 크게 영향을 받은 조선문인들의 작품 활동을 역사주의적으로 접근하는 연구는 상당히 미진했던 것이 사실이다.

이런 점에서 본고에서는 식민지 시기 상해 지역 한인사회사韓人社會史와 당시 상해를 중심으로 전개된 역사적 지형에 대한 이해를 바탕으로, 식민지 시기 상해 이주 조선문인들의 정치사회적 활동을 실증적으로 규명한 연구 성과를 특별히 주목하였다. 또한 이에 토대를 둔 문학 단체 활동이나 문학 작품의 사회역사적 의미를 분석하고 그 의의를 정리한 연구 결과를 중심으로 식민지 시기 상해 이주 조선문인 연구의 현황을 종합적으로 살펴보고, 앞으로의 연구 방향과 새로운 과제를 제시하는 데 목표를 두고자 했다.

본고의 궁극적 목표는 한국 근대문학 연구를 국가 혹은 민족 단위의 협소한 틀을 넘어 한국, 중국, 일본을 아우르는 동아시아적 지형 위에서 비교문학적 관점으로 살펴보고자 하는 것이다. 식민지를 거치면서 한국 근대문학이 중국이나 일본의 근대문학과 어떤 교류를 가졌는지를 구체적으로 살펴봄으로써 한국 근대문학과 중국 근대문학의 영향 관계와 교섭 양상을 실증적으로 규명하고자 하는 것이다. 이러한 거시적인 계획 하에서 본고에서는 가장 먼저 「식민지 시기 한국 근대문학과 중국」에 대한 이해를 목표로 그 주요 지역인 북경, 만주, 상해 가운데 지금까지 상대적으로 연구가 부족했던 상해 지역을 중심으로 식민지 시기 상해 이주 조선문인 연구의 현황을 살펴보고, 그 주제와 방법을 점검함으로써 앞으로의 연구 방향과 과제를 찾아보고자 했다. 이러한 시도는 식민지 시기 한국 근대문학의 외연을 크게 확장하는 것은 물론이거니와, 당대의 문학을 민족이나 국가 내부의 문제로만 환원시켜 바라보았던 기존 연구의 협소함을 넘어 식민지 시기 동아시아적 지형 위에서 한국 근대문학의 위상과 의미를 새롭게 재조명하는데 그 의의가 있다.

본고는 식민지 시기 한국 근대문학을 중국 상해에 거주했던 내부자 혹은 외부자의 시선으로 동시에 바라보고자 했다. 특히 제국주의의 억압을 넘어서 자발적이든 강제적이든 조선인의 이주를 경험했던 상해의 역사적 장소성에 주목하여 식민지 시기 조선문인들의 근대 인식과 중국관中國觀을 이해하는데 초점을 두었다. 또한 이러한 세계 인식이 당시 상해로 이주한 조선문인들의 의식 속에 어떻게 투영되고 굴절되었는지를 살펴보고자 했다. 최근 학계에서 특별히 주목하는 해외 한인들의 삶에 대한 이해는 디아스포라의 관점에서 식민지 시기 한국 근대문학을 새롭게 읽어내는 것으로, 재외 한인들의 삶과 문학을 두루 포괄하는 한민족 문학사 정립이라는 큰 과제를 염두에 둔 것이다. 이런 점에서 앞으로 한국 근대문학 연구는 특정 언어와 특정 지역에 매몰된 협소한 연구의 틀을 벗어나 식민지 시기 동아시아의 거시적 역사 지형 위에서 한중일을 아우르는 동아시아적인 방향을 모색할 필요가 있다. 즉 한민족문학사의 정립이라는 차원에서 미발굴되거나 미정리된 자료를 수집하고 주요 문인들의 해외 활동을 구체적으로 조사함으로써 식민지 시기 한국 근대문학사의 빈틈과 소외 지점을 메우는 실증적 연구를 지속적으로 전개해 나가야 할 것이다.

제2장

근대 상해 이주 한국문인의
상해 인식과 상해 지역 대학의 영향

1. 상해한인사회의 역사적 형성과 디아스포라diaspora

식민지 시기 상해 이주 한국인들에게 중국 상해는 식민지 현실을 극복하기 위한 이상적 공간으로서의 혁명적 도시의 성격과, '동방의 파리', '동양의 런던' 등으로 불리어진 데서 알 수 있듯이 서구의 근대 문명을 이해하고 수용하는 중요한 통로로서의 가능성이 동시에 부여되었다. 1843년 남경조약에 의해 강제 개항[1]을 할 당시만 해도 인구 12만에 불과하던

---

1 1842년 8월 청나라 정부는 아편전쟁의 패배에 대한 책임으로 영국과 남경조약을 체결했는데, 이 조약으로 광주廣州, 복주福州, 하문廈門, 영파寧波, 상해上海 등 다섯 개 항구를 통상 항구로 개항하기로 했다. 그리고 1843년 주상해 영국영사 밸푸어가 상해에 도착함으로써 공식적인 개항 절차가 마무리되었다.

상해는 1845년 영국조계 설치[2]를 시작으로 서양의 제국주의가 팽창해 들어와 동양 최대의 국제도시로 급격하게 변모하였다. 또한 1921년 중국 공산당이 상해에서 제1차 대회를 가지면서 일제에 맞서는 혁명의 거점도시로서의 성격도 아울러 갖추고 있었다. 그 결과 1920년대 이후 상해는 "여러 가지 목적을 위하여 경제적으로 또는 자유를 사랑하는 세계 각지의 사람들이 자유롭게 출입하는 소굴이 되었"[3]고, 한국인들 역시 대체로 이러한 두 가지 방향, 즉 식민지 조선의 현실을 넘어서기 위한 혁명적 거점기지로서의 의미와 서구의 근대와 문명을 이해하는 선진적인 국제도시로서 상해의 사회역사적 의미를 동시에 받아들였다.

식민지 시기 상해한인사회의 역사적 형성과정은 크게 네 시기로 구분할 수 있다.[4] 첫째는 경술국치로부터 기미독립만세운동에 이르는 1910년대, 둘째는 기미독립만세운동 직후부터 1920년대 초반까지, 셋째는 1920년대 중반부터 1920년대 말까지, 넷째는 1930년대 초부터 해방에 이르는 시기까지이다. 전체적으로 상해 이주 조선인 수의 변화를 살펴보면, 1910년 이전에는 50명에 불과하였고 정치활동에 종사하는 사람은

---

2 영국영사 밸푸어는 1843년 청정부와 체결한 호문조약虎門條約 제7조 "중국의 지방관리들은 영사관과 함께 각 지방의 민정을 살피고, 거주지 혹은 기지로 사용할 지역을 의논·결정하여 영국인에게 주도록 한다"는 내용에 근거하여, 상해도대上海道臺에게 영국인 거주지의 설립을 요구하였다. 이후 두 사람의 협상으로 '상해토지장정上海土地章程'을 체결하였는데, 그 결과 영국인은 양경빈洋涇浜(현재 연안중로延安中路) 이북, 이가장李家莊(현재 북경동로北京東路) 부근 이남의 토지를 임대하였고, 가옥도 건축할 수 있게 되어 영국인 거류지로 되었다. 이는 서양 식민주의국가가 중국에 설치한 첫 번째 거류지였다. (손과지,『上海韓人社會史 1910~1945』, 한울, 2011, 28쪽 참조)
3 上海寓客, 앞의 글. 본고에서는 연변대 조선문학연구소·김동훈·허경진·허휘훈 주편, 앞의 책, 504쪽에서 재인용.
4 이하 상해한인사회의 형성 과정에 대해서는 손과지, 앞의 책, 52~58쪽을 참조했음을 밝혀둔다.

거의 없었는데, 1910년 경술국치를 겪고 난 이후 기미독립만세운동 직전까지 상해로 망명해오는 독립운동가들이나 독립사상을 품고 상해를 중심으로 한 화동 일대의 대학으로 유학을 온 청년지식인들의 수가 급격히 늘어났고, 기미독립만세운동 이후 그 수는 더욱 확대되어 1925년에는 795명, 1932년에 1,000명을 넘겼으며 중일전쟁 무렵인 1938년에는 3,138명으로 비약적인 증가세를 보였다.

각 시기별 상해 이주 한인의 성격을 살펴보면, 중일전쟁 이전에는 애국계몽운동에 적극적으로 참가했던 인사들과 독립사상을 품은 청년지식인, 상해에서 독립운동에 종사하는 조선인 가족들이 주된 구성을 이루었지만, 중일전쟁 이후에는 정치적 목적을 가진 조선인들은 급격히 줄고, 경제적 이익이나 생계를 추구하는 일반 조선인들과 친일 조선인들을 중심으로 상해한인사회가 재편됨으로써 상해라는 도시의 역사적이고 정치적인 성격은 점점 퇴화되었다. 특히 1932년 한인애국단원 윤봉길이 상해 홍커우공원에서 열린 일왕의 생일축하 기념식장에 폭탄을 던진 이후, 프랑스조계의 보호를 받았던 대한민국임시정부가 상해를 떠나 항주로 거점을 옮김에 따라, 상해한인사회의 성격은 혁명가들의 정치적 망명의 장소라는 역사적 의미보다는 자본주의 근대 문명의 각축장이라는 국제도시 상해의 변화에 점점 종속되어 가는 경향이 뚜렷했다.

식민지 시기 상해한인사회의 형성을 이해하는 데 있어서 가장 중요한 문제의식은 당시 상해가 해외한인 독립운동의 중심 역할을 했던 대한민국임시정부의 사회역사적 지지기반이었다는 사실이다. 대한민국임시정부가 상해를 기반으로 추진했던 민족교육운동과 독립운동은 상해한인사회의 전폭적인 지지가 있어 가능했다는 점에서, 당시 상해한인사회의 역사적 형성에 대한 이해는 한국독립운동사와 동일선상에서 바라볼 필요가 있다. 대한민국임시정부를 중심으로 민족주의계열, 공산주의계열, 무정부주의계열 등의 정치단체, '상해대한인민단上海大韓人民團', '상해거류민단上海居留民團' 등 교민단체, '의열단', '한인애국단' 등 비밀결사조직 등 다양한 단체와 조직이 여러 가지 이해관계에 따라 연합함으로써 민족공동체로서의 상해한인사회의 역사적 위상을 정립해나갔던 것이다. 이와 같은 애국지사 중심의 상해한인들은 대체로 프랑스조계 지역에 거주했는데, 일본인들로부터 비교적 자유로울 수 있었다는 점에서 프랑스조계 지역은 상해한인사회의 중심거점이 되기에 충분했다.[5]

상해 거주 한인 교민단체의 첫 출발은 1912년 신규식, 박은식 등이 중심이 되어 결성한 '동제사同濟社'였고, 실질적인 교민조직 활동이 전개된 것은 1918년 여운형, 신석우 등이 결성한 '상해고려교민친목회上海高麗僑民親睦會'였다. '상해고려교민친목회'는 "상해재류동포의 정의를 돈목함으로써 主되는 목적을 삼아" 결성되었으나, 실질적인 목적은 독립운동을 추진하는 조직으로서의 성격이 더욱 뚜렷하였다.[6] 따라서 이후 결성된 대한민국임시정부는 이러한 교민단체와 밀접하게 관계를 맺으며 그 외연을 넓혀갈 수밖에 없었는데, '상해고려교민친목회'를 산하단체로 개편하는 것을 시작으로 '상해대한인민단', '상해거류민단', '대한교민단大韓僑民團'으로 조직의 성격을 더욱 공고히 해나갔다.

---

5 1932년 윤봉길 의거 이후 대한민국임시정부가 떠나고 항일독립지사들이 대부분 상해를 떠남에 따라 프랑스조계 중심의 상해한인사회도 급격히 해체되어 일본인 밀집지역인 공공조계로 이동하여 친일 집단으로 뚜렷이 변모해갔다.
6 「上海大韓人居留民團의 過去及現在狀況」, 『독립신문』 1920.4.8.

제군이 그르치면 아민족 전체의 수치가 되고 제군의 하는 바가 善하면 칭찬받는 바가 될 것이다. 만국인이 모여 거주하는 上海와 如한 地에 있는 아등은 장유의 別없이 모두 아국가와 민족을 대표한 대사 또는 공사와 如하다고 하겠다. 大使 혹은 一言一動 다 주의하지 아니하면 안 된다. 槪其 一言一動에 인하여 其代表된 국가민족을 善하게도 惡하게도 판단되는 까닭이다. 제군, 제군은 아국과 아민족을 수치스럽게 하고저 하는 자이냐? 영광스럽게 하고자 하는 자이냐? 如此 제군의 책임이 중대한 事를 解得한다면 반드시 모든 事에 깊이 주의할 것이라고 믿어서 의심치 않는 바이다. 況比 제군의 些細한 과실이 직접 간접으로 아독립에 관계가 있음에 있어서랴.

차에 제군이 항상 주의를 요하는 數條件을 별기하겠다. 원컨대 상해거주의 대한국동포 제군은 각자 주의하여서 대한인은 참으로 훌륭한 민족이라는 贊評이 제군에 대해 만국인으로 하여금 정치가로부터 상인 인력차부와 如함에 至하기 까지도 피등의 입으로부터 迸出하기에 至케 하여 독립을 得코자 하는 대한 민족의 명예를 발양하는데 진력하라.[7]

인용문은 1920년 대한교민단 단장에 선출된 여운형이 한 연설 내용으로, 당시 상해에 거주하는 조선인들에게 국제도시 상해에서 세계 여러 나라 사람들에게 훌륭한 민족이라는 소리를 들을 수 있도록 말과 행동을 주의 깊게 할 것과, 상해한인사회의 활동이 민족 독립을 위한 일과 결코 무관하지 않다는 점을 특별히 강조하고 있는 것이다. 이후 교민단체의 활동은 이러한 기본적 방향성을 실천하는 데 주력하였는데, 상해에서

7　국사편찬위원회 편, 『韓國獨立運動史』 자료3 – 임정편 3, 국사편찬위원회, 311~312쪽.

개최되는 주요 행사를 주관하는 것은 물론 국어장려 연설회, 한국역사 강연회, 시국강연회 등을 주최함으로써 상해한인사회의 민족의식을 제고하는 데 선도적인 역할을 담당하였다. 뿐만 아니라 상해한인사회의 교육기관으로 '인성학교仁成學校'[8]를 설립하여 민족의식과 애국의식을 함양하는 교육사업에도 헌신함으로써 상해 이주 한인들의 민족정체성을 지켜나가는 지속적인 노력을 강구하였다.

이상과 같은 근대 상해한인사회의 역사적 형성에 대한 이해와 접근은 식민지 디아스포라의 관점과 결부시켜 생각할 때 상당히 유효한 의미를 발견할 수 있다. 식민을 직접적으로 경험한 우리 민족에게 디아스포라의 문제의식은 이산의 상처와 고통을 이해하고 분석하는 실증적인 의미를 지니고 있다는 점에서 가장 실천적인 방법론이 될 수 있는 것이다. 특히 특정 국가나 민족 단위에 한정된 추상적이고 관념적인 공동체성으로서의 민족성에 대한 의미보다는, 국가 혹은 민족 간의 대립과 경계를 허무는 통합적 시각을 강조함으로써 상호 교류나 문화적 교섭 등 국가나 민족 간의 실제적인 영향 관계를 통한 변화의 측면들을 더욱 주목하는 것이 더욱 의미가 있을 것이다. 단순히 이주의 경험에서 발견되는 민족 정체성의 재발견에 초점을 맞출 것이 아니라, 상해 이주 한인들이 당시 상해에서의 경험을 바탕으로 구체적으로 무엇을 실천하려 했

---

8 인성학교는 1916년 상해 공공조계에 설립되었다. 여운형은 자신이 이끌던 교민단체 교육부 소관으로 학교를 설립하였고, 이후 상해대한민국임시정부에 의해 추인된 상해의 유일한 한인 교육기관으로 자리를 잡았다. 다른 민족에 의해 고등교육을 받기 이전에 초등교육만큼은 민족교육에 의한 철저한 정신교육이 동반되어야 한다는 목적을 표방하고, 상해에 있는 독립운동가들의 자제나 프랑스조계에 거주하는 비친일 계열 한인의 자제들을 입학시켰다. 처음 설립되었을 때는 5명에 불과했으나 점차 그 수가 증가하여 1920년대 후반 이후에는 매년 학생수가 50~70명 정도로 확대되었다. (손과지, 앞의 책, 154~163쪽 참조)

는가에 대한 생산적인 의미를 찾아내는 것이 더욱 중요하기 때문이다. 특히 당시 상해로의 이주 경험이 근대를 이해하기 위한 적극적인 교두 보로서의 성격을 지녔든, 식민지 현실을 극복하기 위한 독립운동으로 서의 전략적 측면을 지녔든, 당시 상해 이주 한인들이 상해를 어떻게 인 식하였고 나아가 중국 전체를 어떻게 바라보았는가를 살펴보는 것이 무엇보다도 핵심적인 과제가 되어야 할 것이다. 즉 근대 선진 학문을 배 우기 위한 불가피한 경로로 일본을 선택했던 식민지 시기 많은 일본 유 학파들과는 달리, 중국 상해를 서구의 근대로 나아가는 새로운 통로로 설정한 상해 유학파들은 어떤 의식의 차이를 보였는지를 이해할 필요 가 있다. 또한 그들이 상해 지역 대학을 다니면서 실천했던 정치사회적 교류와 직간접적 영향 관계 등을 이해하는 것이 디아스포라의 문제의 식이 가장 주목해야 할 부분이라고 할 수 있다.

2. 근대 상해 이주 한국문인의
상해 인식에 나타난 이중의 시선

20세기 초 상해는 구미 열강과의 무역을 위한 개항장이 되면서 상공 업이 급속히 발전하여 중국 제1의 경제도시로 급부상했다. 그 결과 중국 의 경제, 무역, 금융, 문화의 중심지로서 상해는 주변 아시아 국가들에게 서구적 근대를 경험하는 가장 이상적인 도시로 인식되었다. 식민지 시기 한국의 정치인들과 문학인들 역시 예외는 아니어서, 1919년 4월 대한민국임시정부 수립을 전후로 상당히 많은 정치인들과 문학인들 그리고 유학생들이 상해로 이주하여 조선의 식민성을 극복하는 근대 문명의 방향성을 찾고자 했다. 특히 이 시기의 상해는 중국공산당 창건 등 중국 내에서 혁명의 열기가 가장 고조되어 있었고, 이러한 분위기에 힘입어 조선의 유력 정치인들이 상해로 와서 중국공산당의 혁명 지도자들과 활발한 접촉을 했다는 점에서 조선의 독립과 혁명을 꿈꾸는 청년 지식인들과 문학인들에게는 아주 이상적인 도시가 되지 않을 수 없었다.

식민지 시기 상해 지역으로 이주한 대표적인 문학인들로 신채호, 이광수, 주요섭, 주요한, 최상덕, 김광주, 심훈 등이 있는데, 이들은 상해를 소재로 한 신문기사, 수필, 시, 소설, 산문 등을 통해 상해의 근대적 면모와 사회역사적 의미를 직접적으로 언급하였다. 즉 식민지 시기 상해 이주 한국인들이 서구적 근대를 어떻게 인식했으며 상해로 대표되는 중국에 대해 어떻게 이해하고 있었는지를 이들이 발표한 수필, 기행문, 신문기사 등의 산문을 통해 직접적으로 확인할 수 있는 것이다. 당시 상해를 제재로 삼은 글들의 현황을 대략적으로 살펴보면, 1920~30년대까지 수필 18편, 기행문 6편, 신문기사 32편으로 총 56편이었고, 글쓴이의 대부분은 유학생, 기자, 특파원 등이었다.[9]

9　이에 대한 자세한 논의로, 김해응, 「한국 여행자 문학에 비친 중국 이미지 연구―한국 근대 여행자들의 상해 체험」(『조선-한국학연구론문집』 19, 중앙민족대 조선-한국학연구 센터, 2009)이 주목할 만하다. 이 논문은 "한국인들의 상해 방문 목적이 문화교류든지 상업 활동이든지 유학이든지 혁명 활동이든지를 막론하고 그들은 모두 여행자의 입장이 되어 타자의 시각으로 도시를 관찰하고 체험한다"고 보고, 1920~1945년 사이에 발간된 『삼천리』, 『개벽』 잡지에서 이광수, 홍양명, 강성구(강노향), 윤치호 등의 20편의 여행기를

식민지 시기 상해 이주 한국문인들이 상해를 통해 인식한 근대의 모습은 크게 두 가지였다. 즉 상해는 근대 문명의 이상적 모습을 갖춘 도시라는 긍정적 관점과 상해가 보여주는 외적 근대의 내부에는 또 다른 식민성이 은폐되어 있다는 부정적 관점이 공존했다. 당시 그들에게 상해라는 도시는 동경과 희망의 상징적 표상이면서도 한편으로는 근대의 이면에 가려진 궁핍과 억압의 현실을 직시하는 양가적 세계를 보여주었던 것이다. 결국 식민지 시기 한국인들에게 상해는 근대 문명과 직접적으로 만나는 국제적인 도시로 인식됨과 동시에 조선의 궁핍과 가난 그리고 식민의 현실을 비판적으로 인식하게 하는 이중적 의미로 수용되었던 것이다. 이는 상해가 식민지 한국인들에게 제국주의로부터 벗어날 수 있는 자유의 공간이면서 동시에 여전히 제국주의 열강이 자국의 이익을 위해 투쟁하는 식민지적 공간이라는 이중적 의미로 인식되었기 때문이다. 다시 말해 당시 상해는 근대적 도시로서의 '세계성'을 전유하는 긍정적 측면과 '식민성'의 굴욕을 환기시키는 부정성이 공존하는 양가적이고 혼종적인 공간이었던 것이다. 따라서 식민지 시기 상해 이주 한국인들은 이러한 상해의 양가성과 혼종성을 특별히 주목하면서 동아시아 근대의 주체적 방향성을 찾으려 했다고 할 수 있다.

> 上海는 支那文化의 中心으로 볼 수 있다. 上海는 支那와 歐洲, 米國, 濠州, 印度 等의 諸大陸 諸地方을 結付한 中心地로 交通機關은 單히 物質뿐만 아니라 知識 感情 思想 及 政治的 影響 文化的 勢力 等을 運搬하는 重要處이었다.[10]

分析하였다.
[10] 上海寓客, 앞의 글, 108쪽.

上海는 世界의 縮圖라고 보아만 하나이다. 人種 치고 아니 와 사는 이 없으며 物貨 치고 아니 와 노니는 이 없고 第一奇觀인 것은 數十個國 通貨가 다 通用됨으로소이다. 그러나 그 中에서 가장 勢力있는 이는 英人이니 그네의 租界는 3租界 한 복판 形勝한 位置를 占하여 그 가장 繁華함이 마치 英帝國의 繁華함이 世界에 으뜸됨과 같사오며 또 英語는 全市 各色人種의 通用語라 洞名이며 모든 것은 自國語로 쓰는 法人도 必須한 用文이나 告示는 모두 英文으로 하나이다.[11]

상해우객上海寓客의 글에서 알 수 있듯이, 당시 상해는 교통, 물질, 사상, 정치, 문화 등 모든 분야에서 아시아와 세계를 이어주는 관문으로서의 역할을 했다. 이광수('호상몽인'은 그의 필명) 역시 세계의 모든 인종과 경제적 재화 그리고 소통수단으로서의 영어가 보편화된 "세계의 축도"와 같은 곳으로 상해를 바라보았다. 개항 이후 상해는 중국이라는 특정 국가의 도시가 아닌 세계인들이 자국의 이익을 위해 근대를 실험하고 정치적으로 이용하는 각축장으로서의 의미를 지녔다고 보았던 것이다. 이런 점에서 상해로 이주한 초기 한인들의 대다수는 이와 같은 상해의 코스모폴리탄적 면모에 맹목적인 찬사를 보내기 일쑤였다. 세계 여러 나라의 사람들이 국제도시를 이루어 살면서 공통의 화폐와 공통의 언어를 통해 서구의 근대 문명을 소통하는 상해의 모습은, 말로만 들었던 영국의 문명적 면모가 재현된 곳으로 인식되기에 충분했던 것이다. 그 결과 상해 이주 한인들은 상해의 문명을 통해 조선의 낙후성을 자연스럽게 떠올릴 수밖에 없었고, 식민지 조선의 현실을 극복하는 이상적 근대 문명

---

11 滬上居人, 「上海印象記」, 『新人文學』 1935.4, 120쪽.

모델로 국제도시 상해를 내면화하지 않을 수 없었다.

하지만 이러한 상해의 근대와 문명적 표상은 제국주의의 음험한 지배와 자본주의의 타락이 깊이 스며들어 있었다는 사실을 결코 간과해서는 안 된다. 앞서 이광수가 말한 "세계의 축도"라는 말에는 세계 여러 나라가 자유롭게 드나드는 개방성의 긍정적 측면보다는, 중국의 자율적이고 주체적인 의지와는 무관하게 세계열강의 자본적 침탈에 의해 무기력하게 점령당한 상해의 식민성을 적나라하게 보여주는 부정적 측면이 더욱 뚜렷하다. 이런 점에서 당시 상해는 제국주의의 횡포와 자본주의의 폐해가 어떠한 통제와 간섭 없이 자유롭게 난무하는 자본주의 근대의 추악상이 가장 적나라하게 노출된 어두운 도시이기도 했던 것이다.[12]

현대의 세계가 낳은 一切의 美醜善惡을 강렬한 네온싸인과 복잡한 음향 속에 교착하고 있는 동양의 기괴한 大商 埠地! (…중략…) 그럼으로 이곳에 나타나는 풍경은 그로 이상의 그로 취함이요 혼돈이요 驚異요 세계의 縮寫 그것이다. 19세기와 20세기와 동과 서의 문명의 野合으로 된 이 동방의 혼혈아의 都會의 리듬을 들으라. (…중략…) 이러한 현대가 낳은 奇形의 코스모폴리탄의 도시 一切의 美醜善惡이 '빛'과 '소리'와 '황금'과 '권력' 속에 교착되어 있는 上海 (…중략…) 中原 대중의 피와 膏血로 쌓은 뻔드 일대의 대건축물의 林立![13]

---

12 주요섭이 상해 시절의 경험을 소설화한 「인력거군」, 「살인」이나 김광주의 「南京路의 蒼空」, 「野鶏－이쁜이의 편지」 등의 소설 그리고 심훈의 시 「上海의 밤」은 당시 상해의 어두운 이면을 사실적으로 형상화하였다. 이는 당시 상해 이주 한인문인들이 근대 도시 상해를 어떻게 인식하고 있었는지를 아주 분명하게 보여준다.

13 홍양명, 「上海風景, 누－란 事件」, 『삼천리』, 1931.12.1.

上海跑馬場은 上海居留外國人의 녀름 오락장이다. 그 넓은 마당을 제각기 떼여 맡아가지고 저녁마다 미국인은 뻬이스뿔, 英國人은 크리켓이나, 꼴푸, 日本人, 印度人 等은 테니스를 놀고 또는 때때로 英國人의 競馬大會가 열린다. 蘇州路와 新公園 앞에 水氷池를 만들어 놓았다. 그러나 이 좋은 설비들은 모두 白人들 自身을 위한 것이오, 그 땅의 主人인 中國人을 爲始하여 그 밖 東洋 사람들은 그들의 잘 노는고 유쾌하게 지나는 것을 구경하는 것으로 一種 變態的 쾌락을 얻고 있는 것이 사실이다.[14]

위의 두 인용문은 상해 개항의 관문인 황포탄 부두를 따라 길게 이어진 만국 건축의 전시장으로 '번드bund'로 불리는 와이탄外灘에서 "상해포마장上海跑馬場", 즉 상해경마장이 있었던 지금의 인민광장으로 이어진 남경로南京路까지 그리고 소주하蘇州河와 황포강이 만나는 지점에 있었던 만국공원萬國公園 등의 지명에서 확인할 수 있듯이, 당시 상해로 들어 온 서양인들이 중국의 어떠한 간섭과 통제 없이 온갖 특권을 누리며 유희를 즐겼던 조계지의 모습을 담고 있다. "동과 서의 문명의 야합野合으로 된 이 동방의 혼혈아의 도회都會의 리듬", "현대가 낳은 기형畸形의 코스모폴리탄의 도시 일절一切의 미추선악美醜善惡이 '빗'과 '소리'와 '황금'과 '권력' 속에 교착되어 있는 상해上海", "중원中原 대중의 피와 고혈膏血로 쌓은 뺀드 일대의 대건축물의 임립林立!"이라는 말에서 그대로 드러나듯이, 이곳 조계지 일대는 "중국인과 개는 들어오지 못한다"는 말이 상징적으로 보여주듯 식민지 제국주의를 위해 철저하게 희생된 중국인의 상처와 굴

---

14 김성, 「上海의 여름」, 『개벽』 46, 1924.4

욕의 땅이었다. "땅의 주인主人인 중국인中國人"은 물론이거니와 "동양東洋 사람들" 대부분이 주체적 모습을 완전히 잃어버린 채 서양 사람들의 과도한 쾌락과 유희를 구경하고만 있어야 하는 처지로 전락한 데서 근대문명에 의해 철저하게 은폐된 서양 제국주의의 식민주의적 태도를 분명하게 알 수 있는 것이다.

당시 이와 같은 상해의 제국주의적 모순을 심훈은 「上海의 밤」[15]이라는 시로 형상화하기도 했다. 마작, 아편, 매춘 등이 난무하는 "사마로四馬路 오마로五馬路(지금의 푸저우루[福州路]와 화이하이중루[淮海中路])"[16]는 문명

---

15 우중충한 弄堂 속으로 / 훈둔장사 모여들어 딱딱이 칠 때면 / 두 어깨 웅숭그린 년놈의 떠드는 세상, / 집집마다 麻雀판 두드리는 소리에 / 鴉片에 취한 듯 上海의 밤은 깊어가네. // 발벗은 少女, 눈먼 늙은이를 이끌며 / 구슬픈 胡弓에 맞춰 부르는 孟姜女 노래, / 애처롭구나! 客窓에 그 소리 腸子를 끊네. // 四馬路 五馬路 골목 골목엔 / '이쾌양듸 량쾌양듸' 人肉의 저자 / 단속곳 바람으로 숨바꼭질하는 야-지의 콧잔등이엔/梅毒이 우글우글 惡臭를 풍기네 // 집 떠난 젊은이들은 老酒잔을 기울여 / 걷잡을 길 없는 鄕愁에 한숨이 길고 / 醉하여 醉하여 뼈속까지 醉하여서는 / 팔을 뽑아 長劍인 듯 내두르다가 / 菜館 소파에 쓰러지며 痛哭을 하네. // 어제도 오늘도 散亂한 革命의 꿈자리! / 용솟음치는 붉은 피 뿌릴 곳을 찾는 / '까오리' 亡命客의 심사를 뉘라서 알고 / 影戲院의 산데리아만 눈물에 젖네. (심훈기념사업회 편, 『심훈문학전집』 1─그날이 오면, 차림, 2000, 149~151쪽)
16 당시 사마로四馬路와 오마로五馬路에 대한 다음 글을 보면 인용시의 배경이 되는 1920년대 상해 거리가 선명하게 떠오른다. "푸저우루福州路와 샤페이루霞飛路(지금의 화이하이중루)는 상하이의 또 다른 번화가였다. 푸저우루는 속칭 사마로四馬路라고도 불렸다. 난징루南京路와 평행으로 나란히 뻗어 있는 이 거리는 동쪽 와이탄에서 시작하여 서쪽 경마장(지금의 인민광장과 인민공원 자리─필자 주)에 이르는 구간을 말한다. 20세기 초 난징루가 크게 번성하기 전까지 푸저우루는 줄곧 상하이에서 가장 번화한 지역이었다. 이 거리에는 상하이의 거의 모든 신문사와 서점이 운집해 있었을 뿐만 아니라 수많은 희원戲院(전통극 공연장)과 서장書場(사람을 모아 놓고 만담, 야담, 재담을 들려주는 장소), 다관과 무도장, 술집과 여관 등이 두루 포진해 있었다. 또한 경마장 인근의 서쪽 구간은 더 유명한 색정 환락가로 기방들이 줄지어 들어서 있어 떠돌이 기녀들이 엄청난 무리를 이루었다. (…중략…) 샤페이루는 프랑스조계에 위치해 있었다. 플라타너스가 심어져 있는 이 가로수 길에는 짙은 이국의 정서가 가득했고 길 양쪽에 늘어선 상점들도 주로 양식집과 양복점, 유럽의 패션 소비품 상점인 것이 특징이었다. (…중략…) 이 모든 것들이 사람들에게 몽롱하고 희미한 느낌을 가져다주었고 유럽 교민들에게는 고향집에 온 것 같은 친밀감을 느끼게 해주었다. 현지의 중국 신사들은 이러한 이국 풍정을 문명 진보의 상징으로 잘못 이해하기도 했다. 이런 의미에서 샤페이루는 디즈니공원과 마찬가지로 온통 기표로 쌓아올린 거리로 사람들을

의 도시이면서 혁명의 도시로 인식되었던 상해의 근대적 모순이 그대로 드러나는 절망과 암울의 공간이었다. 근대 문명과 자본이 넘쳐나는 국제적인 도시 상해에서 선진 학문을 배움으로써 식민지 현실을 극복하는 혁명에 대한 희망과 조선의 궁핍한 현실을 넘어서는 새로운 방향을 찾고자 했던 식민지 조선 청년들은 "노주老酒잔"에 기대어 "한숨"과 "통곡痛哭"에 빠져버리는 악순환의 연속을 경험하게 될 뿐이었다. 이런 점에서 당시 심훈과 같은 식민지 청년들에게 상해는 독립을 위한 이상적 장소로서의 동경보다는 "어제도 오늘도 산란散亂한 혁명革命의 꿈자리!"로 다가올 수밖에 없었다. 진정한 혁명을 꿈꾸며 조국을 떠나 먼 길을 왔지만 혁명의 길을 찾기는커녕 국제적인 도시의 가면을 쓰고 제국주의 모순으로 울부짖는 또 하나의 식민지를 경험하는 "'까오리(고려—인용자)' 亡命客"의 절망적 현실과 맞닥뜨리게 된 것이다.[17]

제국주의의 횡포와 억압이 더욱 가속화되는 상황에서 상해로 이주한 한인문인들은 상해의 근대성과 국제주의적 면모를 직접적으로 경험하면서 식민지 조국의 현실을 비판적으로 성찰하는 뚜렷한 방향성을 찾고자 했다. 다시 말해 상해라는 타자The other를 조국의 현실을 비추어보는 거울로 인식함으로써 식민지 조국의 낙후된 현실을 비판하고 부정하는, 그래서 상해를 통해 식민지의 해방과 진정한 의미에서의 조국의 주체적 근대를 실현하는 방향성을 발견하고자 했던 것이다. 또 다른 시각으로는 상해의 근대 안에 은폐되어 있는 암울과 모순을 직시함으로써 왜곡된 근

환각 상태에 빠지게 하는 일종의 환영simulacrum이었다고 할 수 있다." (니웨이倪伟, 「'마도魔都' 모던」, 『ASIA』 25, 2012, 30~31쪽)

17 하상일, 「심훈과 중국」, 『中韓日 文化交流 擴大를 위한 韓國語文學 및 外國語敎育硏究 國制學術會議 발표논문집』, 절강수인대, 2014.10.25, 61쪽.

대의 대안을 찾고자 했다. 즉 왜곡된 근대 안에 깊이 내재된 자본주의적 모순을 냉정하게 비판함으로써 오히려 전근대적인 도덕과 윤리의 긍정적인 측면을 강조하는 전혀 상반된 인식을 보이기도 했던 것이다. 이러한 이분법적 인식 속에서 상해 이주 한인문인들은 식민지 근대의 제국주의적 성격에 저항하는 사회주의혁명으로서의 문학의 방향성에 대해서도 깊이 고민했던 것으로 짐작된다. 이처럼 당시 상해는 한인문인들에게 '동경'과 '성찰'이라는 이중의 시선을 갖게 함으로써 식민지 조선의 현실을 초극하는 가장 이상적인 장소로 인식되었다고 할 수 있다.

3. 근대 상해 지역 대학과 한인 유학생문인들의 영향

식민지 시기 상해는 조선의 독립을 위한 정치적 거점으로서의 의미뿐만 아니라 교육, 문화, 종교 등 사회문화적 측면에서도 상당히 중요한 의미를 지닌 장소였다. 개항 이후 서양의 선교사들을 중심으로 선교와 교육 사업이 활발하게 전개됨에 따라 그들에 의해 세워진 학교가 우후죽순 늘어났다. 특히 1900년대에 들어서면서 교회가 설립한 대학이 상해 고등교육의 중심으로 급부상하면서, 중국인은 물론이거니와 한국, 일본, 베트남 등 아시아권 학생들에게 서양의 선진 학문을 가르치는 중요한 역할을 담당하였다. 한국의 경우 1924년 경성제국대학이 설립되기 이전까지 사실상 대학이 없었고, 경성제국대학 설립 이후에도 민족의식을 말살하는 식민교육정책이 중심이었기 때문에, 민족의식의 정립과 독립사상의 고취를 목표로 삼았던 한국의 청년들은 일본이나 중국으로 유학을 떠날 수밖에 없었다. 하지만 아무리 선진 학문을 배우기 위한 불가피한 선택이라 할지라도 일본의 경우 식민지 종주국이라는 데서 오는 자괴감으로부터 결코 자유로울 수 없었으므로, 서양 선교사들에 의해 설립된 중국 상해 소재 대학으로의 유학은 민족과 독립의 정신을 지키면서도 근대 문명과 서양의 발전된 학문을 습득하는 아주 유효한 방향이 될 수 있었다. 뿐만 아니라 1912년 설립된 '동제사同濟社', 1913년 설립된 '박달학원博達學院', 1922년 설립된 '인성학원仁成學院' 내에 개설된 '중한어학강습소中韓語學講習所', 1924년 개원한 영어전문학원 '남화학원南華學院' 등과 같이 중국의 대학이나 서양의 대학으로 진학하기 위한 예비학교도 상해 지역에 많이 운영되었다.

경술국치 이후 해방 이전까지 중국 상해 및 상해 인근 항주 등으로 유학을 간 한인들의 면면을 대략 정리해보면 다음과 같다. 당시 조선에서 활동했던 언더우드 목사의 소개로 북미 침례교회가 경영하는 '금릉대학金陵大學'에 입학한 여운형, '호강대학'에 다녔던 주요섭, 주요한, 현진건, 피천득, 상해 인근 항주 지강대학을 다녔던 심훈, 대동대학의 강노향, 동제대학의 이극로, 남양의과대학의 김광주, 예술대학의 김염 등을 비롯하여 광화대학, 상해교통대학, 국립제남대학, 동방대학, 노동대학, 동남대학, 복단대학, 상해공학대학, 상해대학, 신화예술대학, 오송국립정치대학, 혜령전문학교 등 여러 대학에서 상당히 많은 한인 유학생들이 수학하였다.[18] 이들 대학 대부분은 1949년 중국공산당 정부 수립 이후 대부분 통폐합되어 현재까지 남아 있는 곳은 복단대학, 상해교통대학, 동제대학 등 소수에 불과하고, 대학 통폐합 과정에서 그 이름도 대부분 바뀌어 지금 당시 대학의 실체를 정확하게 확인하는 것은 상당히 어려운 것이 사실이다.

식민지 시기 상해 유학 한국문인들의 주요 활동을 살펴보는 데 있어서 가장 먼저 주목되는 대학은 호강대학[19]이다. 위에서 언급했듯이 주요한, 주요섭 형제를 비롯하여 현진건, 피천득이 다녔고, 대한민국정부 수립 이후 정치, 경제, 외교, 문화체육 등의 다양한 분야에서 중요 직책을 맡았던 많은 인물들이 당시 호강대학에서 유학 생활을 했다. 호강대학은 미국 침례회에서 설립 운영한 상해의 대표적인 교회대학으로 1909년 설립한 상해침례대학이 전신이었다. 영어를 중시하는 교육방침과 미국 교육기관과의 연계를 활성화할 수 있었다는 점이 상해 지역 타 대학과 비교할 때 뚜렷한 장점으로 작용해 중국 학생들에게는 물론 한인 유학생들에게도 상당히 매력적인 대학이 될 수 있었던 것으로 보인다. 당시 호강대학은 중국어를 제외한 모든 과목에서 영어로 강의하는 것이 일반적이었고, 졸업생에게 미국의 학제에 따른 학위를 수여함으로써 유학을 가지 않고도 미국 대학의 학위를 취득할 수 있었던 것도 이러한 평판에 많은 영향을 미친 것으로 판단된다.

식민지 시기 상해 이주 한국 유학생들은 여러 대학에 분산되어 있어서 한인유학생연합 조직을 통해 민족적 운동을 펼쳐나갔다. 1915년 상

---

18 이에 대한 자세한 명단은 조성환, 「韓國 近代 知識人의 上海 體驗」, 『중국학』 29, 한국중국학회, 2007, 183~189쪽; 김광주, 「상해시절 회상기」 상, 『世代』 1965.12, 252쪽 참조.

19 이하 호강대학에 대한 자세한 내용은, 王立誠, 『美國教會高等敎育在中國－滬江大學個案研究』, 복단대 박사논문, 1995; 王立誠, 『美國文化浸透與近代中國敎育－滬江大學的歷史』, 복단대출판사, 2001 참조.

해한인유학생회 上海韓人留學生會를 시작으로 이합집산을 거듭하다 1921년 조직된 화동한국유학생회 華東韓國留學生會에 이르러 두드러진 활동을 시작한 것으로 보인다. 유학생회 본부는 처음에는 남경에 두었다가 1924년 상해 프랑스조계 길익리 吉益里 16호로 이전하였고, 위원장은 정광호 鄭光好, 서무위원 주요섭, 편집위원 주요한 등의 임원진이 활동했으며, 1925년 1월부터는 기관지 『화동학우 華東學友』를 발행하기도 했다. 이후 유학생 조직이 상해의 독립운동과 직접적인 연관을 맺으면서 1926년에는 상해한인학우회 上海韓人學友會로 변경되고 주요섭이 임원으로 활동하였다.[20] 이러한 유학생 조직의 활동 방향은 표면적으로는 조국을 떠나 타국에서 살아가는 유학생들의 친목에 일차적 목적이 있었지만, 실제적으로는 학문적 교류와 더불어 정치활동의 성격이 더욱 강했었다고 할 수 있다. 호강대학의 경우에는 학생자치회와 기독교청년회 두 조직이 가장 대표적인 학생조직이었는데, 특히 기독교청년회가 대사회활동의 중심기구로서의 역할을 담당했다. 하지만 학사제도나 규칙이 타 대학에 비해 상당히 엄격해서, 1920년대 상해 학생운동이 정치화되어가고 있을 때 호강대학과 같은 교회대학 학생들은 다른 대학 청년회 활동과는 달리 정치화되지 않고 상대적 독자성을 유지했다고 한다.[21] 이런 점으로 미루어 볼 때 당시 호강대학에 다녔던 주요한, 주요섭의 대외 활동이 어떻게 이루어졌는지, 그리고 이들이 호강대학 내의 청년회 조직과 어떤 직접적인 연관을 맺었는지에 대해서는 구체적으로 밝힐 만한 자료가 없어서

---

20 『동아일보』 1924.9.28・1926.11.1. 이에 대한 자세한 내용은 손과지, 앞의 책, 180~184쪽 참조.
21 정문상, 『중국의 국민혁명과 상해학생운동』, 혜안, 2004, 46~47쪽.

현재로서는 여러 가지 의문을 남기지 않을 수 없다.

주요한은 상해에서 처음에는 임시정부 기관지 『독립신문』의 편집과 발행에 관여하면서 여러 편의 시와 산문을 남겼는데,[22] 1921년 호강대학에 정식으로 입학한 이후에는 두드러진 문학 활동은 하지 않고 학업과 유학생회 조직 활동에 전념한 것으로 생각된다. 반면 주요한의 동생 주요섭은 형과 함께 상해로 건너왔지만 대학에서의 활동은 주요한보다 훨씬 활발했던 것으로 짐작된다.

내가 四년간 재학중에 우리 한국인 학생은 들숭날숭하기는 했지만, 최고 十六명(그중 二名은 女學生)에 달한 때도 있었다. 그러나 그중 四명만이 졸업하고 그 나머지는 中退하거나 他校로 옮겨갔다. (…중략…)

상해에 있는 紡織工場은 거의 전부가 日本人 소유였다. 한 공장에 있는 日人 감독이 中國人 직공 한명을 때려 죽였다. 이에 격분한 학생들이 市街地 데몬스트레이슌을 감행하였다. 日人 순경과 英人 순경이 發砲하여 학생 수십명이 죽고 부상당했다. 학생이 주동된 排日, 排英운동이 봉기되었다. 日人이나 英人이 경영하는 공장 직공은 전부 동맹파업을 하고 江灣競馬場으로 집합하였다. 남녀 학생들은 소매를 걷어 올리고 주먹밥을 그들에게 나누어 주었다. 日人, 英人의 商事 기관에 在職하고 있던 中國人, 가정의 下人, 下女로 있던 中國人까지 전부 파업해 버리고 학생들은 英人 경영 電車不乘同盟까지 했다.

그리고 각 大學에서는 국민계몽대를 조직하여 근방 촌락으로 돌아다니며 '打倒日本帝國主義', '打倒英國帝國主義'를 울부짖었다. 나도 十名單位로 조직된

22   이에 대한 자세한 분석은 박경수, 「주요한의 상해시절 시와 이중적 글쓰기」, 『한국문학논총』 68, 한국문학회, 2014 참조.

계몽대의 一員이 되어 빈 사과상자를 들고 인근 촌락들을 순회했다. 동리 앞에
村民들을 모아 놓고 먼저 中國 國歌부터 제창하는데 부르는 사람은 학생들뿐이
요, 村民들은 부를 줄을 몰랐다. 번갈아 사과상자 위에 올라선 학생들이 비분
강개 열변을 토하고 나서는 촌민들에게 국가를 배워주고, 다른 동리로 가곤
했다. 이 운동이 한달이나 매일 계속되었기 때문에 그 해는 學年末 시험도 치르
지 않고 그냥 進級하게 되었다.[23]

주요섭의 상해 유학 시절 회상기에서 알 수 있듯이, 당시 상해는 조계
지 시대로 제국주의의 횡포가 극에 달했지만, 이러한 중국 민중들의 실
상은 중국 국가조차 통제하기 힘들 정도로 속수무책이어서 중국 민중들
의 생활은 날이 갈수록 더욱 심각한 고통과 상처에 직면하였다. 따라서
상해 지역의 대학생들은 이와 같은 국가의 무기력한 상황을 비판적으로
성찰하면서 제국주의 타도를 외치며 독립운동에 적극 나서는 결연한 행
동을 보임으로써 중국 민중들에게 제국주의의 모순된 역사와 현실을 직
시하는 힘을 길러주는 계몽주의자로서의 역할을 담당하고자 했다. 일제
식민지를 직접적으로 경험하고 있는 한인 유학생들에게 중국 대학생들
의 이러한 민족적 실천은 중국만의 문제에 국한된 것이 아니라 제국주의
의 폭력을 경험하는 아시아 식민지 국가들의 공동의 문제라는 데 인식을
같이 하였다. 그러므로 당시 그들에게 상해 유학은 선진 학문을 배워 서
양으로 진출하겠다는 목적을 넘어서 식민지 청년으로서 조국의 독립을
위해 무엇을 생각해야 하고 어떻게 투쟁해 나가야 하는지를 성찰하고 배

---

23 주요섭, 「내가 배운 滬江大學」, 『사조』 1-6, 사조사, 1958.11, 215~216쪽.

우는 역사적인 문제의식을 심화시켜나가는 중요한 교두보가 되었음에 틀림없다.

1920년 베이징을 거쳐 상해로 갔다가 남경을 거쳐 항주에 머무른 소설가 심훈이 2년 남짓 다녔던 지강대학之江大學의 경우도 이러한 상해 지역 대학의 문제의식과 거의 같은 방향성을 지니고 있었다고 할 수 있다. 지강대학 역시 미국기독교에 의해 세워진 교회대학으로, 화동 지역 5개 교회대학[24] 가운데 거점 대학이었다. 미국과 캐나다의 장로교회가 교수를 파견했고, 1912년 12월 쑨원孫文이 학교를 시찰하고 학생들에게 강연을 하는 등 중국 내에서 서양을 향한 통로 역할을 한 것으로 추정된다. 또한 당시 학생들은 문학, 체육, 영문 연설 등 다양한 과외활동을 하면서도 '타도 제국주의! 타도 매국적賣國賊!'을 외치며 5·4운동에 적극 참여하기도 했다는 점에서, 당시 지강대학은 서구적인 문화와 진보적인 분위기를 동시에 배양하고 있었다고 볼 수 있다.[25]

이처럼 당시 상해, 항주를 중심으로 한 화동 지역 소재 중국 대학의 역할은 민족의 운명을 고민하고 성찰하는 지식인의 양성과 서구적 근대의 주체적 수용을 통한 문명적 세계 인식을 선구적으로 일깨워주는 데 있었다. 한국문인들의 상당수가 일본 유학을 포기하고 중국으로 이동한 것도 바로 이러한 중국 대학의 시대의식에 크게 공감한 측면이 있었기 때

---

24 금릉대학(현 남경대학南京大學), 동오대학東吳大學(현 소주대학蘇州大學), 성약한대학聖約翰 大學(현재 미상), 호강대학滬江大學(현 상해이공대학), 지강대학之江大學(현 절강대학浙江大 學 지강캠퍼스).

25 隊克勛Clarence Burton Day, 劉家峰 譯, 「西籍敎職員名單」, 『之江大學』, 珠海出版社, 1999, pp.138~141; 張文昌, 「之江大學」, 『浙江文史資料選輯』 29, 浙江人民出版社, 1985, pp.124~125. 본고에서는 한기형, 「'백랑白浪'의 잠행 혹은 만유—중국에서의 심훈」, 『민족문학 사연구』 35, 민족문학사학회, 2007, 454~455쪽에서 재인용. 이 외에도 지강대학에 대해서는 張立程·汪林茂, 『之江大學史』(杭州出版社, 2015)를 참조할 만하다.

문이다. 또한 당시 상해는 대한민국임시정부를 중심으로 한 재외 독립 운동의 전초 기지 역할을 하고 있었으므로, 상해 소재 대학으로의 유학은 지식인 청년으로서 조국 독립을 위한 사명과 역할을 감당하는 이중적 목적을 수행하는 데도 의미 있는 발판이 되기에 충분했다. 그들이 상해에 머무르면서 바라보고 인식했던 제국주의 비판과 자본주의 근대의 모순에 대한 이해 대부분은, 상해 지역 대학을 다니면서 직접적으로 영향을 받은 아시아 공동체의 민족 투쟁에 대한 방향성과 가장 가까이에서 직간접적인 경험을 통해 체득할 수 있었던 대한민국임시정부의 독립운동, 이 두 가지 이정표 사이에서 올곧게 정립되었다고 해도 과언이 아니다. 비록 대부분의 유학생문인들이 학업을 완전히 끝내지 못한 채 미완의 상태로 조국으로 귀환을 선택했지만, 이후 이들의 문학 창작 활동은 제국주의와 서구적 근대가 충돌하는 상해라는 국제도시에서의 뼈저린 경험들로 인해 더욱 성숙한 면모를 보일 수 있었음에 틀림없다.[26]

---

26 이에 대한 내용은 이 책의 제3장 「근대 상해 이주 한국문인의 주요 활동과 상해 배경 문학 작품의 의미」에서 자세하게 논의하였다. 당시 상해 이주 한국문인들이 귀국 이후 상해를 배경으로 어떤 작품을 썼으며, 작품 속에 반영된 상해의 모습이 어떠한 주제적 의미를 지니고 있는지를 분석하는 데 초점을 맞추었다.

근대 상해 이주 한국문인의
상해 배경 문학작품

1. 식민지 시기 상해와 동아시아적 시각

최근 들어 동아시아적 시각에서 한국 근대문학을 실증적으로 논의하는 연구가 활발하게 이루어지고 있다. 특히 일본에 의한 식민지 경험을 공유하는 동아시아 여러 민족과 국가의 공통의 기억 속에서 동아시아 문학을 비교 검토하는 연구가 두드러진다. 식민지 시기 독립운동이나 유학 등의 이유로 중국이나 일본 등으로 이주했던 경험을 갖고 있는 한국 문인들이 동아시아 국가와의 실질적인 교류나 영향 관계가 어떠했는지를 구체적으로 살펴봄으로써, 이러한 동아시아적 영향이 당시 이들의 문학 작품에 어떻게 구현되었는지를 논의하는 데 관심을 기울이는 것이다. 그런데 이러한 식민지 근대문학의 동아시아적 시각에 대한 논의에 있어서 일본과의 비교문학적 논의는 상당히 깊이 있는 연구가 이루어지고 있지만, 당시 한국문인들이 중국과의 교류를 통해 형성한 문제의식에 대한 접근은 상대적으로 소외되어 있는 것이 사실이다. 물론 식민지 시기 동아시아의 문학적 교류에 있어서 일본의 영향이 중국에 비해 양적으로든 질적으로든 두드러진 양상을 보였다는 점은 명백하다. 우리 근대문인들 상당수가 식민지 종주국 일본에서 유학 생활을 했다는 점과 일본 내에서의 조직적 활동 그리고 귀국 이후 일본을 통해 유입된 근대 의식의 확장이 우리 근대문학의 변화와 발전에 많은 영향을 미쳤다는 결과적 사실을 부인할 수는 없는 것이다. 하지만 당시 우리나라가 처한 대내외적 정치 상황을 염두에 둔다면, 기미독립만세운동 이후 상해임시정부를 비롯한 독립운동 기지로서 중국의 역할이 한국 근대문학에 미친 영향도 만만치 않았음을 결코 간과해서는 안 된다. 식민지 시기 상해로 이주한 한국문인들의 주요 활동은 상해임시정부의 노선과도 직간접적으로 맞물리면서 근대문학의 정치성을 고조시켰다는 사실을 반드시 기억해야 하는 것이다. 따라서 당시 이들이 창작한 상해 배경 문학작품에 나타난 근대 의식과 독립운동의 문학적 형상화에 대한 실증적 접근과 이해는, 식민지 시기 한국 근대문학을 동아시아적 시각에서 바라보는 중요한 문제의식을 담고 있다.

식민지 시기 상해로 이주한 한국문인으로는 신채호, 이광수, 주요섭, 주요한, 심훈, 최독견, 피천득, 김광주 등이 대표적이다. 이들은 당시 상해에 거주하면서 국내의 신문과 잡지 등에 상해를 제재로 한 시, 소설, 산문 등을 다수 발표함으로써, 상해를 중심으로 전개되었던 근대 중국의 문명적 변화와 제국주의의 이중성 등을 비판적으로 성찰했다. 특히 제국과 식민의 상처와 고통을 벗어나기 위한 방편으로 선택했던 자유의 도시 상해가 제국주의 열강이 각축하는 식민성을 가장 첨예하게 드러내는 모순을 직시함으로서 상해의 근대에 내재된 이중성을 신랄하게 비판하였다. 또한 당시 상해가 정치적 망명지로서 중요한 거점 역할을 하게 되면서 항일 독립운동의 중심에 있었던 혁명적 지식인들의 경험을 문학작품을 통해 형상화화기도 했다. 여기에서 한 가지 주목해야 할 사실은, 상해 배경 문학작품을 남긴 작가들 가운데 상당수가 당시 상해 지역 대학의 유학생이었다는 사실이다. 따라서 호강대학,[1] 지강대학[2]을 비롯한 중국 화동 지역 대학의 역사와 교육 그리고 상해 지역 한인 유학생 조직

---

1 식민지 시기 상해 유학 한국문인들의 주요 활동을 살펴보는 데 있어서 가장 먼저 주목되는 대학은 호강대학이다. 주요한, 주요섭 형제를 비롯하여 현진건, 피천득이 다녔고, 대한민국 정부 수립 이후 정치, 경제, 외교, 문화체육 등의 다양한 분야에서 중요 직책을 맡았던 많은 인물들이 당시 호강대학에서 유학 생활을 했었다. 호강대학은 미국 침례회에서 설립 운영한 상해의 대표적인 교회대학으로 1909년 설립한 상해침례대학이 전신이다. 영어를 중시하는 교육방침과 미국 교육기관과의 연계를 활성화할 수 있었다는 점이 상해 지역 타 대학과 비교할 때 뚜렷한 장점으로 작용해 중국 학생들에게는 물론 한인 유학생들에게도 상당히 매력적인 대학이 될 수 있었다. 당시 호강대학은 중국어를 제외한 모든 과목에서 영어로 강의하는 것이 일반적이었고, 졸업생에게 미국의 학제에 따른 학위를 수여함으로써 유학을 가지 않고도 미국 대학의 학위를 취득할 수 있었던 것도 이러한 평판에 많은 영향을 미쳤다. 호강대학에 대한 자세한 내용은 王立誠, 앞의 글; 王立誠, 앞의 책 참조.

2 지강대학은 미국기독교에 의해 세워진 교회대학으로, 화동 지역 5개 교회대학, 즉 금릉대학金陵大學(현 남경대학南京大學), 동오대학東吳大學(현 소주대학蘇州大學), 성약한대학聖約翰大學, (현재 미상), 호강대학滬江大學(현 상해이공대학), 지강대학之江大學(현 절강대학浙江大學 지강캠퍼스) 가운데 거점 대학이었다. 미국과 캐나다의 장로교회가 교수를 파견했고, 1912년 12월 쑨원孫文이 학교를 시찰하고 학생들에게 강연을 하는 등 중국 내에서 서양을 향한 통로 역할을 한 것으로 추정된다. 또한 당시 학생들은 문학, 체육, 영문 연설 등 다양한 과외활동을 하면서도 '타도 제국주의! 타도 매국적賣國賊!'을 외치며 5·4운동에 적극 참여하기도 하는 등 서구적인 문화와 진보적인 분위기를 동시에 배양할 수 있었다. 隊克勛Clarence Burton Day, 劉家峰 譯, 앞의 글, 138~141쪽; 張文昌, 위의 글, 124~125쪽. 본고에서는 한기형, 앞의 글, 454~455쪽에서 재인용. 이 외에도 지강대학에 대해서는 張立程·汪林茂, 앞의 책 참조.

등이 식민지 시기 상해 이주 한국 유학생문인들의 사상적 기반을 형성하는 데 중요한 역할을 담당했다는 사실을 특별히 주목할 필요가 있다. 본고에서는 이러한 점을 중심으로 근대 상해 이주 한국문인들의 상해 배경 문학작품의 양상과 의미에 대해 개괄적으로 살펴보고자 한다.

2. 근대 상해의 이중성과 모순에 대한 비판적 성찰

근대 상해 이주 한국문인들은 당시 중국 상해를 이중적이고 양가적인 시선으로 바라보았다. 제국주의 지배와 억압으로부터 벗어날 수 있는 자유와 해방의 도시이면서, 영국과 미국, 프랑스 등 제국주의 열강이 우위를 점하기 위해 각축을 벌이는 헤게모니 투쟁 장소로 인식했던 것이다. 또한 식민지 조국의 현실을 극복하기 위한 가장 이상적인 장소로서의 혁명적 성격과, '동방의 파리', '동양의 런던' 등으로 불리어진 것처럼 서구 문명을 이해하고 수용하는 근대적 통로로서의 가능성을 동시에 지닌 곳으로 인식하였다. 1843년 남경조약에 의해 강제 개항을 할 당시만 해도 인구 12만에 불과했던 상해는, 1845년 영국조계 설치[3]를 시작으로 외국인의 유입이 급격히 증가하였고, 이에 따른 서양 제국주의의 지배와 통제가 더욱 가속화되는 동양 최대의 국제도시이자 식민 도시로 변모

---

3 각주 25, 26 참조.

하였다. 이러한 상해의 이중성과 모순을 비판적으로 인식하면서도 한국 근대 지식인들이 상해를 특별히 의미 있는 장소로 바라볼 수밖에 없었던 것은, 무엇보다도 상해가 동아시아 혁명 거점도시로서의 성격을 지니고 있었다는 사실 때문이었다. 즉 1921년 중국 공산당 설립을 선포했던 제1차 대회가 상해에서 개최되었다는 상징적 사건에서 알 수 있듯이, 일본을 중심으로 급격히 재편되어 갔던 동아시아 정세를 극복하고 식민의 현실을 넘어서기 위한 정치적 교두보로서 상해의 역사적 의미가 무엇보다도 중요하게 부각되었던 것이다. 그 결과 상해 이주 한국 지식인들 대부분은 상해의 이중성, 즉 식민지 조국의 해방을 위한 혁명적 거점 도시로서의 성격과 서구의 근대와 문명을 수용하는 선진적인 국제도시로서의 가능성을 동시에 받아들였다. 특히 전자의 경우는 독립운동의 여러 가지 실천적 방향과 맞물리면서 근대 상해 이주 문인들의 상해 배경 작품에 상당히 많은 영향을 미쳤다.

이처럼 근대 상해 이주 한국문인들의 상해 인식은 당시 상해가 해외 한인 독립운동의 거점 역할을 했다는 사실에 가장 주목하였다. 특히 1920~30년대 상해 소재 대학에서 유학을 했던 근대문인들에게 상해임시정부를 중심으로 형성되었던 독립운동에 대한 비판적 참여의식은, 제재적 차원이든 주제적 차원이든 그들의 작품 창작에 있어서 기본적인 바탕이 되었다고 해도 과언이 아니다. 그들의 문학적 활동은 상해임시정부를 비롯한 민족주의계열, 공산주의계열, 무정부주의계열 정치단체, '상해대한인민단', '상해거류민단' 등 교민단체, '의열단', '한인애국단' 등 비밀결사조직이 펼쳤던 독립운동의 영향 속에 있었다. 하지만 이러한 단체들의 혁명 의식 내부에 은폐되어 있는 이중성과 자기모순에 대해서도 정직하게 비판하였을 뿐만 아니라, 근대 문명의 이면에 담긴 퇴폐성과 식민성에 대해서도 결코 비판의식을 잃지 않았다. 동경과 희망의 상징적 표상이면서도 한편으로는 근대의 이면에 가려진 궁핍과 억압의 현실이 은폐되어 있는 상해의 이중성과 모순을 작가 의식의 중심에 두었던 것이다. 그 결과 근대적 도시로서의 '세계성'을 전유하는 긍정적 측면과 '식민성'의 굴욕을 환기시키는 부정적 측면이 공존하는 상해의 현실을 동시에 바라보는 이중적이고 양가적인 시선을 드러냈던 것이다.

> 上海는 元來 自由의 都市이며 平和의 理想鄕이었다. 故로 上海는 東亞에 在한 經濟的 中心地일 뿐안이라 種種雜多의 目的으로써 惑은 經濟上 惑은 自由를 愛하는 上 世界各處의 人人이 自由로 出入하는 巢窟이 띄어섯다. 그리하야 其等 人人의 中에는 各自의 本國에 對하야 政治的 不滿을 抱하고 來한 者가 多하며 從하야 其處는 種種의 陰謀를 企하는 自由의 都市로 所謂 危險人物 社會의 落伍者 腐敗分子 等 雜多의 浪人豪客이 聚集하는 點에서 上海는 一面 光明의 都市됨과 同時에 一面 暗黑의 都市라하야도 過言이 안이겟다.[4]

인용문에서 분명하게 명시하고 있듯이, 근대 상해 이주 한국문인들에게 상해의 모습은 "자유"와 "평화"를 만끽할 수 있는 "이상향"과 같은 의미로 다가왔다는 점에서, 식민지 조국의 현실과는 정반대의 독립적이고 개방적이며 국제적인 도시로 인식되기에 충분했다. 더군다나 당

4　上海寓客, 앞의 글. 본고에서는 연변대 조선문학연구소·김동훈·허경진·허휘훈 주편, 『종합산문』 1, 보고사, 2010, 504쪽에서 재인용.

시 상해는 동아시아의 "경제적 중심지"로서 서구 문명의 유입이 아주 활발하게 이루어졌고, 이에 따라 "세계 각처의 사람들이 자유로 출입하는 소굴", 즉 근대 문명을 수용하고 전파하는 교두보와 같은 역할을 담당하기도 했다는 점에서 동경과 선망의 도시임에 틀림없었다. 하지만 이러한 근대 도시 상해의 이면에는 일본을 중심으로 재편되었던 동아시아의 현실에 맞서 투쟁하는 "정치적 불만" 세력들이 각국의 해방과 독립을 위해 여러 가지 "음모"를 도모하는 전략적 장소로서의 의미를 동시에 지니고 있었다. 따라서 상해 이주 한국문인들은 "광명의 도시"이면서 "암흑의 도시"였던 상해의 이중성과 모순을 직시함으로써 식민지 조국이 맞닥뜨린 대내외적 모순을 정직하게 들여다보고자 했다. 즉 서구적 근대와 제국주의적 근대의 이중성과 모순이 공존하는 혼란과 혼돈의 장소로서 상해의 모습을 작품 속에 담아냄으로써, 식민지 조국이 안고 있는 정치사회적 모순의 극복이라는 궁극적인 과제를 실천하는 뚜렷한 방향성을 찾고자 했던 것이다. 그 결과 이들의 작품에 나타난 상해의 모습은 표면적으로는 개방과 문명의 국제주의적 측면을 두드러지게 드러내면서도, 그 이면에는 제국주의가 은폐하고 있는 식민 도시로서의 병폐가 깊숙이 내재되어 있는 양가적 시선을 엿볼 수 있었다.

이러한 문제의식을 형성하는 데 있어서 상해 지역 소재 대학이 근대 유학생문인들에게 끼친 영향을 특별히 주목할 필요가 있다.[5] 당시 상해

---

5 식민지 시기 중국 상해 및 상해 인근 항주 등으로 유학을 간 한인들의 면면을 대략 정리해보면 다음과 같다. 당시 조선에서 활동했던 언더우드 목사의 소개로 북미 침례교회가 경영하는 '금릉대학金陵大學'에 입학한 여운형, '호강대학滬江大學'에 다녔던 주요섭, 주요한, 현진건, 피천득, 상해 인근 항주 지강대학을 다녔던 심훈, 대동대학의 강노향, 동제대학의 이극로, 남양의과대학의 김광주, 예술대학의 김염 등을 비롯하여 광화대학, 상해교통대학, 국립제남대학, 동방대학, 노동대학, 동남대학, 복단대학, 상해공학대학, 상해대학, 신화예술대학,

와 항주를 중심으로 한 화동 지역 소재 중국 대학의 역할은 민족의 운명을 고민하고 성찰하는 지식인의 양성과 서구적 근대의 주체적 수용을 통한 문명적 세계 인식을 선구적으로 일깨워주는 데 있었다. 이러한 중국 대학과 학생들의 시대의식과 정치의식은 당시 유학을 계획 중이던 한국의 젊은 문인들이 일본 유학을 포기하고 중국으로의 유학을 선택하는 중요한 계기로 작용하였다. 식민지 지식인 청년으로서 조국 독립을 위한 사명과 역할을 고민하고 성찰하는 정치적 목표의식을 구체적으로 실천하는 중요한 발판으로 삼고자 했던 것이다. 따라서 그들이 상해에 머무르면서 바라보고 인식했던 제국주의 비판과 자본주의 근대의 모순에 대한 이해는, 상해 지역 대학을 다니면서 직간접적으로 영향을 받은 아시아 공동체의 민족 투쟁에 대한 감화를 통해 식민지 조국이 나아가야 할 올곧은 이정표를 정립하기 위한 과정이었다고 할 수 있다. 비록 대부분의 유학생문인들이 학업을 완전히 끝내지 못한 채 미완의 상태로 조국으로 귀환했지만, 이후 이들의 문학 창작 활동은 제국주의와 서구적 근대가 충돌하는 국제도시 상해에서의 경험들을 두루 포괄하는 더욱 성숙한 면모를 보여주었다.

내가 四년간 재학중에 우리 한국인 학생은 들숭날숭하기는 했지만, 최고 十六명(그중 二名은 女學生)에 달한 때도 있었다. 그러나 그중 四명만이 졸업하

오송국립정치대학, 혜령전문학교 등 여러 대학에서 상당히 많은 한인 유학생들이 수학하였다. 이들 대학 대부분은 1949년 중국공산당 정부 수립 이후 대부분 통폐합되어 현재까지 남아 있는 곳은 복단대학, 상해교통대학, 동제대학 등 소수에 불과하고, 대학 통폐합 과정에서 그 이름도 대부분 바뀌어 지금 당시 대학의 실체를 정확하게 확인하는 것은 상당히 어려운 것이 사실이다. (하상일, 「근대 상해 이주 한국문인의 상해 인식과 상해 지역 대학의 영향」, 『해항도시문화교섭학』 14, 한국해양대 국제해양문제연구소, 2016, 113쪽)

고 그 나머지는 中退하거나 他校로 옮겨갔다. (…중략…)

상해에 있는 紡織工場은 거의 전부가 日本人 소유였다. 한 공장에 있는 日人 감독이 中國人 직공 한명을 때려 죽였다. 이에 격분한 학생들이 市街地 데몬스트레이숀을 감행하였다. 日人 순경과 英人 순경이 發砲하여 학생 수십명이 죽고 부상당했다. 학생이 주동된 排日, 排英운동이 봉기되었다. 日人이나 英人이 경영하는 공장 직공은 전부 동맹파업을 하고 江灣競馬場으로 집합하였다. 남녀 학생들은 소매를 걷어 올리고 주먹밥을 그들에게 나누어 주었다. 日人, 英人의 商事 기관에 在職하고 있던 中國人, 가정의 下人, 下女로 있던 中國人까지 전부 파업해 버리고 학생들은 英人 경영 電車不乘同盟까지 했다.

그리고 각 大學에서는 국민계몽대를 조직하여 근방 촌락으로 돌아다니며 '打倒日本帝國主義', '打倒英國帝國主義'를 울부짖었다. 나도 十名單位로 조직된 계몽대의 一員이 되어 빈 사과상자를 들고 인근 촌락들을 순회했다. 동리 앞에 村民들을 모아 놓고 먼저 中國 國歌부터 제창하는데 부르는 사람은 학생들뿐이요, 村民들은 부를 줄을 몰랐다. 번갈아 사과상자 위에 올라선 학생들이 비분 강개 열변을 토하고 나서는 촌민들에게 국가를 배워주고, 다른 동리로 가곤 했다. 이 운동이 한달이나 매일 계속되었기 때문에 그 해는 學年末 시험도 치르지 않고 그냥 進級하게 되었다.[6]

인용문에서 알 수 있듯이, 영국, 일본 등이 상해를 조계지로 점령한 이후 중국 민중들의 현실은 말할 수 없이 열악한 지경으로 치달았다. 당시 상해 지역 대학생들은 제국주의의 횡포와 무기력한 국가의 행태를 강력

---

6   주요섭, 앞의 글, 215~216쪽.

하게 비판하면서 제국주의 타도를 외치며 독립운동의 중심에 나서는 결연한 태도를 보였다. 이와 같은 중국 대학생들의 정치적 행동을 지켜본 한국 유학생들은 해방과 독립을 위한 민족적 실천이 중국만의 문제가 아니라 식민지 경험을 공유하는 동아시아 국가 전체의 공통의 문제라는 데 인식을 같이 했다. 따라서 그들은 상해 지역 대학에서 선진 학문을 배워 식민지를 넘어선 근대 국가를 건설하겠다는 목표를 분명하게 견지하는 것은 물론이거니와, 식민지 청년으로서 조국의 독립을 고민하고 실천해야만 하는 당면 과제에 대한 문제의식도 확고하게 정립할 수 있었다. 이러한 문제의식은 동아시아 전체에 걸쳐 식민지 하층민의 현실과 타락한 도시에 대한 고발, 일본 제국주의에 맞서는 항일 독립운동의 과제 그리고 이를 구체적으로 실천하는 혁명적 지식인들의 자기모순에 대한 비판적 성찰 등으로 심화되어 나아갔다. 본고에서는 이와 같은 쟁점들이 식민지 시기 상해 이주 한국문인들의 상해 배경 문학 작품에 어떤 양상으로 구체화되었는지를 살펴보고 그 의미를 밝혀내는 데 초점을 둘 것이다.

3. 식민지 시기 상해 배경 한국문학 작품의 양상과 의미

1) 근대 문명에 대한 동경과 타락한 도시에 대한 비판

식민지 시기 상해 이주 한국문인 가운데 상해의 근대 문명에 대한 동경을 가장 직접적으로 표현한 시인은 주요한이다. 그는 시집 『아름다운 새벽』에 '상해 풍경'이라는 큰 제목 하에 「上海 소녀」, 「歌劇」, 「불란서 공원」[7]을 발표했는데, 이 시는 상해의 근대에 대한 동경의 시선과 이국적 이미지를 두드러지게 형상화한 작품이다.

> 맵시나게 자른 앞머리와
> 귀꼬리의 섬세한 조각은 바람이 슬치며
> 연지바른 뺨!
> 조금 두터운 입술은 꽃잎인가 한다.
> 파란선 두른 웃옷은 볼기에 닿았고
> 소매는 짧아 희고 가느른 팔을 드러내며
> 연홍색 바지에 치마는 입지 않았다
> 실크스타킹 사이로 희미한 발목의 곡선,
> 눈을 미하는 살빛!
> 가느른 손가락에 감긴 손수건은 무릎위에!

---

7 요한기념사업회 편, 『주요한 문집―새벽』1, 요한기념사업회, 1982, 539~541쪽.

그러나 기운 튼튼한 '아니'가 끄는

거문칠한 '왕보초人力車'의 등에 그린

선혈가튼 벌겅빗 경七촌의 심장형은

그 가정의 거친 취미를 나타낼 뿐이로다.

少女의 오직 한 열정은 방황하는 시선 속에

아, 뜻 깊이 憧憬의 저편으로 던지는 視線 속에 숨었도다.

—「上海 소녀」 전문

'아침'

새날을 맞는 밝음과 기름자의 때가

보드러운 光線과 푸른 影子-여름날

잔디밭 위에 늙은 오리나 나무 그늘에 노닌다

웃음을 띈 太陽이 時計臺의 板面에 反射하고

巧妙하게 整頓된 꽃밭은

프랑스 사람의 아름다운 情緒를 나타내었다

'낮'

太陽은 이미 中央을 지냈도다.

꽃밭 左右를 지나는 두 길의 合하는 곳이

가벼운 여름옷에 무릎을 드러낸

白人의 사내와 계집애의 작란터가 되도다

遺傳的인 적은발노새둥거리는 中國 '아마乳母'나

或은 얼굴에 粉바른 日本계집의 손에 끌려

잔디밭을 밟아 문지르는 어린애들의

아라사, 프랑스, 아메리카色色의 말을 지껄임도

植民地인 '상하이'의 氣風을 드러내도다

— 「불란서 공원」 부분

「上海 소녀」는 화자가 상해에서 만난 한 중국인 소녀의 외양을 묘사한 작품으로, 소녀의 이국적 모습에 대한 동경의 시선이 들뜬 감정의 어조에 그대로 묻어난다. "맵시나게 자른 앞머리"에 "파란선 두른 웃옷은 볼기에 닿았고 / 소매는 짧아 희고 가느른 팔을 드러내며 / 연홍색 바지에 치마는 입지 않았"으며, "실크스타킹 사이로 희미한 발목의 곡선, / 눈을 미하는 살빛!"을 드러내는 모습에서, 동양 여성과는 전혀 다른 서양풍의 여성으로 치장한 중국 소녀의 이국 취향을 감각적으로 묘사하고 있다. 이러한 서구적 아름다움에 대한 동경은 이어지는 "거문칠한 '왕보초(人力車)'"의 거칠고 투박한 모습과 직접적으로 대조를 이루어 더욱 극단적인 이미지의 대립을 불러오고 있다. 즉 표면적으로는 서구적인 이국 취향에 빠져 방황하는 중국 여성들의 "동경의 시선"을 주목하고 있지만, 그 이면에는 식민의 그늘에 고통 받는 중국 민중들의 현실을 같은 시공간 안에 보여줌으로써 식민지 근대의 이중성으로 혼란을 겪고 있는 상해의 현실을 부각시키고자 하는 의도가 깔려 있는 것이다.

「불란서 공원」 역시 이러한 양가적 시선이 두드러진 작품이다. "프랑스 사람의 아름다운 정서情緒를 나타내"는 곳으로 표현되는 상해의 한 공원의 모습을 담은 것으로, 아침, 낮, 저녁, 밤으로 이어지는 시간 순서에 따라 변화하는 공원의 정경을 인상적으로 묘사하고 있다. 하지만 이곳은 상해의 여느 곳과는 다른 이국적 풍경을 간직한 곳으로, "백인白人의 사내와 계집애의 작란터"라는 데서 알 수 있듯이 "식민지植民地인 '상하이'의 기풍氣風"을 드러낸 곳이기도 하다. 화자는 서구적 낭만을 보여주는 공원을 산책하면서 중국 내부의 식민지민으로 살아가는 상해 사람들의 소외를 떠올린다. "아라사, 프랑스, 아메리카색색色色의 말을 지껄"이는 혼종의 도시 상해에서의 이국적 경험이 화자에게 근대 문명에 대한 동경의 시선과 그 속에 내재된 불안의식과 소외의식의 내적 충돌을 느끼게 하는 것이다. 물론 주요한의 이러한 의식과 태도는 식민지 근대에 대한 적극적인 비판의 형식으로 보기는 어려울 듯하다. 그는 이국적이고 이질적인 풍경과의 거리두기를 통해 상해를 통해 유입되는 근대 문명에 자연스럽게 동화될 수 없는 자신의 소외감을 표현하는 데 치중했기 때문이다. 따라서 그에게 이러한 서구적 동경의 시선은 근대 문명에 대한 비판적 태도의 결과라기보다는 오히려 중국 혹은 조국의 식민지 현실에 대한 미적 거리두기로서의 성격을 드러낸 것으로 볼 수 있다.

이처럼 근대 문명의 도시 상해를 바라보는 양가적 시선은 타락한 도시 상해의 뒷골목 풍경을 통해 더욱 극명하게 드러난다. 독립운동과 유학을 목적으로 상해로 이주했던 젊은 지식인들은 이와 같은 상해의 이중성으로 인해 여러 가지 정신적 혼란에 부딪히지 않을 수 없었다. 서구 문명에 대한 경험적 이해를 통해 근대적 세계의식을 올바르게 정립함으로써 조국 독립을 위한 강인한 실력을 갖추어 나가겠다는 목적으로 유학을 떠나온 그들에게, 자본과 문명의 도시 상해의 모순과 타락상은 또 다른 절망을 가져다주는 혼란과 혼돈 그 자체였기 때문이다. 1920년대 초 북경으로 들어가 남경, 상해를 거쳐 중국 항주에 정착한 심훈이 상해 체류 당시 남긴 「上海의 밤」은 이러한 혼동의 양상을 아주 구체적으로 보여준다.

우중충한 弄堂 속으로

훈둔장사 모여들어 딱딱이 칠 때면

두 어깨 웅숭그린 년놈의 떠드는 세상,

집집마다 麻雀판 두드리는 소리에

鴉片에 취한 듯 上海의 밤은 깊어가네.

발벗은 少女, 눈먼 늙은이를 이끌며

구슬픈 胡弓에 맞춰 부르는 孟姜女 노래,

애처롭구나! 客窓에 그 소리 腸子를 끊네.

四馬路 五馬路 골목 골목엔

'이쾌양듸 량쾌양듸' 人肉의 저자

단속옷 바람으로 숨바꼭질하는 야-지의 콧잔등이엔

梅毒이 우글우글 惡臭를 풍기네

집 떠난 젊은이들은 老酒잔을 기울여

걷잡을 길 없는 鄕愁에 한숨이 길고

醉하여 醉하여 뼈속까지 醉하여서는

팔을 뽑아 長劍인 듯 내두르다가

菜館 소파에 쓰러지며 痛哭을 하네.

어제도 오늘도 散亂한 革命의 꿈자리!

용솟음치는 붉은 피 뿌릴 곳을 찾는

'까오리' 亡命客의 심사를 뉘라서 알고

影戱院의 산데리아만 눈물에 젖네.

—「上海의 밤」 전문[8]

　　1920년대 초반 상해의 모습은 상해임시정부를 중심으로 한 독립운동 내부의 첨예한 갈등과 분파주의가 극에 달했던 시기이다. 게다가 제국주의 근대의 모순으로 가득 찬 상해의 이중성은, 조선 독립을 위한 이정표라고 기대했던 상해가 식민지 근대의 모순으로 고통 받는 조선의 현실과 전혀 다를 바 없다는 부정적 현실 인식을 불러오기에 충분했다. 「上海의 밤」은 이러한 식민지 청년의 절망과 정신적 착란 상태를 당시 상해의 중심지였던 "사마로四馬路 오마로五馬路" 거리를 통해 형상화한 작품이다. "두 어깨 웅숭그린 년놈의 떠드는 세상, / 집집마다 마작麻雀판 두드리는 소리에 / 아편鴉片에 취한 듯 상해上海의 밤은 깊어가네"라는 데서 알 수 있듯이, 당시 상해의 모습은 마작, 아편, 매춘 등이 난무하는 자본주의적 모순 공간으로서의 폐해를 그대로 노출하고 있었던 곳이었다.[9] 독립운

8　심훈기념사업회 편, 앞의 책, 149~151쪽.

9　당시 사마로四馬路와 오마로五馬路에 대한 다음 글을 보면 인용시의 배경이 되는 1920년대 상해 거리가 선명하게 떠오른다. "푸저우루福州路와 샤페이루霞飛路(지금의 화이하이중루)는 상하이의 또 다른 번화가였다. 푸저우루는 속칭 사마로四馬路라고도 불렀다. 난징루南京路와 평행으로 나란히 뻗어 있는 이 거리는 동쪽 와이탄에서 시작하여 서쪽 경마장(지금의 인민광장과 인민공원 자리—필자 주)에 이르는 구간을 말한다. 20세기 초 난징루가 크게 번성하기 전까지 푸저우루는 줄곧 상하이에서 가장 번화한 지역이었다. 이 거리에는 상하이의 거의 모든 신문사와 서점이 운집해 있었을 뿐만 아니라 수많은 희원戱院(전통극 공연장)과 서장書場(사람을 모아 놓고 만담, 야담, 재담을 들려주는 장소), 다관과 무도장, 술집과

동의 전진기지로서 무한한 동경을 가졌던 국제도시 상해는 "노주老酒잔을 기울여 / 걷잡을 길 없는 향수郷愁에 한숨"만 나오게 하는, 그래서 "취醉하여 취醉하여 뼈속까지 취醉하여서는" "채관菜館 소파에 쓰러지며 통곡痛哭을 하"게 만드는 절망의 악순환을 경험하게 할 뿐이었다. 심훈이 진정으로 기대했던 것처럼, 상해는 조국 독립의 혁명을 가져오는 성지가 아니라 "어제도 오늘도 산란散亂한 혁명革命의 꿈자리!"가 난무하는 곳이었으므로 "'까오리(고려-인용자)' 망명객亡命客"으로서의 절망적 통한痛恨에 괴로워할 수밖에 없었던 것이다. 이처럼 「上海의 밤」은 서구적 근대와 제국주의적 근대가 착종된 1920년대 상해의 어두운 현실을 적나라하게 보여준 시이다.[10]

이상에서 살펴봤듯이, 근대 상해 이주 한국문인들은 제국주의 횡포와 억압이 더욱 가속화되는 상황에서 상해의 근대를 직접적으로 경험하는 동시에 식민지 조국의 현실을 비판적으로 성찰하는 현실인식을 드러냈다. 다시 말해 당시 상해는 조국의 현실을 비추는 거울과 같은 역할을 함으로써 식민지 조국의 낙후된 현실을 비판하고 부정하는 실천적 태도와

여관 등이 두루 포진해 있었다. 또한 경마장 인근의 서쪽 구간은 더 유명한 색정 환락가로 기방들이 줄지어 들어서 있어 떠돌이 기녀들이 엄청난 무리를 이루었다. (…중략…) 샤페이루는 프랑스조계에 위치해 있었다. 플라타너스가 심어져 있는 이 가로수 길에는 짙은 이국의 정서가 가득했고 길 양쪽에 늘어선 상점들도 주로 양식집과 양복점, 유럽의 패션 소비품 상점인 것이 특징이었다. (…중략…) 이 모든 것들이 사람들에게 몽롱하고 희미한 느낌을 가져다주었고 유럽 교민들에게는 고향집에 온 것 같은 친밀감을 느끼게 해주었다. 현지의 중국 신사들은 이러한 이국 풍경을 문명 진보의 상징으로 잘못 이해하기도 했다. 이런 의미에서 샤페이루는 디즈니공원과 마찬가지로 온통 기표로 쌓아올린 거리로 사람들을 환각 상태에 빠지게 하는 일종의 환영simulacrum이었다고 할 수 있다." (니웨이倪偉, 앞의 글, 30~31쪽)

10 하상일, 「심훈과 중국」, 『中韓日 文化交流 擴大를 위한 韓國語文學 및 外國語教育研究 國制學術會議 발표논문집』, 절강수인대, 2014.10.25, 60~61쪽.

방향을 제시해주었던 것이다. 하지만 상해의 근대 안에 은폐되어 있는 자본주의적 병폐와 모순은 또 다른 식민성을 그대로 노출하고 있어서, 당시 상해를 배경으로 활동한 작가들은 이러한 모순된 현실을 직시함으로써 왜곡된 식민지 근대를 극복하는 올바른 대안을 찾고자 했다. 이러한 문제의식을 토대로 근대 상해 이주 한국문인들은 식민지 근대 내부의 제국주의적 횡포에 저항하는 사회주의혁명 가능성으로서의 문학의 방향성에 대해서 깊이 고민했다. '동경'과 '비판'이라는 이중의 시선을 통해 식민지 조선의 현실을 초극하는 가장 이상적인 장소로 상해의 근대를 양가적 태도로 바라보았던 것이다.

2) 식민지 하층민의 현실과 민중적 계급의식의 구현

외세에 의한 강제 개항으로 조계지 시대를 초래한 중국 상해는 국제도시로서의 명성을 누렸지만, 그것은 어디까지나 상해로 이주해온 서양 사람들에게 부여된 명칭이었을 뿐, 실제 상해 토착민들에게는 차별과 멸시 그리고 극심한 가난을 견뎌야만 하는 식민지 제국의 도시였을 따름이었다. 당시 상해의 거리는 인력거꾼과 거지, 사창가가 즐비하게 늘어서 있었고, 온갖 사기와 협잡이 난무하는 자본주의의 타락상이 가장 극에 달했던 곳이었다. 게다가 당시 상해는 "人質団 共産黨 海賊 土匪 暗殺団 誘拐団 阿片密輸入者 武器密輸入者 惡德政治家"[11]가 들끓는 곳이었

---

11 滬上居人, 「上海夜話」, 『별건곤』, 1930.7, 95쪽. 본고에서는 김호웅, 앞의 글, 13~14쪽에서 재인용.

고, "人類의 道德도 良心도 理智도 藝術도 文學도 詩도 없"[12]는 '악마의 도시'로 명명되기도 했다. 주요섭의 「인력거꾼」(1925)과 「살인」(1925) 은 이러한 상해의 타락상과 어두운 도시의 이면을 식민지 하층민의 불우한 현실을 통해 비판적으로 담은 작품이다.

아쩡과 쭐루(도야지)라는 별명을 가진 동거자는 어두컴컴한 부엌 속으로 들어가서 둥그런 탁자를 가운데 놓고 뒷받침 없는 교의에 삥 둘러앉은 때문은 옷 입은 친구들 틈에 끼어 앉아서 떡 두 개씩과 꺼룩한 미음을 한 사발씩 마시고 쩔렁쩔렁하는 전대 속에서 동전을 여섯 닙 꺼내 탁자 위에 메치고 코를 싱싱 방바닥에 풀어 붙이면서 걸어나왔다.

둘이서는 잠잠히 걸었다. 조약돌을 깔아 울퉁불퉁한 좁은 골목을 꿰여 나와 전차길을 끼고 한참을 나가다가 다시 녹오만 골목으로 조금 들어가서 人力車 셋방 앞에 다다랐다. 벌써 숱한 人力車꾼들이 와서 널직한 창고 속에 줄서 기화해어져 떨어져가는 조회에 돌돌 싸둔 大洋八十錢을 人力車 하루 세선금으로 支拂하고 票 한 장을 얻어들고 어둑한 창고로 들어가 제차례에 오는 人力車를 한 채 돌돌 끌고 거리로 나아왔다. 그는 잠깐 우두머니서서 분주스럽게 왔다갔다 하는 群衆을 바라보다가 人力車 뒷채를 부득부득 밀면서 나아오는 뚱뚱이에게 이렇게 말했다.

"오늘은 어째 신수가 궁한 것 같해! 어젯밤 꿈이 수상하더라니!"

뚱뚱이는 이 말을 대답할 새도 없이 벌써 저편 맞은 거리에서 오라고 손질하는 西洋 女子를 보고 설마 남에게 빼앗길새라 줄달음질을 쳐 가서 人力車 앞채

---

12 김광주, 「上海의 겨울밤街頭風景素描」, 『신동아』 58. 본고에서는 연변대 조선문학연구소·김동훈·허경진·허휘훈 주편, 『김학철·김광주 외』, 보고사, 2007, 397쪽에서 재인용.

를 척 내려놓고 그 女子를 태웠다.[13]

　이 작품은 주요섭이 상해 호강대학 2학년 재학 중 사회학 과목 실습으로 인력거꾼 합숙소를 현지 조사했던 경험에 바탕을 두고 쓴 것이다. 인용 부분은 주인공 아찡이가 아침에 일어나 하루 일과를 시작하는 일상을 상세하게 서사화하고 있다. 대체로 소설 전반부에는 이와 같이 상해 최하층민으로 살아가는 인물들의 일상이 사실적으로 묘사된 반면, 후반부로 가면서 이들의 의식 변화를 보여줌으로써 작가의 주제의식을 선명하게 부각시키고 있다. 가난한 민중의 삶이 대부분 그러하듯 아찡이의 일상 역시 아주 특별한 미래를 기대한다기보다는 그저 지금보다 조금 더 나은 삶을 살았으면 하는 소박한 바람에서 비롯된 성실함으로 시작된다. 하지만 당시 상해의 현실은 이러한 일상적 행복을 꿈꾸는 민중들의 소망을 여지없이 무너져 내리게 하기 일쑤였다. "설마 남에게 빼앗길 새라 줄달음질을 쳐 가"는 인력거꾼의 생리에서 잘 알 수 있듯이, 손님 한명이라도 더 받기 위해 무리하게 달리고 또 달려야 하는 인력거꾼의 삶은 자신의 몸을 혹사함으로써 스스로 수명을 앞당기게 하는 결과로 치달을 수밖에 없었던 것이다. 이 소설에서 아찡이의 죽음은 바로 이러한 인력거꾼의 육체적 고통에서 비롯된 당연한 결과였다. 하지만 아찡이의 동거자인 뚱뚱이가 동료의 죽음에도 또다시 인력거를 끌고 거리로 나갈 수밖에 없는 현실을 보여주는 데서, 이러한 현실은 아찡과 같은 식민지 하층 민중들 개인의 문제가 아니라 사회의 문제일 뿐만 아니라, 근대 문명의 허

13　주요섭, 「인력거꾼」, 앞의 책, 221～222쪽에서 재인용.

위성에 가려진 식민지 제국의 어두운 현실에서 비롯된 것이라는 사실을 작가는 독자에게 분명하게 일깨워주고자 한다.

1921년 3월 상해로 이주한 주요섭은 호강대학을 다니면서 상해한인 유학생회, 상해한인청년회 등에 가입하는 등 활발한 사회 활동을 했다. 특히 흥사단에도 참여하여 호강대학 지부의 반장 역할을 수행하면서 사회주의에 입각한 여러 강연 활동을 펼치기도 했다. 또한 '5·30사건' 당시에는 호강대학 학생들과 함께 상해 노동자들의 총파업을 선동했고, '북벌군의 상해 진주사건'때에는 호강대학 내에 은신했던 공산당원들의 피신을 돕기도 했다. 이처럼 주요섭의 상해 시절은 사회주의 독립운동을 위한 청년 지식인의 사회적 역할에 대해 실천적으로 고민했던 때이다. 「인력거꾼」에서 아찡의 삶과 죽음은 식민과 제국의 고통으로 신음하는 민중들의 현실과 이를 조장하고 합리화하는 모순된 사회 현실에 대한 폭로와 비판의 성격을 지닌다. 이러한 점 때문에 그의 작품을 신경향파적으로 해석하는 관점도 있으나, 모순된 현실에 맞서는 민중들의 분노를 직접적으로 표출하는 것이 아니라 최하층 민중들의 삶을 제재로 당대 사회의 부조리를 고발하고 이를 극복하고자 하는 계급적 이념을 제시하고 있다는 점에서 동반자적 성격을 지녔다고 평가하기도 한다.[14] 「살인」에서는 이러한 성격이 조금 더 구체적으로 드러나는데, 주인공 우뽀가 창녀로 살아갈 수밖에 없었던 현실적 이유, 즉 가족의 가난으로 표상되는 민중들의 현실과, 자신의 삶을 억압하고 착취했던 주인 할미에 대한 분노로 살인을 저지르고 유곽을 나오는 모습에서, 비록 우발적인 행

---

14 최학송, 「해방 전 주요섭의 삶과 문학」, 『재중 조선인 문학 연구』, 소명출판, 2013 참조.

동이었지만 민중의 고통이 개인의 운명 때문이 아니라 사회와 국가가 암묵적으로 획책하고 조장한 제도적 문제에서 비롯된 것임을 깨닫는 주인공의 각성을 분명하게 보여주고자 했다.

김광주의 「野鷄—이쁜이의 편지」 역시 당시 상해에서 신산한 삶을 이어갔던 민중들의 애환을 사실적으로 그려낸 작품으로 주목된다.

돌아보면 상해로 온 지도 벌써 일 년 하고도 열 달. 그동안 나는 몇 번이나 이 악마굴을 벗어나려고 애썼으나 그러면 그럴수록 내 몸만 아프고 괴롭다는 걸 깨달았을 때 나는 영리해졌다.

우리 집에는 나 외에도 중국여자가 셋, 나와 같은 조선여자가 하나 모두 다섯 여자의 고깃덩어리가 아귀같이 그악스럽고 심술궂은 포주 영감과 마누라의 배를 불리느라고 썩고 또 썩는다. (…중략…)

사람이란 매달고 치면 맞았지 별 수 없더라. 처음에는 우리가 도주를 할까 겁을 내어 이곳 말로 '양이浪姨'라는 감옥소의 간수와 같은 어멈이 한 사람 앞에 하나씩 붙어 있었지. 시간이 늦었다고 어서 어떤 놈이든지 물어가지고 집으로 가자고 꼬집고 쥐어박고 하지만 어디 차마 코빼기도 모르는 길가는 남자를 건드릴 수가 있다더냐? 아! 나의 넓적다리와 등덜미에 시퍼렇게 들은 멍. 그러나 지금은 마음만 내키면 하룻밤에 한놈쯤 물어들이기는 드러누워 팥떡 먹기보다도 쉬운 일이다. 넓은 상해 천지 으슥한 골목이면 어디를 물론하고 출몰하는 수백 수천의 우리 얘지野鷄떼.

'얘지'라는 말이 어디서 나온 건지 내 알 수야 있겠니? 아마 넓은 들을 싸지르는 닭떼와 같대서 하는 말인지도 모르지. 우리는 밤 열한시만 넘으면 총본부인 따스가大世界 로우터리를 중심으로 하여 줄을 지어 늘어선다. 그렇지 않으면 정말 넓은 들을 싸지르는 닭의 떼같이 놀이터란 모조리 돌아다니면서 물건을 흥정하듯이 내 몸을 어떤 놈에게 내던진다.[15]

김광주는 식민지 시기 상해를 배경으로 가장 활발하게 창작 활동을 했던 작가이다. 그는 1929년 상해에 정착하여 1937년 중일전쟁 이후 상해를 떠날 때까지 시, 소설, 수필, 영화평론 등 다양한 분야에서 활동을 펼쳤는데, 특히 상해 거주 당시 김구 등의 독립운동가들과 직접적인 관계를 맺으면서 흥사단 등의 반일단체 활동에 앞장서기도 했다. 그는 민족주의적이었고 프로문학에 경도된 문학적 양상을 추구하면서도, 당시 상해의 정치적 이데올로기나 당파적 행동주의에 대해서는 상당히 부정적인 입장을 드러냈다. 따라서 그의 소설에 나타난 현실주의적 측면을 어떻게 해석할지에 대해서는 좀 더 세밀한 접근 방법이 요구된다. 「野鷄 ―이쁜이의 편지」는 자본주의와 제국주의를 등에 업은 근대에 내재된 물신화가 여성의 상품화를 가속화시키는 상해의 현실을 비판한 작품이다. 꿈 많던 조선의 여자 아이 이쁜이가 상해의 매음굴에서 "얘지野鷄"가 되어가는 과정을 편지 형식에 담아 서술하는데, 절망적이고 비참한 생활에 허덕이는 식민지 여성의 수난사를 사실적으로 잘 보여준다. 스스로 "고깃덩어리"라고 자조적인 냉소를 드러낼 정도로 인간 이하의 삶을 살아가는 그들의 운명은, "따스가人世界"로 상징되는 근대 문명과 선명하게 대비되는 자본주의 잉여물과 같은 처참한 삶의 연속이었다. 하지만 김광주는 이 소설에서 모진 굴욕과 수모에도 불구하고 인간으로서 최소

---

15 김광주, 「野鷄―이쁜이의 편지」, 연변대 조선문학연구소·김동훈·허경진·허휘훈 주편, 앞의 책, 308~309쪽에서 재인용.

한의 존재 이유를 지켜나가고자 했던 주인공 이쁜이의 모습을 당당하게 보여줌으로써, 남성 중심의 주류적 욕망을 해체하는 식민지 여성 주인공의 진취적 형상을 제시하고자 했음을 주목해야 한다. 이는 남성 중심적 욕망으로 가득 찬 제국과 식민의 시대에 맞서는 여성적 저항의 가능성을 보여주는 것으로, 문명적 상징 공간인 상해의 중심가 뒷골목에서 살아가는 여성의 운명을 개인적 차원이 아닌 사회적 차원에서 뚜렷하게 쟁점화한 것으로 볼 수 있다.

3) 상해 항일 독립운동의 실상과 혁명적 지식인의 이중성 비판

식민지 시기 상해는 급변하는 동아시아 정세에 따르는 중국 혁명의 핵심 거점으로 독립사상과 혁명의식을 가진 한국 지식인들의 주요 망명지 가운데 한 곳이었다. 또한 군사와 경제적 측면에서도 혁명군의 주요 거점이 되어 동아시아 민족운동의 중심지 역할을 하였다.[16] 따라서 식민지 시기 상해한인사회는 해외 한인 독립운동의 총본부 역할을 했던 대한민국임시정부라는 사회적 지지기반을 토대로, 정치, 사회, 문화 전반에 걸쳐 조국 독립을 위한 다양한 활동을 적극적으로 펼쳐나갔다. 식민지 시기 상해가 항일 투쟁의 중요한 장소로 인식된 것은 신규식, 박은식, 신채호 등의 활동으로부터 비롯되었다. 이들은 상해 지역 내에서 독립운동가들이 비교적 안전하게 은신할 수 있었던 프랑스 조계를 거점으로 항일운동을 전개해나갔다. 당시 상해로 이주한 한국문인들 대부분은 근대

---

16 김희곤, 앞의 글, 253쪽.

의 식민성을 극복하기 위한 다양한 방안을 모색했는데, 상해 한인 사회의 일상을 넘어서는 혁명에 대한 의지를 담은 작품들을 창작하였다. 이러한 문제의식에서 상해를 배경으로 발표된 소설들로는 심훈의 「동방의 애인」, 유진오의 「상해의 기억」, 최독견의 「황혼」 등이 있다.

「동방의 애인」은 1920년대 상해를 무대로 활동했던 공산주의계열 독립운동 조직의 활약상을 담은 작품이다. 중심인물 가운데 한 사람인 박진이 황포군관학교를 졸업한 후 공산주의계열 독립운동 조직에 속해 있었으며, 국내로 잠입하는 과정이 치밀하게 그려진 데서 김원봉이 이끌었던 '의열단'의 활동과 상당한 관련성이 있음을 짐작하게 한다.[17] 이 작품은 표면적으로는 혁명적 정치성과 낭만적 사랑이 혼재된 연애소설의 형식을 드러내고 있다. 여기에서 혁명적 정치성은 현실의 억압과 구속을 넘어서 진정한 자유와 해방을 추구하는 방향성을 지녔다는 점에서 낭만적 사랑에 대한 동경과 일치되는 점이 많다. 그러므로 이 소설은 연애소설의 형식으로 사회주의혁명을 말하고자 했던 정치적 성격을 지닌 작품이라고 평가할 수 있다. 즉 이 작품의 「작자의 말」에서 언급하고 있는 "새로운 공통된 애인"은 혁명적 정치성에 토대를 둔 낭만적 사랑의 결실을 의미하는 것이고, "남녀 간에 맺어지는 연애의 결과"도 "어버이와 자녀간의 사랑"도 아닌 "우리 민족과 같은 계급"이 함께 "껴안고 몸부림칠 만한"[18] 것에 대한 추구는 바로 '사회주의혁명'에 대한 지향을 의미하는 것이다. 이러한 점은 혁명 지사로 살아가는 박진과 허영심으로 가득 차 일본으로 놀러 다니는 영숙의 연애와, 무산계급의 해방을 달성하기 위

17　정호웅, 앞의 글, 299~301쪽 참조.
18　심훈, 「작자의 말」, 『沈熏文學全集』 2-「織女星」, 「東方의 愛人」, 短篇, 탐구당, 1966, 537쪽.

해 모스크바에 가서 직접 혁명을 배우는 동렬과 세정의 연애를 대비하는 데서 더욱 선명하게 드러난다. 동렬과 세정의 연애를 통해 식민지 청년들의 진정한 사랑과 연애의 모습을 보여줌으로써, 사회주의혁명과 '공통의 애인'의 관련성, 즉 혁명적 정치성과 낭만적 사랑의 일치를 더욱 확고하게 제시하고자 했던 것이다.

> ×씨를 중심으로 동렬이와 진이와 그리고 그들의 동지들은 지난날의 모든 관념과 '삼천리강토'니 '이천만 동포'니 하는 민족에 대한 전통적 애착심까지도 버리고 새로운 문제를 내걸었다.
> "왜 우리는 이다지 굶주리고 헐벗었느냐"
> 하는 것이 그 문제의 큰 제목이었다. 전 세계의 무산대중이 짓밟히는 것이 모두 이 문제 때문에 신음하고 있는 것이 확실하다. 이 문제를 먼저 해결치 못하고는 결정적 답안이 풀려나올 수가 없다. 따라서 이대로만 지내면 조선의 장래는 더욱 암담할 뿐이라 하였다.
> (…중략…)
> 얼마 후에 동렬과 진이와 세정이는 ×씨가 지도하고 모든 책임을 지고 있는 ○○당 ××부에 입당하였다. 세정이는 물론 동렬의 열렬한 설명에 공명하고 감화를 받아 자진하여 맨처음으로 여자 당원이 된 것이었다.
> …… 어느 날 깊은 밤에 ×씨의 집 아래층 밀실에서 세 사람의 입당식이 거행되었다. 간단한 절차가 끝난 뒤에 ×씨는 세 동지의 손을 단단히 쥐며(그때부터는 '동포'니 '형제자매'니 하는 말을 집어치우고 피차에 동지라고만 불렀다)
> "우리는 이제부터 생사를 같이 할 동지가 된 것이요! 동시에 비밀을 엄수할 것은 물론 각자의 자유로운 행동은 금할 것이요. 당의 명령에 절대 복종할

것을 맹세하시요!"

하고 다 같이 ×은 테를 두른 ××의 사진 앞에서 손을 들어 맹세하였다.[19]

× 씨는 1920년 말 상해 지역 한인공산당 중앙위원장이었던 이동휘로 추정되는데, 그는 1921년 5월 개최된 상해 고려공산당대회에서 고려공산당(상해파) 위원장으로 선출되기도 했던 인물이다.[20] 그렇다면 심훈이 실제로는 상해파와 이르쿠츠크파[21]로 노선을 달리했던 이동휘와 박헌영을 소설에서는 × 씨와 동렬의 동지적 연대로 묶고, × 씨의 주선으로 동렬이 공산당에 입당한 것으로 서사화한 이유가 무엇인가 하는 점이 이 소설을 이해하는 데 있어서 중요한 문제로 남는다. 이에 대해 "심훈은 박헌영의 행적을 서사적인 골격으로 삼으면서도 혁명운동의 방향은 이동휘의 민족적 사회주의 노선을 지지했던 것"[22]으로 파악한 견해는 상당히 설득력이 있다. 일제의 검열에 의해 모스크바에서 상해로 돌

---

19 위의 책, 577~578쪽.

20 1918년 4월 창립된 한인사회당은 1920년 9월 초 당대표회의를 개최하고 당의 명칭을 한인공산당으로 개칭하고 조직을 확대 개편했는데, 상해지역 한인공산당 중앙위원장으로 이동휘를, 김립, 이한영, 김만겸, 안병찬을 중앙위원으로 선출했다. (반병률, 『성재 이동휘 일대기』, 범우사, 1998, 265~266쪽 참조)

21 한국 공산주의운동에 적지 않은 해악을 끼친 상해파와 이르쿠츠크파 간의 파쟁은, 러시아 공산당 조직에서 볼셰비키의 지도를 받아 성장한 이르쿠츠크파와 민족운동에서 고립되고 있던 대한국민의회 연합세력이, 볼셰비키의 권위와 권력을 등에 업고 이동휘가 이끌던 한인사회당—상해파 고려공산당으로부터 공산주의운동, 나아가서는 민족운동의 주도권을 빼앗으려 한 데서 비롯되었다. 거의 모두가 러시아 공산당원이었던 이르쿠츠크파 고려공산당은 러시아 공산당원들의 지도와 명령을 당연하게 받아들였다면, 상해파는 한국 민족혁명운동의 전통과 독자성을 강조했으므로 이동휘를 포함한 핵심 간부 대부분이 러시아 공산당에 가입하지 않았다. (반병률, 「이동휘-선구적 민족혁명가 공산주의운동가」, 『한국사시민강좌』 47, 일조각, 2010, 9~11쪽 참조)

22 한기형, 「서사의 로칼리티, 소실된 동아시아—심훈의 중국체험과 『동방의 애인』」, 『대동문화연구』 63, 성균관대 대동문화연구원, 2008, 432쪽.

아온 시점에서부터 연재가 중단되어 그 이후 인물의 서사적 행로를 더이상 알 수는 없지만, 소설 속에 구현된 ✕ 씨와 동렬의 동지적 연대는 당시 상해 독립운동의 대립적 노선을 통합하여 새로운 사회주의운동의 방향을 제시하고자 했던 작가 의식의 결과였다고 볼 수도 있다.[23]

1920년대와는 달리 1930년대의 상해는 정치적 명분과 독립운동의 정신이 점점 상실되고 퇴색되어 가던 시기였다. 1932년 대한민국임시정부마저 상해를 떠나면서 혁명적 활기는 현저히 약화되었고, 음모와 테러, 간첩과 사기꾼이라는 혁명의 변종들이 활개를 치는 부정적 양상이 더욱 노골적으로 드러났다. 1930년대 이후 상해 배경 작품이 혁명 부재의 공간에서 자본과 향락을 합리화하며 살아가는 사이비 혁명가들의 이중성에 대한 환멸과 비판을 전면에 부각시킨 이유도 바로 여기에 있다.

두 어깨가 무거우리만치 퍼붓던 어젯밤의 그들의 찬사讚辭의 한마디 한마디가 아직도 명수의 귓가에 새롭다. 그러나 그 찬사 속에서 웃음 속에 품어 있는 칼날같은 비웃음을 찾아내는 명수의 신경은 자신을 몸둘 곳을 찾을 수 없을 만치 괴롭게 하는 것이다.

(친한 친구, 정말로 친구의 앞날을 위한다면 왜 정면으로 바로 쏘아주지를 못하는가? 너는 아편(阿片)밀수입자의 아들이다. 아름다운 명사를 간판으로 내세우고 뒤로는 갖은 추악한 행동을 떠먹듯이 하고 있는 한 '브로커'의 아들이다. 네가 '문학사'라는 영광스러운 이름을 얻은 것도 이 넓은 대륙을 좀먹이고 있는 수천수만의 아편중독자들의 주머니를 털은 돈이다. ─ 네가 참으

---

23 하상일, 「심훈과 중국」, 『中韓日 文化交流 擴大를 위한 韓國語文學 및 外國語教育研究 國制學術會議 발표논문집』, 절강수인대, 2014.10.25, 65~66쪽.

로 인간다운 생활을 하려거든 그 허위적 가정을 박차고 용감히 나오너라—

왜, 이렇게 싸늘한 충고를 한마디라도 해주는 친구가 없는가……?)

(…중략…)

그래도 우리는 지사志士의 아들딸이라는 그럴듯한 이름을 짊어지고 있다.

생각하면 얼굴을 들고 밖에를 나가지도 못할 노릇이다. 너는 늙은 아버지가

무슨 짓을 해서든지 긁어들이는 돈으로 분이나 바르고 굽높은 구두에 양풍이나

마시며 그날그날을 보내던 그것으로만 족하단 말이냐? 오년전 J로路에 조그마

한 약종상藥種商을 내놓고 그날그날의 생활에 쪼들리면서도 아들딸 공부시키겠

다고 허덕허덕하던 그때의 아버지 그리고 너와 나. 남과 같이 옷을 못입고

신발을 때찾아 못얻어 신었을망정 그 시절이 얼마나 사람다운 생활이었니?[24]

김광주의 「南京路의 蒼空」은 상해에 거주하면서 민족적 양심을 지키

고자 했던 한 주인공 명수가, 자본과 문명의 근대적 유혹을 이겨내지 못

하고 타락해버린 가족들과 지인들의 변절을 지켜보면서, 겉으로는 지사

로서의 명분을 앞세우면서도 실질적으로는 조국 독립을 위한 진정한 삶

의 태도를 보여주지 못하는 혁명적 지식인들의 자기모순에 대해 신랄하

게 비판하는 작품이다. 주인공 명수의 중학시절 스승 A는 제자들을 대하

는 교육자로서의 면모나 민족의 앞날을 걱정하는 지사로서의 올바른 자

세를 보여줬음에도 불구하고, 해삼위海蔘威 출신 댄서 소니아를 아내로

맞아들이기 위해 월급을 모두 바치고 급기야는 교육계에서 퇴출당하는

지경에까지 이르는, 타락한 도시 상해의 성적 욕망에 도취되어 이성을

---

24 김광주, 「南京路의 蒼空」, 연변대 조선문학연구소・김동훈・허경진・허휘훈 주편, 『김학
철・김광주 외』, 보고사, 2007, 298~291쪽에서 재인용.

잃고 만 혁명적 지식인의 이중성을 전형적으로 보여준다. 또한 지사에서 아편밀수업자로 타락해버린 아버지와 그렇게 벌어들인 돈으로 온갖 향락과 소비에 탐닉하는 여동생을 비롯한 가족들의 모습에서, 주인공 명수는 가난했지만 조국의 독립을 걱정하고 가족의 안위를 생각했던, "사람다운 생활"을 했던 지난 시절을 다시는 회복할 수는 없다는 극단적 절망에 빠지지 않을 수 없었다. 결국 명수는 혁명적 지식인으로서의 자기모순을 끊어내기 위해 타락한 집을 뛰쳐나와 남경로를 걸으면서, 혁명을 꿈꾸는 지식인으로서 올바르게 살아가고자 했던 자신의 삶을 성찰하는 새로운 선택을 감행한다. 이러한 주인공의 선택은 당시 상해의 항일 혁명이 지닌 근본적 한계와 애국지사로 자처하는 지식인들의 이중성과 자기모순을 뛰어넘고자 한 의미 있는 시도임에 틀림없다. 동아시아 최대의 국제도시이면서 혁명 도시였던 상해에서, 조국의 독립을 위해 헌신했을 뿐만 아니라 식민지 하층민의 불우한 삶에 저항했던 애국지사들의 진정성 있는 태도를 다시 되찾고자 하는 것, 이것이 바로 조국 독립을 위한 열망으로 혁명 도시 상해로 이주했던 작가가 궁극적으로 지향하고자 하는 이정표였음에 틀림없는 것이다.

4. 근대 상해 이주 한국문인 연구의 과제

앞에서도 살펴봤듯이 식민지 시기 상해는 아편전쟁의 결과로 강제 개항을 한 이후 조계지를 설치하여, 영국, 미국, 프랑스 등 서구 열강이 주도권을 잡기 위해 각축을 벌이는 동아시아 최대의 국제도시로 발전했다. 또한 일제에 의한 식민지 경험을 공유했던 주변 아시아 국가들에게 서구적 근대를 경험하는 동시에 각국의 독립을 위한 정치적 교두보로서의 역할을 수행하도록 하는 혁명 도시로서의 성격도 아울러 지닌 곳이었다. 당시 상해 이주 한국문인들에게도 이러한 점은 예외가 아니어서, 대한민국임시정부 수립을 전후로 상당히 많은 청년문인들이 표면적으로는 유학을 목적으로 상해로 이주하여, 조국의 식민성을 극복하는 근대적 방향과 독립운동의 실천 과제를 문학작품 창작으로 이어나갔다. 하지만 당시 상해의 현실은 서양 제국주의의 억압과 통제가 극에 달했던 때였고, 이에 따른 민중들의 가난과 고통, 차별과 멸시가 가속화되는, 그래서 사실상 식민지 조국의 모습과 크게 다르지 않는 또 다른 식민성을 드러내는 자기모순에 깊숙이 빠져 있었다. 즉 당시 상해는 근대 도시로서의 세계성과 민족적 굴욕을 환기하는 식민성이 공존하는 이중적이고 모순적인 장소였으므로, 근대 상해 이주 문인들은 이러한 상해의 현실을 이중의 시선과 양가적 태도로 바라보지 않을 수 없었던 것이다.

이러한 문제의식에 바탕을 둔 근대 상해 이주 한국문인 가운데 본고에서 주목한 대상은 주요한, 주요섭, 심훈, 김광주 등이다. 이들은 모두 중국 화동지역에 소재한 주요 대학에서 유학을 하면서 상해를 중심으로 형성되었던 동아시아 정세를 파악하고, 자신들이 다녔던 대학의 교육과 중국 대학생들의 정치 활동을 직간접적으로 지켜보면서, 조국 독립을 위한 지식인 청년의 올바른 태도와 바람직한 방향성을 정립하고자 했다. 또한 이러한 경험을 문학 작품을 통해 구체화함으로써 급변하는 동아시아 지형 속에서 문학이 어떤 역할을 해야 하는지에 대한 진정성 있는 태도를 제시하고자 했다. 특히 조국의 해방과 독립이라는 민족적 실천 과제가 특정 국가에 한정된 문제가 아니라 동아시아 국가 전체의 공통의 문제라는 데 인식을 같이 했음을 주목할 필요가 있다. 이러한 입장과 태도는 식민지 하층민의 현실과 타락한 도시에 대한 고발, 일본 제국주의에 맞서는 항일 독립운동의 과제 그리고 이를 구체적으로 실천하는 혁명적 지식인들의 허위성과 자기모순을 비판하는 문제제기 등으로 심화되어 나아갔다. 당시 상해 배경 문학 작품은 이러한 주제의식을 가장 중심에 두고 시와 소설 그리고 산문 등의 다양한 장르로 비판적 문제의식을 쟁점화했던 것이다. 이처럼 근대 상해 이주 한국문인들의 상해 배경 문학 작품은 내부자 혹은 외부자의 시선을 동시에 가짐으로써 상해의 이중성과 모순에 대한 비판에 초점을 두었다고 할 수 있다. 앞으로 한국 근대문학 연구는 특정 언어와 특정 지역에 매몰된 민족주의 혹은 국가주의의 틀을 벗어나 동아시아의 거시적 지형 위에서 비교문학적 연구 방향을 지속적으로 전개해 나갈 필요가 있다. 즉 그동안 미발굴되었거나 미정리된 해외에 산재하는 자료를 수집하고 주요 문인들의 해외 활동을 구체적으로 조사함으로써, 식민지 시기 한국 근대문학사의 빈틈과 소외 지점을 메우는 실증적 연구가 특별히 요구되는 것이다. 본고에서 근대 상해 이주 한국문인들의 상해 배경 문학작품을 개괄적으로 살펴본 것 역시 바

로 이러한 문제의식을 구체화하기 위한 시고試稿로서의 의미를 지닌다
는 점을 밝혀둔다.

제2부
심훈과 중국

제1장

심훈과 중국

1. 심훈의 중국행

심훈은 1919년 "경성고등보통학교 4학년 재학시에 3·1운동에 가담
하여 3월 5일 헌병대에 잡혀 투옥되었고, 같은 해 7월에 집행유예로 출옥
하였다. 이 사건으로 학교에서 퇴학당하였으며" 1920년 "그 해 겨울 이름
을 바꾸고, 변장하고 중국으로 망명, 유학의 길을 떠나" 1921년 "북경에
서 상해, 남경 등을 거쳐 항주 지강대학之江大學에 입학"했고, 1923년 "중
국에서 귀국"하였다.[1] 그렇다면 심훈은 1920년 말부터 1923년 초까지 만

---

[1] 「심훈 연보」, 『심훈문학전집』 1 – 그날이 오면, 차림, 2000, 121~124쪽(이 책에서의 시
인용은 영인본에 적힌 쪽수를 그대로 따름). 본고는 이 책 전반부에 수록된 일본 총독부
검열본을 영인한 『沈熏詩歌集』 1(京城世光印刷社印行, 1932)에 수록된 시를 텍스트로 삼아
논의할 것이다. 이하 이 책에서 인용한 경우 『그날이 오면』이라 약칭하고 쪽수만 밝힐
것임.

2년 남짓, 햇수로는 4년에 걸쳐 중국에 머물렀다는 것인데, "그가 3·1운동運動 당시 제일고보第一高普(경기고京畿高)에서 쫓겨나 중국中國으로 가서 망명유학亡命留學을 다섯 해 동안 한 적이 있는데"[2]라는 윤석중의 회고와는 1년의 차이가 난다. 그리고 심훈은 그의 시「北京의 乞人」,「고루鼓樓의 삼경三更」 등의 말미에 시를 쓴 날짜를 "1919년 12월 북경에서"라고 직접 적어둔 것으로 보아 1919년 겨울에 이미 북경에 있었다는 것인데, 이는 1920년 말 중국으로 떠났다는 그의 연보와는 어긋나는 사실이다. 게다가 그는「丹齋와 于堂 (1)」에서 "기미년己未年 겨울, 옥고獄苦를 치르고 난 나는 어색한 청복淸服으로 변장變裝하고 봉천奉天을 거쳐 북경北京으로 탈주脫走하였었다"[3]라고 했고,「丹齋와 于堂 (2)」에서는 "나는 맨처음 그 어른에게로 소개紹介를 받아서 북경北京으로 갔다. 부모父母의 슬하膝下를 떠나보지 못하던 19세十九歲의 소년少年은 우당장于堂丈과 그 어른의 영식令息인 규용씨圭龍氏의 친절한 접대接待를 받으며 월여月餘를 묵었었다"[4]면서 북경행의 시기를 "19세十九歲"로 회고하고 있기도 해서, 그의 연보에서 심훈의 중국행을 1920년 말로 기록하고 있는 것은 여러 가지 의문을 남기지 않을 수 없다.

그런데 심훈은 1920년 1월 3일부터 6월 1일까지 대략 5개월간의 일기[5]를 남겼는데, 그 내용을 보면 이희승, 박종화, 방정환 등 문사들과의 교유 관계와 습작 활동 및 잡지 투고 상황 그리고 독서에 관한 일 등 한국에

---

2   윤석중,「인물론—沈熏」,『신문과방송』 87, 한국언론진흥재단, 1978, 74쪽.
3   심훈,「丹齋와 于堂 (1)」,『沈熏文學全集』 3—「永遠의 微笑」,「不死鳥」, 隨筆, 評論, 日記, 書簡, 탐구당, 1966, 491쪽. 이하 이 책에서 심훈의 글을 인용할 때는『전집』이라고 표기하고 제목, 호수, 쪽수만 밝힐 것임.
4 「丹齋와 于堂 (2)」,『전집』 3, 492~493쪽.
5 『전집』 3, 581~613쪽.

서 지낸 일상적인 일들을 적어두고 있어서 "기미년 겨울"에 북경으로 갔다는 그의 기억은 분명 어떤 혼선이 있는 것으로 보인다. 이에 대해 한기형은, "심훈이 실제로 북경에 도착한 것은 기미년이 아닌 1920년 초겨울 무렵이었다. 그는 1920년 내내 청년 작가로의 입신을 꿈꾸며 습작에 매진하고 있었다. 심훈은 여러 기록에서 자신의 과거 행적의 구체적 시간에 대한 많은 오류를 남겨놓았"는데, 이와 같은 오류는 "과거체험의 현재성에 남아 있는 위험을 고려한 '의도된 착오'의 사례이다. 심훈의 문헌들을 지배하고 있는 모호함과 착란은 그가 자신의 개인기록을 긴장된 정치적 텍스트로 상정하고 있"[6]기 때문으로 보았다. 이러한 견해는 일면 그럴듯하지만 명확히 단정할 만한 근거가 부족하다는 점에서 심훈의 북경행 시기에 대한 의혹을 완전히 해소하기는 어렵다.

또한 "불 일던 세월은 지나가고 삼보三保(심훈—필자 주)는 병으로 출옥하였다. 그의 얼굴은 백지장만큼이나 창백했고 누룩 같이 떠오른 피부 속에는 한 많은 상처들이 울고 있었다. 요시찰의 낙인이 붙어 형사들의 미행이 연달아 심사를 돋구는 것이었다. 견디다 못해 삼보는 중국 '상해'로 뛰었다"[7]라는 그의 경성고보 동창이자 고종사촌인 윤극영의 회고를 들어보면, 당시 심훈이 식민지 조선에 머무르기 어려웠던 여러 가지 긴박한 사정들이 있었던 것으로 짐작된다. 즉 그의 출옥 시점인 1919년 7월부터 중국으로 간 것으로 알려진 1920년 12월 무렵까지 거의 1년 반 동안이나 그가 국내에 남아 있기는 어렵지 않았을까 하는 추정도 충분히 가

6   한기형, 「'백랑白浪'의 잠행 혹은 만유—중국에서의 심훈」, 『민족문학사연구』 35, 민족문학사학회, 2007, 442쪽.
7   윤극영, 「沈熏時代」, 『전집』 2, 636쪽.

능한 것이다.[8] 결국 1919년 7월부터 1920년 12월까지 그의 행적에 대한 실증적 확인이 명확히 이루어지기 전까지는 그의 중국행 시기에 대한 논의는 좀 더 신중한 접근이 필요하다.

심훈은 자신의 중국행 목적에 대해 "북경대학北京大學의 문과文科를 다니며 극문학劇文學을 전공專攻하려던"[9] 것이었다고 밝혔는데, 열아홉 살의 나이로 3·1운동에 가담하고 옥살이까지 했던 그의 전력에 비추어 볼 때 이러한 표면적 이유는 정치적 목적을 은폐하기 위한 위장술이지 않았을까 판단된다. 그가 감옥에 있을 때 어머니에게 보낸 편지를 보면 식민지 청년으로서의 고뇌와 의지가 강하게 드러나는데, 이를 통해 볼 때도 심훈의 중국행이 정치적 목적과 무관한 단순한 유학이었을 가능성은 다소 희박한 것으로 보이는 것이다.

어머님!

우리가 천번 만번 기도를 올리기로서니 굳게 닫힌 옥문이 저절로 열려질 리는 없겠지요. 우리가 아무리 목을 놓고 울며 부르짖어도, 크나큰 소원이 하루아침에 이루어질 리도 없겠지요. 그러나 마음을 합하는 것처럼 큰 힘은 없습니다. 한데 뭉쳐 행동을 같이 하는 것처럼 무서운 것은 없습니다. 우리들은 언제나 그 큰 힘을 믿고 있습니다.

생사를 같이 할 것을 누구나 맹세하고 있으니까요 ……. 그러기에 나이 어린 저까지도 이러한 고초를 그다지 괴로워하여 하소연해 본 적이 없습니다.

---

8 심훈이 북경으로 가서 처음으로 쓴 시 「北京의 乞人」에 "숨도 크게 못 쉬고 쫓겨오는 내 행색을 보라, / 선불 맞은 어린 짐승이 광야를 헤매는 꼴 같지 않으냐"라는 시구가 있는데, 당시 그가 중국으로 떠날 때의 사정이 아주 복잡하고 긴박했음을 짐작하게 한다.
9 「無錢旅行記－北京에서 上海까지」, 『전집』 3, 506쪽.

어머님!

어머님께서는 조금도 저를 위하여 근심치 마십시오. 지금 조선에는 우리 어머님 같으신 어머니가 몇 천 분이요 또 몇 만 분이나 계시지 않습니까? 그리고 어머님께서도 이 땅에 이슬을 받고 자라나신 공로 많고 소중한 따님의 한 분이시고 저는 어머님보다 더 크신 어머님을 위하여 한 몸을 바치려는 영광스러운 이 땅의 사나이외다.[10]

아직 성년의 나이에도 못 미친 학생의 글로 보기에는 너무나 성숙하게 느껴질 정도로 조국을 사랑하는 굳센 결의가 역력히 드러난다. "한데 뭉쳐 행동을 같이 하는 것처럼 무서운 것은 없"다는 그의 강인한 태도에서, "어머님보다 더 크신 어머님" 즉 조국을 위해 "한 몸을 바치"는 것이 전혀 두려울 게 없다는 식민지 조선 청년의 강인한 의지를 온전히 느낄 수 있다. 그가 북경에 도착해서 이회영, 신채호 등 항일 망명인사들을 만나고 그들의 집에서 머무르면서 감화를 받았다는 사실도 심훈의 중국행에 내재된 정치의식을 짐작하게 한다.[11] 즉 민족운동에서 출발해서 무정부주의로 나아갔던 단재와 우당의 사상적 실천은 이후 심훈의 문학과 사상을 형성하는 중요한 토대가 되었을 것이다.[12] 특히 이들과의 만남이

---

10 「감옥에서 어머님께 올린 글월」, 『전집』 1, 20~21쪽.
11 이때의 만남을 심훈은 두 편의 글로 남겨두었다. 「丹齋와 于堂 (1)·(2)」, 『전집』 3, 491~494쪽.
12 심훈은 「丹齋와 于堂 (1)」에서 "성암惺庵의 소개로 수삼차數三次 단재丹齋를 만나뵈었"다고 했는데, 여기에서 "성암"은 이광李光이다. "일본 와세다대학과 중국 남경의 민국대학을 졸업한 이광은 신민회원이었고, 이회영과 함께 경학사와 신흥무관학교를 운영한 가까운 동지였다. 그는 임정 임시의정원 의원과 외무부 북경 주재 외무위원을 겸임하며 한중 양국의 외교적 사항을 처리할 만큼 중국통이었다." (이덕일, 『이회영과 젊은 그들』, 역사의아침, 2009, 198쪽)

우연이 아닌 예정된 것이었다[13]는 점에서 심훈의 중국행이 단순히 유학만을 위한 것이 아니었을 가능성이 크다. 결국 심훈의 중국행은 식민지 청년으로서 조국의 현실을 올바르게 직시함으로써 역사적 주체로서의 올곧은 자각과 새로운 시대를 열어나가기 위한 실천적 방법을 찾고자 한 정치적 목표의식의 결과였다고 할 수 있다.[14]

2. 중국 체류 시기 심훈의 행적과 작품 활동

심훈의 중국행은 북경으로 들어가 상해, 남경을 거쳐 항주에 정착하는 복잡한 과정을 거쳤다. 만일 1920년 말에 출발한 것이 사실이라면, 1923년까지 만 2년 남짓의 짧은 기간 동안 결코 순탄하지 않은 여정이었다고 할 수 있다. 단순한 유학을 목적으로 중국으로 간 것이 확실하다면

---

13 심훈은 「丹齋와 于堂 (2)」에서 "나는 맨 처음 그 어른에게로 소개紹介를 받아서 북경北京으로 갔었다"(『전집』 3, 492쪽)라고 밝혔는데 그 상세한 과정은 알 수가 없다.

14 심훈의 중국행이 1920년 말에 이루어진 것이 분명하다면, 그가 중국으로 떠나기 직전 사회주의 성향의 잡지 『공제共濟』 2(1920.10.11)의 '현상노동가' 모집에 투고한 「노동의 노래」를 보면 당시 그가 사회주의에도 깊은 관심을 가지고 있었음을 알 수 있다. 전문 가운데 후렴과 5연에서 이러한 면모를 발견할 수 있는데 그 부분은 다음과 같다. "후렴 －방울 방울 흘린 땀으로 / 불길가튼 우리 피로써 / 시들어진 무궁화에 물을 쑤리자 / 한 배님의 끼친 겨레 감열케 하자. // 五. 풀방석과 자판 우에 티끌 맛이나 / 로동자의 철퇴 카튼 이 손의 힘이 / 우리 사회 굿고 구든 주추되나니/아아! 거룩하다 로동함이여." (한 기형, 「습작기(1919~1920)의 심훈－신자료 소개와 관련하여」, 『민족문학사연구』 22, 민족문학사학회, 2003에서 재인용) 이에 대해 한기형은, "민족주의적 구절"과 "사회주의적 노동예찬이 공존하고 있"는 것으로 해석하였다. (한기형, 「'백랑白浪'의 잠행 혹은 만유－중국에서의 심훈」, 『민족문학사연구』 35, 민족문학사학회, 2007, 444~445쪽)

처음의 결심대로 북경대학 문과에서 극문학을 전공하는 조금은 안정된 생활을 하면 되었을 것이다. 하지만 애초부터 그는 중국이 아닌 일본 유학을 간절히 원했다는 사실에 비추어 봐도,[15] 유학이 유일한 목적이었다면 굳이 중국으로 가지는 않았을 것이다. 게다가 그가 중국에서 가장 오랜 시기를 보낸 항주의 지강대학에서 졸업도 하지 않은 채 서둘러 귀국한 사정을 미루어 짐작할 때, 그의 중국행은 정치적인 이유가 은폐되어 있었으므로 특정 대학에 다니거나 특정 지역에 머무르는 것은 그에게 큰 의미가 없었을 것이다. 즉 그의 중국행은 어쩌면 치밀하게 계산된 "하나의 트릭"[16]일 가능성을 전혀 배제할 수 없는 것이다.

심훈은 북경에 있을 때 "연극공부演劇工夫를 하려고 불란서佛蘭西 같은 데로 가고 싶다는 소망所望"[17]을 말했다. 그래서 그는 북경대학 문과에서 극문학을 전공하려고 했던 것인데, 당시 북경대학 학생들의 활기 없는 모습과 희곡 수업을 일주일에 겨우 한 시간 남짓밖에 하지 않는 교과과정에 실망하여 생각을 접었다고 했다. 그런데 프랑스 정부에서 중국 유

---

15 그는 1920년 1월의 일기에서 일본 유학에 대한 결심을 분명히 말했었다. "나의 일본日本 유학은 벌써부터의 숙망宿望이요, 갈망이다. 여기만 있어 가지고는 아주 못할 것은 아니나 내가 목적하는 문학 길은 닦기가 극난하다. 아무리 원수의 나라라도 西洋으로 못갈 이상以上에는 동양東洋에는 일본日本밖에 가 배울 곳이 없다. 그러나 내 주위의 사정은 그를 용서치 않는다. 그러나 나는 기어이 올 봄 안으로는 가고야 말 심산이다. 오는 3월三月안에 가서 입학入學을 하여도 늦을 것인데 (…중략…) 어떻든지 도주逃走를 하여서라도 가고야 말란다."(『전집』 3, 591쪽) 하지만 3월의 일기를 보면, 이미 "나의 갈망하던 일본日本 유학은 3월三月에 들어 단념하게 되었다"라고 밝히면서, 그 이유를 네 가지로 적어두었다. "일一, 일인日人에 대한 감정적感情的 증오심이 날로 더해감이요, 이二, 학비문제學費問題니 뒤를 대어줄 형님이 추호의 성의가 없음, 삼三, 2二・3三년간은 일본日本에 가서라도 영어英語를 준비해야 하겠는데 그만큼은 못하더라도 청년회관靑年會館에서 배울 수 있는 것, 사四, 영어英語와 기타 기초 교육을 닦은 뒤에 서양西洋 유학을 바람 등이다. 부친父親도 극력 반대이므로."(『전집』 3, 608쪽)
16 한기형, 앞의 글, 447쪽.
17 「丹齋와 于堂 (2)」, 『전집』 3, 493쪽.

학생을 모집하는데 조선 학생도 갈 수 있다는 소식을 접하고 무조건 기회를 잡아야 한다는 결심으로 프랑스행 배가 떠나는 상해로 갔다는 것이다. 하지만 그는 상해에서 프랑스행 배를 타지도 않았고, 상해를 거쳐 항주의 지강대학에 입학하였다. 물론 심훈이 연극과 영화에 심취했던 것은 그 이후의 활동을 통해서도 충분히 알 수 있다는 점에서, 만일 당시 북경대학의 사정이 정말 그러했다면 그의 상해로의 이동은 어느 정도 설득력을 가진다. 하지만 "그 당시의 나로서는 그네들의 기상이 너무나 활달치 못함에 실망치 않을 수 없었다"[18]라는 1920년 말 북경대학 학생들의 모습에 대한 논평은 당시의 사정에 비추어 볼 때 억지스러운 측면이 많다. 1920년 말의 북경대학은 차이위안페이蔡元培가 교장이었고, 천두슈陳獨秀, 리다자오李大釗, 후스胡適 등 신문화운동의 주역들이 포진해 있었으며, 루쉰魯迅의 특별 강의로 북경대학 안팎의 많은 학생들이 학교로 몰려드는 그 어느 때보다 활기가 넘치는 곳이었기 때문이다.[19] 그럼에도 불구하고 당시 북경대학의 분위기를 활기가 없다는 식으로 다소 피상적인 논평을 한 것 역시 어떤 정치적 의도를 은폐하기 위한 담론적 수사가 아니었을까 짐작된다. 당시 심훈은 한 계절도 머무르지 않은 채 북경에서의 계획된 짧은 일정을 마치고 상해로 떠나야 하는 명분을 만들기 위해 의도적으로 북경대학의 분위기를 그런 식으로 몰아가는 거짓 진술을 했을 가능성이 많은 것이다.

그렇다면 북경에서 상해로의 이동은 심훈의 중국행에서 이미 예정된

---

18 「無錢旅行記—北京에서 上海까지」, 『전집』 3, 506~507쪽.
19 이에 대한 자세한 내용은 백영서, 「교육독립론자 차이위안페이—중국의 대학과 혁명」, 『전환의 시대 대학은 무엇인가』, 한길사, 2000 참조.

수순이었다고 할 수 있는데, 당시 상해가 동아시아 사회주의운동의 중심 기지로 급격히 부상하고 있었다는 점에서 이러한 유추는 상당히 설득력을 가진다. 즉 상해파 공산당이 1920년 5월경에 조직되었고, 심훈의 경성고등보통학교 동창인 박헌영이 당시 상해에 있었다는 점 등 여러 가지 정황이 심훈의 상해행과 어떤 관련성을 지녔을 수도 있는 것이다.[20] 물론 현재로서는 심훈의 중국에서의 행적이 당시 상해의 정치적 동향과 직접적인 관련이 있음을 밝혀낼 만한 명확한 근거는 없다. 하지만 중국행 이전부터 사회주의에 대한 관심이 뚜렷했던 심훈에게 상해행은 결코 예사롭지 않은 의미가 숨겨져 있었을 것으로 짐작된다. 그런데 그가 상해에도 오래 머물지 않고 항주로 가서 2년 동안이나 있으면서 지강대학[21]을 다닌 경위를 생각하면 여러 가지 의문이 계속해서 증폭된다. 심훈이 절실하게 소망한 극문학 공부와 지강대학의 관련성도 불분명할 뿐만 아니라, 아무리 상해와 항주가 가까운 거리라 하더라도 왜 굳이 상해를 떠나 항주에 정착했는지에 대해서도 의혹을 해소할 근거가 현재로서는 전무하다. 다만 항주에 있을 때 그의 첫 번째 아내 이해영에게 보낸 편지의 내용으로 볼 때, 중국에서의 생활이 아주 복잡한 일들의 연속이었

---

20 본문 3절에서 자세히 언급할 심훈의 소설 「동방의 애인」과 시 「朴君의 얼굴」은 박헌영을 모델로 한 작품이다.

21 지강대학은 현재 절강浙江대학교 지강캠퍼스로 편입된 곳으로 미국 기독교에 의해 세워진 대학이다. 당시 중국의 13개 교회대학 가운데 가장 먼저 세워진 학교로 화동華東 지역의 5개 교회대학金陵, 東吳, 聖約翰, 滬江, 之江 가운데 거점 대학이었다. 1912년 12월 10일 신해혁명의 주역 쑨원孫文이 지강대학을 시찰하고 강연을 했을 정도로 당시 이 대학은 서양을 향한 중국 내의 중요한 통로 역할을 했으며, 학생들은 "타도 제국주의! 타도 매국적賣國賊"을 외치며 5・4운동에도 적극 가담하는 등 서구적인 문화와 진보적인 위기를 동시에 배양하고 있는 곳이었다. (劉家峰 譯, 「西籍敎職員名單」, 『之江大學』, 珠海出版社, 1999, pp.138~141; 張文昌, 「之江大學」, 『浙江文史資料選輯』 29, 浙江人民出版社, 1985, pp.124~125 참조)

으며 쉽게 말할 수 없는 비밀스런 사정이 있었음을 유추해볼 따름이다.

　　그동안 지난 일과 모든 형편은 어찌 다 쓸 수 있으리까마는 고통도 많이 당하고
　　모든 일이 마음 같지 않아 실패도 더러 하였으며 지금도 마음 상하는 일은 많으나
　　그 대신 많은 경험도 하였고, 다 일시의 운명이라 인력으로 어찌 하리까마는
　　그대의 간곡한 말씀과 같이 결코 낙심하거나 실망할 리 없으며 또는 그리 의지가
　　박약한 사나이는 아니니 아무 염려 말아 주시오, 다만 내가 무슨 공부를 목적삼아
　　하며, 그것이 어떤 학문이며 장차 어찌해야 할 것인데 지금 내 신세는 어떠하며,
　　어떤 길을 밟아나아가서 입신하고 출세하려 하는가 하는 데 대하여 그대에게
　　자세히 알게 하여 드리지 못함은 참으로 큰 유감이외다.[22]

　　편지의 내용에서 알 수 있듯이 심훈의 중국 생활은 결코 순탄치 않았
던 시간이었던 듯하다. 중국 체류 시기에 발표한 그의 시는 이러한 복잡
한 내면의 갈등과 회의가 곳곳에 배어 있다. 그가 모든 시의 말미에 적
어놓은 창작 연도에 근거하면, 유고 시집 『그날이 오면』에 수록된 「北
京의 乞人」, 「고루鼓樓의 삼경三更」, 「심야에 황하를 건너다深夜過黃河」,
「上海의 밤」, 「돌아가지이다」 등 5편, 부인 이해영에게 보낸 편지 속에
동봉한 「겨울밤에 내리는 비」, 「기적汽笛」, 「전당강 위의 봄밤」, 「뻐꾹새
가 운다」 등 4편은 중국에서 지내는 동안 쓴 시가 분명하다. 이 외에 「항
주유기杭州遊記」로 묶인 시조 「평호추월平湖秋月」을 포함하여 14편이 있
는데, 이 작품들은 항주 체류 당시 초고로 써두었던 것을 10여 년이 지난

22　「나의 지극히 사랑하는 해영씨!」, 『전집』 3, 616쪽.

1930년대 초에 다시 고쳐 썼거나 항주에서 지낼 때의 여러 생각과 느낌을 메모해 둔 것을 토대로 그 때의 정서를 떠올려 뒷날 창작했을 가능성을 전혀 배제할 수 없다는 점[23]에서 중국 체류 시기의 작품으로 볼 수 있을지에 대해서는 좀 더 자세한 검토가 필요하다.

중국에 체류하는 동안 썼던 심훈의 시는 북경, 상해에서 쓴 시와 남경, 항주에서 쓴 시 사이에 일정한 괴리가 있다. 앞의 시들은 심훈이 중국으로 온 초기에 쓴 것으로 역사적 주체로서의 자각이 분명하게 드러나는데 반해, 뒤의 시들은 조국을 떠나 살아가는 망향객으로서의 비애와 향수 등 개인적인 정서가 두드러지는 것이다.

> 우중충한 弄堂 속으로
>
> 훈둔장사 모여들어 딱딱이 칠 때면
>
> 두 어깨 웅숭그린 년놈의 떠드는 세상,
>
> 집집마다 麻雀판 두드리는 소리에
>
> 鴉片에 취한 듯 上海의 밤은 깊어가네.

---

23 "항주杭州는 나의 제2第二의 고향故鄕이다. 미면약관未免弱冠의 가장 로맨틱하던 시절時節을 2개성상二個星霜이나 서자호西子湖와 전당강변錢塘江邊에 두류逗留하였다. 벌써 10년十年이나 되는 옛날이언만 그 명미明媚한 산천山川이 몽매간夢寐間에도 잊히지 않고 그 곳의 단려端麗한 풍물風物이 달콤한 애상哀傷과 함께 지금도 머리속에 채를 잡고 있다. 더구나 그 때에 유배流配나 당한 듯이 호반湖畔에 소요逍遙하시던 석오石吾, 성제省齊 두 분 선생先生님과 고생苦生을 같이 하며 허심탄회虛心坦懷로 교류交流하던 엄일파嚴一波, 염온동廉溫東, 정진국鄭眞國 등等 제우諸友가 몹시 그립다. 유랑민流浪民의 신세身勢 ┈┈┈ 부유蜉蝣와 같은지라 한번 동서東西로 흩어진 뒤에는 안신雁信조차 바꾸지 못하니 면면綿綿한 정회情懷가 절계節季를 따라 간절懇切하다. 이제 추억追憶의 실마리를 붙잡고 학창시대學窓時代에 끄적여 두었던 묵은 수첩手牒의 먼지를 털어본다. 그러나 항주杭州와는 인연因緣이 깊던 백낙천白樂天, 소동파蘇東坡 같은 시인詩人의 명편名篇을 예빙例憑치 못하니 생색生色이 적고 또한 고문古文을 섭렵涉獵한 바도 없어 다만 시조체時調體로 십여十餘 수首를 벌여볼 뿐이다." (심훈, 「'杭州遊記' 머리글」, 『그날이 오면』, 153~155쪽)

발벗은 少女, 눈먼 늙은이를 이끌며

구슬픈 胡弓에 맞춰 부르는 孟姜女 노래,

애처롭구나! 客窓에 그 소리 腸子를 끊네.

四馬路 五馬路 골목 골목엔

'이쾌양듸 량쾌양듸' 人肉의 저자

단속옷 바람으로 숨바꼭질하는 야-지의 콧잔등이엔

梅毒이 우글우글 惡臭를 풍기네

집 떠난 젊은이들은 老酒잔을 기울여

걷잡을 길 없는 鄕愁에 한숨이 길고

醉하여 醉하여 뼈속까지 醉하여서는

팔을 뽑아 長劍인 듯 내두르다가

菜館 소파에 쓰러지며 痛哭을 하네.

어제도 오늘도 散亂한 革命의 꿈자리!

용솟음치는 붉은 피 뿌릴 곳을 찾는

'까오리' 亡命客의 심사를 뉘라서 알고

影戲院의 산데리아만 눈물에 젖네.

—「上海의 밤」 전문[24]

---

24 『그날이 오면』, 149~151쪽. 1932년 심훈은 그동안 썼던 시를 묶어서 시집 『沈熏詩歌集』
1(京城世光印刷社)을 발행하고자 총독부에 신청했으나 출판이 허가되지 않았다. 해방 이후
1949년 시집 『그날이 오면』이 발간되었지만 일본 총독부에 의해 삭제되거나 지워져버려
원본이 심각하게 훼손된 상태였다. 1966년 심훈 전집 세 권이 발간되어 제1권에 그 때까지

'上海의 밤'이라는 제목에서 알 수 있듯이 1920년대 상해의 어두운 밤을 상징적으로 형상화한 작품이다. 마작, 아편, 매춘 등이 난무하는 "四馬路 五馬路(지금의 푸저우루福州路와 화이하이중루淮海中路)"[25]는 문명의 도시이면서 혁명의 도시로 인식되었던 상해의 근대적 모순이 그대로 드러나는 절망과 암울의 공간이었다. 근대 문명과 자본이 넘쳐나는 국제적인 도시 상해에서 선진 학문을 배움으로써 식민지 현실을 극복하는 혁명에 대한 희망과 조선의 궁핍한 현실을 넘어서는 새로운 방향을 찾고자 했던 식민지 조선 청년들의 열망은 "노주老酒잔"에 기대어 "한숨"과 "통곡痛哭"에 빠져버리는 악순환의 연속을 경험하게 될 뿐이었다. 이런 점에서 당시 심훈에게 상해는 "어제도 오늘도 산란散亂한 혁명革命의 꿈자리!"가

발굴된 시를 수록하였지만, 훼손된 원본을 복원하지는 못한 채 1949년 발간된 『그날이 오면』을 그대로 사용하여 오류가 전혀 고쳐지지 않았다. 2000년에 와서 '심훈기념사업회'에서 『심훈문학전집』 1 ─ 그날이 오면(차림, 2000)을 발간하였는데, 원본과 대조 작업이 제대로 이루어지지 않은 탓으로 여전히 오류가 그대로 남아 있어서 정본으로 삼기 어렵다. 결국 본고에서는 『그날이 오면』에 수록된 시 인용은 이 시집의 영인본 원본에서 했고, 여기에 수록되지 않은 시를 인용할 때는 『전집』 1에서 했음을 밝혀둔다.

25 당시 사마로四馬路와 오마로五馬路에 대한 다음 글을 보면 인용시의 배경이 되는 1920년대 상해 거리가 선명하게 떠오른다. "푸저우루福州路와 샤페이루霞飛路(지금의 화이하이중루)는 상하이의 또 다른 번화가였다. 푸저우루는 속칭 사마로四馬路라고도 불렸다. 난징루南京路와 평행으로 나란히 뻗어 있는 이 거리는 동쪽 와이탄에서 시작하여 서쪽 경마장(지금의 인민광장과 인민공원 자리 ─ 필자 주)에 이르는 구간을 말한다. 20세기 초 난징루가 크게 번성하기 전까지 푸저우루는 줄곧 상하이에서 가장 번화한 지역이었다. 이 거리에는 상하이의 거의 모든 신문사와 서점이 운집해 있었을 뿐만 아니라 수많은 회원戱院(전통극 공연장)과 서장書場(사람을 모아 놓고 만담, 야담, 재담을 들려주는 장소), 다관과 무도장, 술집과 여관 등이 두루 포진해 있었다. 또한 경마장 인근의 서쪽 구간은 더 유명한 색정 환락가로 기방들이 줄지어 들어서 있어 떠돌이 기녀들이 엄청난 무리를 이루었다. (…중략…) 샤페이루는 프랑스조계에 위치해 있었다. 플라타너스가 심겨져 있는 이 가로수 길에는 짙은 이국의 정서가 가득했고 길 양쪽에 늘어선 상점들도 주로 양식집과 양복점, 유럽의 패션 소비품 상점인 것이 특징이었다. (…중략…) 이 모든 것들이 사람들에게 몽롱하고 희미한 느낌을 가져다주었고 유럽 교민들에게는 고향집에 온 것 같은 친밀감을 느끼게 해주었다. 현지의 중국 신사들은 이러한 이국 풍정을 문명 진보의 상징으로 잘못 이해하기도 했다. 이런 의미에서 샤페이루는 디즈니공원과 마찬가지로 온통 기표로 쌓아올린 거리로 사람들을 환각 상태에 빠지게 하는 일종의 환영simulacrum이었다고 할 수 있다."(니웨이倪伟, 「'마도魔都' 모던」, 『ASIA』 25, 2012, 30~31쪽)

될 수밖에 없었다. 진정한 혁명을 꿈꾸며 조국을 떠나 먼 길을 왔지만 혁명의 길을 찾기는커녕 국제적인 도시의 가면을 쓰고 제국주의 모순으로 울부짖는 또 하나의 식민지를 경험하는 "'까오리(고려-인용자)' 망명객亡命客"의 절망적 현실과 맞닥뜨리게 된 것이다.

여기서 주목해야 할 사실은 일본 총독부의 검열 기록이 남아 있는 원본 영인 자료를 보면 인용시 가운데 5연 4행 전부가 붉은 글씨로 '삭제削除'라는 표시가 선명하게 남아 있다는 점이다. 비록 시 전체의 정조는 당시 상해의 현실에 대한 절망과 비관이 압도적이어서 항일과 저항의 성격이 뚜렷하다고 할 수는 없지만, "'까오리' 망명객亡命客"으로서의 역할과 사명에 대해 자각하고 있는 화자의 태도를 일본의 검열관들이 결코 놓치지 않았던 것이다. 이처럼 심훈이 중국에 체류하는 동안 북경과 상해에서 남긴 시는 식민지 청년으로서의 혁명에 대한 열정과 고뇌가 직간접적으로 드러난 작품들이 대부분이다. 그렇다면 그가 중국에서 가장 오래 체류한 항주에서의 시들과 그 이전에 남경에서 쓴 시들은 어떻게 해서 정치성이 거의 사라진 채 개인적 정서를 두드러지게 드러내었는지 의문으로 남지 않을 수 없다.

오늘 밤도 뻐꾹새는 자꾸만 운다.

깊은 산 속 빈 골짜기에서

울려나오는 애처로운 소리에

애끓는 눈물은 베개를 또 적시었다.

나는 뻐꾹새에게 물어보았다.

"밤은 깊어 다른 새는 다 깃들었는데

너는 무엇이 섧기에 피나게 우느냐"라고
뻐꾹새는 내게 도로 묻는다
"밤은 깊어 사람들은 다 꿈을 꾸는데
당신은 왜 울며 밤을 밝히오"라고.

아 사람의 속 모르는 날짐승이
나의 가슴 아픈 줄을 제 어찌 알까.
고국은 멀고 먼데 임은 병들었다니
차마 그가 못잊혀 잠 못드는 줄
더구나 남의 나라 뻐꾹새가 제 어찌 알까.

—「뻐국새가 운다」 전문[26]

  이 시는 심훈이 남경에서 쓴 시로 자신의 아내에게 보내는 편지에 동봉한 작품이다. "임"의 해석을 확대한다면 정치적으로 읽을 여지가 전혀 없는 것은 아니지만, 어쨌든 표면적으로는 타국에서 병든 아내를 걱정하는 화자의 안타까운 심경을 "뻐꾹새"의 모습에 감정이입하여 형상화한 것이다. 실제로 심훈은 이해영에게 보낸 편지 곳곳에 "신병이 다 낫지 않거든 가을에도 학교에 다니지 않으시는 것이 좋을 듯하외다"[27]와 같이 아내를 걱정하는 마음을 직접적으로 표현하였다. 이 시 외에도 여러 편의 시를 편지에 동봉하여 보낸 것으로 보아 당시 심훈은 아내를 향한 그리움과 망향의 정서를 서정에 기대어 형상화하는 데 치중한 것으로 보인

---

26 『전집』 1, 133~134쪽; 『전집』 3, 619~620쪽 두 곳에 실림.
27 『전집』 3, 622쪽.

다. 게다가 앞서 언급한 「항주유기」로 묶인 시조 작품 모두가 이국땅에서 살아가는 화자의 외로움과 슬픔을 자연에 빗대어 형상화한 것이란 점에서, 이때의 시들은 대체로 정치적인 것과는 조금은 거리를 둔 개인적 정서를 담은 작품들이다.

그렇다면 북경에서 상해, 남경을 거쳐 항주에 정착하는 과정에서 심훈에게 정치적으로나 사상적으로 어떤 급격한 변화가 있었던 것일까? 그건 분명 아닌 것이, 「항주유기」의 머리글에서 "그 때에 유배流配나 당한 듯이 호반湖畔에 소요逍遙하시던 석오石吾, 성제省齊 두 분 선생先生님과 고생苦生을 같이 하며 허심탄회虛心坦懷로 교류交流하던 엄일파嚴一波, 염온동廉溫東, 정진국鄭眞國 등等 제우諸友가 몹시 그립다"[28]라고 밝힌 것으로 미루어 볼 때, 항주에서도 이동녕, 이시영 등 임시정부 주요 인사들과 여전히 활발한 교류를 한 것으로 확인된다. 다만 사회주의에 대한 깊은 관심과 동경을 가지고 있으면서도 실제로는 비타협적 민족주의자들과 교류가 많았던 심훈의 행적을 생각한다면, 당시 상해를 중심으로 한 독립운동의 여러 노선 투쟁에 실망하면서 그들과 일정한 거리를 둔 채 자기 회의에 빠졌던 시기가 아니었을까 짐작된다. 따라서 "상해가 공적 세계라면 항주는 감각과 정서에 기초한 사私의 발원처"이고, "북경과 상해가 잠행의 공간인 것에 반해 항주는 만유의 장소였다"[29]라는 견해는 일면 타당한 듯 보이지만, 항주 시절 심훈의 시를 정치성의 배제 혹은 탈각으로 읽기보다는 정치적인 것에 대한 절망과 회의에서 비롯된 내적 심경의 변화로 이해하는 것이 더욱 타당하지 않을까 싶다. 즉 정치적인 것으로

---

28 『그날이 오면』, 153~154쪽.
29 한기형, 앞의 글, 453쪽.

부터의 좌절이라는 뼈아픈 현실 인식에서 비롯된 변화의 모습이므로, 망향객으로서의 비애나 연인을 향한 그리움 등 개인적인 서정의 세계로 해석하는 것은 표면적인 것과 이면적인 것의 중층성을 간과한 성급한 판단이 될 수도 있는 것이다.

1922년 2월에 쓴 것으로 되어 있는 「돌아가지이다」라는 시에는 이러한 그의 복잡한 심경으로부터 비롯된 깊은 절망과 탄식이 역력히 드러난다. 민족 주체로서의 올곧은 자각과 조국의 독립을 위한 큰 발걸음으로 중국행을 선택한 심훈이 어떤 경위로 중국에서의 현실에 깊은 회의와 절망에 빠져버렸는지는 정확히 알 수 없지만, 그는 "돌아가지이다, 돌아가지이다. / 동요의 나라, 동화의 세계로 / 다시 한번 이 몸이 돌아가지이다"라고 당시의 심경을 직접적으로 토로한다. 여기에서 '동요' 혹은 '동화'의 세계는 "하루도 열두 번이나 거짓말을 시키고도 / 얼굴도 붉히지 말라는 세상", "사람의 마음도 돈으로 팔고 사는 / 알뜰히도 더러운 세상"이 아닌 "이 몸을 포근히 품어 주는" "옛날의 보금자리"[30]와 같은 곳을 의미한다. 즉 이 세계를 식민지 이전의 "엄마의 젖가슴"과 같은 조선의 형상일 뿐만 아니라, 시인이 맞닥뜨린 모순적 현실을 넘어서는 새로운 가능성으로서의 세계임에 틀림없다. 결국 그는 더 이상 중국에서는 이러한 가능성을 찾을 수 없다고 판단하고 중국으로 간지 만 2년이 채 되기 전부터 귀국을 서둘렀던 것으로 보인다.[31] 심훈에게 중국에서의 생활은 독립운동을 위한 일종의 반면교사로서의 경험이 되었다고 할 수 있다.

---

30 『그날이 오면』, 33~40쪽.
31 그가 아내에게 보낸 편지(1922년 7월 7일에 쓴 것으로 추정됨)에서 "나도 올해 귀국할 생각 간절하였으나 내년에나 가게될듯 세월은 길고도 빠른 것이라 미구에 기쁜 날이 올 것이외다"라고 적고 있다. (「나의 지극히 사랑하는 해영씨!」, 『전집』 3, 617쪽)

즉 조국 독립을 위해서 그가 진정으로 추구해야 할 가치와 방향을 일깨워주는 소중한 기회가 되었던 것이다. 귀국 이후 중국 체험을 문학적으로 형상화한 그의 작품을 예사롭게 볼 수 없는 이유도 바로 여기에 있다. 심훈의 중국행은 혁명을 꿈꾸는 한 청년이 숱한 갈등과 회의를 거쳐 비로소 올바른 문학의 진로를 찾아가는 중요한 계기가 되었다고 할 수 있는 것이다.

3. 귀국 이후 중국 체험의 문학적 형상화

앞서 살펴본 대로 심훈의 중국 체류는 1920년 말에서 1923년까지 대략 만 2년 남짓 된다는 것이 지금까지의 선행연구에서 제시된 일반적인 견해였다. 중국으로 떠난 시점에 대해서는 앞으로 실증적인 자료를 발굴하여 좀 더 면밀한 논의를 해야겠지만, 대체로 귀국 시점이 1923년이라는 견해에는 별다른 이견이 없어 보인다.[32] 앞서 살펴본 대로 3·1운동에 가담하여 옥살이까지 하고 나온 심훈은 식민지 청년으로서 조선 독

---

[32] 안종화, 『韓國映畫側面秘史』(춘조각, 1962)에 의하면, 「土月會」제2회 공연(1923.9)에 네프류도프 역을 맡은 초면의 안석주에게 심훈이 화환을 안겨준 인연으로 그들은 평생에 가장 절친한 동지로 지내면서 이후 문예, 연극, 영화, 기자 생활 등을 같이 했다고 한다. (유병석, 「심훈의 생애 연구」, 『국어교육』14, 한국국어교육연구회, 1968, 14쪽) 또한 그는 『沈熏詩歌集』1을 묶으면서 「밤」을 서시序詩로 두었는데, 이 시 말미에 "1923년 겨울 '검은돌' 집에서"라고 써두었다. '검은돌'은 그가 태어난 고향으로 지금의 '흑석동'을 말한다. 그러므로 아무리 길게 잡아도 1923년 여름 이전에는 이미 귀국했을 것으로 추정된다.

립을 위한 뚜렷한 목적을 가지고 중국행을 결심했던 것으로 짐작된다. 또한 그것이 단순한 유학을 위한 과정이었다면 2년 남짓의 짧은 기간 동안 북경, 상해, 남경, 항주로 이어지는 복잡한 여정을 거치지는 않았을 것이라는 추정도 가능했다. 북경에서 이회영, 신채호 등 항일 망명 지사를 만났던 일이나 상해에서 이동녕, 이시영 등 애국지사와 접촉한 일 등은 그의 중국행이 유학보다는 정치적 목적의 의미가 더욱 뚜렷했음을 말해주는 것이다. 게다가 앞에서 언급했듯이 심훈의 중국에서의 이동 경로가 그의 경성고보 동창생 박헌영의 동선動線과 겹치는 부분이 많다는 점도 특별히 주목할 필요가 있다. 귀국 이후 상해 체험을 형상화한 그의 소설 「동방의 애인」의 주인공 김동렬이 바로 박헌영을 모델로 했고, 박진은 심훈 자신의 모습을 투영한 것으로 볼 수 있다는 점에서 이러한 견해는 상당히 설득력이 있다.

주지하다시피 식민지 시기 상해는 중국 혁명의 핵심 거점으로 독립사상과 혁명의식을 가진 많은 지사들의 망명지였다. 또한 군사와 경제적 측면에서도 혁명군의 주요 거점이 되어 동아시아 민족운동의 중심지 역할을 하였다.[33] 뿐만 아니라 식민지 시기 상해한인사회는 해외 한인 독립운동의 총본부 역할을 했던 대한민국임시정부의 사회적 지지기반으로, 당시 임시정부를 중심으로 전개된 독립운동과 민족운동은 상해한인사회의 전폭적인 지지가 있어 가능했다. 이처럼 식민지 시기 상해한인사회는 상해 지역 독립운동과 아주 밀접한 관련을 맺고 있었으므로 상해한인사회에서 조선문인들의 창작 활동 역시 이러한 정치적 활동과의 밀

---

33 김희곤, 「19세기 말~20세기 전반, 한국인의 눈으로 본 상해」, 『지방사와 지방문화』 9-1, 역사문화학회, 2006, 253쪽.

접한 연관 속에서 논의되어야 한다.

「동방의 애인」은 1920년대 상해를 무대로 활동했던 공산주의계열 독립운동 조직의 활약상을 담은 작품으로, 김원봉이 이끌었던 '의열단'과 깊은 관련을 지닌 것으로 보인다. 중심인물 가운데 한 사람인 박진이 황포군관학교를 졸업했고, 공산주의계열 독립운동 조직에 속해 있었으며, 국내로 잠입하는 과정이 치밀하게 그려진 데서 '의열단'의 활동과 상당한 관련성이 있음을 짐작하게 하는 것이다.[34] 「동방의 애인」에서 주목해야 할 또 한 가지 사실은 표면적으로는 혁명적 정치의식과 낭만적 사랑의 성격이 혼재된 연애소설의 형식을 드러내고 있다는 점이다. 혁명적 정치성은 현실의 억압과 구속을 넘어서 진정한 자유와 해방을 추구하는 방향성을 지녔다는 점에서 낭만적 사랑에 대한 동경과 일치되는 점이 많다. 이런 점에서 「동방의 애인」은 연애소설의 형식으로 사회주의혁명을 말하고자 했던 정치소설이라고 할 수 있다.

남녀간에 맺어지는 연애의 결과는 조그만 보금자리를 얽어놓는 데 지나지 못하고 어버이와 자녀간의 사랑은 핏줄을 이어 나아가는 한낱 情實관계에 그치고 마는 것입니다.

우리는 보다 더 크고 깊고 변함이 없는 사랑 가운데 살아야 하겠습니다. 그러려면 우리 민족과 같은 계급에 처한 남녀노소가 사랑에 겨워 껴안고 몸부림칠만한 새로운 공통된 애인을 발견치 안고는 견디지 못할 것입니다.

나는 그것을 찾아내고야 말았습니다. 오랫동안 초조하게도 기다려지던 그

---

34 정호웅, 「한국 현대소설과 상해」, 『한국언어문화』 36, 한국언어문화학회, 2008, 299~301쪽 참조.

는 우리와 지극히 가까운 거리에서 아주 평범한 사람들 속에 나타나고 있었던 것입니다. 그와 동시에 여러분에게 그의 정체를 보여드려야만 하는 義務와 感激을 아울러 느낀 것입니다.[35]

　여기에서 말한 "새로운 공통된 애인"은 혁명적 정치성에 토대를 둔 낭만적 사랑의 결실을 의미한다. "남녀간에 맺어지는 연애의 결과"도 "어버이와 자녀간의 사랑"도 아닌 "우리 민족과 같은 계급"이 함께 "껴안고 몸부림칠만한" 것, 그것은 바로 '사회주의혁명'을 의미하는 것이다. 이러한 점은 혁명 지사로 살아가는 박진과 허영심으로 가득 차 일본으로 놀러 다니는 영숙의 연애와, 무산계급의 해방을 달성하기 위해 모스크바에 가서 직접 혁명을 배우는 동렬과 세정의 연애를 대비함으로써 선명하게 제시된다. 동렬과 세정의 연애를 통해 식민지 청년들의 진정한 사랑과 연애의 모습을 보여줌으로써 사회주의혁명과 '공통의 애인'의 관련성, 즉 혁명적 정치성과 낭만적 사랑의 일치를 더욱 확고하게 제시하고자 했던 것이다.[36]

　　×씨를 중심으로 동렬이와 진이와 그리고 그들의 동지들은 지난 날의 모든 관념과 '삼천리강토'니 '이천만 동포'니 하는 민족에 대한 전통적 애착심까지도 버리고 새로운 문제를 내걸었다.
　　"왜 우리는 이다지 굶주리고 헐벗었느냐"

---

35 「작자의 말」, 『전집』 2, 537쪽.
36 김호웅, 「1920~30년대 한국문학과 상해－한국 근대문학자의 중국관과 근대 인식을 중심으로」, 『현대문학의 연구』 23, 한국문학연구학회, 2004, 32~34쪽 참조.

하는 것이 그 문제의 큰 제목이었다. 전 세계의 무산대중이 짓밟히는 것이 모두 이 문제 때문에 신음하고 있는 것이 확실하다. 이 문제를 먼저 해결치 못하고는 결정적 답안이 풀려나올 수가 없다. 따라서 이대로만 지내면 조선의 장래는 더욱 암담할 뿐이라 하였다.

　　(…중략…)

　　얼마 후에 동렬과 진이와 세정이는 × 씨가 지도하고 모든 책임을 지고 있는 ○○당 ××부에 입당하였다. 세정이는 물론 동렬의 열렬한 설명에 공명하고 감화를 받아 자진하여 맨처음으로 여자 당원이 된 것이었다.

　　…… 어느 날 깊은 밤에 × 씨의 집 아래층 밀실에서 세 사람의 입당식이 거행되었다. 간단한 절차가 끝난 뒤에 × 씨는 세 동지의 손을 단단히 쥐며(그 때부터는 '동포'니 '형제자매'니 하는 말을 집어치우고 피차에 동지라고만 불렀다)

　　"우리는 이제부터 생사를 같이 할 동지가 된 것이요! 동시에 비밀을 엄수할 것은 물론 각자의 자유로운 행동은 금할 것이요. 당의 명령에 절대 복종할 것을 맹세하시요!"

　　하고 다 같이 ×은 테를 두른 ××의 사진 앞에서 손을 들어 맹세하였다.[37]

　　× 씨는 1920년 말 상해지역 한인공산당의 중앙위원장이었던 이동 휘[38]로 추정되는데, 그는 1921년 5월 개최된 상해 고려공산당대회에서

---

37 『전집』 2, 577~578쪽.
38 1918년 4월 창립된 한인사회당은 1920년 9월 초 당대표회의를 개최하고 당의 명칭을 한인공산당으로 개칭하고 조직을 확대 개편했는데, 상해지역 한인공산당 중앙위원장으로 이동휘를, 김립, 이한영, 김만겸, 안병찬을 중앙위원으로 선출했다. (반병률, 『성재 이동휘 일대기』, 범우사, 1998, 265~266 참조)

고려공산당(상해파) 위원장으로 선출되기도 했다.[39] 그렇다면 심훈이 실제로는 상해파와 이르쿠츠크파[40]로 노선을 달리했던 이동휘와 박헌영을 소설에서는 X 씨와 동렬의 동지적 연대로 묶고, X 씨의 주선으로 동렬이 공산당에 입당한 것으로 서사화한 이유가 무엇인가 하는 점이 중요한 문제로 남는다.[41] 이에 대해 "심훈은 박헌영의 행적을 서사적인 골격으로 삼으면서도 혁명운동의 방향은 이동휘의 민족적 사회주의 노선을 지지했던 것"[42]으로 파악한 견해는 상당히 설득력이 있다. 「동방의 애인」에서 상해는 혁명과 사랑을 동시에 꿈꾸는 해방구이자 러시아공산당과 접촉할 수 있는 장소로 설정되어 주인공 동렬 일행 역시 모스크바로 가서 사회주의에 대한 견문을 얻고 상해로 돌아오지만, "혁명의 나라 같지 않구나!"[43]라는 마음속의 생각을 그대로 노출한 데서 유추할 수 있듯이 그들에게 비친 러시아의 모습은 이상적 공간으로만 볼 수 없는 여

39 위의 책, 323~326 참조.
40 한국 공산주의운동에 적지 않은 해악을 끼친 상해파와 이르쿠츠크파 간의 파쟁은, 러시아 공산당 조직에서 볼셰비키의 지도를 받아 성장한 이르쿠츠크파와 민족운동에서 고립되고 있던 대한국민의회 세력의 연합세력이 볼셰비키의 권위와 권력을 등에 업고 이동휘가 이끌던 한인사회당─상해파 고려공산당으로부터 공산주의운동, 나아가서는 민족운동의 주도권을 빼앗으려는 데서 비롯되었다. 거의 모두가 러시아공산당원이었던 이르쿠츠크파 고려공산당은 러시아공산당원들의 지도와 명령을 당연하게 받아들였다면, 상해파는 한국 민족혁명운동의 전통과 독자성을 강조했으므로 이동휘를 포함한 핵심 간부 대부분이 러시아공산당에 가입하지 않았다. (반병률, 「이동휘─선구적 민족혁명가・공산주의운동가」, 『한국사시민강좌』 47, 일조각, 2010, 9~11쪽 참조)
41 물론 박헌영이 상해로 간 시점인 1920년 말에서 1921년 초만 하더라도 이동휘와의 관계가 대립적이지는 않았던 듯하다. 오히려 그가 남긴 이력을 보면, "거기서 민족 단체들과 연계를 맺고, 조선인 공산주의자들이 만든 공산당 조직에 들어갔다. 이 조직의 지도자들로는 김만겸, 이동휘 등이 있었다"라고 되어 있어 처음에는 두 사람의 관계가 밀접했던 것으로 보인다. (임경석, 『이정 박헌영 일대기』, 역사비평사, 2004, 65쪽)
42 한기형, 「서사의 로칼리티, 소실된 동아시아─심훈의 중국체험과 『동방의 애인』」, 『대동문화연구』 63, 성균관대 대동문화연구원, 2008, 432쪽.
43 『전집』 2, 605쪽.

러 가지 문제점을 드러냈다. 일제의 검열에 의해 모스크바에서 상해로 돌아온 시점에서부터 연재가 중단되어 그 이후 인물의 서사적 행로를 더 이상 알 수는 없지만, 소설 속에 구현된 X 씨와 동렬의 동지적 연대는 당시 상해 독립운동의 대립적 노선을 통합한 새로운 사회주의 독립운동의 방향을 제시하고자 했던 작가의식의 결과였다고 할 수 있다. 그래서 그의 소설은 실제와는 다르게 이동휘와 박헌영을 동지적 연대로 결속시켜 새로운 역사의 서사를 지향했던 것이다. 그가 말한 '공통의 애인'에서 '공통'과 '애인'의 의미적 결합은 바로 이러한 문제의식에서 이해할 때 더욱 심화된 의미를 찾을 수 있다.

경성고보 동창생 박헌영과 심훈의 상해에서의 만남을 실증할 만한 자료가 없어 실제 두 사람의 관계가 어떠했는지를 명확히 유추할 수는 없지만, 위에서 언급한 대로 「동방의 애인」에서 주인공으로 삼았을 뿐만 아니라 「朴君의 얼굴」이라는 시에서 옥고를 치르고 나온 박헌영의 처참한 몰골에 분개하는 시를 쓴 것으로 보아 당시 두 사람의 관계는 아주 각별했던 것으로 생각된다. 상해에서 이 두 사람의 관계가 어떠했는지를 실증적으로 규명하는 것은 심훈의 중국행에 대한 여러 의혹들을 풀어내는 중요한 근거가 될 수 있다는 점에서 앞으로 심훈 연구가 반드시 염두에 두어야 할 과제이다.

이게 자네의 얼굴인가?
여보게 朴君, 이게 정말 자네의 얼굴인가?

알콜瓶에 담가논 죽은 사람의 얼굴처럼 蒼白하고

마르다 못해 海綿같이 부풀어오른 두 뺨

頭蓋骨이 드러나도록 바싹 말라버린 머리털

아아 이것이 果然 자네의 얼굴이던가?

쇠사슬에 네 몸이 얽히기 前까지도

사나이다운 검붉은 肉色에

兩眉間에는 가까이 못할 威嚴이 떠돌았고

沈黙에 잠긴 입은 한번 벌리면

사람을 끌어당기는 魅力이 있었더니라.

四年동안이나 같은 冊床에서

벤또 반찬을 다투던 한 사람의 朴君은

絞首臺 곁에서 목숨을 生으로 말리고 있고

C社에 마주 앉아 붓을 잡을 때

황소처럼 튼튼하던 한 사람의 朴은

모진 매에 腸子가 꿰어져 까마귀밥이 되었거니.

이제 또 한 사람의 朴은

陰濕한 비바람이 스머드는 上海의 깊은 밤

어느 地下室에서 함께 주먹을 부르쥐던 이 朴君은

눈을 뜬 채 등골을 뽑히고 나서

산송장이 되어 獄門을 나섰구나.

朴아 朴君아 ××아!

사랑하는 네 아내가 너의 殘骸를 안았다

아직도 목숨이 붙어있는 同志들이 네 손을 잡는다

아 이 사람아! 그들을 알아보지 못한단 말인가?

이빨을 악물고 하늘을 咀呪하듯

모로 흘긴 저 눈瞳子

오 나는 너의 表情을 읽을 수 있다.

오냐 朴君아

눈은 눈을 빼어서 갚고

이는 이를 뽑아서 갚아 주마!

너와 같이 모든 ×를 잊을 때까지

우리들의 心臟의 鼓動이 끊길 때까지.

— 「朴君의 얼굴」 전문[44]

박헌영은 조선공산당 사건으로 구속되었다가 1927년 11월 22일 병보석으로 출감하여 병원에 입원했는데, 심훈은 박헌영의 출감에 즈음하여 이 시를 발표했다. 심훈은 경성고보 동창생인 박열과 박헌영 그리고 시대일보사에서 같이 근무했던 박순병을 대상으로 이 시를 지었다. 박열은 '천황 암살 미수사건'으로 무기형을 선고받아 복역하고 있었고, 박순병은 조선공산당 사건으로 구속되어 취조 중에 옥사했다. 인용시에서

---

44 『그날이 오면』, 54쪽.

"교수대絞首臺 곁에서 목숨을 생生으로 말리고 있"는 박 군이 박열이고, "모진 매에 장자腸子가 꿰어져 까마귀밥이 되었"다고 하는 박 군은 박순병이며, "산송장이 되어 옥문獄門을 나섰"던 박군은 박헌영을 가리킨다.[45] 일본 경찰의 취조 기록에 의하면, 박헌영은 1920년 11월 말 동경을 출발해서 나가사키를 경유하여 상해로 도항했고, 1921년 3월 이르쿠츠파 공산당의 지휘를 받는 고려공산청년단 상해회 결성에 참여했으며, 같은 해 5월 안병찬, 김만겸, 여운형, 조동호 등이 주도하는 이르쿠츠파 고려공산당에 입당했다.[46] 여운형과 박헌영의 관계 그리고 여운형과 심훈의 밀접했던 관계[47]를 연결지어 인용시를 읽어보면, 상해 시기 심훈의 문학 활동에 있어서 박헌영이라는 친구와의 교류가 아주 특별한 의미를 지녔을 것이라는 추정이 어느 정도 확신을 가지게 한다. "음습陰濕한 비바람이 스며드는 상해上海의 깊은 밤 / 어느 지하실地下室에서 함께 주먹을 부르쥐던" 친구의 처참한 모습을 보면서, "눈은 눈을 빼어서 갚고 / 이는 이를 뽑아서 갚아 주마!"라고 말하는 화자의 울분에서 두 사람의 동지적 관계가 확고했음을 알 수 있다. 박헌영은 심훈 자신이 독립운동을 위해 따라가야 할 이정표와 같은 존재였다. "쇠사슬에 네 몸이 얽히기 전前

---

45 최원식, 「심훈연구서설」, 김학성 · 최원식 외, 『한국근대문학사의 쟁점』, 창작과비평사, 1990, 237~238쪽.

46 임경석, 앞의 책, 65~68쪽 참조.

47 「朝鮮新聞發達史」, 『신동아』 1934년 5월호에 의하면, 『中央日報』가 1933년 2월 대전에서 출옥한 여운형을 사장으로 추대하고 같은 해 3월에 『朝鮮中央日報』로 제호를 바꾸었다. 여운형은 상해에 있을 때부터 심훈을 대단히 아끼던 처지로서, 심훈이 「영원의 미소」와 「직녀성」을 동지에 연재하여 생활의 곤경을 조금이라도 면할 수 있었던 것은 그의 호의였다. 그리고 심훈의 영결식에서 그의 마지막 시 작품인 「絶筆」을 울면서 낭독한 사람도 여운형이었다고 하니 두 사람의 관계가 얼마나 각별했었는지를 알 수 있다. (유병석, 앞의 글, 18~19쪽) 그의 시 가운데 「R씨의 肖像」(1932.9.5)은 여운형을 모델로 한 것으로 보인다.

까지도 / 사나이다운 검붉은 육색肉色에 / 양미간兩眉間에는 가까이 못할 위엄威嚴이 떠돌았고 / 침묵沈黙에 잠긴 입은 한번 벌리면 / 사람을 끌어당기는 매력魅力이 있었"던 박헌영의 강인한 기개야말로 심훈이 추구하고자 했던 진정한 민족 투사의 모습이었던 것이다.

이상에서 보았듯이 심훈에게 상해 체험은 민족적 사회주의의 길을 걷고자 했던 자신의 사상적 거점을 마련하는 중요한 발판이 되었고, 이러한 경험을 토대로 그는 귀국 이후의 새로운 문학 활동의 방향을 찾는 데 주력하였다. 물론 그가 중국에서 오래 머물지 않고 급히 귀국한 데는 근대적 문명과 제국주의적 모순이 충돌하는 공간으로서의 상해의 이중성에 대한 절망과 독립운동의 노선 갈등에서 비롯된 정치적 분파 투쟁에 대한 실망이 바탕에 깔려 있었다. 따라서 그는 중국을 자신의 독립운동을 위해 큰 꿈을 펼칠 이상적 공간으로만 생각하던 태도를 넘어서, 조국으로의 귀환을 통해 상해에서 체득한 정치적 회의와 갈등을 극복하는 문학 중심의 새로운 활동을 펼쳐나가고자 했다. 1930년 발표한 시 「그날이 오면」과 「동방의 애인」, 「불사조」 등의 소설은 바로 이러한 문학적 지향성을 구체화한 작품들이라고 할 수 있다. 다만 이 작품들은 일제의 검열을 통과하지 못해 완성된 세계를 창출해 내지 못했다는 점에서, 그의 후기 소설들은 이러한 검열을 피하는 서사 전략으로 '국가'를 '고향'으로 변형시켜 계몽의 서사로 전이시키는 양상을 보였다. 이런 점에서 『常綠樹』로 대표되는 그의 후기 소설을 단순히 계몽의 서사로만 읽어낼 것이 아니라 식민지 내부에서 허용 가능한 사회주의 서사의 변형 혹은 파열로 이해하는 문제의식을 가질 필요가 있다.[48]

이상에서 심훈의 사상과 문학의 형성 과정에서 중국 체험이 어떤 의미를 지녔는가를 중심으로 그의 문학 세계를 개괄적으로 살펴보았다. 그가 남긴 세 권 분량의 『전집』과 시집 『그날이 오면』 그리고 지인들이 남긴 짧막한 산문들만으로는 그의 중국행의 뚜렷한 목적과 중국 안에서의 행적들, 지강대학에 다니기 위해 항주로 간 이유 등 대부분의 사실을 명확하게 재구하거나 실증하기 어려웠다. 그러다보니 이 글 대부분이 짐작이나 추측으로 일관하는 가정법의 서술이 되고 말아 논리적 한계는 명백하다. 아마도 관련 자료가 새롭게 발굴되고 정리된다면 이 글에서 언급한 논의의 상당 부분이 수정되어야 할지도 모르겠다. 그럼에도 불구하고 앞으로 심훈 연구가 해결해야 할 쟁점에 대한 문제제기를 우선적으로 강조하는 데 의의를 두면서, 그의 중국행이 지닌 의미에 대한 선행 논문들에 기대어 중국행 이전과 중국 체류 시기 그리고 귀국 이후로 나누어 살펴보았다.

마무리하면서 한 가지 사족을 덧붙인다면, 『전집』 세 권과 이후에 발간된 『그날이 오면』 현대어 부분과 총독부 검열본 영인본을 비교 대조해 본 결과, 발표연도의 차이, 시행이 빠진 부분, 방언의 훼손, 시인이 생전에 교정한 부분의 미적용 등 여러 군데에서 심각한 오류가 있었다. 그의 작품 모두를 수록한 『전집』이 발간된 것이 1966년의 일이었고, 2000년에 시 작품만을 대상으로 한 『그날이 오면』이 출간되었지만 정본 확정도 제대로 되지 않은 상태에서 발간되었고, 이후 소설, 산문 등을 망라한 『전집』의 나머지 권은 무슨 이유에서인지 계속해서 출간되지도 않았다. 따라서 앞으로 심훈 연구는 『전집』 발간 이후 발굴된 새로운 작품과 글들까

---

48 이러한 문제의식에 대한 자세한 논의는, 한만수, 「1930년대 '향토'의 발견과 검열우회」, 『한국문학이론과비평』 30, 한국문학이론과비평학회, 2006, 379~402쪽 참조.

지 모두 포괄하는 정본 확정 작업을 엄밀하게 수행하여 『결정본 심훈 전집』을 발간하는 것이 시급한 과제임을 특별히 강조해두고자 한다.[49]

---

49 이 글이 발표된 이후 『심훈 전집』(김종욱 · 박정희 편, 역락, 2016)이 새로 편집되어 발간되었다. 이전 전집과 발표 매체의 글을 토대로 꼼꼼하게 작업이 이루어졌지만, 심훈의 아들 심재호가 보관하고 있는 원본과 대조가 이루어지지 않은 상태라 아쉬움이 남는다. 현재로서는 원본을 확인할 길이 없어 이 책을 결정본으로 삼는 것이 가장 적합하다.

제2장

심훈의 중국 체류기 시의 정치성과 서정성

1. 심훈의 문학과 사상의 형성

심훈은 1920~30년대 소설, 영화를 중심으로 시, 평론, 시나리오, 연극 등 전방위적인 활동을 했다. 1901년 태어나 1936년 타계하기까지 30여 년의 세월 동안 전집 3권 분량의 많은 작품을 남겼음에도 불구하고 그동안 그에 대한 논의는 『常綠樹』를 중심으로 한 농촌 계몽 서사와 시 「그날이 오면」의 저항적 성격에 치중한 일면적인 연구가 대부분이었다. 최근들어 그의 전방위적 활동에 대한 전면적이고 다양한 연구가 진행되고 있지만, 식민지 시기의 다른 문학인에 비해 여전히 그 연구는 활발하지 못한 실정이다. 게다가 1966년 『沈熏文學全集』 세 권[1]이 발간되었지만 원

---

1 『沈熏文學全集』 1-詩, 『常綠樹』, 「탈춤」, 시나리오; 2-「織女星」, 「東方의 愛人」, 短篇; 3-「永遠의 微笑」, 「不死鳥」, 隨筆, 評論, 日記, 書簡, 탐구당, 1966.

본과의 엄밀한 대조 작업을 거치지 않아 오류가 아주 많고, 그 이후 '심훈 기념사업회'에서 『심훈문학전집』1 — 그날이 오면(차림, 2000)을 발간했지만 여전히 오류는 고쳐지지 않아 결정본으로 삼기 어렵다. 또한 어떤 이유에서인지 소설과 산문 등을 묶은 후속 전집도 발간되지 않아서 아직까지 심훈 문학 연구의 텍스트는 불완전한 상태에 머물러 있다. 그 결과 지금까지 심훈 연구는 결정본 텍스트가 없어서 상당히 많은 오류를 답습하지 않을 수 없었다. 특히 시의 경우 생전에 그가 출간하려다 일제의 검열에 의해 중단되었던 『沈熏詩歌集』第1輯이 일본 총독부 검열본 상태로 영인본이 출간되었음에도 불구하고, 여전히 와전된 텍스트인 『그날이 오면』(1949년 발간, 1951년 한성도서출판주식회사에서 재간행)을 그대로 수록한 『전집』1권을 주된 텍스트로 삼고 있어서 심훈 시 연구는 원전 확정에서부터 상당히 많은 문제점을 노출하고 있다.

짧은 생애에도 불구하고 심훈의 행적에 대한 전기적 사실도 아직까지 미확인 상태로 남겨진 것이 많아서 그를 대상으로 한 시인론을 완성하는 데도 여러 가지 한계에 부딪치지 않을 수 없다. 특히 그동안 1930년대 이후 발표된 그의 소설에 대한 연구에 치중한 나머지 심훈 문학의 초기라고 할 수 있는 1920년대 중국 체류 시기에 대한 관심은 상당히 부족했던 것이 사실이다. 이러한 결과는 심훈의 문학과 사상을 형성하는 기본적 토대가 되었다고 할 수 있는 중국에서의 행적과 활동을 실증할 만한 자료가 거의 남아 있지 않다는 사실도 중요한 요인이 되었을 것이다. 게다가 당시 그가 발표한 20여 편의 작품이 시에만 한정되어 있어서 심훈 문학 연구의 본령이 소설에 있다는 일반적인 연구 관점에 치우쳐 그의 초기 시에 대한 연구는 거의 이루어지지 않았던 것으로 보인다. 하지만 심훈의 중국에서의 행적에 대한 실증적 탐색은 그의 문학적 지향성이 어디에서 비롯되었는지를 파악하는 중요한 단서가 된다는 점에서 결코 간과할 수 없는 부분이다. 1920년대 중국 공산당과의 밀접한 관계 속에서 상해를 중심으로 한인 공산주의 계열 독립운동이 두드러졌다는 사실로 미루어 볼 때, 당시 심훈의 뜻밖의 중국행[2]은 단순한 유학으로만 볼 수 없는 어떤 특별한 사정이 있었을 것으로 짐작되기 때문이다.

　이상의 문제의식으로 본고는 심훈이 중국에 체류한 동안의 행적을 추적하면서 그의 초기 시세계의 변화를 살펴보는 데 주된 목적이 있다. 비록 시의 완성도나 수준이 일정한 단계에 이르지 못한 작품도 일부 있지만, 그의 문학적 지향점과 사상적 거점을 이해하는 데 있어서는 중요한 의미를 가진다는 사실을 무엇보다도 주목하였다. 이 시기에 그가 발표한 시는 북경에서 쓴 「北京의 乞人」, 「鼓樓의 三更」, 북경에서 상해로 이동하는 중에 쓴 「深夜過黃河」, 상해에서 쓴 「上海의 밤」, 남경과 항주에 있을 때 쓴 것으로 그의 첫 번째 부인 이해영에게 보낸 편지에 동봉한 「겨울밤에 내리는 비」, 「기적」, 「전당강 위의 봄밤」, 「뻐꾹새가 운다」, 그리고 「항주유기」 연작 14편이 있다.[3] 이 외에 현재까지 알려진 것으로는 귀국 이전의 마지막 작품인 「돌아가지이다」가 있다. 그리고 중국 체류 당시의 작품은 아니지만 중국에서 밀접하게 교류를 나누었을 것으로

2　심훈은 처음부터 중국으로 갈 생각은 전혀 없었던 것으로 보인다. 서양으로 가기 어렵다면 일본으로 유학을 갈 결심을 아주 강하게 굳히고 있었기 때문이다. 하지만 경제적인 이유를 들어 갑자기 일본 유학을 포기했음을 밝혔다. 그렇다고 해서 중국으로 유학을 가겠다고 공개적으로 밝힌 바도 없다.

3　「平湖秋月」, 「三潭印月」, 「採蓮曲」, 「蘇堤春曉」, 「南屛晚鐘」, 「樓外樓」, 「放鶴亭」, 「杏花村」, 「岳王墳」, 「高麗寺」, 「杭城의 밤」, 「錢塘江畔에서」, 「牧童」, 「七絃琴」, 『그날이 오면』, 156~173쪽.

짐작되는 박헌영과 여운형을 모델로 한 귀국 이후의 작품 「朴君의 얼굴」, 「R氏의 肖像」도 중국 체류 시기 발표한 시의 연장선상에서 논의할 필요가 있다.[4]

2. 북경으로의 망명과 위장된 행로

심훈의 북경행은 1919년설과 1920년설 두 가지가 있다. 연보[5]에 따르면 심훈은 1919년 경성고등보통학교 재학 당시 3·1운동에 가담하여 3월 5일 헌병대에 잡혀 투옥되었다가 7월에 집행유예로 풀려났다. 그리고 이듬해 1920년 겨울 변장을 한 채 중국으로 망명, 유학의 길을 떠났고, 1921년 북경을 떠나 상해, 남경을 거쳐 항주 지강대학에 입학했으며 1923년 중국에서 귀국하였다. 즉 심훈은 1920년 말부터 1923년 중반[6]까지 만 2년 남짓, 햇수로 따지면 4년에 걸쳐 중국에 있었다는 것이다. 그런데 그가 남긴 글이나 여러 지인들의 글을 보면 연보의 사실과 어긋나는 것이 많아서 여러 가지 의문이 증폭된다.

심훈은 "己未年 겨울, 獄苦를 치르고 난 나는 어색한 淸服으로 變裝하

4 　본고는 『심훈문학전집』 1─그날이 오면(차림, 2000) 전반부에 수록된 일본 총독부 검열본을 영인한 『沈熏詩歌集』 1(京城世光印刷社印行, 1932)에 수록된 시를 텍스트로 삼아 논의할 것이다. 이하 이 책에서 인용한 경우 『그날이 오면』이라 약칭하고 영인본에 적힌 쪽수만 밝힐 것임.
5 　「심훈 연보」, 『그날이 오면』, 121~124쪽.
6 　각주 32 참조.

고 奉天을 거쳐 北京으로 脫走하였었다. 몇 달 동안 그 곳에 逗留하며 軟骨에 견디기 어려운 風霜을 겪다가 醒庵의 소개로 數三次 丹齋를 만나 뵈었는데 新橋 무슨 胡同엔가에 있는 그의 寓居에서 며칠 저녁 발치잠을 자면서 가까이 그의 聲咳를 接하였다"[7]라고 1919년 겨울 중국 북경에서의 일들을 상세히 기록해두었다. 또한 "나는 맨처음 그 어른에게로 紹介를 받아서 北京으로 갔다. 父母의 膝下를 떠나보지 못하던 十九歲의 少年은 于堂丈과 그 어른의 슈息인 圭龍氏의 친절한 接待를 받으며 月餘를 묶었었다"[8]라고 회고하면서 그의 북경행의 시기를 "十九歲"로 밝히기도 했다. 그리고 심훈은 그가 쓴 글의 말미에 거의 대부분 쓴 날짜를 적어두었는데,「北京의 乞人」,「고루鼓樓의 삼경三更」 등의 시를 쓴 날짜가 "1919년 12월 북경에서"인 것으로 보면 1919년 겨울에 그는 이미 북경에 있었다는 것이 된다. 생전에 그가 출간하기 위해 정리한 시집 표지에는 "『沈熏詩歌集』第1輯, 京城世光印刷社印行, 1919~1932"와 "治安妨害", "一部分削除" 등의 검열 흔적이 그대로 남아 있는데, 여기에서 "1919"라는 연도는 이 시집이 북경에서 창작한 시부터 모은 것임을 명시해 놓은 것이라는 점에서 이 사실을 다시 한 번 확인할 수 있다. 만일 심훈의 북경행이 1920년 말이라고 기록한 연보가 사실이라고 한다면, 그가 중국행 시기에 대해 여러 차례 동일한 오류를 반복하고 있다는 것인데 어딘가 모르게 석연찮은 부분이 많다. 게다가 "그가 3·1運動 당시 第一高普(京畿高)에서 쫓겨나 中國으로 가서 亡命留學을 다섯 해 동안 한 적이 있는데"라는 윤석중의 회고에서도 "다섯 해"[9]라고 되어 있어 1919

7　「丹齋와 于堂 (1)」,『전집』3, 491쪽.
8　위의 글, 492~493쪽.

년을 포함해야만 사실에 부합하는 기억이 된다.

연보에 적힌 대로 1920년에 북경으로 떠났다는 주장은 심훈이 자신의 행적에 대한 기록에 많은 오류를 남겼다는 점을 기본적인 전제로 하고 있다. 심훈은 1920년 1월 3일부터 6월 1일까지 5개월 남짓의 일기[10]를 남겼는데, 그 내용을 보면 이희승, 박종화, 방정환 등 문사들과의 교유 관계와 습작 활동 및 잡지 투고 상황 그리고 독서에 관한 일 등 당시 한국에서 지낸 일상적인 일들을 기록한 것이어서 1920년 하반기에 북경으로 떠났다는 주장을 뒷받침한다. 이처럼 실제로 심훈의 글과 기록은 여러 군데에서 서로 어긋나는 점이 많다는 점에서 분명 어떤 혼선이 있는 것으로 짐작된다. 하지만 이러한 혼선이 생긴 이유에 대해서는 논리적으로 증명할 만한 근거가 없다. 이에 대해 "과거체험의 현재성에 남아 있는 위험을 고려한 '의도된 착오'의 사례이다. 심훈의 문헌들을 지배하고 있는 모호함과 착란은 그가 자신의 개인기록을 긴장된 정치적 텍스트로 상정하고 있"[11]기 때문이라는 분석이 있다. 또한 신채호가 상해를 떠나 북경으로 이동한 것이 1920년 4월이라는 사실에 근거하여, 심훈과 단재의 만남이 가능했다면 1919년 겨울에 북경으로 간 것은 시기상으로 맞다는 견해도 있다. 그리고 심훈이 1921년 2월에 북경대학에 머무를 때 프랑스 노동유학 소식을 듣고 상해로 가기로 결정했다고 했으므로, 이 날짜와 상해로 이동 중에 쓴 것으로 보이는 시 「深夜過黃河」에 표기된 '1920년 2월'이 정확히 1년 차이가 난다는 점에서 '1919년'은 '1920년'의 착오로 파악

---

9   윤석중, 위의 글, 74쪽.
10   『전집』 3, 581~613쪽.
11   한기형, 「'백랑白浪'의 잠행 혹은 만유―중국에서의 심훈」, 『민족문학사연구』 35, 민족문학사학회, 2007, 442쪽.

하기도 한다.[12] 아마도 1966년에 발간된 『全集』의 연보는 이러한 추정들에 더 신빙성이 있다고 보고 그의 북경행을 1920년 말로 정리한 것으로 생각된다. 하지만 이 또한 추정일 뿐 명확하게 증명할 만한 근거가 부족하다는 점에서 섣불리 단정 지어서는 안 된다.

심훈이 북경으로 가서 처음으로 쓴 시 「北京의 乞人」을 보면, "숨도 크게 못 쉬고 쫓겨오는 내 행색을 보라, / 선불 맞은 어린 짐승이 광야를 헤매는 꼴 같지 않느냐"[13]라는 시구가 있는데, 당시 그가 중국으로 떠날 때의 사정이 아주 복잡하고 긴박했음을 짐작하게 한다. 그의 경성고보 동창이자 고종사촌인 윤극영도 "불 일던 세월은 지나가고 삼보三保(심훈―필자 주)는 병으로 출옥하였다. 그의 얼굴은 백지장만큼이나 창백했고 누룩 같이 떠오른 피부 속에는 한 많은 상처들이 울고 있었다. 요시찰의 낙인이 붙어 형사들의 미행이 연달아 심사를 돋구는 것이었다. 견디다 못해 삼보는 중국 '상해'로 뛰었다"[14]라고 회고했는데, 이 또한 심훈이 중국으로 떠나기 직전의 상황이 상당히 좋지 않았음을 말해주는 증언이다. 이러한 당시의 상황으로 볼 때 감옥에서 나온 시점인 1919년 7월부터 중국으로 간 것으로 알려진 1920년 12월 무렵까지 거의 1년 반 동안이나 그가 국내에 남아 있기는 어렵지 않았을까 하는 의구심을 갖지 않을 수 없다. 따라서 1919년 7월부터 1920년 12월까지 그의 행적에 대한 실증적 재구가 명확히 이루어지기 전까지는 그의 중국행 시기에 대한 논의는 좀 더 신중한 접근을 해야 할 것으로 생각된다.

---

12 윤기미, 「심훈의 중국생활과 시세계」, 『한중인문학연구』 28, 한중인문학회, 2009, 112~113쪽.
13 『그날이 오면』, 141쪽.
14 윤극영, 「沈熏時代」, 『전집』 2, 636쪽.

나에게 무엇을 비는가?

푸른 옷 입은 隣邦의 걸인이여,

숨도 크게 못 쉬고 쫓겨오는 내 行色을 보라,

선불 맞은 어린 짐승이 曠野를 헤매는 꼴 같지 않느냐.

正陽門 門樓 위에 아침 햇발을 받아

펄펄 날리는 五色旗를 쳐다보라.

네 몸은 비록 헐벗고 굶주렸어도

저 깃발 그늘에서 자라나지 않았는가?

거리거리 兵營의 유량한 喇叭소리!

내 平生엔 한번도 못 들어보던 소리로구나!

胡同 속에서 菜商의 외치는 굵다란 목청

너희는 마음껏 소리 질러보고 살아왔구나.

저 깃발은 바랬어도 大中華의 자랑이 남고

너의 同族은 늙었어도 '잠든 獅子'의 威嚴이 떨치거니

저다지도 허리를 굽혀 구구히 무엇을 비는고

千年이나 萬年이나 따로 살아온 百姓이어늘……

때묻은 너의 襤褸와 바꾸어준다면

눈물에 젖은 단거리 周衣라도 벗어주지 않으랴.

마디마다 사무친 원한을 놓아준다면

살이라도 저며서 길바닥에 뿌려주지 않으랴,

오오 푸른 옷 입은 北國의 乞人이여!

—「北京의 乞人」 전문[15]

"世紀末 孟冬에 憔悴한 行色으로 正陽門 車站에 내리니 乞丐의 떼에
위싸며 한 分의 銅牌를 빌거늘 달리는 黃色車 위에서 數行을 읊다"라는
프롤로그로 시작되는 이 시는, 심훈이 중국에서 쓴 첫 번째 시로 알려져
있다. 화자와 걸인의 대비를 통해 식민지 청년으로서의 민족적 열패감
을 강렬하게 표출하고 있는 작품이다. "숨도 크게 못 쉬고 쫓겨오는" 화
자에게 있어서 "헐벗고 굶주렸"을 "걸인"마저 "저 깃발 그늘에서 자라"나
고 "마음껏 소리 질러보고 살아"왔다는 점에서 오히려 부러울 따름이다.
비록 "저 깃발은 바랬어도 大中華의 자랑이 남"아 있고, "同族은 늙었어
도 '잠든 獅子'의 威嚴이 떨치"는 중국의 현실 앞에서 망명을 떠나온 화
자 자신의 모습은 더없이 초라하게 느껴졌던 것이다. 설령 "남루"일지언정
"걸인"과 처지를 바꾸고 싶은 심정이므로, "저다지도 허리를 굽혀 구구
이 무엇을 비는고"라고 반문하는 화자의 내면은 식민지 조선의 현실에
대한 비애로 가득 차 있었다. 아무리 가난하다 해도 국가의 주권主權을
잃어버리지 않은 나라, 가진 것은 없을 지라도 어떤 말이든 마음껏 소릴
질러 할 수 있는 나라의 백성으로 살아가고 싶은 화자의 절절한 소망이
"걸인"이라는 극단적인 인물과의 대비를 통해 더욱 선명하게 부각되고
있는 것이다. 화자의 감상적인 태도가 조금은 엿보이긴 하지만, 이 시는

---

15 『그날이 오면』, 141~143쪽.

심훈의 중국행이 조국의 현실을 넘어서기 위한 어떤 뚜렷한 목적을 지닌 것이 아니었을까 하는 생각을 갖게 한다. 단 한 번도 중국 유학에 대해서 말하지 않았던 그가 갑자기 중국으로 떠났고, 중국에 도착하자마자 이러한 민족적 비애를 토로한다는 점이 결코 예사롭지 않은 동기를 은폐하고 있는 것으로 비춰지기도 하는 것이다.

심훈의 중국행 목적이 "기회를 노려 미국이나 프랑스로 연극을 공부하러 가려는 것"[16]이었다고 하는데, 그렇다면 더더욱 일본으로 갔어야 중국으로 가야할 이유가 없었을 것이다.[17] 열아홉 살의 나이로 3·1운동에 가담하여 옥살이까지 하고 나온 그의 전력에 비추어, 이와 같은 갑작스런 중국행에는 어떤 위장된 목적이 은폐되어 있었을 가능성이 많은 것으로 보인다. 실제로 심훈은 "나는 맨 처음 그 어른에게로 紹介를 받아서 北京으로 갔었다"[18]고 밝혔는데, 여기에서 "그 어른"은 우당 이회영을 가리킨다. 그리고 앞에서 언급한 대로 "醒庵"의 소개로 신채호를 만나 잠시 동안 그의 집에 머무르기도 했는데, 여기에서 "醒庵"은 이광李光으로 이

---

16 유병석, 앞의 글, 13쪽.

17 그는 1920년 1월의 일기에서 일본 유학에 대한 결심을 분명히 말했었다. "나의 일본日本 유학은 벌써부터의 숙망宿望이요, 갈망이다. 여기만 있어 가지고는 아주 못할 것은 아니나 내가 목적하는 문학 길은 닦기가 극난하다. 아무리 원수의 나라라도 西洋으로 못갈 이상以上에는 동양東洋에는 일본日本 밖에 가 배울 곳이 없다. 그러나 내 주위의 사정은 그를 용서치 않는다. 그러나 나는 기어이 올 봄 안으로는 가고야 말 심산이다. 오는 3월三月 안에 가서 입학入學을 하여도 늦을 것인데 (…중략…) 어떻든지 도주逃走를 하여서라도 가고야 말란다."(『전집』 3, 591쪽) 하지만 3월의 일기를 보면, 이미 "나의 갈망하던 일본日本 유학은 3월三月에 들어 단념하게 되었다"라고 밝히면서, 그 이유를 네 가지로 적어두었다. "일一, 일인日人에 대한 감정적感情的 증오심이 날로 더해감이요, 이二, 학비문제學費問題니 뒤를 대어줄 형님이 추호의 성의가 없음, 삼三, 2·3년간은 일본日本에 가서라도 영어英語를 준비해야 하겠는데 그만큼은 못하더라도 청년회관靑年會館에서 배울 수 있는 것, 사四, 영어英語와 기타 기초 교육을 닦은 뒤에 서양西洋 유학을 바람 등이다. 부친父親도 극력 반대이므로." (『전집』 3, 608쪽)

18 「丹齋와 于堂 (2)」, 『전집』 3, 492쪽.

회영과도 아주 가까운 혁명 동지였다.[19] 이제 스무 살밖에 되지 않는 청년 심훈이 당시 이러한 항일 망명 지사들과 접촉할 수 있었다는 사실 자체가 그의 중국행을 단순한 유학으로만 볼 수 없게 한다. 아마도 당시 심훈은 민족운동에서 출발해서 무정부주의로 나아갔던 단재와 우당 그리고 이광 등과 같은 아나키스트들의 사상을 많이 동경했던 것으로 보인다. 따라서 당시 심훈의 중국행은 유학으로 가장한 채 정치적 목적을 수행하기 위한 위장된 행로였다고 할 수 있다.

눈은 쌓이고 쌓여
客窓은 길로 덮고
蒙古바람 씽씽 불어
왈각달각 잠 못 드는데
북이 운다, 鐘이 운다.
大陸의 都市, 북경의 겨울밤에–

火爐에 메췰煤炭도 꺼지고
壁에는 성에가 슬어
얼음장 같은 창 위에
새우처럼 오그린 몸이
북소리 鐘소리에 부들부들 떨린다

---

19 "일본 와세다대학과 중국 남경의 민국대학을 졸업한 이광은 신민회원이었고, 이회영과 함께 경학사와 신흥무관학교를 운영한 가까운 동지였다. 그는 임정 임시의정원 의원과 외무부 북경 주재 외무위원을 겸임하며 한중 양국의 외교적 사항을 처리할 만큼 중국통이었다. (이덕일, 앞의 책, 198쪽)

地球의 맨 밑바닥에 동그마니 앉은 듯

마음조차 孤獨에 덜덜덜 떨린다.

거리에 땡그렁 소리도 들리지 않으니

호콩장사도 인제는 얼어 죽었나

입술을 꼭꼭 깨물고 이 한 밤을 새우면

집에서 편지나 올까? 돈이나 올까?

'만터우' 한 조각 얻어먹고 긴 밤을 떠는데

鼓樓에 북이 운다, 鐘이 운다.

— 「鼓樓의 三更」 전문[20]

　　인용시는 우당 이회영과의 만남을 회고한 글 「丹齋와 于堂 (2)」에 삽입되어 있는 작품으로 심훈이 이회영의 집에 머무를 때 쓴 것으로 보인다.[21] "북경의 겨울밤"을 배경으로 "마음조차 孤獨에 덜덜덜 떨"리는 화자의 심경을 담고 있다. 그런데 이 시에서 "鼓樓"의 "북소리와 鐘소리"를 주목할 필요가 있는데, 화자가 떨리는 것은 "얼음장 같은 추위" 때문이기도 하지만 "북소리와 鐘소리" 때문이기도 하다는 사실이다. 즉 당시 이회영의 집 근처에 있었던 "鼓樓"에서 들려오는 "북소리와 鐘소리"는 가난

20　『그날이 오면』, 144~146쪽.
21　뒷날 산문에 삽입된 시는 개작을 하였는데 원래의 것보다 압축되었지만 그 흐름과 의미에는 큰 변화가 없다. "눈은 쌓이고 쌓여 / 客窓을 길로 덮고 / 蒙古바람 씽씽 불어 / 왈각달각 잠못 드는데 / 북이 운다, 鐘이 운다. / 大陸의 都市, 북경의 겨울밤에. // 火爐에 메췰煤炭도 꺼지고 / 壁에는 성에가 슬어 / 창 위에도 얼음이 깔린 듯. / 거리에 땡그렁소리 들리잖으니 / 호콩장사도 인고만 얼어 죽었다. // 입술 꼭 깨물고 / 이 한 밤만 새우고 나면 / 집에서 돈표 든 편지나 올까? / 만두 한 조각 얻어먹고 / 긴긴 밤을 달달 떠는데, / 鼓樓에 북이 운다./뗑뗑 종이 운다." 「丹齋와 于堂 (2)」, 『전집』 3, 493~494쪽.

과 추위로 독립운동에 대한 의지가 점점 약해져만 가는 화자의 태도를 다시 곧추 세우는 일종의 각성의 소리이기도 했다. 화자에게 닥친 현실은 "북경의 겨울밤"처럼 견디기 힘든 밤의 연속이었으므로 "집에서 편지나 올까? 돈이나 올까?"를 생각하는 한없이 나약해지는 일상적 자아의 모습에 허덕일 수밖에 없었는데, 그 때마다 "鼓樓"에서 울려 퍼지는 "북소리와 鐘소리"를 들으면서 자신의 북경행의 이유와 목적을 다시 한 번 성찰하는 계기로 삼았던 것이다.

그렇다면 심훈의 중국행에는 어떠한 목적이 은폐되어 있었기에 위장된 행로를 할 수밖에 없었을까를 밝히는 것이 아주 중요한 과제로 대두된다. 이는 북경에서의 일만으로는 추정할 수 없고 당시 중국 내의 항일독립운동의 전체적인 맥락 속에서 살펴볼 필요가 있다. 실제로 심훈은 북경에서 몇 개월 머무르지도 않은 채 상해로 서둘러 떠났다. 만일 그가 유학을 목적으로 북경으로 온 것이었다면 굳이 상해로 가야 할 이유는 없었을 것이다. 그가 다니고자 했던 북경대학의 분위기가 활기가 없다는 식의 조금은 피상적인 논평[22]을 하면서 상해로 이동했는데, 당시 북경대학에 대한 그의 비판이 사실에도 맞지 않을뿐더러,[23] 그렇다고 해서 그가 정착한 항주의 지강대학이 북경대학보다 더 나은 곳이라고 할 만한

---

22 「無錢旅行記－北京에서 上海까지」, 『전집』 3, 506~507쪽 참조.
23 1920년 말의 북경대학은 차이위안페이蔡元培가 교장이었고, 천두슈陳獨秀, 리다자오李大釗, 후스胡適 등 신문화운동의 주역들이 포진해 있었다. (백영서, 앞의 글 참조) 게다가 루쉰魯迅의 특별 강의로 북경대학 안팎의 많은 학생들이 학교로 몰려드는 그 어느 때보다 활기가 넘치는 곳이었다. 그럼에도 불구하고 당시 북경대학의 분위기를 활기가 없다는 식으로 다소 피상적인 논평을 한 것은 아마도 어떤 정치적 의도를 은폐하기 위한 담론적 수사가 아니었을까 짐작된다. 당시 심훈은 한 계절도 머무르지 않은 채 북경에서의 계획된 짧은 일정을 마치고 상해로 떠나야 하는 명분을 만들기 위해 의도적으로 북경대학의 분위기를 그런 식으로 몰아가는 거짓 진술을 한 것으로 볼 수 있다. (하상일, 앞의 글, 58쪽)

근거는 더더욱 없었다. 결국 이회영, 신채호, 이광 등과의 정치적 만남이 상해로 이동하는 어떤 계기가 되었을 것으로 짐작되는데, 그가 상해를 비롯한 남경, 항주 등에서 이동녕, 이시영 등 초기 임시정부 인사들과 만남을 이어갔다는 사실은 이를 뒷받침하는 사실이다. 특히 그의 경성고보 동창생인 박헌영의 중국에서의 이동 경로와 심훈의 행로가 겹치는 부분이 많다는 점도 주목하지 않을 수 없다. 또한 상해 시절 여운형과의 만남도 각별하였다는 점을 염두에 둔다면, 심훈의 중국행과 북경에서 상해로의 이동은 1920년대 초반 상해 지역을 중심으로 전개된 한인 사회주의 독립운동과 밀접한 관련이 있지 않았을까 생각되기도 한다. 이런 점에서 심훈의 중국행은 단순한 유학을 위한 것이었다기보다는 어떤 정치적 목적을 은폐하기 위한 위장된 행로였다고 할 수 있다.

3. 상해로의 이동과 사회주의 독립운동가들과의 교류

1920년대 초반 상해는 동아시아 사회주의운동의 중심지로 급부상하고 있었다. 1920년 8월 상해사회주의청년단이 설립되었고, 1921년 7월에는 중국공산당 창립 제1대회가 상해에서 개최되었다. 5·4운동의 영향을 받은 청년학생들이 『성기평론星期評論』, 『각오覺悟』, 『신청년新靑年』 등의 급진적인 매체를 중심으로 모여든 곳도 바로 상해였다.[24] 조선인 사회주의자들의 움직임도 활발하여 이동휘를 중심으로 상해파 공산당

이 1920년 5월경 조직되었고, 이를 확대 개편하여 1921년 5월 고려공산 당이 만들어졌다.[25] 심훈은 중국으로 떠나기 직전 사회주의 성향의 잡지 『공제共濟』 2호의 '현상노동가' 모집에 「노동의 노래」를 투고할 정도로 사회주의에 관심이 많았던 것으로 보인다. 「노동의 노래」에서 그는 "풀 방석과 자판 우에 티끌 맛이나 / 로동자의 철퇴같은 이 손의 힘이 / 우리 사회 굿고 구든 주추되나니 / 아아! 거룩하다 로ㅋ동함이여"[26]라고 하여 사회주의 노동의 숭고함과 올곧은 가치를 분명하게 제시하고자 했다. 이런 점에서 1920년대 초반 상해는 심훈에게 있어서 자신의 사상과 문학 을 펼칠 수 있는 가장 이상적인 장소가 되지 않을 수 없었을 것이다. 앞서 언급한 대로 이러한 생각에는 그의 친구 박헌영과의 만남 또한 상당히 중요한 요인으로 작용했을 것이다.

이게 자네의 얼굴인가?

여보게 朴君, 이게 정말 자네의 얼굴인가?

알콜瓶에 담가논 죽은 사람의 얼굴처럼 蒼白하고

마르다 못해 海綿같이 부풀어오른 두 뺨

頭蓋骨이 드러나도록 바싹 말라버린 머리털

아아 이것이 果然 자네의 얼굴이던가?

---

24 백영서, 『중국현대대학문화연구』, 일조각, 1994, 259~260쪽.
25 반병률, 앞의 책, 265~266 참조.
26 한기형, 「습작기(1919~1920)의 심훈―신자료 소개와 관련하여」, 『민족문학연구』 22, 민족문학사학회, 2003, 218쪽에서 재인용.

쇠사슬에 네 몸이 얽히기 前까지도
사나이다운 검붉은 肉色에
兩眉間에는 가까이 못할 威嚴이 떠돌았고
沈默에 잠긴 입은 한번 벌리면
사람을 끌어당기는 魅力이 있었더니라.

四年동안이나 같은 冊床에서
벤또 반찬을 다투던 한 사람의 朴君은
絞首臺 곁에서 목숨을 生으로 말리고 있고
C社에 마주 앉아 붓을 잡을 때
황소처럼 튼튼하던 한 사람의 朴은
모진 매에 腸子가 꿰어져 까마귀밥이 되었거니.

이제 또 한 사람의 朴은
陰濕한 비바람이 스며드는 上海의 깊은 밤
어느 地下室에서 함께 주먹을 부르쥐던 이 朴君은
눈을 뜬 채 등골을 뽑히고 나서
산송장이 되어 獄門을 나섰구나.

朴아 朴君아 ××아!
사랑하는 네 아내가 너의 殘骸를 안았다
아직도 목숨이 붙어있는 同志들이 네 손을 잡는다
아 이 사람아! 그들을 알아보지 못한단 말인가?

이빨을 악물고 하늘을 咀呪하듯

모로 흘긴 저 눈瞳子

오 나는 너의 表情을 읽을 수 있다.

오냐 朴君아

눈은 눈을 빼어서 갚고

이는 이를 뽑아서 갚아 주마!

너와 같이 모든 ×를 잊을 때까지

우리들의 心臟의 鼓動이 끊길 때까지.

— 「朴君의 얼굴」 전문²⁷

    북경에서 상해로 옮겨온 후 심훈의 행적을 추적할 만한 자료는 현재로서는 전혀 없다. 귀국 이후 박헌영을 모델로 한 인용시 「朴君의 얼굴」과 여운형을 모델로 한 것으로 추정되는 「R氏의 肖像」으로 당시 상해에서 심훈의 행적과 교류를 유추해 볼 수 있을 따름이다. 인용시에서 "絞首臺 곁에서 목숨을 生으로 말리고 있"는 "朴君"은 박열이고, "모진 매에 腸子가 꿰어져 까마귀밥이 되었"다고 하는 "朴君"은 박순병이며, "산송장이 되어 獄門을 나섰"던 "朴君"은 박헌영을 가리킨다.[28] 박열과 박헌영은 심훈과 경성고보 동창생이었고 박순병은 시대일보사에서 같이 근무했던 친구였는데, 박열은 '천황 암살 미수사건'으로 무기형을 선고받아 당시 복역 중이었고, 박순병은 조선공산당 사건으로 구속되어 취조 중에

---

27 『그날이 오면』, 54쪽.
28 최원식, 앞의 글, 237~238쪽.

옥사했으며, 박헌영은 조선공산당 사건으로 구속되었다가 1927년 11월 22일 병보석으로 출감했다. 이 시는 당시 출감하는 박헌영의 처참한 모습을 보고 동지이자 친구들의 고통과 슬픔을 형상화한 것으로 보인다. 박헌영은 1920년 11월 동경을 떠나 나가사키를 경유하여 상해로 망명하여 1921년 3월 이르쿠츠파 공산당의 지휘를 받는 고려공산청년단 상해회 결성에 참가했고, 같은 해 5월에 안병찬, 김만겸, 여운형, 조동우 등이 주도하는 이르쿠츠파 고려공산당에 입당했다.[29] "陰濕한 비바람이 스며드는 上海의 깊은 밤 / 어느 地下室에서 함께 주먹을 부르쥐던" 친구의 처참한 모습을 보면서 "눈은 눈을 빼어서 갚고 / 이는 이를 뽑아서 갚아주마!"라고 말하는 화자의 울분은 심훈과 박헌영 두 사람의 동지적 관계가 아주 특별했음을 말해준다. 어쩌면 박헌영은 심훈 자신이 독립운동을 위해 따라가야 할 이정표와 같은 존재였을지도 모른다.[30] 게다가 당시 여운형과의 밀접했던 관계를 생각할 때 상해 시절 심훈의 사상적 교류가 사회주의에 상당히 기울어져 있었음을 알 수 있다. 그에게 있어서 "絶望을 모르고 끝까지 조금도 悲觀치 않는" 여운형의 강인한 기개 역시 또 하나의 이정표가 되기에 충분했던 것이다.[31]

---

29 임경석, 앞의 책, 65~68쪽 참조.
30 1930년대 『조선일보』에 연재하다 일제의 검열에 의해 중단된 「동방의 애인」은 1920년대 상해를 무대로 활동했던 사회주의 계열 독립운동 조직의 활약상을 담은 작품으로, 주인공 김동렬이 바로 박헌영을 모델로 했고 박진은 심훈 자신의 모습을 투영한 것으로 볼 수 있다.
31 「朝鮮新聞發達史」, 『신동아』 1934년 5월호에 의하면, 『中央日報』가 1933년 2월 대전에서 출옥한 여운형을 사장으로 추대하고 같은 해 3월에 『朝鮮中央日報』로 제호를 바꾸었다. 여운형은 상해에 있을 때부터 심훈을 대단히 아끼던 처지로서, 심훈이 「영원의 미소」와 「직녀성」을 동지에 연재하여 생활의 곤경을 조금이라도 면할 수 있었던 것은 그의 호의였다. 그리고 심훈의 영결식에서 그의 마지막 시 작품인 「絶筆」을 울면서 낭독한 사람도 여운형이었다고 하니 두 사람의 관계가 얼마나 각별했었는지를 알 수 있다. (유병석, 앞의 글, 18~19

하지만 1920년대 초반 상해의 모습은 사회주의를 지향했던 심훈에게 있어서 그다지 이상적인 장소로만 각인될 수 없었던 것 또한 사실이다. 상해임시정부를 중심으로 한 독립운동 내부의 참예한 갈등이나 상해파와 이르쿠츠크파[32]로 노선을 달리했던 사회주의운동의 분파주의에 실망한 탓도 물론 있겠지만, 무엇보다도 제국주의적 근대의 모순으로 가득 찬 상해의 이중적 모습에 크게 절망했던 것으로 보인다. 조선의 독립을 위한 이정표라는 기대감으로 찾아온 상해가 식민지 근대의 모순으로 고통 받는 조선의 현실과 전혀 다를 바 없다는 현실 인식은, 조국을 떠난 어떤 명분도 채울 수 없는 또 다른 식민지 제국의 도시가 바로 상해라는 비관적 태도로 귀착되고야 만 것이다. 「上海의 밤」은 이러한 식민지 조선 청년의 절망을 당시 상해의 중심지였던 "四馬路 五馬路" 거리를 통해 형상화한 작품이다.

쪽) 그의 시 가운데 「R씨의 肖像」(1932.9.5)은 여운형을 모델로 한 것으로 보인다. "내가 畵家여서 당신의 肖像畵를 그린다면 / 지금 十年만에 對한 당신의 얼굴을 그린다면 / 彩色이 없어 파레트를 들지 못하겠소이다 / 畵筆이 떨려서 劃 하나 긋지 못하겠소이다. // 당신의 얼굴에 저다지 찌들고 바래인 빛깔을 칠할 / 물감은 쓰리라고 생각도 아니하였기 때문입니다. / 당신의 이마에 數없이 잡힌 주름살을 그릴 / 가느다란 붓은 準備도 하지 않기 때문입니다. // 물결 거치른 黃浦灘에서 生鮮같이 날뛰던 당신이 / 고랑을 차고 三年동안이나 그물을 뜨다니 될 뻔이나 한 일입니까 / 물푸레나무처럼 꼿꼿하고 물오른 버들만치나 싱싱하던 당신이 / 때아닌 서리를 맞아 가랑잎이 다 될 줄 누가 알았으리까. // '이것만 뜯어먹어도 살겠다'던 여덟 八字 수염은 / 痕迹도 없이 깎이고 그 터럭에 白髮까지 섞였습니다그려. / 오오 그러나 눈만은 샛별인 듯 前과 같이 빛나고 있습니다. / 불똥이 떨어져도 꿈쩍도 아니하던 저 눈만은 살았소이다! // 내가 畵家여서 지금 당신의 肖像畵를 그린다면 / 百號나 되는 큰캔버스에 저 눈만을 그리겠소이다. / 絶望을 모르고 끝까지 조금도 悲觀치 않는 / 저 炯炯한 눈동자만을 全身의 힘을 다하여 한 劃으로 그리겠소이다."『그날이 오면』, 120~122쪽.

32 두 그룹은 혁명노선상의 본질적 차이가 있었다. 상해파는 민족혁명을 일차과제로 한 연속 2단계 혁명노선을 취했으며 독자적인 한인공산당 건설을 지향했다. 반면 이르쿠츠크파는 즉각적인 사회주의혁명을 목표로 한 1단계 혁명노선을 견지했고, 러시아공산당에 가입한 인물들이 주축이었다. (반병률, 「진보적인 민족혁명가, 이동휘」, 『내일을 여는 역사』 3, 내일을 여는 역사, 2000, 165쪽)

우중충한 弄堂 속으로

훈둔장사 모여들어 딱딱이 칠 때면

두 어깨 웅숭그린 년놈의 떠드는 세상,

집집마다 麻雀판 두드리는 소리에

鴉片에 취한 듯 上海의 밤은 깊어가네.

발벗은 少女, 눈먼 늙은이를 이끌며

구슬픈 胡弓에 맞춰 부르는 孟姜女 노래,

애처롭구나! 客窓에 그 소리 腸子를 끊네.

四馬路 五馬路 골목 골목엔

'이쾌양듸 량쾌양듸' 人肉의 저자

단속곳 바람으로 숨바꼭질하는 야-지의 콧잔등이엔

梅毒이 우글우글 惡臭를 풍기네

집 떠난 젊은이들은 老酒잔을 기울여

걷잡을 길 없는 鄕愁에 한숨이 길고

醉하여 醉하여 뼈속까지 醉하여서는

팔을 뽑아 長劍인 듯 내두르다가

菜館 소파에 쓰러지며 痛哭을 하네.

어제도 오늘도 散亂한 革命의 꿈자리!

용솟음치는 붉은 피 뿌릴 곳을 찾는

'까오리' 亡命客의 심사를 뉘라서 알고

影戲院의 산데리아만 눈물에 젖네.

—「上海의 밤」 전문[33]

　　서구적 근대와 제국주의적 근대가 착종된 1920년대 상해의 어두운 밤을 적나라하게 보여주는 작품이다. "두 어깨 웅숭그린 년놈의 떠드는 세상, / 집집마다 麻雀판 두드리는 소리에 / 鴉片에 취한 듯 上海의 밤은 깊어가네"라는 데서 알 수 있듯이, 당시 상해의 모습은 마작, 아편, 매춘 등이 난무하는 자본주의적 모순 공간으로서의 폐해를 그대로 노출하고 있었다. 특히 "四馬路 五馬路 골목 골목"은 수많은 희원戲院(전통극 공연장)과 서장書場(사람을 모아 놓고 만담, 야담, 재담을 들려주는 장소), 다관과 무도장, 술집과 여관 등이 넘쳐 났고, 유명한 색정 환락가로 기방들이 줄지어 들어서 있어 떠돌이 기녀들이 엄청난 무리를 이루어 호객을 하는 곳이었다.[34] 식민지 현실을 극복하는 독립운동의 기지로서 무한한 동경을 가졌던 국제적인 도시 상해는 "老酒잔을 기울여/걷잡을 길 없는 鄕愁에 한숨"만 나오게 하는, "醉하여 醉하여 뼈속까지 醉하여서는" "茶館 소파에 쓰러지며 痛哭을 하"게 만드는 절망의 악순환을 경험하게 할 뿐이었다. 그가 진정으로 기대했던 것처럼 상해는 조국 독립의 혁명을 가져오는 성지가 아니라 "어제도 오늘도 散亂한 革命의 꿈자리!"가 난무하는 곳이었으므로, 화자는 "'까오리(고려-인용자)' 亡命客"으로서의 절망적 통한痛恨에

33　『그날이 오면』, 149~151쪽.

34　四馬路와 五馬路는 지금의 푸저우루福州路와 화이하이중루淮海中路로 당시 난징루南京路와 더불어 상하이의 대표적인 번화가였다. 이에 대한 자세한 내용은, 니웨이倪伟, 앞의 글, 30~31쪽 참조.

괴로워할 수밖에 없었던 것이다. 결국 그에게 남은 것은 하루라도 빨리 상해, 아니 중국을 떠나 조국으로 돌아가는 길밖에는 없었을 것이다.

돌아가지이다, 돌아가지이다.
童謠의 나라, 童話의 世界로
다시 한 번 이 몸이 돌아가지이다.

세상 티끌에 파묻히고
살길에 시달린 몸은,
선잠 깨어 고사리 같은 손으로
어루만지던 엄마의 젖가슴에
안기고 싶습니다, 품기고 싶습니다.
그 보드랍고 따뜻하던
옛날의 보금자리 속으로
엉금엉금 기어들고 싶습니다.

그러나 이를 어찌하오리까.
엄마의 젖꼭지는 말라 붙었고
제 입은 계집의 혀를 빨았습니다.
엄마의 젖가슴은 식어버리고
제 염통에는 더러운 피가 괴었습니다.

바람이 붑디다, 바람은 찹디다.

온 세상이 거칠고 쓸쓸합니다.

가는 곳마다 차디찬 바람을

등어리에 끼얹어 줍디다.

(…중략…)

아아 옛날의 보금자리에

이 몸을 포근히 품어주소서.

하루도 열두 번이나 거짓말을 시키고도

얼굴도 붉히지 말라는 세상이외다.

사람의 마음도 돈으로 팔고 사는

알뜰히도 더러운 세상이외다.

돌아가지이다, 돌아가지이다.

童謠의 나라, 童話의 세계로

한 번만 다시 돌아가지이다.

—「돌아가지이다」 부분[35]

　「돌아가지이다」는 1922년 2월에 쓴 것으로 심훈이 항주에 있을 때 쓴
시로 추정된다. 중국 체류 당시의 복잡한 심경에서 비롯된 탄식을 직접적
으로 토로한 작품으로, 상해를 떠난 이후에도 중국에서의 생활이 여전히

35　『그날이 오면』, 33~40쪽.

절망의 연속이었음을 유추할 수 있게 한다. 심훈은 그의 아내 이해영에게 보낸 편지(1922년 7월 7일에 쓴 것으로 추정됨)에서 "나도 올해 귀국할 생각 간절하였으나 내년에나 가게 될 듯 세월은 길고도 빠른 것이라 미구에 기쁜 날이 올 것이외다"[36]라고 적고 있다. 자세한 사정은 알 수 없으나 편지의 내용으로 볼 때 중국에서의 생활이 아주 힘든 일들의 연속이었으며 쉽게 말할 수 없는 비밀스런 사정이 많았음을 짐작할 따름이다. 따라서 그는 더 이상 중국에서 어떤 가능성도 찾을 수 없다는 생각에 중국으로 간지 만 2년이 채 되기 전부터 귀국을 서둘렀던 것으로 보인다. 인용시에서 "동요의 나라 동화의 세계"는 "하루도 열두 번이나 거짓말을 시키고도 / 얼굴도 붉히지 말라는 세상", "사람의 마음도 돈으로 팔고 사는 / 알뜰히도 더러운 세상"과 대비되는 "이 몸을 포근히 품어 주는" "옛날의 보금자리"와 같은 곳이다. 심훈이 중국에 머무는 동안 어떤 일들을 겪어서 깊은 절망에 빠지게 되었는지 구체적으로 알 수는 없지만, "제 입은 계집의 혀를 빨았"고 "제 염통에는 더러운 피가 괴었"다는 강렬한 자기비판적 어조에서 "말라붙은" "엄마의 젖꼭지"를 되찾기를 간절히 소망하는 화자의 뼈아픈 성찰을 발견할 수 있다. 이러한 절망적 탄식이 그의 중국 체류 후반부에 속하는 남경, 항주 시절의 시에서 개인적 서정성으로의 두드러진 변화를 가져오는 계기가 된 것은 아닌지 관심 있게 살펴볼 필요가 있다.

---

36 그동안 지난 일과 모든 형편은 어찌 다 쓸 수 있으리까마는 고통도 많이 당하고 모든 일이 마음 같지 않아 실패도 더러 하였으며 지금도 마음 상하는 일은 많으나 그 대신 많은 경험도 하였고, 다 일시의 운명이라 인력으로 어찌 하리까마는 그대의 간곡한 말씀과 같이 결코 낙심하거나 실망할 리 없으며 또는 그리 의지가 박약한 사나이는 아니니 아무 염려 말아주시오. 다만 내가 무슨 공부를 목적삼아하며, 그것이 어떤 학문이며 장차 어찌해야 할 것인데 지금 내 신세는 어떠하며, 어떤 길을 밟아나아가서 입신하고 출세하려 하는가 하는데 대하여 그대에게 자세히 알게 하여 드리지 못함은 참으로 큰 유감이외다. (「나의 지극히 사랑하는 해영씨!」; 「나의 지극히 사랑하는 해영씨!」, 『전집』 3, 616~617쪽)

4. 남경, 항주 시편과 개인적 서정성에 대한 의문

심훈은 북경을 떠나 상해로 갔지만 사실상 상해에서도 오래 머물지 않고 항주로 갔고 지강대학[37]을 다니면서 2년 동안 체류하였다. 앞서 언급한 대로 1920년대 초반 북경대학의 분위기를 비판했던 그가 어떤 이유에서 지강대학을 선택하게 되었는지, 그리고 상해와 항주가 가까운 거리이기는 하지만 군이 상해를 떠나 항주에 정착한 까닭은 무엇이었는지 의문으로 남는다. 또한 그의 중국에서의 행적들이 아주 복잡한 사정을 거쳐야 했다면, 상해를 떠나 항주로 올 수밖에 없었던 과정에서 정치적, 사상적으로 큰 변화가 있었을지도 모른다는 생각이 들기도 한다. 하지만 「항주유기」의 머리말을 보면 그가 항주에 머무를 당시의 정치적, 사상적 교류는 이전과 크게 다를 바 없었던 것으로 보인다. "그 때에 流配나 당한 듯이 湖畔에 逍遙하시던 石吾, 省齊 두 분 先生님과 苦生을 같이 하며 虛心坦懷로 交流하던 嚴一波, 廉溫東, 鄭眞國 等 諸友가 몹시 그립다"[38]에서 짐작할 수 있듯이 당시 상해임시정부 인사들과도 여전히 활발한 교류를 했던 것이다. 다만 "사회주의적 가치를 동경하되 실제로는 비타협적 민족주의자들과 더 가까웠던 심훈의 처신"[39]에 비추어 볼 때, 당시 상해를 중심으로 한 독립운동의 노선 갈등에 적잖이 실망을 하고 상해를 떠나 항주로 간 것으로 생각된다. 따라서 그의 항주 시절은 망명객

---

37 각주 21 참조.
38 『그날이 오면』, 153~154쪽.
39 한기형, 앞의 글, 454쪽.

으로서의 절실함을 잃어버린 채 자기 회의에 깊이 빠질 수밖에 없었던 방황의 시절이었다고 할 수 있다. 그 결과 북경, 상해에서 쓴 시와 남경, 항주에서 쓴 시 사이에는 일정한 괴리가 생기게 된 것이다. 즉 남경과 항주에서 쓴 시들은 역사적 주체로서의 자각보다는 조국을 떠나 살아가는 망향객으로서의 비애와 향수 등 개인적인 정서가 표면화되어 그 이전과 비교해 두드러진 변화를 보인다. 이에 대해 "상해가 공적 세계라면 항주는 감각과 정서에 기초한 사私의 발원처"이고, "북경과 상해가 잠행의 공간인 것에 반해 항주는 만유의 장소였다"[40]는 견해가 있는데, "공적 세계"와 "사私의 발원처"라는 대비는 일리가 있지만 "잠행潛行"과 "만유漫遊"의 대비는 선뜻 동의하기 어렵다. 심훈의 중국에서의 행적이 "잠행"이었다는 데는 필자도 전적으로 동의하지만, 그 과정에서 비롯된 절망과 회의가 항주로 오는 시기에 개인의 내면으로 표출된 것이지 그의 항주 체류가 결코 "만유"의 시절이었다고까지 볼 수는 없기 때문이다.

뒤숭숭한 이상스러운 꿈에
어렴풋이 잠이 깨어
힘없이 눈을 뜬 채 늘어져
창 밖의 밤비 소리를 듣고 있다.

음습한 바람은 방 안을 휘돌고
개는 짖어 컴컴한 성 안을 올릴 제

---

40 위의 글, 453쪽.

철 아닌 겨울밤에 내리는 비!

나의 마음은 눈물비에 고요히 젖는다.

이 팔로 향기로운 애인의 머리를 안고

여름밤 섬돌에 듣는 낙수의 피아노

즐거운 속살거림에 첫닭이 울던

그윽하던 그 밤은 벌써 옛날이어라.

오, 사랑하는 나의 벗이여!

꿈에라도 좋으니 잠깐만 다녀가소서

찬 비는 객창에 부딪치는데 긴긴 이 밤을

아, 나 홀로 어찌나 밝히잔 말이냐.

—「겨울밤에 내리는 비」 전문[41]

   시의 말미에 "1월 5일 남경에서"라고 적혀 있는데, 심훈이 그의 부인 이해영에게 보낸 편지에 동봉한 작품이므로 1922년에 쓴 것으로 추정된다.[42] 심훈이 북경에서 몇 달 머무르다 1921년 2월 갑자기 상해로 이동할 때, "中原의 복판을 뚫는 京漢線으로 浦口까지 가려면 二晝夜는 걸린다. 浦口에서 내려 楊子江을 건너 南京을 거쳐서 上海까지 가야 할 사람의

---

41 『전집』 1, 131~132쪽.

42 심훈이 이해영에게 보낸 편지는 세 통이 남아 있는데, 7월 7일, 4월 29일, 8월 18일이고, 그 연도는 그가 귀국하기 일 년 전인 1922년으로 유추된다. 특히 시 4편을 동봉한 편지는 7월 7일자 편지이고 그 안에 「기적汽笛」이 2월 16일, 「전당강 위의 봄밤」이 4월 8일, 「뻐꾹새가 운다」가 5월 5일로 쓴 날짜를 기록하고 있다. (『전집』 3, 615~622쪽 참조)

주머니에는 단 돈 二角밖에 없다니 實로 나에게는 큰 冒險이다"[43]에서 '남경'을 단 한 번 언급한 적이 있다. 하지만 이 때 쓴 것으로는 보기는 어려운 것이 시를 쓴 날짜가 몇 달에 걸쳐 있고, '1월 5일'이라면 그가 북경에서 아직 상해로 떠나지도 않은 때이므로 이 시의 창작 연도는 1922년이라고 해야 앞뒤가 맞다. 그렇다면 이 때 그가 무슨 이유로 남경에 있었는지는 심훈이 남경에 대한 언급을 앞서 단 한 번 했던 것이 유일하므로 더더욱 알 길이 없다.

인용시를 보면 "겨울밤"과 "여름밤"의 대비를 통해 현재 화자의 처지와 과거 화자의 모습을 선명하게 대조하여 절망과 비애의 정서를 극대화하고 있다. "뒤숭숭한 이상스러운 꿈", "음습한 바람"과 '개 짖는 소리'는 화자가 어떤 불안과 근심에 허덕이고 있음을 상징적으로 보여준다. 더군다나 겨울밤에 차가운 비까지 내리니 그 빗소리가 화자의 마음을 더욱 고통스럽게 하는 것은 당연하다. 하지만 정작 문제는 겨울이어서도 밤이어서도 비여서도 아니고, 지금 화자가 처한 현실이 깊은 회의와 절망의 한 가운데에 놓여 있기 때문이다. 그에게도 빗소리가 "여름밤 섬돌에 듣는 낙수의 피아노" 소리처럼 영롱할 때도 있었고, "즐거운 속살거림에 첫닭이 울던 / 그윽하던 그 밤"의 아름다운 추억일 때도 있었다. 하지만 지금 낯선 이국의 땅 겨울밤에 내리는 비는 화자에게 이러한 시절을 더욱 그리워하게 만드는 깊은 상처로 자리 잡을 뿐이다. 그래서 이 순간 가장 "사랑하는 나의 벗"을 떠올리고 "꿈에라도 좋으니 잠깐만 다녀가소서"라는 애절한 호소를 하는 것은 너무도 자연스러운 모습이 아닐 수 없다.

---

43 「無錢旅行記—北京에서 上海까지」, 『전집』 3, 507쪽.

그렇다면 심훈은 왜 이 시를 그의 아내에게 보내는 편지에 동봉한 것일까? 이 시가 아내를 향한 그리움을 담은 연가戀歌였기 때문이었을까? 물론 이 시 외에도 여러 편의 시를 편지에 동봉하여 보냈고, 그 내용으로 보아 아내를 향한 그리움과 망향의 정서를 서정에 기대어 형상화하는 데 치중한 측면이 있는 것도 사실이다. 그렇다고 해서 당시 심훈의 시를 무조건 정치성이 배제된 개인적 서정성의 확대로만 이해하는 것은 좀 더 신중한 접근이 필요하다. 이 시가 표면적으로는 망향의 외로움과 그리움에 젖은 비애를 선명하게 드러내지만, 무엇이 화자를 이런 고독과 절망에 빠트렸는가 하는 외부적 요인을 전혀 배제하고 시를 해석해서는 안 되기 때문이다. 즉 당시 심훈에게 찾아온 절망은 낯선 땅에서 혼자가 되어 살아가는 데서 오는 개인적 상실감뿐만 아니라, 중국으로의 망명이 조국 독립을 목표로 한 어떤 새로운 가능성도 남기지 못한 데서 오는 깊은 회의와 좌절에서 비롯된 것이라는 점을 반드시 염두에 두어야 하는 것이다. 그가 항주 시절 쓴 「항주유기」를 단순히 자연에 기대어 개인의 정서를 노래한 전통 서정시 계열의 작품으로만 볼 수 없는 이유도 바로 여기에 있다.

1
中天의 달빛은 湖心으로 쏟아지고
鄕愁는 이슬 내리듯 마음속을 적시네
선잠 깬 어린 물새는 뉘 설움에 우느뇨.

2

손바닥 부르트도록 뱃전을 두드리며

'東海물과 白頭山'떼를 지어 부르다가

동무를 얼싸 안고서 느껴느껴 울었네.

3

나 어려 귀 너머로 들었던 赤壁賦를

雲波萬里 예 와서 唐音 읽듯 외단말가

羽化而 歸鄕하여서 내 어버이 뵈옵고저.

—「平湖秋月」전문[44]

　「항주유기」는 인용시를 포함하여 모두 14편으로 이루어져 있다. 제목으로 볼 때 항주의 서호 10경西湖十景이나 정자, 누각 그리고 전통 악기 등을 소재로 자연을 바라보는 화자의 심경을 전통 서정의 세계로 승화시킨 작품들이 대부분이다.[45] 인용시에서 1연을 보면, "鄕愁", "설움" 등의 표현에서 고향에 대한 그리움과 중국에서의 생활이 가져온 비애가 전면에 그대로 부각된다. 하지만 2연에서처럼 이러한 절망적 탄식을 동지적 연대감으로 극복하려는 몸짓을 보였다는 점을 주목할 필요가 있다. "손바닥 부르트도록 뱃전을 두드리며 / '東海물과 白頭山'떼를 지어 부르"는

44　『그날이 오면』, 156~158쪽.

45　심훈이 "時調体로 十 餘 首를 벌여볼 뿐"(「'抗州遊記' 머리글」, 『그날이 오면』, 153~155쪽)이라고 밝힌 대로, 형식적으로 보면 이 시들은 모두 시조이다. 심훈의 시는 정형적인 리듬감이 느껴지는 작품들이 많다. 그리고 「항주유기」외에도 여러 편의 시를 시조체로 썼다. 「農村의 봄」이란 제목 아래 「아침」 등 11편, 「近吟 三數」, 「詠春 三數」, 「明沙十里」, 「海棠花」, 「松濤園」, 「叢石亭」 등이 있다. 시조 형식에 반영된 심훈 시의 특징은 제3장 「심훈의 「항주유기」와 시조 창작의 전략」에서 자세히 다루었음.

행위는 절망적 현실과 타협하지 않으려는 최소한의 의지적 행위로 이해할 수 있는 것이다. 그럼에도 불구하고 화자에게 남은 것은 "동무를 얼싸안고서 느껴느껴 울었"던 눈물밖에 없었다. 하지만 이국땅에서 눈물의 의미를 진정으로 안다는 것만으로도 중요한 깨달음이 되었을 것이다. 그래서 화자는 "나 어려 귀 너머로 들었던 赤壁賦를 / 雲波萬里 예 와서 唐音 읽듯 외단말가"라는 자기성찰에 이르게 된다. 즉 서호를 바라보면서 중국의 풍류나 경치를 외고 있는 자신의 모습에서, 중국으로의 망명이 조국의 현실을 타개할 뚜렷한 방향성을 가져다 줄 것이라고 기대했던 자신의 이상이 철저하게 무너졌음을 직시한다. 결국 그에게 남은 것은 "歸鄕하여서 내 어버이 뵈옵고저"와 같이 중국에서의 생활을 정리하고 서둘러 귀국하는 것 외에는 다른 대안이 없다는 뼈저린 통찰을 하게 되는 것이다.

이처럼 남경, 항주에서의 심훈의 행적은 '만유'의 과정이었다기보다는 뼈아픈 '자기성찰'의 과정이었다. 비록 그가 중국으로 떠나올 때의 굳은 결의가 여지없이 무너져 내렸지만, 그 결과 식민지 청년으로서 조국의 독립을 향한 역사 인식과 문학의 방향은 더욱 선명하게 내면화되는 계기가 되었을 것이다. 귀국 이후 그의 문학 활동이 본격적인 궤도에 진입하여 중국에서의 성찰적 인식을 「동방의 애인」, 「불사조」와 같은 소설을 통해 이끌어낼 수 있었던 것도 바로 이러한 중국에서의 생활이 가져다준 의미 있는 결과였다. 그에게 있어서 중국에서의 체험은 혁명을 꿈꾸는 한 문학 청년이 숱한 갈등과 회의를 거쳐 비로소 올바른 사상과 문학의 길을 찾아가는 중요한 계기가 되었던 것이다. 이런 점에서 심훈의 중국에서의 행적과 시세계의 의미는 '변화'의 측면보다는 '일관성'의

관점에서 바라볼 필요가 있다. '정치적'인 것에 대한 희망과 동경이 결국
에는 '정치적'인 것에 대한 절망과 회의로 변화된 것이란 점에서, 심훈의
시는 처음부터 끝까지 '정치적'인 것을 전제한 일관성을 유지했다고 평
가해야 하는 것이다.

5. 심훈 시 연구의 새로운 방향

이상에서 살펴봤듯이 심훈은 중국에서 만 2년 남짓의 시간을 보내고
조국으로 돌아왔다. 심훈은 생전에 글을 쓴 날짜를 거의 대부분 적어놓
을 정도로 꼼꼼하고 세심한 성격을 지녔었다. 그럼에도 불구하고 그는
중국에서의 행적에 대해서는 그 어떤 글에서도 구체적인 언급을 하지 않
았다. 물론 그가 만났던 애국지사들이나 사회주의 독립운동가들에 대한
언급은 소략하게 적어두었지만, 대체로 그 이름만 소개하는 데 그칠 뿐
특별한 사건이나 그들을 만난 이유에 대해서는 거의 말하지 않았던 것이
다. 게다가 그가 2년여의 짧은 체류 기간 동안 북경, 상해, 남경, 항주 등을
복잡하게 이동하였다는 사실, 특히 항주에서 지낸 2년을 제외하면 채 1년
이 안 되는 시간 동안 북경과 상해의 먼 거리를 옮겨 다녔던 이유가 무엇
인지는 전혀 알 수가 없다. 결국 이 글은 심훈의 중국에서의 행적을 따라
가면서 그의 시세계의 변화를 살펴보고자 한 것임에도 불구하고, 가장 중
요한 실증은 거의 하지 못한 채 추측으로만 일관하는 치명적인 한계를 지

니고 있다. 그가 남긴 모든 글과 지인들이 쓴 회고 등을 총망라하여 그 근거를 찾아 최대한 사실에 가깝게 행적을 추적해보기는 했지만, 현재로서는 명확한 사실에 입각한 논증이라고 할 수는 없어 이후 실증적 논의가 진전된다면 이 글의 상당 부분은 수정되어야 할지도 모르겠다.

필자는 이 글에서 심훈이 중국 체류 기간 동안 썼던 시들을 두 가지 경향으로 이원화해서 후반부 시가 개인적 서정으로 변화했다고 보았던 그동안의 논의에 대해서는 일정하게 비판적 입장을 피력하였다. 비록 이십대 초반의 청년 심훈이었지만 3·1운동 이후 옥살이까지 하고 나온 그가, 항주에서의 2년여의 시간을 '만유'의 과정으로 지냈을 것이라는 추정은 설득력을 갖기 어렵다. 특히 그의 중국행이 어떤 정치적 목적을 은폐한 위장된 행로였다는 점에서 더더욱 납득하기 힘든 견해가 아닐 수 없다. 그러므로 필자는 심훈의 항주 체류 시기를 '자기성찰'의 과정으로 바라봄으로써 당시 그가 발표한 시들을 '변화'가 아닌 '일관성'의 관점으로 이해하고자 했다. 즉 그가 항주에서 쓴 시가 개인적 서정의 경향이 두드러진 것은 분파주의와 노선 갈등으로 치닫는 중국 내의 독립운동의 현실에 대한 실망과 좌절에서 비롯된 것이므로, 망향객으로서 조국을 향한 근원적 그리움이나 연인을 향한 애정을 표상한 철저하게 개인화된 작품으로만 평가해서는 안 된다고 보는 것이다.

이런 점에서 그의 항주 시절을 '만유'의 과정으로 바라봄으로써 일정 부분 정치성이 탈각된 것으로 논의하는 것은, 표면적인 것과 이면적인 것의 차이를 드러내는 시의 중층성을 충분히 고려하지 않은 성급한 판단이라고 할 수 있다. 귀국 이후 심훈의 문학적 지향이 정치적 태도에서 확연히 다른 변화를 보이지도 않았다는 사실은 이를 뒷받침한다. 1930년 발표한 그의 대표시 「그날이 오면」에서 "그날이 오면 그날이 오면은(…중략…) 頭蓋骨은 깨어져 散散 조각이 나도/ 기뻐서 죽사오매 오히려 무슨 恨이 남으오리까", "그날이 와서, 오오 그날이 와서 (…중략…) 우렁찬 그 소리를 한 번이라도 듣기만 하면 / 그 자리에 거꾸러져도 눈을 감겠소이다"[46]라는 결연한 의지와 우렁찬 감격이 절로 터져 나올 수 있었던 것은, 심훈의 중국행이 남긴 절망과 회의가 역설적으로 가르쳐준 조국 독립에 대한 올바른 인식의 정립이 있어 가능했음을 주목해야 한다. 다시 말해 심훈에게 중국에서의 절망과 회의는 '정치적'인 것에 대한 올곧은 관점과 태도를 정립하는 역설적 계기가 되었고, 이러한 자기성찰의 과정은 귀국 이후 문학 창작의 결정적 토대가 되었다는 점에서, 심훈의 시세계를 변화의 과정이 아닌 일관성의 관점에서 비판적 역사의식의 심화 과정으로 이해할 필요가 있는 것이다.

---

46 『그날이 오면』, 32쪽.

제3장

심훈의 「항주유기」와
시조 창작의 전략

1. 심훈과 항주

심훈은 1920년 말부터 1923년 중반까지 만 2년 남짓 중국에서 체류하였다. 그는 처음 북경으로 가서 한 계절도 채 머무르지 않고 남경을 거쳐 상해로 갔다가, 그곳에서도 오래 머무르지 않고 항주로 가서 지강대학[1]을 다녔다. 중국에 머무는 동안 2년이 넘는 거의 대부분의 시기를 항주에서 보냈으니, 그의 중국 체류에 대한 기억은 항주에서의 체험과 만남에 의존하는 것이 당연할 것이다. 하지만 그는 항주에서의 생활에 대한 기록을 거의 남기지 않았다. 게다가 그가 다닌 지강대학에 대해서도

---

1   제2부 제1장 각주 21 참조.

글을 통해서는 물론이거니와 누군가에게 전하는 말로도 남긴 바가 없어서, 그 당시 심훈이 항주에서 어떤 일을 겪었는지에 대한 의문은 더욱 증폭된다. 평소 일상의 사소한 일도 기록으로 남겼고 글을 쓴 날짜까지 일일이 적어두는 꼼꼼한 성격이었다는 점을 미루어 짐작해보면, 그의 중국 시절 전반에 걸쳐 여러 가지 의혹이 남지 않을 수 없다. 다만 심훈이 그의 아내 이해영에게 보낸 편지(1922년 7월 7일에 쓴 것으로 추정됨)의 내용으로 볼 때, 중국에서의 생활이 아주 힘든 일들의 연속이었으며 쉽게 말할 수 없는 비밀스런 사정이 있었음을 짐작할 따름이다.[2]

심훈은 항주 체류 시기에 「항주유기」 14편[3]을 썼던 것으로 보인다. 그런데 이 시들은 모두 귀국 이후 10년이 지난 시점에서 당시에 썼던 초고나 메모를 중심으로 다시 쓴 것으로 추정되므로, 그가 항주 체류 시기에 쓴 작품이라고 단정지을 수 있을지에 대해서는 좀 더 면밀한 검토가 필요하다. 그렇지만 이 시들은 그가 항주에 체류할 당시의 생활이나 정서를 이해하는 데 있어서 아주 중요한 작품들이다. 특히 그가 북경과 상해를 거쳐 항주에 정착하게 되는 과정에서 내적으로든 외적으로든 어떤 변

---

2 그동안 지난 일과 모든 형편은 어찌 다 쓸 수 있으리까마는 고통도 많이 당하고 모든 일이 마음 같지 않아 실패도 더러 하였으며 지금도 마음 상하는 일은 많으나 그 대신 많은 경험도 하였고, 다 일시의 운명이라 인력으로 어찌 하리까마는 그대의 간곡한 말씀과 같이 결코 낙심하거나 실망할 리 없으며 또는 그리 의지가 박약한 사나이는 아니니 아무 염려 말아 주시오. 다만 내가 무슨 공부를 목적삼아하며, 그것이 어떤 학문이며 장차 어찌해야 할 것인데 지금 내 신세는 어떠하며, 어떤 길을 밟아 나아가서 입신하고 출세하려 하는가 하는 데 대하여 그대에게 자세히 알게 하여 드리지 못함은 참으로 큰 유감이외다. (「나의 지극히 사랑하는 해영씨!」, 『전집』 3, 616쪽)

3 「平湖秋月」, 「三潭印月」, 「採蓮曲」, 「蘇堤春曉」, 「南屛晚鐘」, 「樓外樓」, 「放鶴亭」, 「杏花村」, 「岳王墳」, 「高麗寺」, 「杭城의 밤」, 「錢塘江畔에서」, 「牧童」, 「七絃琴」. 이 시들은 모두 『그날이 오면』에 수록되어 있다. 그리고 이 시집에 수록되지 않은 시는 『전집』에서 인용했음을 밝혀둔다.

화를 겪은 것으로 짐작되는데, 지금으로서는 이러한 변화를 「항주유기」 연작 시편 외에는 달리 유추할 방법이 없다. 즉 심훈의 시세계는 항주 이전과 항주 이후에 표면적으로 드러난 정서에 있어서 다소 괴리를 보이는데, 「항주유기」는 그 이유를 밝히는 중요한 단서가 될 수 있는 것이다. 이를 두고 "상해가 공적 세계라면 항주는 감각과 정서에 기초한 사私의 발원처"이고, "북경과 상해가 잠행의 공간인 것에 반해 항주는 만유의 장소였다"[4]라고 파악하기도 한다. 하지만 필자는 3·1만세운동으로 옥살이까지 한 이력을 가진 심훈이 만 2년 남짓의 짧은 시기동안 '잠행'과 '만유'라는 극단적인 면모를 동시에 보였을 것이라고는 생각하지 않는다. 또한 그가 항주에 체류할 당시에 상해를 왕래하면서 여전히 많은 독립운동가들과 사상적 교류를 나누었다는 사실도 항주 시절을 '만유'의 과정으로만 보기 어렵게 한다. 따라서 표면적인 것과 이면적인 것의 중층성을 중요한 전략으로 삼는 시의 특성을 염두에 두고 항주 이전과 이후를 연속성의 측면에서 이해하고 분석하는 것이 더욱 타당할 것이다.

「항주유기」가 모두 시조라는 점도 특별히 주목해야 할 문제이다. 심훈은 이후에도 「農村의 봄」이란 제목 아래 「아침」 등 11편, 「近吟 三數」, 「詠春 三數」, 「明沙十里」, 「海棠花」, 「松濤園」, 「叢石亭」 등 많은 시조를 남겼다. 그렇다면 그에게 시조라는 장르는 어떤 의미를 지니고 있었던 것일까? 그가 시 창작과는 별도로 이렇게 많은 시조를 창작한 이유와 시의 형식과 시조 형식 가운데 한 가지를 선택할 때 어떤 창작 의식의 차이를 가졌는가 하는 의문점에 대해서도 밝힐 필요가 있다. 사실 심훈의

---

4   한기형, 앞의 글, 453쪽.

시에는 정형적인 리듬감을 지닌 작품들이 많다. 굳이 시조가 아니더라도 근본적으로 심훈의 시세계는 리듬의식에 바탕을 둔 시적 전략을 지녔다고 볼 수 있는 것이다. 이는 심훈의 시 의식의 근간을 엿볼 수 있게 하는 것으로, 그의 시 창작의 밑바탕이 어디에서 비롯된 것인지를 유추하는 중요한 단서가 될 수도 있다.

이상의 문제의식으로 본고에서는 심훈이 남긴 시조 작품을 대상으로 시조 창작의 전략과 의미를 살펴볼 것이다. 지금까지 심훈에 대한 논의는 그가 남긴 소설을 중심으로 이루어졌고, 그의 시 전반에 대한 논의도 소략하게 있었을 뿐이다. 그 결과 심훈의 시조에 대한 논의는 사실상 관심 밖의 연구 주제였다고 해도 과언이 아니다.[5] 하지만 심훈의 문학 형성기에 해당하는 중국 체류 기간 동안 가장 오랜 시절을 보낸 항주에서 그가 쓴 「항주유기」는, 그의 문학이 어떤 과정을 거쳐 자기 세계를 확장해 갔는지를 이해하는 중요한 토대라는 사실을 간과해서는 안 된다. 특히 이 시들이 왜 시조 형식이어야 했는가에 대한 문제의식은 그의 시 창작의 태도와 의식을 이해하는 데도 의미 있는 근거가 될 수 있다. 항주 체류 시기 심훈의 시가 개인적 서정성의 세계로 급격하게 변화되었다는 사실도 이러한 문제의식을 통해 그 의미를 밝혀낼 수 있을 것이다. 본고에서 심훈의 시조만을 대상으로 논의를 시도하게 된 것은 바로 이러한 문제들을 쟁점적으로 분석하고 이해하려는 데 주된 목적이 있다.

---

5   심훈 시조에 대한 연구로는 신웅순, 「심훈 시조 考」,(『한국문예비평연구』 36, 한국현대문예비평학회, 2011), 김준, 「심훈 시조 연구」(『열상고전연구』 59, 열상고전연구회, 2017)가 있다.

2. 중국 체류 시기의 '정치적' 좌절과
「항주유기」의 서정성

심훈의 중국행은 겉으로는 유학을 목적으로 한 것이었다고 하지만, 실제로는 정치적, 사상적 궤적을 좇아가는 뚜렷한 목적성을 지녔던 것으로 짐작된다. 그는 우당 이회영의 소개로 북경으로 가서 일정 기간 그의 집에서 살았고,[6] 이광李光의 소개로 신채호를 만나기도 했다.[7] 이제 갓 스물밖에 되지 않은 청년 심훈이 이회영의 소개로 북경으로 갔다는 사실과 그곳에서 신채호와 같은 혁명 지사들과 두터운 친분과 교류를 가졌었다는 사실만 보더라도, 그의 중국행이 결코 단순한 유학만을 위한 것이 아니었음을 짐작하게 한다. 만일 그가 유학을 목적으로 중국으로 간 것이 사실이었다면 북경대학 입학을 포기하고 굳이 상해로 이동했을 까닭도 없다.[8] 게다가 1920년대 초반 상해는 사회주의 독립운동의 열기가 최

---

6   심훈은 「丹齋와 于堂 (2)」에서 "나는 맨 처음 그 어른에게로 紹介를 받아서 北京으로 갔다"(『전집』 3, 492쪽)라고 밝혔는데, "그 어른"은 바로 우당 이회영이다.

7   심훈은 「丹齋와 于堂 (1)」에서 "醒庵의 소개로 數三次 丹齋를 만나 뵈었는데 新橋 무슨 胡同엔가에 있는 그의 寓居에서 며칠 저녁 발치잠을 자면서 가까이 그의 聲咳를 接하였다"(『전집』 3, 491쪽)라고 했는데, 여기에서 "醒庵"은 이광으로 이회영과도 아주 가까운 혁명 동지이다. "일본 와세다대학과 중국 남경의 민국대학을 졸업한 이광은 신민회원이었고, 이회영과 함께 경학사와 신흥무관학교를 운영한 가까운 동지였다. 그는 임정 임시의정원 의원과 외무부 북경 주재 외무위원을 겸임하며 한중 양국의 외교적 사항을 처리할 만큼 중국통이었다. (이덕일, 앞의 책, 198쪽)

8   1920년 말의 북경대학은 차이위안페이蔡元培가 교장이었고, 천두슈陳獨秀, 리다자오李大釗, 후스胡適 등 신문화운동의 주역들이 포진해 있었다. (백영서, 「교육독립론자 차이위안페이—중국의 대학과 혁명」, 『전환의 시대 대학은 무엇인가』, 한길사, 2000 참조) 게다가 루쉰魯迅의 특별 강의로 북경대학 안팎의 많은 학생들이 학교로 몰려드는 그 어느 때보다 활기가 넘치는 곳이었다. 그럼에도 불구하고 당시 북경대학의 분위기를 활기가 없다는 식으로 다소 피상적인 논평을 한 것은 아마도 어떤 정치적 의도를 은폐하기 위한 담론적 수사가

고조에 달했던 장소였고, 그의 경성고보 동창생 박헌영과 그를 무척 아꼈다고 하는 여운형 등의 독립지사들이 당시 상해에 머무르고 있었다[9]는 점에서, 심훈의 상해행은 북경으로 가기 이전부터 이미 예정된 수순이었을 것으로 추정된다.

하지만 당시 심훈이 마주한 상해의 모습은 사회주의 독립운동의 이상향으로서의 선망과 동경의 장소가 아니라, 조국을 떠나 중국으로 망명을 선택한 자신의 명분마저 여지없이 무너지게 만드는 절망과 회의의 장소로 인식되었다. 상해파와 이르쿠츠크파[10]로 이원화된 사회주의 진영의 노선 갈등과 조선의 독립을 위한 전진기지로 기대했던 상해의 제국주의적 모순을 눈앞에서 직시하면서, 식민지 현실을 넘어 찾아온 상해가 또 하나의 식민지임을 절감하는 아이러니한 순간을 경험하게 되었던 것이다. 결국 그는 상해에서마저 정착하지 못하고 항주로 이동하여 지강대학을 다니면서 그곳에서 2년 남짓 중국에서의 대부분의 시절을 보냈다.

그렇다면 이러한 정치적 절망과 회의가 심훈의 항주 시절을 정치적인 것과의 단절 속에서 오로지 유학의 시절로만 지내게 했다고 말할 수 있을까? 그건 분명 아닌 것이 「항주유기」의 머리글에 보면 항주에서도 그는 여전히 많은 독립지사들과 교류를 하면서 지낸 것을 알 수 있다.

아니었을까 짐작된다. 당시 심훈은 한 계절도 머무르지 않은 채 북경에서의 계획된 짧은 일정을 마치고 상해로 떠나야 하는 명분을 만들기 위해 의도적으로 북경대학의 분위기를 그런 식으로 몰아가는 거짓 진술을 한 것으로 볼 수 있다. (하상일, 앞의 글, 58쪽)

9   심훈은 상해 시절 박헌영을 모델로 소설 「동방의 애인」과 시 「朴君의 얼굴」을 썼고, 여운형을 모델로 시 「R씨의 肖像」을 썼다.

10 두 그룹은 혁명노선상의 본질적 차이가 있었다. 상해파는 민족혁명을 일차과제로 한 연속 2단계 혁명노선을 취했으며 독자적인 한인공산당 건설을 지향했다. 반면 이르쿠츠크파는 즉각적인 사회주의혁명을 목표로 한 1단계 혁명노선을 견지했고, 러시아공산당에 가입한 인물들이 주축이었다. (반병률, 앞의 글, 165쪽)

杭州는 나의 第二의 故鄉이다. 未免弱冠의 가장 로맨틱하던 時節을 二個星霜
이나 西子湖와 錢塘江邊에 逗留하였다. 벌써 十年이나 되는 옛날이언만 그 明媚
한 山川이 夢寐間에도 잊히지 않고 그 곳의 端麗한 風物이 달콤한 哀傷과 함께
지금도 머리속에 채를 잡고 있다. 더구나 그 때에 流配나 당한 듯이 湖畔에
逍遙하시던 石吾, 省齊 두 분 先生님과 苦生을 같이 하며 虛心坦懷로 交流하던
嚴一波, 廉溫東, 鄭眞國 等 諸友가 몹시 그립다. 流浪民의 身勢 ……… 蜉蝣와 같
은지라 한번 東西로 흩어진 뒤에는 雁信조차 바꾸지 못하니 綿綿한 情懷가 節季
를 따라 懇切하다. 이제 追憶의 실마리를 붙잡고 學窓時代에 끄적여 두었던 묵
은 受牒의 먼지를 털어본다. 그러나 杭州와는 因緣이 깊던 白樂天, 蘇東坡 같은
詩人의 名篇을 例憑치 못하니 生色이 적고 또한 古文을 涉獵한 바도 없어 다만
時調体로 十餘 首를 벌여볼 뿐이다.[11]

심훈에게 항주는 "第二의 故鄉"이라고 스스로 말할 정도로 아주 특별
한 곳이었다. 하지만 그는 항주에서 지내던 일들에 대한 기록을 전혀 남
기지 않았다. 게다가 당시 그에게 유학이 특별한 의미가 있었다면, 그래
서 북경대학을 외면하고 입학한 곳이 지강대학이었다면, 지강대학 시절
에 대한 간단한 소개나 감상기라도 있을 법한데 무슨 이유에서인지 어떤
글도 찾을 수 없다. 「항주유기」의 시편들도 10년이 지난 시점에서야 "묵
은 受牒의 먼지를 털"듯 발표했다고 언급한 것으로 보아, 심훈에게 있어
서 항주 시절은 분명 어떤 말할 수없는 복잡한 사정의 연속이었음에 틀
림없다. 그가 1922년부터 이미 귀국을 하려고 결심했었지만 사정이 여

---

11 『그날이 오면』, 153~155쪽.

의치 않아서 1923년이 되어서야 귀국하게 된 과정도 그의 항주 시절이 여러 가지 어려움들에 부딪혀 결코 순탄하지 않았음을 짐작하게 한다.[12]

앞서 언급했듯이 심훈의 항주 행은 상해에서의 정치적 절망과 회의가 결정적인 영향을 미친 것으로 보인다. 따라서 그가 항주에 왔을 때는 식민지 조선 청년으로서의 절실함보다는 자신에게 닥친 현실적 절망과 회의를 극복하는 새로운 방향을 찾아야 한다는 명분이 더욱 강하게 작용했을 것이다. 그 결과 항주에서 쓴 시들은 역사적 주체로서의 자각보다는 조국을 떠나 살아가는 망향객으로서의 비애와 향수 등 개인적인 정서가 표면화될 수밖에 없었다고 할 수 있다. 따라서 이러한 변화는 북경, 상해 시절의 시들과 비교할 때 심훈의 세계관이 근본적으로 변화한 것처럼 비쳐지기도 한다. 하지만 필자는 이러한 변화를 '단절'이 아닌 '연속'의 측면에서 바라보아야 한다고 생각한다. 즉 항주에서 보인 심훈 시의 변화는 '정치적'인 것으로부터의 좌절에서 비롯된 것이라는 점에서, '정치적'인 것의 탈각이 아니라 '정치적'인 것에 대한 성찰의 문제로 접근하는 것이 바람직하다고 보기 때문이다. 그러므로 「항주유기」 시편의 서정성은 표면적으로는 개인적 서정성의 극대화처럼 보이지만, 심층적으로는 당시 중국 내의 정치적 현실에 대한 비판을 내면화한 시적 전략으로 이해할 필요가 있다.

---

12 나도 올해 귀국할 생각 간절하였으나 내년에나 가게 될 듯 세월은 길고도 빠른 것이라 미구에 기쁜 날이 올 것이외다. (「나의 지극히 사랑하는 해영씨!」, 『전집』 3, 617쪽) 인용글은 1922년 7월 심훈이 그의 아내에게 보낸 편지의 내용으로, 당시 심훈은 항주에서의 생활도 여러 가지 이유로 어려움을 겪어서 일찍 귀국하려는 마음을 강하게 지니고 있었던 것으로 보인다.

1

中天의 달빛은 湖心으로 쏟아지고

鄕愁는 이슬 내리듯 마음속을 적시네

선잠 깬 어린 물새는 뉘 설움에 우느뇨.

2

손바닥 부르트도록 뱃전을 두드리며

'東海물과 白頭山'떼를 지어 부르다가

동무를 얼싸 안고서 느껴느껴 울었네.

3

나 어려 귀 너머로 들었던 赤壁賦를

雲波萬里 예 와서 唐音 읽듯 외단말가

羽化而 歸鄕하여서 내 어버이 뵈옵고저.

—「平湖秋月」 전문[13]

「항주유기」는 서호 10경西湖十景이나 정자, 누각 그리고 전통 악기 등
을 소재로 자연을 바라보는 화자의 심경을 전통 서정의 세계로 승화시킨
연작시조이다. 즉 그가 항주에 머무를 당시에 서호西湖의 경치를 유람하
면서 아름다운 자연 풍광에 자신의 마음을 빗대어 표현함으로써 선경후
정先景後情에 바탕을 둔 전통 시가詩歌의 정신을 형상화한 것이다. 이 가운

---

[13] 『그날이 오면』, 156~158쪽.

데 「平湖秋月」은 연시조 작품으로 「항주유기」의 전반적인 주제의식을 응축하고 있다. 1연에서 화자는 조국에 대한 "鄕愁"와 이국 땅에서 살아가는 망명객으로서의 "설움" 등을 뼈저리게 겪고 있음을 직접적으로 표현한다. 하지만 화자는 이러한 절망적 탄식에 머물러 있기보다는 2연에서처럼 "동무를 얼싸 안고서 느껴느껴" 우는 동지적 연대감으로 지금의 현실을 극복하려는 강한 의지를 보인다. "손바닥 부르트도록 뱃전을 두드리며 / 東海물과 白頭山 '떼를 지어 부르'는 것은 절망적 현실과 타협하지 않으려는 최소한의 의지적 행위라고 할 수 있는 것이다. 그럼에도 불구하고 화자에게 남겨진 지금의 현실은 "나 어려 귀 너머로 들었던 赤壁賦를 / 雲波萬里 예 와서 唐音 읽듯 외단말가"라는 데서 알 수 있듯이, 서호를 바라보면서 중국의 풍류나 경치를 외고 있는 무기력한 자신과 마주할 따름이었다. 중국으로의 망명이 조국의 현실을 타개할 뚜렷한 방향성을 가져다 줄 것이라고 기대했던 자신의 이상이 철저하게 무너지는 순간을 뼈저리게 경험할 수밖에 없었던 것이다. 결국 그에게 남은 것은 "歸鄕하여서 내 어버이 뵈옵고저"와 같이 중국에서의 생활을 정리하고 조국으로 돌아가 새로운 길을 찾고자 하는 것이었다. 이런 점에서 「平湖秋月」은 자연과 더불어 유유자적하며 자신을 의탁하는 철저하게 개인화된 서정의 세계를 형상화한 것이 아니라, 화자에게 닥친 무기력한 현실과의 긴장과 갈등 속에서 절망과 좌절을 내면화하는 자기성찰적 서정의 세계를 담은 것이라고 할 수 있다.

　　雲烟이 잦아진 골에 讀經소리 그윽코나

　　예 와서 高麗太子 무슨 道를 닦았던고

그래도 내 집인 양하여 두 번 세 번 찾았네.

—「高麗寺」 전문[14]

杭城의 밤저녁은 개가 짖어 깊어가네
緋緞 짜는 吳姬는 어이 날밤 새우는고
뉘라서 나그네 근심을 올올이 엮어주리.

—「杭城의 밤」 전문[15]

黃昏의 아기별을 漁火와 희롱하고
林立한 돛대 위에 下弦달이 눈 흘길 제
浦口에 돌아드는 배에 胡弓소리 들리네.

—「錢塘江畔에서」 전문[16]

밤 깊어 벌레 소리 숲 속에 잠들 때면
白髮老人 홀로 앉아 반은 졸며 彈琴하네
한 曲調 타다 멈추고는 한숨 깊이 쉬더라

—「七絃琴」 전문[17]

　　인용시 네 편은 모두 향수, 근심, 슬픔, 한숨 등 화자가 처한 지금의 현
실에 대한 회한과 탄식의 정서를 표면화하고 있다. 「高麗寺」는 고려 태

14　위의 책, 169쪽.
15　위의 책, 170쪽.
16　위의 책, 171쪽.
17　위의 책, 173쪽.

자였던 의천이 머물렀던 곳으로, 화자는 당시 의천의 마음에 지금의 자신을 투영하여 "무슨 道를 닦았던"지를 묻는다. 이는 지금 화자 자신이 무엇을 위해 항주에 머무르고 있는지를 자문하는 것으로, 중국에서의 생활이 가져다준 깊은 회의를 간접적으로 드러낸 것으로 볼 수 있다. 또한 "그래도 내 집인 양하여 두 번 세 번 찾았네"라는 데서 하루빨리 조국으로 돌아가고 싶은 화자의 소망이 응축되어 있음을 엿볼 수 있기도 하다. 이러한 시적 정서는 매일 같이 엄습해오는 망향객으로서의 외로운 현실 앞에서 "나그네 근심을 올올이 엮어"줄 누군가를 기다리는 「杭城의 밤」이나, 지강대학 캠퍼스에서 전당강에서 들려오는 구슬픈 "호궁소리"에 젖어드는 「錢塘江畔에서」의 화자의 마음에도 온전히 드러난다. 그의 시조가 해금이나 거문고 등 구슬픈 가락을 표현하는 악기를 제재로 삼은 작품이 두드러진 것은 이와 같은 망향의 정서를 자연에 빗대어 형상화하는 데 있어서 가장 효과적인 장치가 되기 때문이다. 「七絃琴」의 거문고 소리에 흐르는 깊은 "한숨"도 바로 이러한 시적 정서를 극대화한 것으로 이해할 수 있다.

이처럼 심훈에게 있어서 항주에서의 생활은 조선 독립을 위한 이상적 동경의 장소였던 중국에 대한 뼈아픈 '자기성찰'의 과정이었다. 이를 통해 그는 식민지 청년으로서 조국의 독립을 위해 어떤 태도를 가져야 하고 또 무엇을 해야 하는가에 대한 올바른 역사 인식을 갖게 되었을 것이다. 즉 그에게 항주 시절은 상해를 중심으로 한 해외 독립운동의 노선 갈등과 분파주의를 극복함으로써 진정한 독립운동의 방향을 찾고자 했던 자기성찰의 시간이었던 것이다. 하지만 약관의 나이를 겨우 넘은 청년 심훈으로서는 이러한 문제의식을 구체적 실천으로 옮기기에는 역부족이었으므로, 그는 문학을 통해 이와 같은 현실 인식을 구체화하는 올바른 방향을 제시하고자 했다. 귀국 이후 그가 상해를 비롯한 중국에서의 체험을 토대로 창작한 소설 「동방의 애인」, 「불사조」는 바로 이러한 그의 생각을 담아낸 작품이라고 할 수 있다. 결국 그에게 있어서 중국에서의 체험은 혁명을 꿈꾸는 한 문학 청년이 숱한 갈등과 회의를 거쳐 비로소 올바른 사상과 문학의 길을 찾아가는 성숙의 과정이었다고 할 수 있다. 심훈의 중국에서의 행적과 그의 시조 「항주유기」 연작을 '변화'와 '단절'이 아닌 '성찰'과 '연속'으로 읽어야 하는 이유도 바로 여기에 있다.

3. 시조 창작의 전략과 식민지 농촌 현실에 대한 저항의 내면화

심훈의 시조 창작은 「항주유기」 연작을 제외하고는 모두 1930년 전후로 이루어졌다. 앞서 밝혔듯이 「항주유기」 연작의 경우도 실제로 발표된 것은 1930년대 초반이었다는 점에서 심훈의 시조 창작은 그의 문학 활동 후반기인 1930년대에 집중되었다고 할 수 있다. 특히 이 시기는 그가 1931년 『조선일보』를 그만두고 이듬해 부모님이 계신 충남 당진으로 내려가 살았던 시기로, 「永遠의 微笑」, 「織女星」, 『常綠樹』 등 그의 대표 소설을 창작했던 시기와 맞물린다. 그 이전에 발표했던 시 「그날이 오면」과「동방의 애인」,「불사조」등의 소설이 일제의 검열을 통과하지 못해 완성된 세계를 창출해 내지 못했다면, 이 시기에 발표한 그의 소설들은 이러한 검열을 피하는 서사 전략으로 '국가'를 '고향'으로 변형시켜 계몽의 서사로 전이되는 양상을 보였음을 주목할 필요가 있다. 즉 『常綠樹』로 대표되는 그의 후기 소설을 단순히 계몽의 서사로만 읽어낼 것이 아니라 식민지 내부에서 허용 가능한 사회주의 서사의 변형 혹은 파열로 이해하는 문제의식을 가질 필요가 있는 것이다.[18] 이처럼 1930년대 초반 심훈의 창작의식은 식민지 검열을 넘어서는 우회의 전략을 통해 당대 사회의 모순을 간접적으로 비판하는 더욱 치밀한 의도를 내재하고 있었다.

　이 시기 심훈의 시조 창작이 두드러졌던 것 역시 이와 같은 맥락에서 살펴볼 필요가 있다. 즉 식민지 검열 체계로부터 비교적 자유로운 자연과 고향을 제재로 화자의 모순된 심경을 내면화하기에 가장 적합한 장르가 바로 시조였기 때문이다. 따라서 심훈의 시조를 자연친화自然親和의 전통적 세계관이나 강호한정江湖閑情의 개인적 서정성의 세계로만 이해하는 것은 결코 타당하지 않다. 그의 시조 창작은 식민지의 모순을 내파內破하는 적극적인 형식이었다는 점에서 국가적이고 공동체적인 지향성을 우회하는 시적 전략의 산물이었다는 사실을 결코 간과해서는 안 되는 것이다.

　　소등에 까치 앉아 콕콕 쪼아 이 잡으며

　　두 눈을 꿈벅이며 꼬리 젓는 꼴을 보고

18　이러한 문제의식에 대한 자세한 논의는, 한만수,「1930년대 '향토'의 발견과 검열우회」,(『한국문학이론과비평』30, 한국문학이론과비평학회, 2006) 참조.

그 누가 밉단 말이요, 함께 모두 내 친구를.

— 「내 친구」 전문[19]

머슴애 거동 보소 하라는 나문 않고
잔디밭에 다리 뻗고 청승맞게 피리만 부네
무엇이 시름겨워서 마디마디 꺾느냐.

— 「버들 피리」 전문[20]

누더기 단벌 옷에 비를 흠뻑 맞으면서
늙은이 전대 차고 집집마다 동냥하네
기나 긴 원수의 봄을 무얼 먹고 산단말요.

당신이 거지라면 내 마음 덜 상할걸
엊그제 떠나갔던 박첨지가 저 꼴이라
밥 한 술 얻어먹는 罪에 얼굴 화끈 다는구료.

— 「원수의 봄」 전문[21]

인용시는 「農村의 봄」 연작 11편 가운데 마지막 세 편으로 1933년 4월
8일 당진에서 썼다고 말미에 밝혀져 있다. 「農村의 봄」 연작은 심훈이
서울 생활을 청산하고 부모님이 계신 농촌에 내려와서 맞이한 봄의 정경

19 『전집』 1, 33쪽.
20 위의 책, 33~34쪽.
21 위의 책, 34쪽.

을 선경후정의 전통적 시조 형식에 담아낸 작품이다. 그러므로 이 시조는 표면적으로는 도시를 떠나온 화자가 농촌을 바라보는 생경한 아름다움에 대한 내면의 감탄이 주된 정서를 이룬다. 그런데 이러한 감탄의 정서가 커지면 커질수록 그 속에서 살아가는 농촌 사람들에 대한 연민은 더욱 깊어질 수밖에 없다는 데서 이 작품이 지닌 저항적이고 정치적인 의미를 발견할 수 있다. 소 등에 앉아 이를 잡아먹는 까치의 모습을 바라보면서 어느 누구 하나 미울 수 없는 "함께 모두 내 친구들"이라고 말하는 것은, 자연의 평화로움 앞에서 인간의 삶도 편안해질 수 있기를 바라는 마음이 깊숙이 담겨 있는 것이다. 하지만 1930년대 식민지 농촌의 현실은 자연을 바라보는 한가로움 따위는 절대 허용될 수 없었던 신산한 노동의 연속이었음을 간과해서는 안 된다. 그러므로 화자는 미래에 대한 희망마저 꺾여버린 채 힘들고 지친 노동에만 매달려야 하는 농촌 "머슴애"의 "버들 피리" 소리를 들으면서 "무엇이 시름겨워서 마디마디 꺾느냐"라고 안타깝게 묻지 않을 수 없는 것이다.

이런 점에서 「農村의 봄」 연작은 심훈에게 농촌 사람들의 고된 일상을 바라보는 현실적 시선을 강력하게 요구하고 있다.[22] 실제로 심훈은

---

22 심훈은 「一九三二년年의 文壇展望－프로文學에 直言」에서 민중들의 생활과 일상을 정제된 형식에 담아내는 소박한 '생활시'로서의 시조 장르의 의의에 대해 직접적으로 언급하였는데, 이를 통해 그가 1930년대 이후 시조 창작에 집중한 이유를 짐작할 수 있다. "그 形式이 옛것이라고 해서 구태여 버릴 필요는 없을 줄 압니다. 作者에 따라 取便해서 時調의 형식으로 쓰는 것이 行習이 된 사람은 時調를 쓰고 新詩體로 쓰고 싶은 사람은 自由로이 新詩體를 지을 것이지요, 다만 그 형식에다가 새로운 魂을 注入하고 못하는데 달릴 것이외다. 그 내용이 여전히 吟風詠月式이요, 四君子 되풀이요, 그렇지 않으면 '배불리 먹고 누어 아래 윗배 문지르니 선하품 계계터럼 제절로 나노매라 두어라 온돌 아랫목에 딩구른들 어떠리' 이 따위와 倣似한 내용이라면 물론 排擊하고 아니할 與否가 없습니다. 時調는 斷片的으로 우리의 實生活을 노래하고 記錄해 두기에는 그 '품'이 散漫한 新詩보다는 조촐하고 어여쁘다고 생각합니다. 高麗磁器엔들 퐁퐁 솟아오르는 山澗水가 담아지지 않을 리야 없겠지요."

"文化界에서 활동하고 있으면서도, 農村의 疲弊에 대하여 항상 慨歎"[23] 했었다고 한다. 당시 농촌의 봄은 도시에서 내려온 화자가 감탄해마지 않았던 생경한 아름다움의 세계와는 거리가 먼, "누더기 단벌 옷에 비를 흠뻑 맞으면서 / 늙은이 전대 차고 집집마다 동냥하"는 "기나 긴 원수의 봄"으로 인식될 수밖에 없었기 때문이다. 결국 식민지 시기 농촌의 봄은 긴 겨울을 간신히 버텨온 가난한 삶의 막바지 고비와 같은 시기였다는 점에서, "무얼 먹고 산단말요"라는 탄식이 절로 나오지 않을 수 없었던 것이다. 그러므로 "당신이 거지라면 내 마음 덜 상할걸"이라고 말하는 데는, 거지보다도 못한 삶을 살아가는 극심한 농촌 현실을 직시하지 못하고 오로지 자연의 아름다움을 갈구하거나 그 속에서 평화로움만을 읽어내려 했던 화자의 시선에 대한 철저한 반성이 내재되어 있다. 그러므로 화자가 "밥 한 술 얻어먹는 罪에 얼굴 화끈" 달아오를 수밖에 없었던 것은 너무도 당연한 결과가 아닐 수 없다.

아침

서리 찬 새벽부터 뉘집에서 씨아를 트나
우러르니 기러기떼 머리 위에 한 줄기라
이 땅의 무엇이 그리워 밤새가며 왔는고.

낮

(『전집』 3, 566쪽)
23　이희승, 「序」, 『전집』 1, 10쪽.

볏단 세는 소리 어이 그리 구슬프뇨

싯누런 금 벼이삭 까마귀라 다 쪼는데

오늘도 이팝 한 그릇 못얻어 자셨는가.

밤

窓 밖에 게 누구요, 부스럭부스럭

아낙네 이슥토록 콩 거두는 소릴세

달밤이 원수로구려 단 잠 언제 자려오.

—「近吟 三首」전문[24]

    농촌에서의 하루의 고된 일상을 '아침·낮·밤'의 시간 순서로 그려낸
작품이다. "서리 찬 새벽부터" "달밤"에 이르는 노동이 풍요로움은커녕
"오늘도 이팝 한 그릇 못얻어 자셨는가"와 같은 깊은 탄식만을 남기는
당시 농촌의 현실에 대한 안타까움이 고스란히 묻어난다. 비록 힘들고
지친 시간을 살아왔지만 신산한 노동의 대가로 남겨진 "볏단 세는 소리"
가 모든 설움을 씻어내는 행복을 가져다주어야 할텐데, 오히려 "어이 그
리 구슬프뇨"와 같은 통한의 아픔을 더하는 결과만을 안겨주는 악순환
의 현실이 너무도 가혹할 따름이다. "이 땅의 무엇이 그리워 밤새가며
왔는고"라고 하늘을 나는 기러기떼를 향해 외치는 소리는, 이렇게 지독
한 가난과 고통뿐인 현실을 참고 견디며 살아갈 수밖에 없는 농촌 사람

---

24 위의 책, 35~36쪽.

들의 자조적 탄식이 아닐 수 없다. 그럼에도 불구하고 밤이 "이슥토록 콩 거두는" "아낙네"들의 일상에서 자연에 순응하는 나약한 인간의 모습을 숙명처럼 끌어안고 살아가는 농민들의 모습을 발견하지 않을 수 없다. 결국 앞서 살펴본 「農村의 봄」 연작에서 "봄"을 "원수"로 보았듯이, 화자에게는 "달밤"마저 "원수"와 같은 표상으로 남게 되는 것이다.

이상에서 보았듯이 심훈의 시조 창작은 식민지 검열의 허용 가능한 형식을 통해 당대 사회의 모순을 비판적으로 우회하려는 시적 전략을 지닌 것이다. 이러한 문제의식은 당시 심훈이 '고향'을 어떻게 인식하고 있었느냐 하는 점을 보면 더욱 더 잘 알 수 있다. 그에게 고향의식은 식민지 농촌을 바라보는 내면의식의 근간을 이루는 중요한 모티프로 작용했다. 진정 고향을 가보고 싶지만 아무리 고향이 그리워도 고향에 가지 않겠다는 모순적 태도는 식민지 폭력으로 신음하는 당시 우리 농촌의 훼손된 현실에 대한 저항의 목소리를 역설적으로 담고 있다고 할 수 있는 것이다.

나는 내 故鄕에 가지를 않소.

쫓겨난 지가 十年이나 되건만

한번도 발을 들여놓지 않았소.

멀기나 한가, 고개 하나 넘어연만

오라는 사람도 없거니와 무얼 보러 가겠소?

개나리 울타리에 꽃 피던 뒷동산은

허리가 잘려 文化住宅이 서고

祠堂 헐린 자리엔 神社가 들어앉았다니,

傳하는 말만 들어도 기가 막히는데
내 발로 걸어가서 눈꼴이 틀려 어찌 보겠소?

(…중략…)

무얼 하려고 내가 그 땅을 다시 밟겠소?
손수 가꾸던 花壇 아래 턱이나 고이고 앉아서
지나간 꿈의 자취나 더듬어 보라는 말이요?
追憶의 날개나마 마음대로 펼치는 것을
그 날개마저 찢기면 어찌하겠소?

이대로 죽으면 죽었지 가지 않겠소.
빈 손 들고 터벌터벌 그 고개는 넘지 않겠소.
그 山과 그 들이 내닫듯이 반기고
우리 집 디딤돌에 내 신을 다시 벗기 前엔
목을 매어 끌어도 내 故鄕엔 가지 않겠소.

— 「내 故鄕」 부분[25]

이 시는 식민의 폭압을 이겨내지 못하고 무참히 변해버린 심훈의 고향 흑석리黑石里(지금의 중앙대학교 부근)에 대한 통한의 심정을 담은 작품이다. 유년 시절의 추억이 서린 "개나리 울타리에 꽃 피던 뒷동산"과 같

---

25 『그날이 오면』, 74~77쪽. 『전집』 1에는 시 제목이 「고향은 그리워도」로 되어 있다.

은 자연의 심각한 훼손과 "祠堂 헐린 자리엔 神社가 들어앉"은 일제의 유산은 화자에게 더 이상 고향을 고향으로 볼 수 없게 하는 깊은 절망을 안겨주었다. "무얼 하려고 내가 그 땅을 다시 밟겠소?", "이대로 죽으면 죽었지 가지 않겠소", "목을 매어 끌어도 내 故鄕엔 가지 않겠소"라는 극단적인 말들을 서슴지 않는 데서 화자가 느끼는 분노의 감정을 충분히 느낄 수 있다. 이러한 그의 고향 의식은 돌아가야 할 근원적인 장소성을 지닌 일반적인 고향에 대한 인식과는 전혀 다르다는 점을 무엇보다도 주목해야 한다. 그에게 '고향'은 현실의 상처와 모순이 극명하게 드러난 훼손된 장소라는 점에서, 식민지의 폭력과 억압이 정교하게 구축된 '국가'의 또 다른 얼굴에 다름 아닌 것이다. 그러므로 심훈이 고향과 자연을 시적으로 형상화는 것은 이러한 모순의 장소성을 알레고리화하는 우회적 장치로서의 의미가 강하다. 그의 후기 시에서 시조 형식이 두드러진 것은 바로 이러한 지향성을 모색하는 시적 전략의 결과였다고 할 수 있다.

또한 인용시가 "申不出의 吹入으로 레코드化한일도 있다"[26]는 데서 알 수 있듯이, 심훈의 시가 리듬의식에 크게 바탕을 두었다는 사실도 특별히 주목해야 한다. 시조 형식이 아니더라도 그의 시는 규칙적인 음보나 같은 구절의 반복 등을 즐겨 사용함으로써 음악으로서의 시의 본래적 리듬을 아주 잘 구현해냈다. 그의 대표시 「그날이 오면」만 보더라도 1연과 2연의 구조적 유사성과 "그날이 오면, 그날이 오면은", "그날이 와서, 오오 그날이 와서"의 반복은 그의 시가 기본적으로 리듬의식을 크게 의식하고 창작된 것임을 충분히 느끼게 한다. 이 외에도 "그림자하고 단 둘

---

26 유병석, 앞의 글, 18쪽.

이서만 지내는 살림이어늘 / 천정이 울리도록 그의 이름은 왜 불렀는고 / 쥐라도 들었을세라 혼자서 얼굴 붉히네"(「孤獨」), "내가 부는 피리소리 곡조는 몰라도 / 그 사람이 그리워 마디마디 꺾이네 / 길고 가늘게 불러도 불러도 대답 없어서 …… / 봄저녁의 별들만 눈물에 젖네"(「피리」), "하나님이 깊은 밤에 피아노를 두드리시네 / 건반 위에 춤추는 하얀 손은 보이지 않아도 / 섬돌에 양철 지붕에 그 소리만 동당 도드랑 / 이 밤엔 하나님도 적적하셔서 잠 한 숨도 못 이루시네"(「봄비」)에서처럼, 심훈의 시는 규칙적인 음보를 활용한 적극적인 리듬 의식을 시 창작의 원리로 삼았다고 할 수 있다. 그의 시조 창작은 이러한 리듬의식에서 비롯된 자연스러운 선택으로 볼 수도 있다. 즉 내용적으로는 식민지 검열을 우회하는 역설적 고향의식을 가장 잘 구현할 수 있는 장르로, 형식적으로는 시 창작의 본래적 특성인 리듬의식을 극대화하는 장치로 시조 창작이 전략적으로 선택되었다고 할 수 있는 것이다.

4. 심훈 시로의 정치성과 문학사적 의미

이상에서 살펴봤듯이 심훈의 시조는 「항주유기」 연작 14편과 「農村의 봄」 연작 11편, 「近吟 三首」 3수 외에도 「詠春 三首」 3수, 「明沙十里」, 「海棠花」, 「松濤園」, 「叢石亭」 등이 있다. 「詠春 三首」가 1929년에 창작한 작품이고 나머지는 모두 1930년대 초중반 심훈이 충남 당진에서 기거

할 때 쓴 작품들이다. 앞서 언급한 대로 「항주유기」는 1920년대 초반 항주에 머무를 때 쓴 작품이라고는 하지만, 실제로는 이때의 초고를 토대로 1930년 이후 발표한 작품이라는 점에서 심훈의 시조 창작은 1930년대 초중반인 그의 문학 활동 후기에 집중되었다고 할 수 있다. 그리고 이 때그는 일제의 검열로 인해 중단되었던 「동방의 애인」, 「불사조」 등의 소설과는 달리, '국가'를 '농촌'으로 전환시켜 계몽의 서사로 일제의 검열을 우회하는 전략으로 식민지 현실의 모순을 비판하는 「永遠의 微笑」, 「織女星」, 『常綠樹』 등의 작품을 발표했다. 이런 점에서 1930년대 심훈의 시조 창작이 두드러진 사실과 이러한 후기 소설의 전략적 변화는 동시대의 한계를 적극적으로 헤쳐 나가고자 했던 동일한 문제의식에서 비롯된 결과라고 할 수 있다.

여기에서 1930년대 후반 문장파들을 중심으로 전개되었던 생명미학에 바탕을 둔 자연시운동을 주목해볼 필요가 있다. 점점 더 식민지의 극한으로 치달았던 현실에서 개인적으로든 민족적으로든 생명 본연의 가치를 복원하고 지켜내려는 정신은, 비록 소극적이고 우회적인 측면이 있다 하더라도 그 안에 식민지 모순을 근원적으로 넘어서려는 저항정신이 내재되어 있었음을 간과해서는 안 된다. 즉 식민지 근대의 모순을 극복하는 대안의 정신으로서 생명미학의 가능성이 크게 대두된 것으로 이해할 수 있는 것이다. 이런 점에서 1930년대 심훈의 시조 창작은 농촌 계몽 서사 안에 은폐된 비판적 현실인식과 마찬가지로 '전략적인 자연은둔'[27]의 방식으로 식민지 모순을 역설적으로 드러내고자 했던 의도된 시

---

27 자연은둔이란 시중時中사상에 따라 출처出處를 반복하는 유가들의 기본 전략적 행위이다. 자연은둔은 바로 생명사상을 기저로 하는 바, 공적 생활에서 생명력을 상실했을 때 자연

적 전략의 결과였다고 할 수 있다. 특히 중국에서 머무는 동안 사회주의 독립운동 내부의 갈등과 분파주의에서 비롯된 정치적 좌절과 회의, 그리고 식민지 모순 극복을 위한 망명지로서 가장 이상적 공간으로 선망하고 기대했던 국제도시 상해의 문명적 타락과 혼돈은, 심훈에게 있어서 제국주의적 근대 내부의 반생명적 자기모순의 극단으로 인식되지 않을 수 없었던 것이다. 그 결과 식민지 검열을 피하는 우회의 전략으로 생명 본연의 가치를 추구하는 시조 미학의 반근대적 저항성을 적극적으로 활용함으로써, 현실 정치의 대립과 갈등에서 비롯된 자기모순을 극복하는 진정한 독립운동으로서의 문학적 실천을 모색하고자 했던 것이다. 이런 점에서 심훈의 시조 창작 전략은 표면적으로는 정치성을 내세우지 않으면서도 심층적으로는 식민지 근대의 모순을 넘어서려는, 정치성을 내재한 역설적 양식의 적극적 선택으로 평가되어야 한다. 따라서 1930년대 초중반 「항주유기」를 비롯한 심훈의 시조가 지닌 문학사적 의미는 바로 이러한 사회역사적 문제의식과 밀접한 관련 속에서 실증적으로 규명되어야 할 것이다.

으로 돌아가 다시금 생명력을 재충전하는 방식이다. (최승호, 「이병기, 근대에 대한 서정적 대응방식」, 최승호 편, 『서정시의 본질과 근대성 비판』, 다운샘, 1999, 186쪽)

/ 제4장 /

심훈의 생애와 시세계의 변천

1. 심훈의 생애와 시세계의 변화

심훈은 1901년 9월 12일 경기도 시흥군 신북면 흑석리에서 태어났다. 본명은 대섭大燮이고, 필명 훈熏은 1925년 『동아일보』에 「탈춤」을 연재하면서 쓰기 시작했고, 중국 체류 시절에 백랑白浪으로 불리기도 했다.[1] 그는 1919년 경성고등보통학교 4학년 재학시에 3·1운동에 가담하여 3월 5일 헌병대에 잡혀 투옥되었고,[2] 같은 해 7월에 집행유예로 출옥하였

---

1 심훈의 「항주유기」 연작 가운데 「七絃琴」 말미에 "江畔에 솟은 之江大學 寄宿舍에 無依한 漢文先生이 내 房을 湛하야 獨居하는데 밤마다 七絃琴을 뜯으며 孤寂한 老境을 自慰한다. 그는 나에게 號를 주어 白浪이라 불렀다"라고 했다. (『그날이 오면』 1, 173쪽)

2 심훈은 그날의 일을 다음 해 1920년 3월 5일 일기에서 다음과 같이 기록해두었다. "오늘이 三月 五日, 나에게 대하여 느낌 많은 날이다. 작년의 오늘 오전 九시 남대문 역전에서 數萬의 학생과 같이 朝鮮獨立 만세를 불러 일대 시위운동을 하여 피가 끓은 날이요 그날 밤 別宮 앞 海明旅館 門前에서 헌병에게 피체되어 警務總監府 안인 京城憲兵分隊에 유치되어 밤을

다. 이 사건으로 학교에서 퇴학당하였으며, 1920년 말 중국으로 유학의 길을 떠나 1921년 북경에서 상해, 남경 등을 거쳐 항주 지강대학에 입학했고, 1923년 중국에서 귀국하였다. 귀국 직후 신극연구단체인 '劇文會'를 조직하였고 '염군사'의 '극부'에서 활동하기도 했다. 이후 『동아일보』, 『조선일보』 기자 생활을 하면서 소설 창작과 영화 제작을 중심으로 활발한 활동을 하였고, 1927년 봄 영화 공부를 위해 일본으로 건너가 6개월간 체류하면서 영화배우로 활동하기도 했다. 1932년 기자 생활을 비롯해 사회 활동 대부분을 청산하고 부모님이 계신 충남 당진군 송악면 부곡리로 내려가 장편소설 창작에 주력하였으며, 1936년 그의 대표작 『常綠樹』 출판을 위해 서울 한성도서주식회사 2층에서 기거하다가 장티푸스를 얻어 9월 6일 타계하였다.[3]

이상의 개략적인 연보에서 알 수 있듯이, 심훈은 36년이라는 짧은 생애에도 불구하고 중국과 일본을 오고가면서 시, 소설, 영화 등 전방위적인 활동을 했고, 그가 남긴 작품 수도 전집 3권 분량이 넘을 정도로 상당히 많은 성과를 이루었다.[4] 하지만 지금까지 심훈에 대한 연구의 대부분은 그가 남긴 소설, 특히 『常綠樹』를 비롯한 농촌 계몽 서사를 중심으로 이루어졌고, 그의 시에 대한 논의 역시 「그날이 오면」의 저항적 측면에만 집중되어 있었다. 그 결과 그가 중국에 체류하면서 남긴 작품들과 귀국 이후 창작한 시들 그리고 20여 편의 시조 작품 등에 대한 논의는 거의

새던 날이다. 그리고 訊問을 받을 때 만세를 불렀다고 바로 말함으로 인연하여 二個月 동안이나 고생을 할 줄은 모르고 내어 주기만 바라던 그 날!" (『전집』 3, 601쪽)

3 「심훈 연보」, 『그날이 오면』, 121~122쪽. 이하 심훈의 생애에 대한 서술은 이 책을 주로 참고했음을 밝혀둔다.

4 『沈熏文學全集』 1―詩, 『常綠樹』, 「탈춤」, 시나리오; 2―「織女星」, 「東方의 愛人」, 短篇; 3―「永遠의 微笑」, 「不死鳥」, 隨筆, 評論, 日記, 書簡, 탐구당, 1966.

이루어지지 않았다. 따라서 본고에서는 그의 생애를 따라가면서 각각의 시기마다 어떤 시가 창작되었는지를 밝히고, 각 시기의 작품에 담긴 사회역사적 의미를 분석하는데 주력하고자 한다. 심훈의 시문학은 역사와 현실에 대한 참여의 성격이 두드러졌다는 사실을 무엇보다도 주목할 때, 시인의 생애와 작품의 관련성에 바탕을 둔 역사전기적 접근은 심훈의 시를 이해하는 데 있어서 가장 유효한 연구방법이 될 것이다.

본고에서는 심훈의 시 창작을 크게 세 시기로 나누어 논의하고자 한다. 첫째 시기는 습작기에서부터 중국 체류 시기까지인 1923년 이전으로 그의 시의 발생학적 토대와 사회역사적 배경을 이해하는 중요한 시기이다. 둘째 시기는 중국에서 귀국한 1923년부터 모든 정치사회적 활동을 접고 충남 당진으로 내려가기 전인 1932년까지로 심훈이 가장 왕성하게 작품 활동을 했던 시기이다. 마지막으로 셋째 시기는 충남 당진으로 내려가 농촌을 배경으로 장편소설 창작에 매진하다가 갑자기 병이 들어 타계하기 전까지이다. 이러한 시기 구분은 시 창작에만 한정된 것이 아니라 그의 문학 활동 전반을 아우르는 것으로, 한 사람의 문학적 시기 구분이 특정 장르에 따라 달리 나타날 수는 없다는 점에서 보편적인 시기 구분에 바탕을 두고 그의 시세계의 변화 과정을 통시적으로 살펴보고자 했다. 특히 본고는 심훈의 생애를 따라가는 역사·전기적 방법에 토대를 둔다는 점에서, 그의 생애에서 가장 큰 굴곡이 있었던 시점을 경계로 삼은 세 시기 구분은 심훈 시의 변화와 의미를 이해하는 중요한 결절점이 될 것이다.

2. 사회주의 문학관의 형성과 중국 체험의 시적 형상화

심훈은 1920년[5]에 북경으로 유학을 떠나 남경, 상해를 거쳐 항주로 가서 지강대학을 다니다가 1923년 졸업도 하지 않은 채 서둘러 귀국을 했다. 앞서 언급한 대로 그동안 심훈 연구는 1930년대 이후 발표된 그의 소설에 치중한 나머지 심훈 문학의 형성기라고 할 수 있는 1920년대 중국 체류 시기에 대해서는 크게 관심을 기울이지 않았다. 사실 심훈이 중국에서 쓴 작품들은 질적 측면에서 뛰어나지는 않지만, 그의 문학적 지향성이 어디에서 비롯되었는지를 파악하는 중요한 단서가 된다는 점에서 상당히 중요한 의미를 지닌다. 1920년대 중국 공산당과의 밀접한 관계 속에서 상해를 중심으로 사회주의 계열 독립운동이 두드러졌다는 사실로 미루어 볼 때, 당시 심훈의 중국행은 단순한 유학으로만 볼 수 없는 어떤 특수한 사정이 있었을 것으로 짐작된다.[6] 즉 심훈의 중국에서의

---

5   심훈의 북경행은 1919년설과 1920년설 두 가지가 있다. 이에 대한 자세한 논의는, 하상일, 앞의 글, 55~56쪽 참조.
6   실제로 심훈은 "나는 맨 처음 그 어른에게로 紹介를 받아서 北京으로 갔었다"(「丹齋와 于堂 (2)」, 『전집』 3, 492쪽)라고 밝혔는데, 여기에서 "그 어른"은 우당 이회영을 가리킨다. 그리고 "醒庵의 소개로 數三次 丹齋를 만나 뵈었는데 新橋 무슨 胡同엔가에 있는 그의 寓居에서 며칠 저녁 발치잠을 자면서 가까이 그의 聲咳를 接하였다"(「丹齋와 于堂 (1)」, 위의 글, 491쪽)라고도 적어두었는데, 여기에서 "醒庵"은 이광李光으로 이회영과도 아주 가까운 혁명 동지였다. 심훈은 「丹齋와 于堂 (1)」에서 "醒庵의 소개로 數三次 丹齋를 만나 뵈었"다고 했는데, 여기에서 "醒庵"은 이광이다. "일본 와세다대학과 중국 남경의 민국대학을 졸업한 이광은 신민회원이었고, 이회영과 함께 경학사와 신흥무관학교를 운영한 가까운 동지였다. 그는 임정 임시의정원 의원과 외무부 북경 주재 외무위원을 겸임하며 한중 양국의 외교적 사항을 처리할 만큼 중국통이었다." (이덕일, 앞의 책, 198쪽) 이제 스물밖에 되지 않는 청년 심훈이 당시 이러한 항일 망명 지사들과 접촉할 수 있었다는 사실 자체가 그의 중국행을 단순히 유학을 위한 것이었다고는 볼 수 없게 한다. 아마도 당시 심훈은 민족운동에서 출발해서 무정부주의로 나아갔던 단재와 우당 그리고 이광 등과 같은 아나키스트들의

행적은 그의 초기 시세계가 어떠한 사상적 거점을 토대로 형성되었는
지를 이해하는 아주 특별한 의미를 지니는 것이다. 이 시기에 그가 발표
한 시는 북경에서 쓴「北京의 乞人」,「鼓樓의 三更」, 북경에서 상해로
이동하는 중에 쓴「深夜過黃河」, 상해에서 쓴「上海의 밤」, 남경과 항주
에 있을 때 쓴 것으로 그의 첫 번째 부인 이해영에게 보낸 편지에 동봉한
「겨울밤에 내리는 비」,「기적」,「전당강 위의 봄밤」,「뻐꾹새가 운다」,
그리고「항주유기」연작 시조 14편[7]이 있다. 이 외에 현재까지 알려진
것으로는 귀국 이전의 마지막 작품인「돌아가지이다」가 있다.

　1920년 갑작스런 심훈의 중국행은 당시 상해를 중심으로 전개되었던
사회주의 독립운동과 어떤 관련성을 맺고 있었던 것으로 보인다. 그렇
다면 그는 중국으로 떠나기 전부터 이미 사회주의 사상의 기초적 토대를
형성하고 있었다고 짐작할 수 있는데, 1920년대 사회주의 보급과 전파
에 중요한 역할을 했던『공제』2호(1920.11)의「懸賞勞動歌募集發表」에
'丁'으로 선정되어 게재된「로동의 노래(미뢰도레미쏠솔곡죠)」에서 그
단초를 확인할 수 있다.[8]

　一. 아츰 해도 아니도든 꼿동산 속에

사상을 많이 동경했던 것으로 보인다. 따라서 당시 심훈의 중국행은 유학으로 가장한 채
정치적 목적을 수행하기 위한 위장된 행로가 아니었을까 추정된다. 하상일,「심훈의 중국에
서의 행적과 시세계의 변화」,『2014 越秀－중원국제한국학연토회 발표논문집』, 절강월수
외국어대 한국문화연구소, 2014.12.13, 207쪽.
7　「平湖秋月」,「三潭印月」,「採蓮曲」,「蘇堤春曉」,「南屛晚鐘」,「樓外樓」,「放鶴亭」,「杏花村」,
　「岳王墳」,「高麗寺」,「杭城의 밤」,「錢塘江畔에서」,「牧童」,「七絃琴」. (『그날이 오면』, 156~
　173쪽)
8　이 작품의 발굴과 의미에 대한 논의는, 한기형,「습작기(1919~1920)의 심훈－신자료
　소개와 관련하여」,『민족문학사연구』22, 민족문학사학회, 2003 참조.

무엇을 찾고 잇나 별의 무리

　　저녁놀이 붉게 비친 풀언덕 우에

무엇을 옴기느냐 개암이 쎄들.

후렴— 방울 방울 흘린 쌈으로

불길가튼 우리 피로써

　　시들어진 무궁화에 물을 쑤리자

한배님의 끼친 겨레 감열케 하자.

二. 삼천리 살진 덜이 논밧을 가니

이천만의 목숨 줄을 내가 쥐엇고

　　달밝은 밤 서늘헌데 이집 저집서

길삼하는 저소리야 듣기 조쿠나.

三. 길게 버든 흰 뫼 줄기 노픈 비탈에

괭이잡어 가진 보배 쑬코 파내며

　　신이 나게 쇳떡메를 들러 메치니

간 곳마다 석탄연기 한울을 덥네.

四. 배를 쩨라 넓고 넓은 동해 서해에

푸른 물결 벗을 삼아 고기 낙구고

　　채쳐내라 몃 만년을 잠기어 잇는

아름다운 조개들과 진주며 산호.

五. 풀방석과 자판 우에 티쓸 맛이나

로동자의 철퇴가튼 이 손의 힘이

　　우리 사회 구든 주추되나니

아아! 거룩하다 로동함이여.

"아츰 해도 아니도든" 때부터 "저녁놀이 붉게 비친" 때까지 열심히 일하는 노동의 신성함으로 "방울 방울 흘린 쌈으로 / 불길가튼 우리 피로써 / 시들어진 무궁화에 물을 쌱리자 / 한배님의 씨친 겨레 감열케 하자"에서처럼 식민지 조국의 현실을 넘어서고자 하는 굳은 의지를 담은 작품이다. 산에서든 바다에서든 논밭에서든 조국 땅 어디에서나 열심히 일하는 "로동자의 철퇴가튼 이 손의 힘"이야말로 "우리 사회 구든 주추되"는 참된 가치임을 역설하고 있는 것이다. "아아! 거룩하다 로동함이여"와 같이 다소 피상적이고 감상적인 태도를 완전히 벗어나지는 못했지만, 식민지 시대를 살아가는 스무 살 청년의 노동에 대한 신념은 확고하게 보인다. 비록 사회주의 노동에 대한 이해와 수준은 아직 초보적인 단계에 머물러 있었다 하더라도, 당시 심훈에게 사회주의적 노동의 가치는 식민지 현실을 넘어서기 위한 뚜렷한 이념으로 내면화되어 가고 있었던 것이다. 따라서 그는 일본으로의 유학을 결심했던 당초의 계획을 접고 전혀 계획에도 없었던 중국으로의 유학을 감행했다.[9]

---

9 그는 1920년 1월의 일기에서 일본 유학에 대한 결심을 분명히 말했었다. "나의 일본日本 유학은 벌써부터의 숙망宿望이요, 갈망이다. 여기만 있어 가지고는 아주 못할 것은 아니나 내가 목적하는 문학 길은 닦기가 극난하다. 아무리 원수의 나라라도 西洋으로 못갈 이상以上에는 동양東洋에는 일본日本 밖에 가 배울 곳이 없다. 그러나 내 주위의 사정은 그를 용서치 않는다. 그러나 나는 기어이 올 봄 안으로는 가고야 말 심산이다. 오는 3월三月 안에 가서 입학入學을 하여도 늦을 것인데 (…중략…) 어떻든지 도주逃走를 하여서라도 가고야 말란다."(『전집』 3, 591쪽) 하지만 3월의 일기를 보면, 이미 "나의 갈망하던 일본日本 유학은 3월三月에 들어 단념하게 되었다"라고 밝히면서, 그 이유를 네 가지로 적어두었다. "일一, 일인日人에 대한 감정적感情的 증오심이 날로 더해감이요, 이二, 학비문제學費問題니 뒤를 대어줄 형님이 추호의 성의가 없음, 삼三, 2二·3三년간은 일본日本에 가서라도 영어英語를 준비해야 하겠는데 그만큼은 못하더라도 청년회관靑年會館에서 배울 수 있는 것, 사四, 영어英

나에게 무엇을 비는가?

푸른 옷 입은 隣邦의 걸인이여,

숨도 크게 못 쉬고 쫓겨오는 내 行色을 보라,

선불 맞은 어린 짐승이 曠野를 헤매는 꼴 같지 않느냐.

正陽門 門樓 위에 아침 햇발을 받아

펄펄 날리는 五色旗를 쳐다보라.

네 몸은 비록 헐벗고 굶주렸어도

저 깃발 그늘에서 자라나지 않았는가?

거리거리 兵營의 유량한 喇叭소리!

내 平生엔 한번도 못 들어보던 소리로구나!

胡同 속에서 菜商의 외치는 굵다란 목청

너희는 마음껏 소리 질러보고 살아왔구나.

저 깃발은 바랬어도 大中華의 자랑이 남고

너의 同族은 늙었어도 '잠든 獅子'의 威嚴이 떨치거니

저다지도 허리를 굽혀 구구히 무엇을 비는고

千年이나 萬年이나 따로 살아온 百姓이어늘……

_____

語와 기타 기초 교육을 닦은 뒤에 서양西洋 유학을 바람 등이다. 부친父親도 극력 반대이므로,"
(『전집』3, 608쪽) 이런 사실로 미루어볼 때, 만일 그가 진정 유학을 목적으로 한 것이었다면
굳이 중국으로 가지는 않았을 것으로 판단된다.

때문은 너의 襤褸와 바꾸어준다면

눈물에 젖은 단거리 周衣라도 벗어주지 않으랴.

마디마다 사무친 원한을 놓아준다면

살이라도 저며서 길바닥에 뿌려주지 않으랴,

오오 푸른 옷 입은 北國의 乞人이여!

—「北京의 乞人」전문[10]

　이 시는 심훈이 중국에서 쓴 첫 번째 시로, 화자와 걸인의 대비를 통해 식민지 청년으로서의 민족적 열패감을 토로한 작품이다. 인용시에서 화자는 "헐벗고 굶주렸"을망정 "저 깃발 그늘에서 자라"나고 "마음껏 소리질러보고 살아"온 "걸인"과 "숨도 크게 못 쉬고 쫓겨오는" 화자의 현실적 처지를 대조함으로써, 가난한 삶을 살아가더라도 조국의 하늘 아래에서 자유롭게 살아갈 수 있기를 바라는 마음을 간절히 담고 있다. 비록 "저 깃발은 바랬어도 大中華의 자랑이 남"아 있고, "同族은 늙었어도 '잠든 獅子'의 威嚴이 떨치"는 중국의 현실 앞에서 망명을 떠나온 화자 자신의 모습이 더없이 초라함을 절실하게 깨달았던 것이다. 그러므로 설령 "남루"일지언정 "걸인"과 처지를 바꾸고 싶은 화자는 "저다지도 허리를 굽혀 구구이 무엇을 비는고"라고 걸인을 향해 반문한다. 식민지 조선의 현실에 대한 비애로 가득 차 있는 화자의 내면에는 아무리 가난해도 주권主權을 잃어버리지 않은 나라, 어떤 말이든 눈치 보지 않고 마음껏 할 수 있는 나라의 백성으로 살아가고 싶은 간절함이 담겨 있는 것이다.

---

10 『그날이 오면』, 141~143쪽.

하지만 이러한 주권국가로서의 중국에 대한 동경과 기대가 그리 오래 가지는 않았다. 그는 중국에 체류하는 2년 남짓 동안 북경에서 남경, 상해를 거쳐 항주에 정착하는 결코 순탄하지 않은 여정을 거쳤다. 심훈은 북경에 체류할 때 우당 이회영에게 "演劇工夫를 하려고 佛蘭西 같은 데로 가고 싶다는 所望"[11]을 말한 적이 있다. 그래서 그는 북경대학 문과에서 극문학을 전공하려고 했는데, 당시 북경대학 학생들의 활기 없는 모습과 희곡 수업을 일주일에 겨우 한 시간 남짓밖에 하지 않는 교과과정에 실망하여 생각을 접었다고 했다.[12] 그런데 프랑스 정부에서 중국 유학생을 모집하는데 조선 학생도 갈 수 있다는 소식을 접하고 무조건 기회를 잡아야 한다는 결심으로 프랑스행 배가 떠나는 상해로 갔다는 것이다.[13] 하지만 그는 상해에서 프랑스행 배를 타지도 않았고, 어떤 이유에서 항주의 지강대학으로 가게 되었는지 그 이유에 대해서도 구체적으로 밝힌 바가 전혀 없다. 아마도 심훈의 중국에서의 이동 경로가 이렇게 복잡한 데는 쉽게 말할 수 없는 비밀스러운 사정이 있었을 것으로 짐작된다.[14]

---

11 「丹齋와 于堂 (2)」, 『전집』 3, 493쪽.
12 당시 북경대학은 차이위안페이蔡元培가 교장으로 취임하여 천두슈陳獨秀, 리다자오李大釗, 후스胡適 등 신문화운동의 주역들을 교수로 초빙하고, 새로운 학풍 조성을 위해학생들의 자유로운 서클활동을 적극 장려하는 등 대학의 개혁에 박차를 가하는 때였다. (백영서, 위의 글 참조) 또한 루쉰魯迅의 특별 강의로 북경대학 안팎의 많은 학생들이 학교로 몰려드는 그 어느 때보다 활기가 넘치는 곳이었다. 그럼에도 불구하고 당시 북경대학의 분위기를 활기가 없다는 식으로 논평을 한 것은 아마도 어떤 정치적 의도를 은폐하기 위한 담론적 수사가 아니었을까 짐작된다. 당시 심훈은 한 계절도 머무르지 않은 채 북경에서의 계획된 짧은 일정을 마치고 상해로 떠나야 하는 명분을 만들기 위해 의도적으로 북경대학의 분위기를 그런 식으로 몰아가는 거짓 진술을 한 것으로 볼 수 있다. (하상일, 「심훈과 중국」, 『中韓日 文化交流 擴大를 위한 韓國語文學 및 外國語教育研究 國制學術會議 발표논문집』, 절강수인대, 2014.10.25, 58쪽)
13 「無錢旅行記—北京에서 上海까지」, 『전집』 3, 506~507쪽.
14 항주에 있을 때 그의 아내 이해영에게 보낸 편지에서 심훈은 구체적인 사실까지는 밝히지 않았지만 당시 상당한 어려움에 직면해 있었음을 직접적으로 언급했다. "그동안 지난 일과

우중충한 弄堂 속으로

훈둔장사 모여들어 딱딱이 칠 때면

두 어깨 웅숭그린 년놈의 떠드는 세상,

집집마다 麻雀판 두드리는 소리에

鴉片에 취한 듯 上海의 밤은 깊어가네.

발벗은 少女, 눈먼 늙은이를 이끌며

구슬픈 胡弓에 맞춰 부르는 孟姜女 노래,

애처롭구나! 客窓에 그 소리 腸子를 끊네.

四馬路 五馬路 골목 골목엔

'이쾌양듸 량쾌양듸' 人肉의 저자

단속옷 바람으로 숨바꼭질하는 야-지의 콧잔등이엔

梅毒이 우글우글 惡臭를 풍기네

집 떠난 젊은이들은 老酒잔을 기울여

걷잡을 길 없는 鄕愁에 한숨이 길고

醉하여 醉하여 뼈속까지 醉하여서는

모든 형편은 어찌 다 쓸 수 있으리까마는 고통도 많이 당하고 모든 일이 마음 같지 않아 실패도 더러 하였으며 지금도 마음 상하는 일은 많으나 그 대신 많은 경험도 하였고, 다 일시의 운명이라 인력으로 어찌 하리까마는 그대의 간곡한 말씀과 같이 결코 낙심하거나 실망할 리 없으며 또는 그리 의지가 박약한 사나이는 아니니 아무 염려 말아 주시오 다만 내가 무슨 공부를 목적삼아하며, 그것이 어떤 학문이며 장차 어찌해야 할 것인데 지금 내 신세는 어떠하며, 어떤 길을 밟아나아가서 입신하고 출세하려 하는가 하는 데 대하여 그대에게 자세히 알게 하여 드리지 못함은 참으로 큰 유감이외다" (「나의 지극히 사랑하는 해영씨!」, 『전집』 3, 616쪽)

팔을 **뽑아** 長劍인 듯 내두르다가

菜館 소파에 쓰러지며 痛哭을 하네.

어제도 오늘도 散亂한 革命의 꿈자리!

용솟음치는 붉은 피 뿌릴 곳을 찾는

'까오리' 亡命客의 심사를 뉘라서 알고

影戲院의 산데리아만 눈물에 젖네.

—「上海의 밤」 전문[15]

    서구적 근대와 제국주의적 근대가 착종된 1920년대 상해의 어두운 밤을 적나라하게 보여주는 작품이다. "두 어깨 웅숭그린 년놈의 떠드는 세상/집집마다 麻雀판 두드리는 소리에/鴉片에 취한 듯 上海의 밤은 깊어가네"라는 데서 알 수 있듯이, 당시 상해의 모습은 마작, 아편, 매춘 등이 난무하는 자본주의적 모순 공간으로서의 폐해를 그대로 노출하고 있었다. 특히 "四馬路 五馬路 골목 골목"(지금의 푸저우루[福州路]와 화이하이중루[淮海中路])은 수많은 희원과 서장, 다관과 무도장, 술집과 여관 등이 넘쳐났고, 유명한 색정 환락가로 기방들이 줄지어 들어서 있어 떠돌이 기녀들이 엄청난 무리를 이루어 호객을 하는 곳이었다. 식민지 현실을 극복하는 독립운동의 기지로서 열렬히 동경했던 국제적인 도시 상해는 "老酒잔을 기울여 / 걷잡을 길 없는 鄕愁에 한숨"만 나오게 하는, "醉하여 醉하여 뼈속까지 醉하여서는" "菜館 소파에 쓰러지며 痛哭을 하"게 만드는 절망

---

15 『그날이 오면』, 149~151쪽.

의 악순환을 경험하게 할 뿐이었다. 그가 진정으로 동경했던 상해는 조국 독립의 혁명을 가져오는 성지가 아니라 "어제도 오늘도 散亂한 革命의 꿈자리!"가 난무하는 곳이었으므로, 화자는 "'까오리(고려—인용자)' 亡命客"으로서의 절망적 통한痛恨에 괴로워할 수밖에 없었던 것이다.[16]

결국 그는 상해를 떠나 항주에 머물면서 조국으로 돌아갈 기회를 계속해서 모색했다. 하지만 그 기회는 쉽게 찾아오지 않아서 중국에서 지내는 동안 가장 오랜 시기를 항주에 있어야만 했다. 심훈에게 항주는 "第二의 故鄕"[17]이라고 스스로 말할 정도로 아주 특별한 곳이었지만, 그는 항주에서 지내던 일들이나 지강대학에서의 일들에 대한 기록을 전혀 남기지 않아 구체적인 활동 사항을 파악하기는 힘들다. 다만 심훈의 항주 시절은 식민지 조선 청년으로서의 신념보다는 중국에서 겪은 현실적 절망과 회의를 극복하는 과정이었을 것으로 짐작될 뿐이다. 그가 항주에서 쓴 「항주유기」 연작이 역사적 주체로서의 자각보다는 조국을 떠나 살아가는 망향객으로서의 비애와 향수 등 개인적인 정서를 두드러지게 표면화시켰다는 사실이 이러한 점을 뒷받침한다. 하지만 이러한 시의 두드러진 변화는 '정치적'인 것으로부터의 좌절에서 비롯된 것이라는 점에서, '정치적'인 것의 탈각이 아니라 '정치적'인 것에 대한 성찰의 문제로 접근하는 것이 바람직하다. 즉 표면적으로는 개인적 서정성의 극대화처럼 보이지만, 심층적으로는 당시 중국 내의 사회주의 독립운동의 분열과 갈등이라는 정치적 상황에 대한 비판을 내면화한 시적 전략을 은폐하고 있는 것으로 이해할 필요가 있는 것이다.

---

16 하상일, 「심훈의 중국에서의 행적과 시세계의 변화」, 위의 글, 214쪽.
17 『그날이 오면』, 153쪽.

3. 새로운 시대에 대한 열망과
식민지 모순에 맞서는 문학적 실천

심훈은 1923년 대략 만 2년 남짓되는 중국에서의 순탄치 않은 여정을 끝내고 지강대학을 졸업하지도 않은 채 서둘러 귀국하였다. 지금까지의 논의에서 심훈이 중국으로 떠난 시점에 대해서는 몇 가지 논란이 있어 앞으로 실증적인 자료를 보완하여 좀 더 면밀한 검증을 해야겠지만, 대체로 귀국 시점이 1923년이라는 견해에는 별다른 이견이 없어 보인다.[18] 그의 갑작스런 귀국은 중국 내 사회주의 독립운동의 분파주의와 내부 갈등에 대한 절망과 회의로 더 이상 중국에 머물러 있어야 할 이유가 없다는 자기성찰의 결과였다. 조국으로 돌아와 기자 생활을 하면서 영화와 문학 창작 활동 등 다양한 분야에서 자기만의 방식으로 독립운동을 전개하겠다는 새로운 결심을 했던 것으로 이해할 수 있다. 귀국 이후 최승일, 나경손, 안석주, 김영팔 등과 교류하면서 신극연구단체인 '劇文會'를 조직하고, 1924년 『동아일보』 기자로 입사하여 당시 신문에 연재 중이던 번안소설 「美人의 恨」 후반부 번안을 맡기도 한 것은, 이러한 새로운 결심을 구체적으로 실천하기 위한 기본적 토대를 마련하고자 한 데 있었다.

이처럼 심훈에게 있어서 중국에서의 귀국은 새로운 시대를 열어가고자 하는 문학적 열망을 실천하는 결단이었다. 그는 지난 시대의 어두운 역사를 청산하기 위해서는 지금의 현실을 모조리 갈아엎는 파괴와 전복

---

18 각주 32 참조.

의 과정이 반드시 필요하다고 보았다. 그래서 그는 당대의 현실을 일시에 혼란에 빠뜨리는 "광란狂瀾"을 꿈꾸었다. "세상은 마지막이다", "땅 위의 모든 것을 / 부신듯이 씻어버려라!", "모든 거룩하다는 것 위에 / 벼락 불의 세례를 내려라"와 같은 세상의 혼란과 혼돈이 오기를 극단적으로 기원했던 것이다.

불어라, 불어!
하늘 꼭대기에서
내리 질리는 하늬바람,
땅덩이 복판에 자루를 박고
모든 것을 휩싸서 핑핑 돌려라.
머릿속에 맷돌이 돌듯이
세상은 마지막이다, 불어오너라.

(…중략…)

불이야 불이야!
粉바른 계집의 얼굴을 끄스르고
'당신을 사랑합니다' 하는
조동아리를 지져 놓아라!
길로 쌓인 人類의 歷史를
첫 페이지부터 살라버리고
千萬卷 거짓말의 記錄을

모조리 깡그리 태워버려라.

(…중략…)

불길이 훨훨 날으며

온 地球를 둘러쌌다,

새빨간 혀끝이 하늘을 핥는다,

모든 것은 죽어버렸다,

永遠히 永遠히 죽어버렸다!

名譽도 慾望도 權力도 野蠻도 文明도 ……

바람소리 빗소리!

해가 떨어지고 별은 흩어지며

땅이 울고 바다가 끓는다.

모든 것은 元素로 돌아가고

남은 것이란 희멀건 空間뿐이다.

오오 이제까지의 人類는 滅亡하였다!

오오 오늘까지의 宇宙는 開闢하고 말았다!

—「狂瀾의 꿈」 부분[19]

19 『그날이 오면』, 100~106쪽.

귀국 직후 발표한 시로 다소 관념적이고 감상적인 인식을 엿보이기는 하지만, 중국에서 돌아온 그가 조국을 어떻게 바라보았으며 새로운 시대에 대해 얼마나 열망하고 있는지를 충분히 알 수 있게 한다. "人類의 歷史"와 "거짓말의 記錄"을 모두 불태워 버리겠다는 단호한 의지는 그가 지난 시대의 역사에 대해서 얼마나 불신하고 있는지를 잘 보여준다. 그래서 그는 "모든 것은 죽어버렸다"고 단언하면서 당대의 현실을 "名譽도 慾望도 權力도 野蠻도 文明도" 죽어버린 허상에 지나지 않는다는 뼈아픈 성찰을 이끌어낸다. 결국 "모든 것은 元素로 돌아간" "희멀건 空間뿐"인 세계에서 화자는 새로운 꿈을 꾸며 다시 시작하고자 한다. 그 꿈이 무엇을 의미하는지 정확히 알 수는 없지만, 화자가 직면한 모순의 시대를 넘어서는 어떤 새로운 가능성의 세계를 지향했던 것만은 분명하다. 파괴와 전복의 시대정신으로 절망과 회의로 가득했던 중국에서의 생활을 온전히 극복하고, 다시 돌아온 조국에서 식민지 모순에 맞서는 새로운 희망을 열어가고자 하는 강한 의지를 역설적으로 표명한 것이라고 할 수 있다.

　　높은 곳에 올라 이 땅을 굽어보니

　　큰 봉우리와 작은 뫼뿌리의 어여쁨이여,

　　아지랑이 속으로 視線이 녹아드는 곳까지

　　오똑오똑 솟았다가는 굽이져 달리는 그 산줄기

　　네 품에 안겨 뒹굴고 싶도록 아름답구나.

　　소나무 감송감송 木覓의 등어리는

젖 물고 어루만지던 어머니의 허리와 같고
삼각산은 敵의 앞에 뽑아든 칼끝처럼
한번만 찌르면 먹장구름 쏟아질 듯이
아직도 네 氣象이 凜凜하구나.

에워싼 것이 바다로되 물결이 성내지 않고
샘과 시내로 가늘게 繡놓았건만
그 물이 맑고 그 바다 푸르러서
한 모금 마시면 한 百年이나 壽를 할 듯
퐁퐁퐁 솟아서는 넘쳐넘쳐 흐르는구나.

할아버지 주무시는 저 山기슭에
할미꽃이 졸고 뻐꾹새는 울어예네
사랑하는 그대여, 당신도 돌아만 가면
저 언덕 위에 편안히 묻어드리고
그 발치에 나도 누워 깊은 설움 잊으오리다.

바가지쪽 걸머쥐고 집 떠난 兄弟,
거치른 벌판에 강냉이 이삭을 줍는 姉妹여,
부디부디 白骨이나마 이 흙 속에 돌아와 묻히소서.
오오 바라다볼수록 아름다운 나의 江山이여!

                              —「나의 江山이여」전문[20]

화자에게 다시 돌아온 조국은 "아름다운 나의 江山"이고 "白骨이나마 이 흙 속에 돌아와 묻히"고 싶은 영원한 고향이다. 하지만 식민의 현실은 너무나 가혹하여 민족구성원 모두가 이러한 아름다움을 느껴보지도 못한 채 참혹한 생활을 이어가거나 조국을 떠나 먼 타국에서 조국의 독립을 염원해야만 하는 신산한 삶을 살아가고 있을 따름이다. "바가지쪽 걸머쥐고 집 떠난 兄弟, / 거치른 벌판에 강냉이 이삭을 줍는 姉妹"와 같은 현실이 언제 끝날지도 모를 상처와 고통을 깊이 새기고 있었던 것이다. 하지만 화자는 "네 품에 안겨 뒹굴고 싶"고, "젖 물고 어루만지던 어머니의 허리와 같"은 조국에 돌아와 살 수 있다는 것만으로도 얼마나 소중한가를 절감한다. 그리고 "敵의 앞에 뽑아든 칼끝처럼" "氣象이 凜凜"한 산과 "한 모금 마시면 한 百年이나 壽를 할 듯 / 퐁퐁퐁 솟아서는 넘쳐넘쳐 흐르는" 바다를 바라보면서 결코 희망을 끊을 놓지 않는다. 비록 돌아온 조국은 여전히 식민의 땅이었지만 "그 발치에 나도 누워 깊은 설움 잊으오리다"에서처럼 "설움"을 극복하는 새로운 가치를 발견하고자 했던 것이다.

이러한 심훈의 새로운 시대에 대한 열망은 사실 중국에서의 절망과 회의를 반드시 넘어서야 한다는 일종의 강박에서 비롯된 것이었다. 또한 1920년대 중반 점점 더 가혹해져가는 식민의 현실에 대한 내면의 저항으로서의 역설적 의지를 강하게 표현한 것으로도 이해할 수 있다. 그 결과 시적 주체의 감정적 태도가 과도하게 부각되어 대상과의 시적 거리 조정을 적정하게 유지하지 못함으로써 관념적이고 직정적인 시의

---

20 『그날이 오면』, 27~29쪽.

한계를 노출하고 있기도 하다. 이런 점에서 귀국 직후 그가 쓴 시는 감상적이고 관념적인 현실 인식을 크게 벗어나지 못한 당위적인 시가 대부분이었다. "아아 기나긴 겨울밤에/가늘게 떨며 흐느끼는 / 고달픈 영혼의 울음소리/별 없는 하늘밑에 들어줄 사람 없구나"(「밤」), "짝잃은 기러기 새벽 하늘에/외마디소리 이끌며 별밭을 가네 / 단 한잠도 못맺을 기나긴 겨울밤을/기러기 홀로 나홀로 잠든 天地에 울며 헤매네"(「짝 잃은 기러기」)와 같은 절망적 탄식이 그의 시의 주된 정조가 되었던 것이다.

하지만 심훈의 시는 1920년대 후반에 접어들면서 자신이 처한 식민의 현실에 대한 뚜렷한 인식의 전환을 보인다. "이게 자네의 얼굴인가? / 여보게 朴君, 이게 정말 자네의 얼굴인가?"(「朴君의 얼굴」)라는 목소리에서 강렬하게 드러나듯이, 조국 독립을 위해 싸우다 죽은 친구의 죽음 앞에서 오열하기도 하고, "조선은 마음 약한 젊은 사람에게 술을 먹인다 / 입을 벌리고 독한 술잔으로 들이붓는다"(「조선은 술을 먹인다」)고 말함으로써 조선 청년들을 왜곡시켜 현실에 안주하게 만드는 식민지 현실에 대한 직접적인 비판을 서슴지 않는다. 다시 말해 그의 시는 역사적 주체로서 당대의 현실을 더욱 분명하게 직시함으로써 식민지 모순에 맞서는 저항적 실천의 자세를 다시 한 번 곧추세우는 것이다.

굳은 비 줄줄이 내리는 黃昏의 거리를
우리들은 同志의 棺을 메고 나간다.
輓章도 銘旌도 세우지 못하고
壽衣조차 못 입힌 屍體를 어깨에 얹고
엊그제 떠메어 내오던 獄門을 지나

철벅철벅 말없이 舞鶴재를 넘는다.

비는 퍼붓듯 쏟아지고 날은 더욱 저물어

街燈은 鬼火같이 껌벅이는데

同志들은 옷을 벗어 棺 위에 덮는다.

平生을 헐벗던 알몸이 추울상 싶어

얇다란 널조각에 비가 새들지나 않을까 하여

단거리 옷을 벗어 겹겹이 덮어준다.

同志들은 如前히 입술을 깨물고

고개를 숙인 채 저벅저벅 걸어간다.

親戚도 愛人도 따르는 이 없어도

저승길까지 지긋지긋 미행이 붙어서

弔歌도 부르지 못하는 산송장들은

棺을 메고 철벅철벅 舞鶴재를 넘는다.

—「輓歌」 전문[21]

　인용시에는 죽은 동지의 장례를 치르는 사람들의 안타까운 슬픔이 온
전히 담겨 있다. "궂은 비 줄줄이 내리는 黃昏의 거리", "비는 퍼붓듯 쏟
아지고 날은 더욱 저물어"와 같은 상황에서 현실의 가혹함이 그대로 드
러나고, "輓章도 銘旌도 세우지 못하고 / 壽衣조차 못 입힌 屍體를 어깨

21　『그날이 오면』, 123~125쪽.

에 얹고" 망자亡者를 떠나보내는 살아남은 동지들의 울분이 느껴진다. "平生을 헐벗던 알몸이 추울상 싶어" "단거리 옷을 벗어 겹겹이 덮어"주는 마음밖에는 아무 것도 할 수 없는 "동지"들의 슬픔은 어떤 곡哭소리보다도 애잔하고 구슬프다. "저승길까지 지긋지긋 미행이 붙어서 / 弔歌도 부르지 못하는" 엄혹한 현실 앞에서 "산송장"처럼 침묵하고 있을 수밖에 없는 자신들에 대한 원망도 가득하다. 하지만 이러한 처절한 경험은 "입술을 깨물고"라는 데서 유추할 수 있듯이, 앞으로 자신들이 무엇을 해야 하는지를 깨닫는 굳은 결의를 가슴 깊이 새기게 한다. 동지의 마지막 모습조차 올곧게 지켜주지 못하는 모순된 현실에 더 이상 무기력한 존재로 남아 있어서는 안 된다는 뼈아픈 통찰을 하고 있는 것이다. 심훈이 죽은 친구들을 향해 바친 조시弔詩에서 "오냐 朴君아 / 눈은 눈을 빼어서 갚고 / 이는 이를 뽑아서 갚아 주마! / 너와 같이 모든 ✕를 잊을 때까지 / 우리들의 心臟의 鼓動이 끊길 때까지"(「朴君의 얼굴」)[22]라고 강한 어조로 말했던 것도 바로 이러한 결의를 담은 의지적 행동이었다고 볼 수 있다.

심훈은 일본에서 영화 공부를 하고 돌아온 1920년대 후반에 이르러, 지난 시절 자신의 사회주의 사상 형성과 독립운동에 많은 영향을 미쳤던

---

22 이 시는 심훈이 박열, 박순병, 박헌영 세 친구를 생각하며 쓴 시이다. 박열과 박헌영은 심훈과 경성고보 동창생이었고 박순병은 시대일보사에서 같이 근무했던 친구였는데, 박열은 '천황 암살 미수사건'으로 무기형을 선고받아 복역하고 있었고, 박순병은 조선공산당 사건으로 구속되어 취조 중에 옥사했으며, 박헌영은 조선공산당 사건으로 구속되어 있었다. 심훈은 1927년 11월 22일 병보석으로 출감하는 박헌영의 처참한 모습을 보면서 이 시를 썼던 것으로 보인다. 특히 박헌영은 심훈 자신이 독립운동을 위해 따라가야 할 이정표와 같은 존재였다. 1930년대 『조선일보』에 연재하다 일제의 검열에 의해 중단된 「동방의 애인」은 1920년대 상해를 무대로 활동했던 공산주의계열 독립운동 조직의 활약상을 담은 작품으로, 주인공 김동렬이 바로 박헌영을 모델로 했고 박진은 심훈 자신의 모습을 투영한 것으로 볼 수 있다. (하상일, 앞의 글, 210~212쪽 참조)

중국에서의 생활을 객관적으로 인식하고 성찰하는 시간을 가졌다. 특히 상해 체류 당시 해외 독립운동을 바라보며 느꼈던 비판적 인식을 토대로 장편소설 『동방의 애인』을 써서 『조선일보』에 연재하기도 했다. 하지만 이 작품은 일제의 검열로 인해 연재가 중단되어 완성을 이루지 못했고,[23] 이후 『조선일보』에 연재한 『불사조』마저 검열을 통과하지 못해 게재 정지 처분을 받고 말았다. 미완의 장편소설 『동방의 애인』과 『불사조』는 1920년대 후반에서 1930년대로 넘어가면서 심훈이 어떤 사상적 변화를 겪었는지 그 궤적을 유추하는 데도 커다란 의미가 있을 뿐만 아니라, 당시 상해를 중심으로 전개되었던 사회주의 독립운동을 이해하는 데도 중요한 자료적 가치를 지녔다고 할 수 있는데 그 전모를 볼 수 없어서 안타까울 따름이다. 이처럼 연이어 두 번에 걸쳐 『조선일보』 소설 연재를 중지당한 것이 결정적인 계기가 되었던 것인지, 심훈은 이듬해 『조선일보』를 그만두고 경성방송국 문예담당으로 취직했지만 이곳 또한 사상 관계로 그만두어야만 했다. 1920년대 후반에서 1930년대 초반 심훈의 정치사회적 태도와 문학적 지향성이 그 어떤 시절보다도 저항적이고 실천적이었다는 사실은 심훈의 대표시로 알려져 있는 「그날이 오면」만 봐도 충분히 짐작할 수 있다.

    그날이 오면 그날이 오며는

---

23 심훈은 『동방의 애인』 연재 중단에 대한 안타까운 심경을 다음과 같이 직접 밝혔다. "『동방의 애인』을 執筆하는 동안 平常時와 같은 喜劇的 態度를 버리고 찬 방에서도 손에 땀을 쥐며 썼다. 집貰錢이 몰려서 들어가지를 못하고 十餘回는 公園벤취나 圖書館 구석까지 原稿紙를 허리춤에 차고 다니며 繼續해 왔다. 全力을 傾倒하여 빚어내보려던 貧弱하나마 내 정신의 子息이 不過 四十回에 非命의 夭折을 하고 만 것이다. 咄! 二重 三重의 檢閱網! 글줄이나 쓴다는 사람까지도 그와 같이 自相踐踏의 蹂躪까지 당하고 말 것인가?"(『전집』 3, 625쪽)

三角山이 일어나 더덩실 춤이라도 추고

漢江물이 뒤집혀 용솟음칠 그날이,

이 목숨이 끊기기 前에 와 주기만 하량이면,

나는 밤하늘에 날으는 까마귀와 같이

鐘路의 人磬을 머리로 들이받아 울리오리다.

頭蓋骨은 깨어져 散散 조각이 나도

기뻐서 죽사오매 오히려 무슨 恨이 남으오리까.

그날이 와서 오오 그날이 와서

六曹 앞 넓은 길을 울며 뛰며 뒹굴어도

그래도 넘치는 기쁨에 가슴이 미어질 듯하거든

드는 칼로 이 몸의 가죽이라도 벗겨서

커다란 북皷을 만들어 들쳐매고는

여러분의 行列에 앞장을 서오리다,

우렁찬 그 소리를 한번이라도 듣기만 하면

그 자리에 거꾸러져도 눈을 감겠소이다.

—「그날이 오면」 전문[24]

　　조국 독립을 간절히 기원하는 화자의 심경을 고백체의 형식으로 담은 식민지 시대 대표적인 저항시이다. 1연에서 화자는 "그날이 오면"이

24　1930년 3월 1일 기미년독립만세운동을 기념하여 쓴 이 작품의 발표 당시 제목은 「斷腸二首」였고, 2연의 마지막 행이 "그 자리에 거꾸러져도 願이 없겠소이다"로 되어있었는데, 발표 이후 심훈 자신이 제목과 마지막 행을 고쳐 시집으로 묶었다. (『그날이 오면』, 32쪽)

란 가정법의 반복으로 죽음조차 두려워하지 않을 "그날"의 감격이 하루 빨리 찾아와주기를 간절히 소망한다. "이 목숨이 끊기기 前에 와 주기만" 한다면, "밤하늘에 날으는 까마귀와 같이 / 鐘路의 人磬을 머리로 들이받아" "頭蓋骨은 깨어져 散散 조각이 나도 / 기뻐서 죽사오매 오히려 무슨 恨이 남으오리까"라고 말하는 데서 그의 독립에 대한 열망을 온전히 느낄 수 있다. 또한 2연에서는 가정을 현실로 앞당기는 당위적인 어법으로 "이 몸의 가죽이라도 벗겨서 / 커다란 북을 만들"겠다는 식의 극단적인 비유를 들어 조국 독립의 감격을 앞당기고 싶은 절박한 심정을 토로했다. 즉 화자 자신이 독립운동의 선봉을 울리는 "북"이 되어 그 누구보다도 앞장서 나아가겠다는 결연한 의지를 보여주었던 것이다. 이처럼 심훈은 「그날이 오면」에서 조국의 독립을 이루기 위한 일이라면 자신의 죽음조차 전혀 두려워 할 것이 없다는 강인한 의지를 표방하는 데 조금의 주저도 없었다. "우렁찬 그 소리를 한번이라도 듣기만 하면 / 그 자리에 거꾸러져도 눈을 감겠소이다"에서 강렬하게 드러나듯이, 새로운 시대에 대한 열망과 식민지 모순에 맞서는 저항적 실천이 절정에 이른 심훈 시의 궁극적 세계를 가장 선명하게 보여주었던 것이다.

4. 식민지 검열 우회의 전략과 시조 창작의 정신

심훈은 1931년 사상 문제로 경성방송국을 그만둔 이후 서울에서의 모든 일을 정리하고 1932년 그의 부모님이 계신 충남 당진군 송악면 부곡리로 내려갔다.[25] 이 때 그는 그동안 썼던 시를 모아서 시집『그날이 오면』을 출판하려고 준비했으나 일제의 검열을 통과하지 못해 시집 출간을 이루지 못했다. 이처럼 1930년대 들어서면서부터 그의 삶과 문학에 밀어닥친 사상 검열은 아마도 그의 삶이 표면적으로는 역사와 현실의 전면으로부터 한 발짝 물러서도록 만드는 결정적 계기가 되었던 것으로 보인다. 그래서 그는 일제의 검열이 자신의 문학 활동을 여지없이 가로 막는 상황에서 자신의 사상적 지향성을 일정하게 유지하면서도 검열을 통과할 수 있는 우회적 방법을 모색하지 않을 수 없었다. 따라서 이전에 발표했던 시「그날이 오면」과 소설「동방의 애인」,「불사조」등이 일제의 검열을 통과하지 못해 완성된 세계를 창출해 내지 못했다는 현실적 한계를 넘어서기 위해, '국가'를 '고향'으로 변형시켜 계몽적 주체의식을 표면화시키는 현실 대응 전략을 전면화했다. 이런 점에서『常綠樹』로 대표되는 그의 후기 소설 역시 단순히 계몽의 서사로만 읽어낼 것이 아니라 식민지 내부에서 허용 가능한 사회주의 서사의 변형 혹은

---

25 류양선은 당시 심훈의 낙향 이유로 사회적 요인과 개인적 요인 두 가지를 언급했다. "첫째, 사회적 요인으로서 1931年 만주사변 이래 위축된 KAPF의 활동 대신 각 신문사를 중심으로 하여 '브-나로드' 운동이 크게 일어났다는 점이고, 둘째, 개인적인 이유로서 都市生活에 혐오감을 느끼고 있던 沈熏이 1930年 安貞玉과 再婚하여 가정의 안정을 찾은 후 새로운 출발을 결심하게 되었다는 점이다." (류양선,「심훈론」,『관악어문연구』5, 서울대 국어국문학과, 1980, 52쪽)

파열로 이해하는 문제의식을 가질 필요가 있다.[26] 즉 1930년대 심훈의 창작 의식은 식민지 검열을 넘어서는 우회의 전략으로 당대 사회의 모순을 직간접적으로 비판하는 저항적 의도를 내재하고 있었다고 보아야 하는 것이다. 「永遠의 微笑」, 「織女星」, 『常綠樹』 등 그의 대표 소설은 바로 이러한 변화된 창작 의식을 토대로 완성된 작품들이다.

이러한 변화는 시 분야에서는 시조 창작으로 집중되었음을 특별히 주목할 필요가 있다. 자연과 고향을 주요 제재로 삼는 시조 장르의 본질적 특성은 화자가 직면한 식민지 모순을 우회적으로 담아냄으로써 검열 체계로부터 비교적 자유로울 수 있는 아주 유효한 장르로 인식되었기 때문이다.

머슴애 거동 보소 하라는 나문 않고
잔디밭에 다리 뻗고 청승맞게 피리만 부네
무엇이 시름겨워서 마디마디 꺾느냐.

— 「버들 피리」 전문[27]

누더기 단벌 옷에 비를 흠뻑 맞으면서
늙은이 전대 차고 집집마다 동냥하네
기나 긴 원수의 봄을 무얼 먹고 산단말요.

당신이 거지라면 내 마음 덜 상할걸

---

26 이러한 문제의식에 대한 자세한 논의는, 한만수, 앞의 글, 379~402쪽 참조.
27 『전집』1, 33~34쪽.

엊그제 떠나갔던 박첨지가 저 꼴이라

밥 한 술 얻어먹는 罪에 얼굴 화끈 다는구료.

―「원수의 봄」 전문[28]

심훈의 시조 창작 정신은 국가적이고 공동체적인 정치성의 밑바탕 위에 식민지 검열을 우회하여 당대 사회의 모순을 비판하는 데 근본적 토대가 있었다. 인용시는 "1933년 4월 8일 당진에서"라고 창작 시기가 명시되어 있는 「農村의 봄」 연작으로, 농촌의 일상과 풍경을 선경후정先景後情의 전통적 시조 원리에 응축해 놓은 작품이다. 1920년대 역사의 중심에서 독립운동의 여정과 기자로서의 사회적 응시를 잠시 유보해두고 도시를 떠나 농촌으로 내려온 심훈 자신으로 대변되는 화자가 농촌의 정경에서 마주한 순간적 아름다움에 대한 감탄의 정서가 주된 시적 정조를 이루고 있다. 하지만 인용 부분에서 충분히 짐작할 수 있듯이, 화자는 전원으로서의 자연에 대한 경이로움보다는 그 속에서 살아가는 사람들의 고단함과 상처를 응시하는 데 더욱 집중한다. 즉 식민지 시대 농촌의 극심한 가난을 식민지 사회의 구조적 모순으로 읽어내려는 저항적 시선을 내재하고 있다. 하루하루 아무리 성실하게 노동에 매달려도 그 대가는 가난을 되물림 하는 것일 뿐이므로, 농촌 "머슴애"의 "버들피리" 소리를 들으면서 "무엇이 시름겨워서 마디마디 꺾느냐"라고 연민의 시선을 보내지 않을 수 없는 것이다. 그래서 화자는 당시 농촌의 현실을 "누더기 단벌 옷에 비를 흠뻑 맞으면서 / 늙은이 전대 차고 집집마

---

28 위의 책, 34쪽.

다 동냥하"는 "무얼 먹고 산단말요"라는 탄식이 절로 나오지 않을 수 없었던 "기나 긴 원수의 봄"으로 인식하게 된다. 그러므로 "당신이 거지라면 내 마음 덜 상할걸"이라고 조금은 냉소적으로 말하는 화자의 태도에는, 거지보다도 못한 삶을 살아가는 참혹한 현실을 직시하지 못하고 오로지 자연의 아름다움을 갈구하거나 그 속에서 평화로움만을 읽어내려했던 식민지 내부의 시선에 대한 철저한 반성이 내재되어 있다. 화자가 "밥 한 술 얻어먹는 罪에 얼굴 화끈" 달아오를 수밖에 없는 것도 이러한 농촌 현실에 대한 비판적 성찰의 결과가 아닐 수 없는 것이다.[29]

아침

서리 찬 새벽부터 뉘집에서 씨아를 트나
우러르니 기러기떼 머리 위에 한 줄기라
이 땅의 무엇이 그리워 밤새가며 왔는고.

낮

볏단 세는 소리 어이 그리 구슬프뇨
싯누런 금 벼이삭 까마귀라 다 쪼는데
오늘도 이팝 한 그릇 못얻어 자셨는가.

---

29 실제로 심훈은 "文化界에서 활동하고 있으면서도, 農村의 疲弊에 대하여 항상 慨歎"했었다고
한다. (이희승, 「序」, 『전집』 1, 10쪽) 이런 점에서 그의 농촌에 대한 비판적 인식과 1930년대
이후 시조 창작의 정신은 아주 밀접한 관련성이 있다고 판단된다.

밤

窓 밖에 게 누구요, 부스럭부스럭
아낙네 이슥토록 콩 거두는 소릴세
달밤이 원수로구려 단 잠 언제 자려오.

— 「近吟 三首」 전문[30]

　　인용시는 식민지 농촌에서의 하루의 일상을 따라가면서 농민들의
고단한 노동의 아픔을 담아낸 작품이다. "서리 찬 새벽부터" "달밤"을
넘길 때까지 끝없이 이어지는 노동의 과정이 가난을 넘어서는 최소한
의 결과를 가져다주는 것이 당연함에도 불구하고, "오늘도 이팝 한 그
릇 못얻어 자셨는가", "볏단 세는 소리 어이 그리 구슬프뇨"와 같은 절
망적 탄식만 더욱 가중시키는 당시 농촌의 모순된 현실에 대한 비판이
직접적으로 드러난다. 특히 "이 땅의 무엇이 그리워 밤새가며 왔는고"
라고 하늘을 나는 기러기떼를 향해 외치는 소리는, 지독한 가난과 고통
뿐인 현실을 견디며 살아갈 수밖에 없는 식민지 농촌 사람들의 애끓는
절규에 다름 아니다. 그럼에도 불구하고 밤이 "이슥토록 콩 거두는"
"아낙네"들의 모습에서 현실에 맞서 싸우지도 못한 채 또다시 자연에
순응하는 나약한 인간의 숙명을 발견하지 않을 수 없다. 화자가 "달밤"
마저 "원수"와 같은 표상으로 바라볼 수밖에 없는 이유도 바로 여기에
있다.

---

30 『전집』 1, 35~36쪽.

시푸른 성낸 波濤 白沙場에 몸 부딪고

먹장구름 꿈틀거려 바다 위를 짓누르네

東海도 憂鬱한 품이 날만 못지 않구나.

풍덩실 몸을 던져 물결과 택견하니

조알만한 세상 근심 거품같이 흩어지네

물가에 가재 집 지으며 하루해를 보내다.

—「明沙十里」전문[31]

海棠花 海棠花 明沙十里 海棠花야

한 떨기 홀로 핀 게 가엾어서 꺾었거니

네 어찌 가시로 찔러 앙갚음을 하느뇨.

빨간 피 솟아올라 꽃 입술에 물이 드니

손 끝에 핏방울은 내 입에도 꽃이로다

바닷가 흰 모래 속에 토닥토닥 묻었네.

—「해당화」전문[32]

　「明沙十里」는 "시푸른 성낸 波濤", "먹장구름"에서 알 수 있듯이 식민
지 현실로 고통 받는 조국의 어두운 상황을 위협적인 자연의 모습으로
상징화하고 있다. 바닷가를 거니는 화자의 내면에 가득 찬 암울함을 알

31　『그날이 오면』, 42쪽.
32　위의 책, 43쪽.

기라도 하는 듯, "白沙場에 몸 부딪"는 파도와 "바다 위를 짓누르"는 구름은 화자의 "憂鬱한 품"을 더욱 우울하게 할 뿐이다. 하지만 생명 본연의 모습을 간직해야 할 바다의 생명성마저 이미 온갖 상처와 고통에 신음하고 있다고 보는 화자의 현실 인식은 동병상련의 정서로 이러한 모순을 극복하고자 하는 의지로 구현된다. 즉 고통 받는 바다의 모습과 화자 자신의 모습을 동일성의 시선으로 바라봄으로써 바다 고유의 생명성을 다시 회복하고자 하는 소망을 담아내고 있는 것이다. 비록 우울한 바다의 품이지만 그 속에 "풍덩실 몸을 던져 물결과 택견하"는 일체화된 모습에서 당대 현실의 암울함을 극복하고자 하는 적극적인 태도가 엿보인다. 생명 본연의 가치를 잃어버린, 상실된 조국의 상징으로서의 자연의 모습과 온전히 하나됨으로써 "세상근심"을 다 흩어버리고 비로소 "물가에 가재 집 지으며 하루해를 보내"는 평화로움을 되찾고자 간절히 소망하는 것이다.

　이러한 문제의식은 「해당화」에서도 그대로 드러나는데, "한 떨기 홀로 핀 게 가엾어서 꺾었"던 "해당화"가 그 깊은 마음은 아랑곳하지 않은 채 "가시로 찔러 앙갚음을 하"는 대결과 갈등이 극단화된 현실을 상징적으로 보여준다. 하지만 이 시에서도 화자는 극단적인 갈등의 결과로 남겨진 "핏방울"을 매개로 "꽃 입술"과 "내 입"에 동시에 맺힌 서로의 고통을 동일선상에서 바라보고 이해하게 한다. 다시 말해 인간과 자연의 오해와 갈등이 생명 본연의 아름다움과 연민의 정서마저 잃어버리게 만든 현실의 지독한 모순으로부터, 이러한 대립과 갈등이 결국에는 서로에게 모두 고통과 상처를 남기는 결과가 될 수밖에 없다는 진정성 있는 자기 성찰을 이끌어내는 것이다. 그러므로 화자는 "바닷가 흰 모래 속에" 상처난 손가락을 "토닥토닥 문"으면서 자연의 본성으로 인간의 모순을 치유하는 생명의 가치를 지향한다.

이처럼 심훈의 시조 창작에 내재된 자연 친화의 정신과 생명 의식은 식민지의 극한으로 치달았던 1930년대의 모순된 현실에서 개인적으로든 민족적으로든 생명 본연의 가치를 복원하고 지켜내려는 정신을 표방한 것이다. 비록 시조 장르의 특성상 주제적으로든 형식적으로든 소극적이고 우회적인 측면의 한계가 있지만, 그 안에 식민지 모순을 근원적으로 넘어서려는 저항정신이 내재되어 있었다는 점에서 오히려 적극적인 장르 선택으로 볼 수도 있을 것이다. 즉 식민지 근대의 모순을 극복하는 대안정신으로 생명 본연의 가치를 추구하는 시조 미학의 반근대적 저항성을 적극적으로 활용하려 했던 것이다. 따라서 1930년대에 집중된 심훈의 시조 창작 정신은 현실 정치의 대립과 갈등에서 비롯된 자기모순을 극복하는 새로운 문학적 방향을 실천하려는 구체적인 노력으로 이해할 필요가 있다. 다시 말해 심훈의 생애에서 후반부인 1930년대에 그가 시조 창작으로의 외적 변화를 시도한 것은, 표면적으로는 정치적 태도를 드러내지 않으면서도 심층적으로는 일제의 검열을 우회하려는, 즉 허용 가능한 방식으로 식민지 근대의 모순을 넘어서려는 정치적인 의도의 결과였다고 평가할 수 있는 것이다.

5. 심훈 시 연구의 과제와 전망

심훈은 1901년 태어나 1936년 타계하기까지 결코 길지 않은 삶을 살다 돌아갔다. 그의 전 생애에 걸쳐 식민지의 그늘은 짙게 깔려 있었고, 그는 이러한 현실을 회피하지 않고 당당하게 맞서는 적극적인 삶의 방식을 선택했다. 식민지 청년으로서, 그리고 문학과 영화를 사랑한 문학인으로서, 그의 생애는 언제나 식민지의 고통과 상처의 중심에 있었으므로 결코 순탄할 수 없었던 복잡한 삶의 연속이었다. 고등학교 시절 3·1독립만세운동에 참여하여 옥고를 치르고 난 후 만 이십 세의 나이로 중국행을 선택하고, 북경, 남경, 상해, 항주로 이어지는 혹독한 여정 속에서 걸출한 독립운동가들과의 교류를 이어갔으며, 귀국 이후에는 신문사 기자 활동을 하면서 중국에서 직접 겪고 보았던 독립운동의 분파주의에 대한 비판적 성찰을 토대로 진정한 문학의 방향을 깊이 고민했고, 1930년대에는 낙향하여 일제의 검열을 우회하는 소설 창작에 전념했다. 이처럼 그의 생애는 한 순간도 편할 날이 없었던 격동의 식민지를 온전히 살아왔다고 해도 과언이 아니다.

본고는 이러한 심훈의 생애를 크게 세 시기로 나누고, 그의 시세계의 변화와 연속성을 통시적으로 살펴보았다. 첫째 시기는 1923년 중국에서 귀국하기 전까지로, 심훈의 사회주의 사상의 형성과 독립운동의 과정과 관련된 중국에서의 위장된 행로 그리고 그 과정에서 창작된 시 작품을 당시의 정치사회적 지형 속에서 의미를 찾아보았다. 둘째 시기는 중국에서 귀국하여 1930년대 초반 충남 당진으로 낙향하기 전까지로, 중국 상해를 중심으로 전개되었던 독립운동의 분파주의에 대한 절망과 회의를 극복하는 비판적 현실 인식을 토대로, 식민지 청년으로서 조선 독립을 위한 진정한 문학적 방향을 찾고자 했던 심훈의 강한 의지를 그의 시를 통해 읽어내고자 했다. 그 결과 심훈의 시는 1920년대 후반으로 가면서 저항성을 더욱 분명하게 드러내면서 「그날이 오면」이라는 시와 「동방의 애인」이라는 소설로 식민지 현실에 직접적으로 맞서는 결연한 태도를 보이게 되었던 것이다. 하지만 이러한 정치성의 전면화는 1930년대에 접어들면서 일제의 검열 강화에 노출될 수밖에 없었고, 결국 식민지 검열의 한계를 넘어서지 못하고 삭제되거나 연재가 중단되는 미완의 상태로 남게 되고 말았다. 따라서 그는 도시에서의 모든 생활을 접고 낙향한 셋째 시기에 이르러서는 '국가'를 '고향'으로 변형시켜 계몽적 주체의식을 표면화시킴으로써 이러한 현실적 한계를 극복하는 우회의 전략을 새로운 창작의 정신으로 표방하였다. 그의 대표 소설인 『常綠樹』가 바로 이러한 목적의식에서 비롯된 결과인 것처럼, 그의 시 역시 시조 장르를 의식적으로 선택함으로써 식민지 검열을 넘어서는 외적 변화를 적극적으로 모색했다.

　심훈은 36년간의 짧은 생애에도 불구하고 전집 3권 분량의 많은 글을 남겼다. 시, 소설, 수필, 일기, 비평, 시나리오 등 다양한 분야에 걸쳐 그의 문학적 역량은 두드러진 성과를 거두었다. 하지만 지금까지 한국문학 연구는 심훈 연구에 상당히 인색했다고 하지 않을 수 없다. 사실 그의 대표작 『常綠樹』에 압도된 나머지 다른 작품들에 대한 논의는 거의 중심에 있지 못한 것이 사실이다. 특히 시, 시조, 산문, 비평 등에 대한 논의는 몇몇 논문에서 소략하게 언급되고 있을 뿐이다. 무엇보다도 심훈 연구의 기초적 토대인 정본으로 삼을만한 전집 발간이 아직까지 제대로 이루어지지 않았다는 점도 커다란 문제가 아닐 수 없다. 1966년 발간된 『全集』 세 권은 원본과의 엄밀한 대조 작업을 거치지 않아 오류가 아주 많고, '심훈기념사업회'에서 발간한 『심훈문학전집』 1 - 그날이 오면(차림, 2000) 역시 전집을 토대로 삼은 탓인지 여전히 오류가 고쳐지지 않은 채로 출간되어 결정본으로 삼기 어렵다. 본고의 연구 대상이었던 시의 경우에 한정하더라도, 생전에 그가 출간하려다 일제의 검열에 의해 중단되었던 『沈熏詩歌集』 第1輯이 일본 총독부 검열본 상태의 영인본으로 출간되었음에도 불구하고, 여전히 와전된 텍스트인 『그날이 오면』(1949년 발간, 1951년 한성도서출판주식회사에서 재간행)을 그대로 수록한 『沈熏文學全集』 1권을 주된 텍스트로 삼고 있어서 그동안의 심훈 시 연구는 원전 확정에서부터 상당히 많은 문제점을 노출했었다. 짧은 생애에도 불구하고 중국에서의 행적을 비롯한 그의 생애 전반에 대한 전기적 사실도 아직까지 미확인 상태로 남겨진 것이 많아서 그를 대상으로 한 시인론을 완성하는 데도 여러 가지 한계에 부딪치지 않을 수 없다. 앞으로 심훈 연구는 이러한 여러 가지 문제점을 하나하나 해결함으로써, 그의 문학 세계 전반에 걸친 다양한 연구가 확장되고 심화되기를 기대한다.

제3부
김정한과 동아시아

/ 제1장 /

요산 소설의 지역성과
동아시아적 시각

1. 요산 소설의 지역적 장소성과 동아시아적 실천

요산樂山 김정한金廷漢의 소설 대부분은 낙동강 주변에 터를 이루고 살아왔던 토착 민중들의 삶의 역사를 첨예하게 다루었다는 점에서 문제적인 작품으로 평가되어 왔다. 그는 추상적이고 보편적인 허구로서의 형상적 이미지보다는 구체적이고 실제적인 사실에 입각한 이야기 서사의 비판적 기능에 역점을 두었다. 식민지 근대가 만든 왜곡된 보편주의에 대한 비판과 해방 이후 국가주의의 폭압적 제도화에 대한 거부를 통해, 특정 권력에 의해 포섭된 왜곡된 역사가 암묵적으로 조장해온 근대의 허구성을 넘어서는 것이야말로 진정으로 소설이 나아가야 할 방향이라고 보았던 것이다. 그렇다고 해서 낙동강을 중심으로 한 그의 지역적 사유를 식민지 혹은 분단이 제도화한 왜곡된 근대의 표상인 중앙과의 맹목적 대립만을 강조하는 '소외' 담론으로 재단해버리는 것은 지나치게 단순한 발상이다. 물론 그는 평생을 살아온 터전인 낙동강을 중심으로 한 부산과 경남을 무대로 소설 창작을 지속적으로 했지만, 그에게 이러한 지역적 기표는 특정한 장소나 공간으로서의 소재적 차원을 넘어서 왜곡된 추상성과 식민화된 보편성을 확장함으로써 동시대적 '세계성'을 공유하려는 역사적 문제의식에 바탕을 두었다고 보아야 할 것이다. 즉 모든 것을 근대의 질서 안에 가두려는 국가주의적 기획들에 철저하게 희생당하고 소외당한 민중들의 차별과 고통을 전면화함으로써, 이러한 경험을 공유했던 아시아 민중들의 국제주의적 연대를 일정 부분 염두에 두고 있었던 것이다. 제2차세계대전 이후 식민지 상태를 벗어나 독립을 이루었던 아시아 국가 대부분이 전후 극복이라는 명분을 내세워 경제개발과 근대화 정책으로 민중들을 억압하고 통제함으로써 국가적 폭력을 정당화하고 제도화 했다는 데서, 특정 국가의 일국적 단위를 넘어선 국제주의적 민중 연대의 가능성을 발견하고자 했던 것이 요산 소설이 궁극적으로 나아가고자 했던 '세계성'의 방향이었다고 할 수 있다.

이런 점에서 요산 소설에서 '낙동강' 혹은 '부산' 등의 지역성은 단순히 자신이 평생을 살았던 실재적 장소의 구체화라는 의미를 넘어서 동아시아적으로 사유하고 인식해야 할 소설적 거점으로서 중요한 의미가 있다. 따라서 그의 소설을 민족주의적으로 읽고 지역적으로 사유해온 그동안의 논의들은 일정 부분 타당하면서도, 한편으로는 요산의 소설적 지평을 특정 시공간에 가두는 동어반복을 답습한 한계를 지닌 것으로 볼 수도 있다. 물론 요산이 생전에 '동아시아적'이라는 뚜렷한 담론 전략을 의식적으로 내세웠다고 볼 수는 없다. '동아시아적'이라는 명명 자체가 지난 90년대에 이르러서야 본격적으로 담론화[1]되었음을 염두에 두고 볼 때도, 요산에게 있어서 '동아시아적'이라는 화두는 단단히 체계화된 사상적 거점은 아니었다. 하지만 그의 소설에서 '부산'과 같은 지역적 장소에 내재된 일관된 문제의식이 일국적 테두리 안에서의 소외된 지점, 즉 주변부 공간의 서사화라는 의미에만 한정해서 볼 수 없는, 그래서 최소한 동아시아적 시각에서 동시대적 의미를 찾으려는 시도였음을 발견하는 것은 크게 어려운 일이 아니다. 즉 요산은 '부산'이라는 기표를 통해 지역적 장소성에 국한된 기의를 넘어서 동아시아적으로 공유하고 연대하는 가능성으로서의 새로운 공간적 의미를 생성하고자 했던 것이다.

이처럼 요산의 지역적 사유와 실천에 있어서 무엇보다도 중요했던 것은 '부산'이라는 특정한 장소의 외적 의미가 아니라 '부산'이나 '오끼나와'와 같은 식민지 상처를 공유한 아시아의 여러 장소들을 동일선상에서 사유하고 실천적으로 바라보는 문제의식에 있었다. 즉 그에게 '부산' 혹은 '낙동강' 그리고 '오끼나와'는 기표만 다를 뿐 기의의 측면에서는 크게 다르지 않다는 데 그가 주목한 '부산'의 담론적 의미가 있는 것이다. 그러므로 그의 소설에서 낙동강을 중심으로 형성된 소설적 지도, 즉 부산, 김해, 양산, 삼랑진 등은 굳이 구분하거나 경계를 나누어서 생각할 필요가 없는 동일한 지향성을 지닌 장소라고 할 수 있다.[2] 이런 점에서 그의 소설

---

1   1990년대 초 탈냉전의 시대와 더불어 한국 지식계에 중요한 화두로 급부상한 것이 바로 '동아시아'이다. 이러한 동아시아 담론에 대한 통시적 정리는, 윤여일의 『동아시아 담론—1990~2000년대 한국 사상계의 한 단면』(돌베개, 2016)을 참고할 만하다.
2   실제로 요산은 "행정구역으로 따져서 부산·경남 하지만 부산은 원래 경남이란 큰 지리적

속 '부산'을 중앙과 대비되는 지역적 공간이라는 차원에서 의미화 하는 것이 전혀 틀린 판단은 아니라 하더라도, 자칫 이분법적 해석에 갇혀 오히려 요산 소설의 지평을 협소하게 만드는 결과가 될 수도 있음을 간과해서는 안 된다. 아마도 지금까지 요산 소설 연구의 상당수가 '부산'이라는 동어반복을 넘어서지 못하고 '낙동강의 파수꾼'이라는 일관된 관점을 벗어나지 못했던 이유도 바로 여기에 있지 않을까 싶다. 요산의 소설은 제국의 기억과 국가의 근대적 폭력을 견뎌온 민중들의 이야기에 집중되어 있다. 이러한 서사적 과제는 유사한 역사적 상처와 고통을 겪어온 동시대 아시아 민중들에 대한 연대의식과 전혀 무관할 수 없다. 이러한 문제의식에서 본고는 요산 소설 속 '부산'의 담론적 의미를 '동아시아적' 주제를 실천하는 지역적 장소성의 확대로 바라봄으로써, 동시대의 역사를 공유한 아시아 민중들의 국제주의적 연대와 실천이라는 가능성의 관점에서 쟁점화해보고자 한다.

테두리 속에 자리잡고 있는 도시에 불과하다"고 하면서, 굳이 '부산'만을 특별한 장소적 의미로 강조하지는 않았다. (김정한, 「山 좋고 물 좋고 人心도 꿋꿋」, 『황량한 들판에서』, 황토, 1989, 271쪽) 이와 같은 관점에서 본고에서 다루는 '부산'이라는 의미는 낙동강을 중심으로 형성된 부산, 양산, 김해 등을 두루 포괄하는 장소성으로 확대하여 이해하고자 한다.

2. 제국과 식민의 기억을 재생하는 공간

요산의 소설 가운데 낙동강을 중심으로 부산과 경남의 실제 지명을 배경으로 삼거나 부산과 경남의 특정 장소라고 유추할 만한 배경을 가진 작품은 『김정한전집』을 기준으로 10여 편이 있다.[3] 희곡 「인가지」를 제외하고 전집에 수록된 소설이 50여 편임을 고려할 때, 상당히 많은 작품이 그가 살았던 지역과 구체적 체험의 공간을 배경으로 창작되었음을 알수 있다. 아마도 나머지 40여 편 역시 장소성에 바탕을 둔 문제의식이 두드러지지 않았을 뿐, 그가 체험한 여러 가지 사회역사적 문제들을 서사화한 것이라고 보아도 크게 무리는 아닐 것이다. "어느 평론가가 나를 두고, 체험하지 못한 것은 잘 못 쓰는 사람이라고 평한 글을 읽고 꽤 알아맞힌 말이라고 생각했다"[4]라는 그의 직접적인 고백에서 알 수 있듯이, 요산의 소설 대부분이 그가 살았던 시공간의 체험에서 비롯된 역사적 문제의식에 대해 발언하는 참여적 성격을 분명하게 드러냈다고 할 수 있다.

그렇다면 그가 낙동강을 중심으로 한 지역적 장소성을 통해 특별히 말하고 싶었던 것은 무엇이었을까. 이러한 지역적 장소의 부각은 자칫 작품의 의미를 근대의 보편적 해석 공간으로부터 멀어지게 함으로써 당대의 소설사적 위치에서도 외면당할 가능성이 다분히 있었을 것이다.

---

3 김정한, 조갑상 외편, 『김정한전집』 1~5, 작가마을, 2008. 여기에 수록된 작품 가운데 부산과 경남을 직간접적 배경으로 삼은 작품은 다음과 같다. 「사하촌」, 「그러한 남편」, 「사라진 사나이」, 「모래톱이야기」, 「평지」, 「수라도」, 「굴살이」, 「뒷기미나루」, 「독메」, 「사밧재」, 「산서동 뒷이야기」, 「위치」, 「거적대기」. 본고에서 인용한 요산의 소설은 모두 이 책을 따랐으므로 『전집』으로 약칭하고 권호와 쪽수만 밝히기로 한다.
4 김정한, 「진실을 향하여－문학과 인생 1」, 『황량한 들판에서』, 황토, 1989, 69쪽.

그럼에도 불구하고 요산이 이와 같은 장소의식을 더욱 집요하게 천착하고 확대하는 소설 전략을 펼쳤던 이유는 무엇이었을까. 이는 제국과 식민의 기억을 추상적이고 보편적인 허구적 패턴으로 서사화하는 데 골몰함으로써, 구체적이고 실재적인 리얼리티에 온전히 다가서지 못하는 당시 소설의 일반적 창작 태도에 대한 비판적 성찰의 결과가 아닐까 싶다. 또한 제국과 식민의 기억을 체험의 공간 안에서 생활적으로 형상화함으로써, 민족 혹은 국가 단위의 조직화되고 제도화된 반식민운동의 차원이 아닌 민중의 생활 현장에서 실제적으로 일어났던 일상적 서사에서 저항의 모습을 발견하고자 한 의도로 볼 수도 있을 것이다.

이처럼 요산은 제국과 식민의 기억조차 관습화되고 제도화된 서사적 패턴으로 정형화하여 추상적이고 보편적인 공간을 재생하는 방향으로 나아가는 것에 대해서 상당히 비판적이었다. 따라서 그에게 낙동강 주변의 지역적 사유는 보편적인 식민지 공간의 반복적 재생이 아닌, 민중의 생활공간으로서의 구체성과 특수성을 확보하는 역사적인 장소로 새롭게 재생시키는 의미 있는 소설적 모색이었다고 할 수 있다. 이는 표면적으로는 중앙과 대비되는 소외된 지점으로서의 성격을 부각시키는 것처럼 보이지만, 심층적으로는 제국과 식민의 시대를 거치면서 민족과 국가라는 거대 담론의 획일적 제도화에 철저하게 희생당하고 외면당했던 민중들의 삶의 장소에 대한 이해에 바탕을 두고 있다. 그리고 이러한 문제의식이 궁극적으로는 비슷한 상처와 고통을 짊어진 아시아 여러 민중들의 장소와 삶에 대한 이해로 확대됨으로써, 요산의 소설이 '동아시아적 시각'으로 나아가는 중요한 바탕이 되었다고 볼 수 있다.

요산 소설에서 '부산'은 일제하를 배경으로 친일과 반일의 대립과 갈등을 보여줌으로써 제국과 식민의 기억을 재생하는 공간으로 의미화된다. 이러한 기억의 재생은 해방 이후 과거 친일했던 사람들은 다시 권력을 얻어 여전히 굳건한 위치를 차지하고, 반대로 식민지 치하에서 반일 운동으로 고통 받았던 사람들은 역사의 정당한 평가와 대접은커녕 더욱 암울한 인생을 살아가는 모순된 현실에 대한 문제제기에 명백한 이유가 있다.

> 징용에 끌려간 사람들이 제대로 돌아오지 않았다. 어쩌다가 돌아오는 사람은 거지가 되어 오거나 병신이 되어 왔다. 더구나 '여자정신대'에 나간 처녀들은 한 사람도 돌아오지 않았다. '설마?' 하고 기다리는 판들이었다. 그래서 부락들은 역시 걱정에 싸여 있는 셈이었다. 그러나 한편 불행하리라 믿었던 이와모도 참봉의 집은 반대로 활짝 꽃이 피어 갔다. 고등계 경부보로 있었던 맏아들은 해방 직후엔 코끝도 안 보이고 어디에 숨어 있느니 어쩌느니 하는 소문만 떠돌더니, 뜻밖에 다시 경찰 간부가 되었다고 했다. 그리고 몇 해 뒤엔 어마어마하게도 국회의원으로 뽑혔다.
>
> 명호양반은 아버지 오봉선생을 닮아서 다시 두문불출을 하다시피 구겨지고, 아들 가운데서 제일 똑똑하다고 하던 막내도 결국 반거충이가 되어 어딜 돌아나기기만 했다.[5]

「수라도」는 요산의 처가가 있었던 양산시 원동면 화제리를 배경으로 한 작품이다. 구포와 양산과 김해를 근거리에 두고 있고, 요산의 생가가

---

5 「수라도」,『전집』3, 219쪽.

있는 지금의 부산 남산동에서 '사밧재'를 넘어 그의 외가가 있었던 양산 '동면'을 지나 호포다리를 이용해 낙동강을 건너면 갈 수 있는 곳이었다.[6] 작품 속의 '가야부인'이 김해 '명호'에서 시집을 왔고, 원래 양산 '북정'에 서 살다가 오봉산 밑으로 이사오면서 시아버지는 '오봉선생'으로 불렸으며, 김해 '대동'과 '삼랑진' 등의 지명이 그대로 사용되고 있어서 요산의 작품 가운데 장소의 구체성과 사실성이 아주 두드러진 작품이다. 이 작품에서 무엇보다도 주목해야 할 것은 가야부인이 시집을 온 오봉선생의 집안과 마을의 사정이다. 경술국치 이후 낙동강 연안 일대의 땅들이 모조리 동양척식회사에 넘어가고 나서 일제가 지역의 유력자들에게 '합방은사금'이란 걸 내주어 입막음을 시도했을 때, 그 돈을 더럽다고 받지 않고 돌려주었던 가야부인의 시할아버지는 왜놈들의 등살에 못 이겨 간도로 떠나 그곳에서 독립운동을 하다 유골이 되어 돌아왔고, 삼일만세사건에 오봉선생의 둘째 아들은 일제의 총에 맞아 죽었으며, 전통적 유교 가문을 지켜온 오봉선생도 유생 모임을 정치적 사건으로 조작한 일제에 의해 불령선인으로 검거되었다. 이러한 일제의 탄압은 가야부인의 가족사에만 국한된 것은 아니어서, 대동아전쟁의 '전력증강'을 이유로 영장받은 남정들은 탄광과 전장으로, 처녀들은 공장과 위안부로 무차별 끌려 나갔다가 생사조차 모른 채 돌아오지 못한 사람들이 부지기수였다. 이와 같은 역사적 현실을 낙동강 유역의 한 마을이라는 구체적 장소를 매개로 제시함으로써, 요산은 제국과 식민이 가족과 마을 공동체를 어떻게 짓밟고 해체시켰던가에 대한 기억을 재생하는 문제적인 장치로 삼

---

6   요산 김정한의 가족사와 낙동강 유역의 관련성에 대해서는 그의 수필 「자연·인생·예술」(『사람답게 살아가라』, 동보서적, 2000, 439~444쪽)을 참고할 필요가 있다.

았던 것이다. 특히 일제하에서 반일의 정신을 실천적으로 보여주었던 오봉선생 집안과는 대척점에 적극적인 친일 세력인 이와모도 참봉 집안을 배치시킴으로써, 반일과 친일의 극심한 모순을 제대로 극복하지 못했던 해방 이후 우리 역사의 자기모순에 대한 비판을 하고자 했다. 해방 이후 국회의원이 된 이와모도 참봉의 큰아들을 오봉선생이 갇혀 있었던 도경 고등계의 경부보로 설정한 이유도 바로 이러한 역사적 모순을 선명하게 부각시키고자 한 의도였다고 할 수 있다.

　이러한 제국과 식민의 기억을 재생한 요산의 소설에서 더욱 주목해야 할 것은, 당시 일제에 의해 강제징용을 당한 사람들이 '보르네오', '뉴기니' 등과 같은 동남아시아와 태평양 연안으로 끌려가거나, 속칭 '처녀공출'이라는 명목으로 군수공장에 취직을 시킨다고 했지만 실제로는 중국 남쪽 지방으로 끌려가 위안부가 되었던 사정을 명시적으로 서사화한 데 있다. 이러한 일제의 만행을 당시 식민지 조선의 민중들에게만 국한시키지 않고 제국과 식민의 기억을 공유하는 동아시아 전체의 문제로 확대하여 바라보아야 한다는 점을 특별히 부각시키고자 했던 것이다. 물론 요산의 소설은 이러한 사실을 동아시아적 시각에서 뚜렷이 쟁점화 하는 데까지 나아갔다고 볼 수는 없다. 오히려 「수라도」에서는 유교와 불교의 갈등, 즉 시아버지 오봉선생과 며느리 가야부인의 종교에 대한 대립을 부각시킴으로써, 제국과 식민의 현실을 '미륵불'에 의탁하여 해소하려는 기복적 종교의식에 바탕을 둔 반봉건적 민중의식에 더욱 무게를 두고 있었기 때문이다. 하지만 「사하촌」을 비롯해서 요산의 소설에서 불교는 대체로 친일 계급의 대리인으로 부정적인 측면이 두드러지는데 반해, 「수라도」에서는 사찰불교가 아닌 민중불교를 설정하여 봉건적 유교

의식을 넘어서 반일에 앞장서는 민중적 형상을 창조하고자 했다[7]는 점을 주목할 필요가 있다. 또한 임종을 앞두고 있는 누이를 찾아가는 송노인이 대동아전쟁에 나가는 학도병들과 징용을 피해 간도로 간 누이의 손자 상덕이를 비교함으로써 요산 자신의 시대의식을 보여준 「사밧재」에서의 '누이'가 '가야부인'과 연결된다는 점에서도, 요산 소설이 제국과 식민의 기억을 재생하는 장소로 부산과 경남을 일관되게 의미화하려 했다는 점을 알 수 있다. "일제의 사슬에 허덕이던 강 건너 동산, 백산, 명례, 오산 등지의 순한 백성들과 그들의 아들딸들이 징용이다 혹은 실상은 왜군의 위안부인 여자 정신대다 해서 짐승처럼 끌려서 뒷기미 나루를 울며 건너던 억울한 사연[8]을 배경으로, 제국과 식민의 이데올로기가 나루터를 생업으로 살아온 한 가족의 운명을 송두리째 무너뜨려버린 「뒷기미나루」에서도 이러한 문제의식은 그대로 드러난다. 또한 동래고보 졸업이후 소학교 교원 경험과 『동아일보』 동래지국을 운영하던 때의 경험을 바탕으로 일제의 조선어 폐지와 언론 탄압을 쟁점화한 「위치」, 남포동 뒷골목을 배경으로 친일 민족 반역자에 대한 정당한 심판을 피해 해방이후 경찰로 살아가는 사람의 죄의식과 죽음을 통해 제국과 식민의 앞잡이로 살았던 친일 세력의 진정성 있는 반성과 사죄를 요구했던 「거적대기」 역시 이러한 요산 소설의 방향성에 기본적인 토대를 두고 있었다고 할 수 있다.

7　이런 점에서 김윤식은 「수라도」에 대해 "불교가 지닌 계급성의 부조리에서 벗어나 인간세계를 불교적 의미의 아수라의 세계로 승화시킴으로써 「사하촌」에서 한 단계 끌어올렸다"고 불교적 차원에서 이 작품을 평가하고 있다. (김윤식, 「추산당과 가야부인－김정한론」, 『한국문학논총』 50, 한국문학회, 2008.12, 42쪽)

8　「뒷기미 나루」, 『전집』 3, 258~259쪽.

3. 자본과 국가의 폭력에 저항하는 공간

요산의 등단작이자 대표작인 「사하촌」은 민중들의 삶의 터전인 농토의 소유와 경작에 대한 갈등을 쟁점화한 작품이다. '보광사'라는 절이 있는 '보광리'와 아랫마을 '성동리'의 갈등은 지독한 가뭄에 농사지을 물길이 막혀버린 성동리 사람들의 애타는 심정과 그런 사정을 알면서도 저수지 물길을 막아 제 살 길만을 찾는 보광리 사람들의 대립에 있다. 사실 '절논'이라고 말하는 보광리 땅 대부분은 조상 때부터 농사지으며 대대로 물려받은 성동리 사람들의 소유였지만, "자손 대대로 복 많이 받고 또 극락 가리라는 중의 꾐에 속아서 그만 불전에, 아니 보광사에 시주"[9]하여 언젠가부터 절의 소유로 바뀌어버렸다. 게다가 보광리 사람들은 "제 논물이 행여 아랫논으로 넘어 흐를세라 돋우어 둔 물꼬와, 논두렁 낮은 쪽을 한 층 더 단단히 단속"[10]하여 성동리 사람들의 애타는 심정에 불을 지르기 일쑤였다. 땅의 소유를 사실상 빼앗긴 것이나 다름없는 사정도 억울한데 자기만 살겠다고 이웃 논으로 흐르는 물길마저 독점하려는 보광리 사람들의 태도에서 일제보다 더한 모습을 발견하는 것은 그리 어려운 일이 아니다. 친일 계급을 등에 업은 사찰과 이를 비호하며 마을 사람들의 어려움을 외면하는 면장과 같은 관리의 행태는, 굳이 소유권에 대한 의식 없이도 평생 자기 땅을 경작하며 살아온 성동리 사람들에게는 날벼락 같은 일이 아닐 수 없다. 요산의 남해 시절 그곳의 용문사와 화방사 그

---

9 「사하촌」, 『전집』 1, 35쪽.
10 위의 글, 41쪽.

리고 그가 태어나고 자랐던 범어사를 배경으로 삼은 이 작품은 굳이 특정한 장소에 한정할 필요 없이 당시 식민지 농민들의 보편적인 모습을 담았다고 하는 편이 타당하다. 특히 땅으로 대변되는 자본이 특정 세력에 의해 독점될 뿐만 아니라 일제에 의해 구획되고 관리되는 제도적 시스템은 고스란히 민중들의 삶터와 생활을 근본적으로 위협하는 근대적 폭력이 되었다는 사실을 주목해야 한다. 요산 소설에서 장소의 의미가 아주 특별할 수밖에 없는 이유도 바로 이러한 자본의 독점이 민중의 생활공간을 송두리째 앗아가 버린 식민지 현실에 대한 고발의 성격을 분명하게 드러내기 위함이었다. 이러한 요산의 의식은 식민지 시절을 지나 1960년 중반 이후 두드러지게 서사화되는데, 국가에 의해 조작된 땅의 소유를 둘러싼 자본의 폭력에 두드러진 관심을 갖고 소설 창작을 했던 것이다. 「모래톱 이야기」, 「평지」, 「독메」는 이와 같은 자본과 국가의 폭력에 저항하는 공간으로서의 의미를 구체적 장소와 연관 지어 쟁점화한 작품이다.

「모래톱 이야기」의 배경인 '조마이섬'은 낙동강 하구에 자리 잡은 작은 섬으로, 우리의 근현대사에서 땅의 소유가 권력의 이동에 따라 어떻게 변화되어 왔으며, 이러한 변화가 실제로 그 땅을 삶터로 하며 살아온 토착 민중들의 현실을 어떻게 굴곡 짓게 했는지를 명확하게 보여준다. 즉 특정 소유 여부를 떠나 그곳 사람들의 생활을 지탱시켜준, 지도에도 나오지 않는 작은 모래톱은, 식민지 시기에는 일제의 토지조사사업으로 동양척식주식회사의 소유로 넘어가고, 해방 이후에는 적산敵産으로 남아 국가의 소유로 편입되었다가, 어느 날부터는 온갖 비리와 특혜에 연루되었는지 국회의원의 땅으로 둔갑하더니 다시 유력자의 손으로 넘

어가는 복잡한 과정을 거쳐 왔던 것이다. 그런데 이런 복잡한 과정에서
절대 간과해서는 안 되는 사실은, 정작 이곳을 평생 삶터로 살아온 사람
들의 생활과는 전혀 무관하게 끊임없이 소유가 바뀌어 왔다는 점이다.
다시 말해 이곳의 민중들은 어느 때고 할 것 없이 이러한 소유 관계로부
터 철저하게 소외되고 배제되어 왔다는 데서, 특정 자본과 권력의 이
동에 따른 민중들의 현실은 식민지 시절이나 해방 이후 그리고 전쟁을
거쳐 1960년대에 이른 소설의 시간적 배경인 지금이나 전혀 다를 바가
없다는 데 심각한 문제의식이 있다. 결국 요산은 1960년대 '조마이섬'을
통해 일제 강점기부터 현재에 이르기까지 권력의 변화와 이동이 있었
을 뿐 자본과 국가의 폭력은 언제나 민중들의 삶을 지배해 왔다는 점을
강조하고 있는 것이다.[11] 더군다나 해방 이후 일제의 폭력이 사라졌음
에도 불구하고 그 자리를 국가가 대신하여 또 다른 폭력을 여전히 가하
고 있다는 사실은, 자본과 국가의 폭력에 저항하는 공간으로서의 장소
성, 즉 "비주류적인 것, 무시된 것, 억압된 것, 주변적인 것"[12]을 더욱 선
명하게 부각하는 서사전략의 명백한 근거가 되고 있다.

　　이러한 문제의식에서 「모래톱 이야기」의 '갈밭새 영감'은 「평지」의
'허생원'에 그대로 겹쳐지기도 한다.

　　청년은 '직'이란 말을 곧잘 썼다. '직' 하고는, -정부의 시책에 따라 그곳에

11　이런 점에서 요산의 소설은 "식민지 경험과 해방을 국가나 정부의 차원이 아니라 민중차원에
　　서 해명한 것"으로, "민중적 차원에서 제국주의의 침탈 경험은 과거의 완결된 사태가 아니라
　　현재에 작용하는 역사"라고 할 수 있다. (황국명, 「요산문학 연구의 윤리적 전회와 그 비판」,
　　『한국문학논총』 51, 한국문학회, 2009.4, 299쪽)
12　구모룡, 「요산문학을 읽으며 생각한 민족문학의 방법」, 『지역문학과 주변부적 시각』, 신생,
　　2005, 39쪽.

새로운 농업단지를 조성키 위하여, 그 방면에 연구가 깊으신 서울 모 유력자가
그 일대의 '휴면법인토지'를 도통 쓰게 되었다는 이야기—라기보다 바로 통
고 비슷한 말을 했다. 그리고 능글맞게 덧붙여서,—워낙 이 지방연고자들의
사정을 잘 짐작하는 분이 돼서, 섭섭지 않을 정도의 위자료랄까 동정금이랄까
를 내게끔 돼 있다는 말까지 했다.

(…중략…)

"머 동정금을 내? 누가 그런 거 달라 캤던강? 그래 이곳 사정을 잘 안다는
양반이 멀쩡한 남의 땅을 맘대로 뺏어?"

허생원은 참다못해 분통을 터뜨렸다. 말하는 턱이 덜덜 떨 정도였다.

"글쎄요, 휴면 법인 재산이라 안캅니꺼. 그러니까 실지는 국유지였지요!"

(…중략…)

"그래, 국유지면 서울 놈들만 가지라 카는 법도 있나? 근 삼십 년이나 논밭을
치고 갈아온 우린 우짜고? 택도 아닌 소리! 그래, 청년은 젊은 나이에 무슨
할 일이 없어서 그따위 놈들의 비선가 먼가를 하며, 그런 백성 울리는 심부름
만 하고 댕기능가?"[13]

중앙에서 내려온 어떤 유력자의 비서를 향해 날선 비판을 하는 '허생
원'의 목소리는 요산의 땅에 대한 의식을 그대로 반영하고 있다. 허생원
은 평생 평지밭에서 농사를 지으며 살아온 평범한 농부로, 월남전에 참
전한 아들이 돌아와 함께 농사를 지으면 생활이 좀 나아질 것이라고 기
대하지만, 아들은 전사통지서로 돌아오고 대대로 물려온 자신의 평지

---

13 「평지」, 『전집』 3, 77쪽.

밭은 토지수용령을 내세운 국가의 강권에 **빼앗길** 지경에 이르렀다. 급기야는 농지 소유권 이전을 추진하던 청년을 폭행하고 한 달 동안 구류를 사는 처지가 되기도 한다. 결국 허생원은 "제길 근대화 두 번만 했으면 집까지 **뺏아갈** 거 앙이가!"[14]라는 항변처럼, 해방이 되었음에도 근대화란 미명 하에 개발 독재의 서슬 퍼런 그늘이 민중을 기만하고 소외시키는 국가주의의 폭력을 강하게 비판한다. 하지만 "'법률'에 가서는 농민은 약한 것이다. 때로는 평지의 대궁이보다 더 연약했다. 첫째는 몰라서 그랬고, 둘째는 왜놈 때부터 줄곧 당해 온 경험으로 봐서 그러했다"[15]는 자조적 태도에서 알 수 있듯이, 국가주의적 근대와 개발 독재에 맞서는 저항의 모습은 언제나 민중의 시련과 고통을 더욱 배가시키는 악순환을 초래할 뿐이었다. 한 집안의 오랜 삶의 터전으로 가족묘까지 있는 땅이 국유지라는 이유로 한 사업가에게 팔리게 되는 과정에서의 갈등을 다룬 「독메」, "동물원이 된다는 터에서 쫓겨나는 인간은 필연 거기에 살게 될 동물들보다도 더 처참한 모습을 했으리라"[16]고 말하는 「굴살이」도 큰 틀에서는 같은 맥락에 있는 작품이라고 할 수 있다.

이런 점에서 개발 독재의 국가주의적 폭력을 2차 세계대전 이후 구식민지에서 정치적으로 독립한 아시아, 아프리카, 라틴아메리카의 신생독립국들이 겪은 한결같은 국가 아젠다와 결부시켜 이해할 필요가 있다는 견해[17]는, 요산 소설의 동아시아적 시각을 읽어내는 데 있어서 아주

---

14   위의 글, 69쪽.
15   위의 글, 79쪽.
16   「굴살이」, 위의 책, 241쪽.
17   한수영, 「김정한 소설의 지역성과 세계성─문단 복귀 후의 김정한 소설의 문학사적 의미」, 『사상과 성찰─한국 근대문학의 언어·주체·이데올로기』, 소명출판, 2011, 313쪽.

유효한 방향성을 제시한다. 즉 자본의 국가 독점을 바탕으로 제도화된 근대화와 경제개발의 정책들은 오랜 세월 자신의 삶터를 지켜온 수많은 민중들의 생활공간을 급격히 해체함으로써 그들에게 온갖 고통과 희생 그리고 억압과 차별을 강요했는데, 이러한 민중들의 차별과 희생은 동아시아를 비롯한 제3세계 민중들의 보편적 삶의 문제였다고 할 수 있는 것이다. 자본과 국가가 내세우는 근대화의 기만적 책략과 이를 성공적으로 수행하기 위한 국가주의적 폭력의 제도화를 문제적으로 바라본 요산 소설의 전략은, 식민지 상태를 벗어난 동아시아 국가를 비롯한 제3세계의 민중적 현실을 직시하는 '세계성' 확보의 장치로 볼 수 있는 것이다. 따라서 요산이 1977년 「오끼나와에서 온 편지」를 쓴 것은 결코 우연적인 결과가 아니다. 근대화와 경제발전이라는 국가주의적 아젠다가 민중의 희생으로 이어진 노동 이민의 실상을 '오끼나와'라는 곳에서, 그것도 한국과 일본의 민중들을 동시에 등장시켜 이야기한 점은, 요산이 일찍부터 동아시아적 시각에서 소설 창작의 방향을 고민해 왔었다는 사실을 조심스럽게 말해주는 것이다.

4. 동아시아 민중 연대의 가능성으로서의 공간

요산의 소설 가운데 「산서동 뒷이야기」와 「오끼나와에서 온 편지」는 "단순한 민족주의를 넘어서 한일관계를 새로이 사유하고 있는"[18] 작품으로 평가된다. 특히 「산서동 뒷이야기」는 일제하 낙동강 유역의 한 마을을 배경으로 그곳에서 살았던 일본인 가족의 이야기를 통해 한국과 일본의 민중적 연대의 모습을 보여주었다는 점에서 아주 특별한 의미를 담고 있다. 자본과 국가의 독점으로부터 소외된 민중들의 희생은 특정 국가의 범주 안에서만 바라볼 수 없는 동질성을 지니고 있다는 사실을 주목함으로써, "한국과 일본의 근현대사에 가로놓인 '민족 감정'이나 '식민지배와 피지배의 기억' 같은 것을 뛰어 넘어 일종의 '민중적 연대'의 가능성을 열어 보이고 있"[19]는 것이다. 「산서동 뒷이야기」는 해방된 지 이십육 년 만에 '나오미'라는 일본 청년이 '명매기마을', 행정 지명상으로는 '산서동'으로 불리는 곳의 '박수봉'이란 노인을 찾아오는 것으로 시작된다. 그의 아버지 '이리에쌍'은 식민지 시기 철도노동자로 일하다가 부상을 당해 이곳 마을에 살게 되었는데, 비록 일본인이었지만 '박노인'과 함께 일제의 부당한 억압에 맞서 일본 관청과 싸우는 일에 적극 나서기도 하는 등, 조선 사람들보다 더 조선 사람처럼 살았으므로 당시 산서동 사람들은 그를 향해 "다 같이 못사는 개펄농사꾼이지 민족적인 차별감 같은 건 서로가 거의 가지지 않았다"[20]라는 긍정적인 평가를 아끼지 않는 인물이었다.

"나도 논부의 아들이요. 소작인의 아들이란 말이요. 그래서 못살아 이곳에 나와봤지만, 소작인의 아들은 오데로 가나 못 사루긴 한가지야!"

---

18 최원식, 「90년대에 다시 읽는 요산」, 『작가연구』 4, 새미, 1997, 23쪽.
19 한수영, 앞의 글, 315쪽.
20 「산서동 뒷이야기」, 『전집』 4, 183쪽.

그는 술을 마시면 곧잘 이런 넋두리를 예사로 했다.

큰물에 혼이 날 때마다 늘 둑 안으로 옮겨 살고 싶어 하는 개펄 사람들이 갑술년 홍수 뒤에 겨우 산서동이란 부락을 만들게 된 것도 실은 이 '이리에쌍'의 선동이 크게 작용했던 것이다.

그 뒤로부터 산서동 사람들은 '이리에쌍'을 다른 일본인들과 달리 보았고, 관청이나 지주들 상대의 까다로운 교섭에는 늘 그를 앞장세우게 되었다. 물론 그도 그런 일들을 맡기를 꺼리지 않았다.

우선 갑술년 가을 일만 해도 그랬다. 그렇게 몰강스런 수해를 겪고 나서 가을 채소 따위로써 겨우 입에 풀칠을 하고 있는 형편들인데도 불구하고, 그 개펄 땅에 지세가 나왔고, 또 그걸 종전처럼 지주 대신 소작인들이 물어야만 되고, 지주는 지주대로, 옳은 소작료는 못 받더라도 채소는 풍작이니 거기에 대한 소작료는 내놔야 한다고 나섰다. 대부분의 개펄 땅이 부산 등지에 사는 일본인들— 소위 「부재지주」들의 소유가 돼 있었으나, 실제로 그 땅을 짓고 있는 산서동 사람들의 형편으로서, 그 해는 지세고 소작료고 도저히 낼 힘이 없었다. 말하자면 모두 반대였다.

"조선 사람이 밭 떨어질까봐 약게 구러하면 안대! 어느 놈이든지 그 땅을 안 지어 먹을 각오만 하면 대는기요. 물론 다른 부락 놈들도 얼씬 못하도록 하고—"

이것이, 산서동 부락민들이 그와 박수봉씨를 교섭 대표로 뽑았을 때의 '이리에쌍'의 다짐 말이었다.[21]

---

21 위의 글, 184쪽.

'농부의 아들이면서 소작인의 아들'이라는 '이리에쌍'의 단호한 목소리에는 민중의 수난이라는 측면에서는 조선과 일본의 현실이 결코 다르지 않다는 동질적 연대감에 대한 호소가 담겨 있다. 비록 일본인이지만 조선인들의 농민조합을 조직하는 데까지 가담하고 농민 봉기 사건에 연루되어 감옥에 간 전력까지 있는 그는, 일본인 순사들로부터 나쁜 사상을 가진 놈이라 일본에서도 쫓겨났다는 말을 들을 정도로 사실상 자신의 국가인 일본으로부터도 철저하게 외면당한 인물이었다. 해방 이후 일본으로 돌아가서도 반미운동과 민주적인 투쟁에 가담하여 전후 민중의 삶을 위협하는 일본 국가주의의 횡포에 맞서 싸웠다는 그의 아들의 전언에서 알 수 있듯이, 그는 일본과 조선의 대립보다 민중의 가치와 지향을 더욱 중요하게 여기는 인물이었다. 이러한 그의 사상적 태도는 아들 '나미오'에게도 그대로 이어져, 박노인의 아들 '춘식이'가 6 · 25 사변통에 죽었다는 소식을 듣고 "그의 눈에는 비록 이민족이지만 동족상잔의 비극을 슬퍼하는 빛이 완연히 드러나 보였다"는 데서, 국가를 넘어선 민중적 연대의 가능성을 발견할 수 있다. 이런 점에서 "무엇이 들어 그들과 우리들을 이렇게까지 다르게 만들었을까?"라면서 "이틀 후면 또 기가 막히는 선거가 민주주의의 탈을 쓰고 치러지리라!"[22]고 말하는 '박노인'의 모습은, 당시 요산이 동아시아적 시각에서 한일관계를 어떻게 이해하고자 했는지를 충분히 짐작하게 한다. 즉 "강렬한 민족주의의 충돌을 넘어서 민중에 기초한 국제적 연대의 가능성을 탐구"[23]하고자 했던 것이다.

물론 요산 소설에서 일본인 형상은 대체로 부정적으로 묘사되었는데,

22　위의 글, 187쪽.
23　최원식, 앞의 글, 23쪽.

이들 대부분은 군경, 공무원, 관리 등 식민지 권력의 충실한 전파자로서의 역할에 집중되었다. 하지만 「산서동 뒷이야기」에서는 이러한 식민지 권력으로부터 일정하게 비껴나 있는, 그래서 공적 관계가 아닌 사적 관계로 연결되는 일본인 민중을 등장시키고 있다는 점에서 두드러진 차이가 있다. 이 작품을 통해 요산은, '이리에쌍'과 같은 일본 민중이 '박노인'을 비롯한 일제하 조선의 민중과 크게 다를 바 없는, '조선 안의 또 다른 민중'이라는 점을 분명하게 제시하고자 했다. 따라서 요산은 해방 이후 식민지 권력이 국가 권력으로 대체되는 과정을 이해하는 데 있어서, 친일 잔재의 청산이 가해자로서의 일본 전체를 향한 무조건적인 비판에 있는 것이 아니라 식민의 현실을 벗어났음에도 여전히 주변부 인간의 지위를 벗어나지 못하는 민중의 현실에 있다는 사실을 직시해야 한다고 보았다. 게다가 이러한 악순환이 식민지의 고통을 직접적으로 겪어 온 우리 민족에게만 해당하는 것이 아니라, 가해자로서의 일본 내부의 민중들의 현실과도 결코 무관하지 않다는 점을 무엇보다도 강조하고자 했다. 다시 말해 진정한 의미에서 일제 잔채의 청산은 식민지 가해자냐 피해자냐를 가르는 국가적 기준의 문제로 판단할 것이 아니라, 국가의 일방적 정책에 의해 수단화되어 언제나 착취와 수탈의 대상이 될 수밖에 없었던 모든 민중의 현실에서 가장 중요한 문제의식을 찾아야 한다고 보았던 것이다. '이리에쌍'과 '박노인'이 농민으로서의 연대를 보여준 장소인 '산서동'의 존재 이유는, 바로 이러한 민중들의 국제주의적 연대의 가능성을 실천하기 위한 의미 있는 장소를 발견하고자 한 데 있다는 점에서 그 의의가 남다르다고 평가할 수 있는 것이다. 이는 "지역성에 매몰되지 않고 지역적 사실을 근대세계와의 구체적 연관성으로 서술한" 요산의 "지역문학의 방법적 측면"[24]을 명확하게 보여준다. 그에게 있어서 지역은 이와 같이 근대적 세계를 드러내기 위한 아주 유효한 방법적 장치이고, 이러한 소설 전략을 동아시아적 시각으로 구체화하여 제국과 식민이라는 반근대적 모순을 해소하는 뚜렷한 방향성으로 삼고자 했던 것이다. 결국 식민지 시기 '산서동'은, 개발 독재와 근대화를 내세운 국가주의에 철저하게 희생당한 우리 민중의 삶의 터전이라는 점에서, 패전 이후 일본이라는 국가 체제를 더욱 강화하기 위해 일본 민중의 희생을 강요하거나 혹은 일본의 국민으로 인정받지 못했거나 또는 인정받기를 스스로 거부했던 오끼나와 사람들의 희생과 일정 부분 동일한 표상을 지녔다고 할 수 있다.[25] 따라서 「산서동 뒷이야기」와 「오끼나와에서 온 편지」는 제국과 식민의 청산이 제대로 이루어지지 않은 채 자본과 국가의 독점적 정책으로 여전히 희생을 강요당해야 했던 동아시아 민중들의 현실을 현재적으로 쟁점화하려 했던 요산의 소설적 의도를 실천적으로 보여준 70년대 우리 소설사의 의미 있는 성과라고 평가할 수 있다.[26]

---

24 구모룡, 「주변부 지역문학의 위상」, 앞의 책, 30쪽.

25 「오끼나와에서 온 편지」에 대해 "일본 내부 식민지라고 자처하는 오끼나와에서 미군 기지 반환 투쟁에 참여하고 있는 일본 남성과 인력수출된 한국 여성과 외화벌이로 팔려온 한국고아와 일제 말기 '제국의 성전에 복무하는 영광'을 안았던' 일본군 '위안부' 출신 상해댁이 만남으로써 한국과 일본의 관계, 민족주의와 국제주의에 관한 생각거리를 제기한다"라고 말한 이상경의 주장은 이러한 문제의식과 그대로 겹쳐진다. (이상경, 「한국문학에서 제국주의와 여성」, 강진호 편, 『김정한』, 새미, 2002, 247쪽)

26 이 외에 요산의 미발표작으로 일제말기 남양군도 조선인 징용노동자와 조선인 위안부의 고통스런 현실을 고발한 작품으로 「잃어버린 山所」(1970년대 후반 창작된 것으로 추정)를 주목할 필요가 있다. 이 작품에 대해 처음으로 소개한 황국명은, "경험의 동질성을 통해 민족간 연대의 가능성을 암시한 것은 특별하다"고 보았는데, 이러한 견해는 동아시아적 시각에서 이 작품에 대한 면밀한 검토의 필요성을 제기한다. (황국명, 「요산 김정한의 미발표작 별견」, 『요산 김정한 선생 탄생 100주년 기념학술발표대회 자료집』, 한국문학회, 2008.12.13 참조)

5. 동아시아적 연대의 장소로서의 '부산'의 가능성

지금까지 살펴본 대로, 요산 소설의 많은 작품들은 '부산'과 인근 지역을 배경으로 하여 창작되었다. 엄밀하게 말해 낙동강 하구를 중심으로 만나는 장소 대부분이 그의 소설의 배경이 되었다고 할 수 있다. 하지만 요산 소설의 배경으로서 '부산'은, 그의 가족사가 체험적 공간으로 구체화한 특별한 장소인 것은 틀림없는 사실이지만, 지금의 행정 단위로서 '부산'의 의미를 특별히 강조하는 기표로 이해할 필요까지는 없을 듯하다. 요산 소설의 배경으로서의 장소가 지닌 진정한 의미는 "도시이면서도 도시에서 제외되고 소외된 곳, 법이 제대로 미치지 않는다는 것을 기화로 횡포가 자행되는 그늘진 곳"[27]이라는 데 있으므로, 그것이 반드시 '부산'으로 표상되어야 할 이유는 없기 때문이다. 이런 점에서 그동안 요산 소설에서 '부산'이 갖는 의미가 근대적 행정 단위에 의해 상징화되고 신비화되는, 그래서 '부산'을 스토레텔링화 하는 전략으로서 일정 부분 강요당한 측면은 없는지 냉정하게 묻지 않을 수 없다. 물론 요산 소설에서 '부산'이 갖고 있는 의미를 지역적 단위로 이해하는 것이 전혀 잘못된 것은 아니다. 다만 행정 단위로서의 지역의 의미를 특화하는 데 골몰함으로써, 자칫 '지역성'의 강조가 요산 소설의 장소 의식에 내재된 '세계성'의 문제를 외면하게 되는 결과로 굳어져온 것은 아닌지 지금의 시점에서 객관적인 검토가 필요하다는 것이다.[28]

---

27 김중하, 「요산의 삶과 문학」, 위의 책 참조.
28 이러한 문제의식에서 구모룡은, "지역문학은 추상성, 강제된 보편성에서 탈피하여 자신의 과거와 현재의 역사성에 개입해야 한다. 이럴 때 지역문학은 단순한 장소성에서 벗어날 수 있다. 그런데 장소성과 역사성은 단순한 지역적 유산이 아니다. 유산으로서의 지역은 또 다른 족쇄에 불과하다"고 하면서, "다시 쓰기로서의 지역문학은 지역적 유산을 드러내고 기념하는 것이 아니라 지역의 문제가 근대의 문제이고 세계의 문제임을 밝혀내는 기획"이라

이러한 문제의식에서 필자는 요산 소설의 '부산'을 '동아시아적 시각'에서 살펴보고자 했다. 하지만 지금까지의 논의 결과를 보니 '동아시아적 시각'이라는 말을 앞세우는 데 그쳤을 뿐 그동안 논의되었던 요산 소설 연구의 쟁점들로부터 얼마나 다른 관점을 제시했는지에 대해서는 솔직히 자신하기가 힘든 것이 사실이다. 다만 식민지 내부의 문제이든 해방 이후 국가와 제도의 문제이든, 그것을 특정 민족과 국가 그리고 지역 내부의 문제로만 국한시키지 않고 동일한 혹은 비슷한 경험을 공유한 동아시아 민중의 현실과 겹쳐서 이해할 필요가 있다는 점을 특별히 강조하고자 했다. 물론 이러한 국제주의적 연대의 문제를 초점화하는 데 있어서도 그 가능성만을 원론적으로 강조하는 데 급급했을 뿐, 이를 논리적으로 증명할 만한 명확한 근거나 작품에 대한 치밀한 분석을 제시하지는 못했음을 인정하지 않을 수 없다. 실제로 그의 소설에서 이러한 시각이 비교적 두드러지게 드러나는 것은 「산서동 뒷이야기」와 「오끼나와에서 온 편지」에 불과하다고 해도 과언이 아니다. 하지만 이러한 문제의식을 70년대에 이미 가졌다는 것에서 요산 소설의 동아시아적 시각을 단순히 피상적인 이해의 결과였다고 말할 수는 없을 듯하다. 이런 점에서 앞으로 요산 소설 연구는 '부산'이라는 특정한 장소의 외적 의미에 갇힌 협소함을 넘어, 동아시아적 연대의 장소로서의 '부산'의 가능성을 70년대 이후 요산은 어떻게 사유하고 실천해 나갔는지에 대한 새로운 문제의식이 필요하다고 생각한다.

고 하였다. 이러한 문제의식은 앞으로 요산 연구에서 지역성의 문제를 어떻게 의미화해야 하는가에 대한 중요한 문제제기를 담고 있다. (구모룡, 「지역문학—문학적 생성 공간으로서의 경계영역」, 앞의 책, 27쪽)

한 사람의 소설가에게 장소는 아주 특별한 의미를 갖는 것임에 틀림없다. 더군다나 자신이 태어나고 자란 고향은 더욱 문제적인 공간이 된다는 점에서, '낙동강의 파수꾼'으로 오로지 지역의 삶과 현실을 자신의 소설 쓰기의 주제로 천착해온 요산 소설에서 장소는 그의 소설을 이해하는 가장 기본적인 출발점이 되지 않을 수 없다. 그가 태어난 경남 동래군 북면(현재 부산시 금정구 남산동)에서의 유년 시절, 와세다대학을 다니다 귀국하여 남해의 초등학교에서 보냈던 교사 생활, 그리고 교원연맹, 농민조합, 인민위원회 등의 사회 활동[29]은 그의 소설에 리얼리티를 부여하는 구체적 장소성으로 더욱 문제적인 서사를 구현해내는 중요한 바탕이 되었다. 이를 통해 그는 토지 문제, 종교 문제 등 친일 지주들의 횡포에 맞서는 농민을 주체로 한 민중의식의 형상화를 그의 소설의 일관된 주제로 삼았는데, 이 또한 유년 시절부터 그가 직접 겪은 농촌 현실의 심각한 모순과 민중들의 처참한 생활에 토대를 두고 있다는 점에서 체험적 장소의 리얼리티는 그의 소설을 이해하는 가장 중요한 장치였음에 틀림없다. 그에게 장소는 물리적인 공간으로서의 의미를 넘어서 식민의 현실과 민중의 생활에 뿌리 내린 서사적 진실을 담아내는 소설적 장치로서 역사성을 담고 있는 것이다.[30] 그리고 이러한 역사성은 민족과 국가의 경계를 넘어서 제국과 식민의 기억을 공유하고 있는 동아시아 전체의 문제로 확대해서 바라봐야 한다는 문제의식으로 심화되고 확장되어 갔다. 따라서 이 글은 낙동강을 중심으로 부산과 경남의 특정한 장소를 배경으로 하고

---

29 이에 대한 자세한 내용은, 윤정규의 「요산 김정한이 겪은 해방정국」(『역사비평』 32, 1995)을 참고할 만하다.
30 하상일, 「식민의 현실과 민중의 생활에 뿌리 내린 서사적 진실―요산 김정한의 「사하촌」 현장을 찾아서」, 『대산문화』 35, 대산문화재단, 2010, 16~17쪽.

있는 요산 소설의 지역적 구체성이 동아시아적 시각과 결코 무관하지 않다는 점을 강조하는 데서 그 의의를 찾고자 했다. 아직은 이러한 관점이 논리적으로 빈틈이 많은 가설적 시도에 불과할지도 모르지만, 앞으로의 요산 연구가 '부산'이라는 지역성에 갇힌 동어반복을 넘어서 새로운 주제로 확장됨으로써, 요산이 살았던 동시대의 역사적 맥락과 동아시아 민중들의 구체적 삶의 역사와의 관련 속에서 더욱 심화된 연구로 진전되는 계기가 되길 기대한다.

제2장

김정한의 미발표작 「잃어버린 山所」

1. 김정한의 문단 복귀와 동아시아적 시각

　　요산 김정한은 낙동강을 중심으로 살아온 토착 민중들의 역사를 서사화하는 데 주력한 작가이다. 그는 식민지 근대가 만든 왜곡된 보편주의와 해방 이후 국가주의의 폭압적 제도화에 대한 비판을 소설 속에 담았다. 식민지 유산을 물려받은 특정 권력에 의해 왜곡된 역사가 암묵적으로 조장해온 근대의 허구성을 넘어서는 것이야말로 진정으로 소설이 나아가야 할 방향이라고 보았던 것이다. 즉 모든 것을 근대의 질서 안에 가두려했던 국가주의 기획들에 철저하게 희생당하고 소외당한 민중들의 차별과 고통을 전면화 하는 것이 그의 소설이 궁극적으로 지향하는 주제의식이었다. 그리고 이러한 주제의식을 올바르게 구현하기 위한 방법적 선택으로, 그는 평생을 살아온 터전인 낙동강을 중심으로 한 부산과 경남을 소설의 배경으로 삼았다고 할 수 있다. 따라서 김정한 소설에 나타난 지역적 기표를 특정한 장소나 공간에 한정된 소재적 차원으로만 해석하는 것은 문제가 있다. 그에게 지역적 구체성은 왜곡된 추상성과 식민화된 보편성을 확장함으로써 동시대적 '세계성'을 공유하려는 역사적 문제의식에 바탕을 두고 있었음을 주목해야 한다. 다시 말해 식민지 근대의 제국주의적 경험을 공유했던 아시아 민중들의 국제주의적 연대를 일정 부분 염두에 두고 있었다고 할 수 있는 것이다. 제2차세계대전 이후 식민지 상태를 벗어나 독립을 이루었던 아시아 국가 대부분이 전후 극복이라는 명분을 내세워 경제개발과 근대화 정책으로 민중들을 억압하고 통제함으로써 국가적 폭력을 정당화하고 제도화했다는 데서, 특정 국가의 일국적 단위를 넘어선 국제주의적 민중 연대의 가능성을 발견하고자 했던 것이 김정한 소설이 의도한 '세계성'의 방향이던 것이다.

이런 점에서 김정한의 소설에 대한 논의는 '낙동강' 혹은 '부산' 등과 같은 지역적 의미를 넘어서 동아시아적으로 사유하고 인식하는 새로운 문제의식이 요구된다. 그의 소설에서 지역적 장소에 내재된 일관된 문제의식은 일국적 테두리 안에서의 소외된 지점, 즉 주변부 공간의 서사화라는 의미에만 한정해서 볼 수 없는, 동아시아 연대의 가능성으로서의 새로운 공간적 의미를 생성하고자 하는 시도였음을 간과해서는 안 되는 것이다. 우리 소설사에서 이러한 문제의식을 가장 선구적으로 드러낸 작품이 바로 1977년 발표된 김정한의 「오끼나와에서 온 편지」이다. 그리고 이와 같은 맥락에서 특별히 주목해야 하는 작품이 「오끼나와에서 온 편지」보다 훨씬 빠른 1971년에 발표한 「산서동 뒷이야기」이다. 이 두 작품은 "단순한 민족주의를 넘어서 한일관계를 새로이 사유하고 있는"[1] 작품으로, "한국과 일본의 근현대사에 가로놓인 '민족 감정'이나 '식민 지배와 피지배의 기억' 같은 것을 뛰어 넘어 일종의 '민중적 연대'의 가능성을 열어 보이고 있"[2]는 작품으로 평가된다.

이처럼 요산의 소설은 특정한 지역을 넘어서 제국의 기억과 국가의 폭력을 견뎌온 민중들의 이야기에 집중하고자 했다. 즉 해방 이후에도 제국과 식민의 청산을 제대로 이루지 못한 채 국가 주도의 근대화 정책에 여전히 희생을 강요당해야만 했던 아시아 민중들의 현실을 국제주의적 민중 연대의 관점에서 쟁점화하려는 의도를 지니고 있었던 것이다. 그 결과 1969년 「수라도」를 통해 일본군 위안부 문제를 처음으로 언급함으로써 식민과 제국의 기억을 다시 환기시켰고[3], 이후 「산서동 뒷이야기」와 「오끼나와에서 온 편지」로 이러한 문제의식을 더욱 심화하고 확장시켜 나갔다.

이러한 김정한의 동아시아 인식을 이해하는 데 있어서, 그가 1966년 「모래톱 이야기」로 오랜 침묵을 깨고 창작 활동을 다시 시작했다는 사실을 무엇보다도 주목할 필요가 있다. 여기에는 1965년 한일협약과 베트남 파병 등 식민지 유산을 제대로 청산하기는커녕 오히려 정치적으로 왜곡하는 데 앞장섰던 박정희 정권의 동아시아 인식에 대한 비판적 작가의식이 깊숙이 내재되어 있었다. 즉 식민 지배와 조선인의 고통에 대한 진

---

1   최원식, 앞의 글, 23쪽.
2   한수영, 앞의 글, 315쪽.
3   징용에 끌려간 사람들이 제대로 돌아오지 않았다. 어쩌다가 돌아오는 사람은 거지가 되어 오거나 병신이 되어 왔다. 더구나 '여자정신대'에 나간 처녀들은 한 사람도 돌아오지 않았다. '설마?' 하고 기다리는 판들이었다. 그래서 부락들은 역시 걱정에 싸여 있는 셈이었다. (「수라도」, 『전집』 3, 219쪽)

심어린 사과와 반성 없이 경제적 이유만을 앞세워 밀약을 체결한 박정희 정권의 국가주의적 폭력을 결코 외면할 수 없었던 것이다. 또한 한일협약의 배후에 미국이 존재했다는 점을 분명히 자각하고, 동아시아에 베트남과 같은 사회주의 국가가 부상하는 것을 저지하려 했던 미국 주도의 동아시아 정책에 대한 비판도 깊이 내재되어 있었다. 결국 김정한은 동아시아를 신식민지화하려는 미국의 전략이 한일협약과 베트남 파병과 같은 결과를 가져왔다는 사실을 직시하고, 동시대를 살아가는 작가로서 더 이상 이러한 문제를 외면해서는 안 된다는 문제의식으로 오랜 침묵을 깨고 소설가로서의 활동을 재개하기로 했던 것이다.[4]

이런 점에서 그가 문단 복귀 이후 발표한 「수라도」, 「산서동 뒷이야기」, 「오끼나와에서 온 편지」를 동아시아적 문제의식에서 연속적으로 비교 검토할 필요성이 제기된다. 또한 이러한 비교 검토에서 결코 빠져서는 안 될 한 작품으로 1970년 말 작품으로 추정되는 김정한의 미발표 미완성작 「잃어버린 山所」[5]를 특별히 주목할 필요가 있다. 일제 말 태평

4　이상경은 김정한의 문단 복귀를 1965년에 이루어진 한일협약과 베트남 파병에서 촉발된 것이라고 보면서, 1969년 발표된 「수라도」를 통해 일본군 위안부 문제에 처음으로 주목한 김정한의 안목이 획기적이라는 점을 높이 평가했다. 일본군 위안부 문제를 알리는 데 공헌한 기록인 센다 가코오千田夏光의 『종군위안부』가 일본에서 출판된 것이 1973년이었다는 사실을 염두에 둘 때, 당시 김정한이 일본군 위안부 문제를 전면화함으로써 일제말 제국주의에 대한 비판적 소설 쓰기에 깊은 관심을 갖고 있었음을 알 수 있다. (이상경, 앞의 글 참조) 또한 김정한의 문단 복귀작 「모래톱 이야기」에 이어 발표한 「평지」에서 주인공 허생원의 맏아들 용이가 베트남전쟁에 참여해 전사한 것을 보여주는 데서 "베트남전이 우리 소설에 반영된 최초의 예"라는 평가도 주목할 필요가 있다. (최원식, 「요산 김정한 문학과 동아시아」, 『작가와 사회』 65, 부산작가회의 참조)

5　김정한의 미발표작은 「잃어버린 山所」 이외에도 완결된 단편 2편, 미완성 장편소설 여러 편을 포함하여 200자 원고지 4,200여 장에 이른다. 이에 대한 개략적인 설명은, 황국명, 위의 글 참조. 「잃어버린 山所」는 현재 요산문학관 전시실에 소장되어 있는데, 200자 원고지 분량으로 225쪽에 달하는 작품이다. 본고는 '요산기념사업회'의 허락을 얻어 작품을 열람하고 작성된 것임을 밝혀둔다.

양 전쟁을 전후로 남양군도 조선인 징용노동자와 조선인 위안부의 이야기를 서사화한 이 작품은, 김정한 소설의 여러 가지 주제의식이 응집된 아주 주목할 만한 소설이다. 비록 미완성 상태에 머물러 있지만, 「오끼나와에서 온 편지」보다도 더욱 구체적이고 사실적으로 일제 말 조선인의 현실을 서사화하고 있다. 즉 「오끼나와에서 온 편지」가 미군기지 반환 투쟁에 참여하고 있는 일본 남성과 인력 수출된 한국 여성 그리고 외화벌이로 팔려온 한국 고아와 일본군 위안부 출신 '상해댁'의 만남을 통해 일제 말의 현실을 기억의 서사로 복원하는 데 초점을 두었다면, 「잃어버린 山所」는 일제 말을 직접적 배경으로 조선인 징용 노동자와 일본군 위안부의 고통을 전면화하고 있다는 점에서 우리 소설사에서 일제 말을 배경으로 한 아주 문제적인 작품으로 평가할 수 있는 것이다. 따라서 본고는 김정한의 미발표작 「잃어버린 山所」를 중심으로 일제 말의 소설적 형상화와 동아시아 민중 연대의 가능성에 대해 살펴보고자 한다.

2. 일제 말의 상황과 '남양군도'에서의 제국주의

앞에서 밝혔듯이 「잃어버린 山所」는 김정한의 미완성 미발표 소설이다. 기독교계 학교에 다니던 중학생 박학수가 일제 말 신사참배 강요로 학교가 강제 폐교된 이후, 지원병에 끌려가는 것을 피해 '근로보국대'에 지원하여 남양군도의 트럭섬[6]에서 강제 노역을 했던 이야기를 중심 서사로 하고 있다. 작품 제목에 명시된 '잃어버린 山所'의 의미는 일본 패망 이후 생환된 주인공 학수가 누군가에 의해 훼손된 조상의 산소를 둘러싸고 펼치는 다음 이야기를 짐작하게 하지만, 소설의 내용이 연합군의 남양군도 일본 기지 폭격에서 멈추어버린 미완성 상태여서 이에 대한 이야기는 구체적으로 서사화되지 못했다. 하지만 남아 있는 내용만으로도 식민지를 배경으로 한 김정한 소설의 주제의식이 일관되게 서사화되어 있음을 알 수 있는데, 특히 제국주의 억압이 노골적으로 드러났던 일제 말의 상황이 작품 전체의 핵심적 배경으로 구조화되어 있음을 주목할 필요가 있다.

주지하다시피 1940년을 전후한 일제 말의 상황은 조선의 지식인들에게 더 이상의 독립을 기대하기 어렵다는 극단적인 절망의식을 안겨주었다. 따라서 조선의 독립이 불가능한 일이 되었다고 한다면, 이제는 조선인의 정체성을 벗어던지고 적극적으로 일본인되기를 시도함으로써 일본 국민과 동등한 대우를 받는 길을 모색해야 한다는 시각이 팽배하였다. 즉 식민지 백성으로서 겪어 왔던 수많은 차별과 멸시를 피하기 위해서는 조선인과 일본인 사이의 경계와 구별을 지워나갈 필요성이 제기되었던 것이다. 이러한 방편으로 지원병을 권유하고 창씨개명을 독려하는

6　남양군도南洋群島는 적도 이북의 태평양상 동경 130도부터 170도, 북위 22도까지의 바다에 산재한 섬을 일컫는다. 그 가운데 남양군도는 오가사하라小笠原 군도와 함께 중부태평양 지역을 말하는데, 지금의 필리핀 동쪽 마리아나군도, 캐롤린군도, 마샬군도를 포함하는 지역이다. 현재 지도상으로는 미크로네시아Micronesia 지역으로 표시된 곳으로, 일제말 조선인들이 많이 끌려간 곳으로는 사이판Saipan, 팔라우Palau, 티니안Tinian, 트럭Truk, 포나페Ponape, 야루트Jaluit 등의 섬이 있다. (김도형, 「중부태평양 팔라우 군도 한인의 강제동원과 귀환」, 『한국독립운동사연구』 26, 독립기념관 한국독립운동사연구소, 2006 참조) 본고의 연구대상인 김정한의 「잃어버린 山所」는 위에서 언급한 태평양 지역의 여러 섬들을 거쳐 트럭Truk에 도착하여 그곳을 주요 배경으로 이야기를 전개하고 있다.

것이 조선인과 일본인의 차별을 없애는 '의무'이자 '특권'이고 '내선일체의 완성'[7]이라고까지 합리화되었던 상황이었다. 소설의 시작 부분에서 "일본을 꼭 내지內地라고 부르던 음악 선생"의 모습은, 이러한 친일 행위가 조선인의 생존을 위한 불가피한 선택이라고 생각하고 행동했던 당시 지식인 사회의 자기모순을 비판한 것으로 볼 수 있다.

　학수가 학업을 중단하게 된 것은 바로 그 다음 다음해 가을의 일이었다. 좀 더 구체적으로 말하자면 중일전쟁의 막바지인 1940년대를 넘어다 볼 무렵이었다. 그것도 자기가 학교를 그만둔 것이 아니고 학교 자체가 갑자기 문을 닫게 되었던 것이다. 학수가 다니던 M중학(그 당시는 M고등보통학교라고 불렀다)은 기독교 계통의 사립학교였다. 사립학교란 건 예나 이제나 당국의 말을 잘 안 듣기 마련이다. 가령 무슨 지시를 해도 고분고분하지 않고 안 될 일에도 어거지를 쓴다든가 해서. 그런 가운데서도 학수가 다니던 M중학은 한술 더 뜨는 편이었다. 공교롭게도 때가 또 때였다. 음악 선생이 내지라고 부르던 일본이 소위 노구교사건蘆溝橋事件이란 걸 꾸며가지고 중일전쟁을 일으키고부터 일본과 조선은 한몸이란 뜻으로 내선일체內鮮一體를 더욱 강하게 내세워 조선민족을 완전히 말살하려고 들 무렵이었다. 조선말을 없애기 위해 학교에서 조선어 과목을 빼고 일본말만 쓰게 하고 황국신민서사皇國臣民誓詞란 도깨비 소리 같은 서약문을 만들어 무슨 모임 때마다 강제로 제창시키는가 하면 각 급 학교에서는 고을마다 면마다 세워 놓은 일본 신사에 초하루 보름에는 꼭꼭 참배를 하도록 하라, 일본식으로 창씨개명을 하라, 등등… 해괴망측한 지시며

7　이에 대한 자세한 내용은, 김재용, 『협력과 저항』(소명출판, 2004, 118~119쪽) 참조.

명령들이 빗발치듯 내렸다. 그러해서는 언제나 학교가 앞장을 서야만 된다는 것이었다.

인용문에서 알 수 있듯이, 이 소설은 중일전쟁의 막바지인 1940년 전후를 배경으로 시작된다. 이 시기는 중일전쟁 이후 형성된 일본 주도의 동아시아 신질서가 '대동아공영권'으로 확대되어 갔던 때이다. 당시 일본은 서양과 동양의 대립을 교묘하게 이용함으로써, 서양 제국주의 열강으로부터 아시아 지역을 독립시키기 위해서는 전쟁이 불가피하다는 점을 강조했다. 심지어 이 전쟁을 '성전聖戰'이라고 부르면서 민중들의 동원을 호소하고, 징병, 징용, 지원병, 학도병, 정신대 등을 선전하면서 전쟁 참여를 강제적으로 촉구하였다. 특히 일제의 '황민화' 정책과 '내선일체'를 실천하기 위한 가장 적극적인 방법으로 특별지원병 제도를 시행함으로써 수많은 조선인 청년들을 태평양전쟁에 참여시키는 악행을 서슴지 않았다. 이 소설에서 주인공 학수가 학교를 그만두고 일제의 징병제를 피해 '근로보국대'에 지원하게 된 불가피한 사정도 바로 이러한 일제 말의 상황에서 비롯된 어쩔 수 없는 선택이었다.

학수는 도식이와 딱부리를 번갈아 쳐다보았다.
"수학 선생님 말씀이 말이다……."
도식이는 비밀에 부쳐달라는 뜻으로 두 손가락으로 입을 잠깐 가렸다 떼면서 "우린 인자 학생이 아이니까 모조리 지원병에 끌고 갈라고 그러는 눈치 같더란다, 열일곱 살만 되문 끌고 갈 수 있게 돼 있거든. 그래서 학수 니 한테도 빨리 알리 주라 안 카나. 니 한테는 일부러 한번 오실라 캤더란다."

그렇다! 학수는 비로소 어떤 짐작이 갔다. 일본군이 중국 대륙을 휩쓸면서부터 조선 지원병 제도 실시 계획을 발표하기가 바쁘게 수많은 가난한 집 자제들을 일차로 지원 아닌 강제로 군에 끌고 간 것을 미처 생각지 못했던 것이다. 그의 명청한 누에는 일종의 공포심 같은 게 얼씬하는 것 같았다.

"그래서 일부러 니한테도 연락을 하러 왔는데. 선생님 말씀이 어데 멀리 도망을 하던가, 그기 안 되문 군에 끌려 가 왜놈의 총알받이로 개죽음을 당하는 기 보다는 차라리 근로보국대에 나가서 살 구멍을 찾도록 하는 기 좋을 끼라 안 카나."

도식이는 이렇게 말하면서 약간 합죽한 입가에 한결 심각한 기미를 내비쳤다.

일제가 지원병 제도를 통해 수많은 조선 청년들을 전쟁터로 내몰았지만, 1943년 9월 23일 '필승국내태세강화방책'을 수립하기 전까지 학생들은 징병에서 제외시켜 주었다. 태평양전쟁의 패색이 짙어가던 1943년 중반에 가서야 마지막 결사항전을 위해 모든 가능한 자원을 동원한다는 절박한 선택으로 학생들도 모두 징용에 끌고 가는 학병동원을 실시했던 것이다. 그러므로 학수와 같은 학생들은 학교에 다니고 있는 동안만큼은 지원병에 동원되는 일은 없었다. 하지만 신사참배 거부로 학교가 문을 닫게 되자 학생 신분을 잃어버렸기 때문에 모두 징병의 대상이 되고 만 것이다. 결국 학수는 일제의 강제 징병을 피해 '근로보국대'에 지원하게 되는데, 이러한 선택에는 하와이로 결혼이민을 떠난 누이와의 만남에 대한 막연한 기대도 이유가 되었다. 어머니 유산댁과의 대화에서 "이번에 모집하는 사람들은 어짜문 남쪽으로 보낼기라카이 지발 그래라도 되문 누부가 사는 하와이로 도망쳐갈 수도 안 있겠능기요"

라는 학수의 말에는 이러한 심정이 절실하게 담겨 있다. 소설의 첫머리에서 누이로 인해 '하와이'란 별명을 얻어 친구들로부터 놀림을 받고, 그래서 학교 가는 것을 무척 싫어했던 학수였지만, 가난한 가족의 생계를 위해 팔려간 누이에 대한 그리움은 결코 외면할 수 없는 원죄와 같은 것으로 각인되어 있었던 것이다. 비록 누이가 일본군 위안부로 끌려간 것은 아니라 하더라도, 이 소설에서 누이의 표상은 남양군도의 여러 섬에 흩어져 있었던 "망고집 아가씨",[8] 즉 위안부의 고통어린 삶에 겹쳐진다고 할 수 있다. 김정한은 가난으로 인해 결혼이민을 떠날 수밖에 없었던 누이의 삶과 일본군 위안부로 끌려간 조선 여성들의 현실을 동일하게 바라봄으로써, 일제 말 식민지 현실이 조선의 여성들에게 가한 폭력을 비판적으로 인식하고자 했던 것이다.

　부산 부두에서 출발한 학수 일행을 태운 수송선이 남양항로의 기점인 요코하마를 거쳐 남양군도의 트럭섬에 도착하기까지 몇 달이 소요되었다. 트럭섬은 당시 일본제국의 해군기지가 있었던 곳으로, 일본이 태평양전쟁의 승리를 위해 해군력을 집결했던 군사적 요충지였다. 소설 속의 트럭섬은 수십 개의 작은 섬들이 무리를 이룬 군도群島로, 학수 일행이 내린 곳은 '나쯔시마(여름섬)'이란 곳이었다. 여기에서 그들은 중일전쟁이 태평양전쟁으로 이어질 당시 비행장 공사에 투입되었다. 일제는 태평양전쟁을 준비하기 위해 트럭섬을 연합함대 기지로 만들려고 했던 것이다.

8　소설에서 망고집은 다음과 같이 묘사되어 있다. "망고집들이란 건 사령부에서 좀 떨어진 곳에 산재해 있는 쬐깐 막집들인데 간혹 일본서 온 창녀도 섞여 있었지만 대부분 한국에서 강제로 끌고 온 가난한 집 처녀들—소위 군인전용 위안부들의 수용소였다. 주변에 망고란 열매 수목들이 많이 서 있어서 붙여진 이름이었다. 망고집 또는 망고촌이라고."

그들은 벌써 두 달째 비행장 공사에 쫓기고 있었다. 나중에 가서 알게 된 일이지만 중일전쟁에서 소위 태평양전쟁으로 접어들 무렵이라 종전은 그저 일본의 남양방면 해군기지에 불과했던 트럭섬을 부랴부랴 태평양 연합함대 기지로 확장하자니까 그럴 수밖에 없었던 것이다. 일요일은커녕 때로는 세수할 시간도 주지 않았다. 기상나팔이 불면 식당으로 달려가기가 바빴다. 뜸도 안 든 밥 한덩이 씩 얻어먹기가 바쁘게 일터로 끌려가야만 했다.

"특공대의 기분을 가져! 특공대의….“

조금이라도 떠름한 내색을 보이면 현지 감독관들은 이렇게 위협을 했다. 스콜이 사납게 휘몰아쳐도 비행장은 닦아야 했고 그 빗물에 얼굴을 훔쳐야만 했다. 환자가 아니고는 막사에 누워 있을 수도 없었다. 몸을 심히 다치거나 병이 위중한 사람은 그곳 해군병원으로 실려 갔지만 그 뒤 소식은 대개가 감감하였다. (…중략…)

하루시마에서 비행장 공사를 겨우 끝내자마자 제3조 노무자들은 다시 나쯔시마로 되끌려 가 참호와 지하창고를 수십 군데 파고 그 다음은 수요도란 섬으로 끌려가 거기서도 참호 파기와 비행장 공사에 뼈가 이치는 고역을 치렀다.

일제 말 태평양 지역으로 끌려갔던 조선인 노동자들의 실상을 사실적으로 담은 부분이다. 일제가 중일전쟁의 승리에 고무되어 태평양전쟁을 획책하는 교두보로 중부태평양의 중심지 트럭섬을 집중적으로 개발했는데, 김정한은 이러한 역사적 사실에 근거하여 트럭섬을 중심으로 강제노동자들의 현실을 그대로 재현했던 것이다. "경상남북도와 강원도 출신의 청장년 수천 명이 남방 해 수송선을 타기 위해 부산 부두 옆 광장에 모인 것은 중복이 지난 어느 날이었다"라는 데서 알 수 있듯이, 김정한은 소설을 쓰기에 앞서 일제 말 남양군도 근로보국대의 실상을 아주 구체적으로 알고 있었던 것으로 보인다. 일제는 1936년부터 전쟁을 대비해 남양군도를 개척하려는 목적으로 '남양척식주식회사'를 설립하였고, 트럭섬과 같은 중부태평양의 중심지 팔라우섬에 남양청 본청을 두어 대대적인 개발을 준비하고 있었다. 그리고 1939년 남양청에서는 조선인 노동자 500명을 총독부에 공식적으로 요구하였고, 당시 총독부에서는 그 선발대로 50명을 경남에서 모집하여 강제징용을 실시했다. 또한 조선총독부의 『南洋行勞動者名簿』에 따르면, 경상도와 전라도의 노무자 2백여 명이 트럭섬과 팔라우섬으로 끌려와서 일제의 전쟁을 위한 무자비한 노동에 시달렸다.[9] "해군군속이란 이름으로 징용된 그들"이 겪어야만 했던 정신적 육체적 고통은, 조선인 노동자들이 건설한 남양군도의 한 다리를 일컬어 '아이고 아이고' 하는 신음소리를 내면서 만들었다는 데서 '아이고 브릿지'라고 불렸다는 증언을 통해서도 충분히 짐작하고도 남음이 있다.[10]

이러한 강제노동의 결과 일제는 남양군도에 그들이 구축하고자 했던 태평양 연합함대기지를 세우고 1941년 12월 8일 진주만 공격을 시작으로 태평양전쟁을 일으켰다.

1941년 12월 8일!

그것은 아마 트럭섬이 생긴 이후 최대의 축제일이었을 것이다. 미국의 최대 군항인 하와이 진주만이 일본군 특공대에 의해 순식간에 박살이 난 날이었다.

---

9 이에 대한 자세한 내용은, 김도형, 앞의 글 참조.
10 김성길, 『마지막 낙원 팔라우』, 삼성서적, 1997 참조.

날도 채 밝기 전에 라디오의 확성기가 파천황의 대폭격 사건을 고래고래 되풀이했다. 보도의 사이사이에는 거리를 메울 듯한 만세 소리도 곁들여 울려 퍼졌다. 아무튼 새벽 세 시에는 미국에 대한 선전포고가 잇달아 있었다. 어디 덤벼보라……다.

기상나팔은 종전대로 울렸지만 그날은 작업장으로는 내몰리지 않았다. 조반을 마치자 노무자들—천만에! 대일본 남방 건설부대원들은 모두 현지의 해군 사령부 앞 광장에 모였다. 제법 어깨들을 으쓱거리는 것 같았지만 똥구멍에 재갈을 먹인 훈도시 꼬락서니들이 가관이었다. 머리통이 수박처럼 둥근 사령관은 한층 으스대는 틀거지로 훈시를 늘어놓았다.

"차려-ㅅ 쉬엇! 에—또 충용무쌍한 우리 신풍공격대는 세계에 자랑하던 미국의 주력함대들을 단번에 박살냈단 말이다. 알겠나?"

그는 마치 제가 그러기라도 하듯이 흥분했다.

"그래서, 그래서 말이다! 오늘은 특별히 작업을 중지하고 제군들에게 휴식을 명령한다. 물론 진주만 대 폭격 축하의 뜻이다. 알겠나?"

인용문에서 알 수 있듯이, 일제는 진주만 공격의 성공에 고무되어 "진주만 폭격 축하연"을 여는 등 전쟁의 승리를 자축하는 데 들떠 있었다. 조선인 노무자들에게 휴식을 주고, 군인들에게 위안부 수용소 출입을 허락하는 등 전쟁 승리를 위한 대대적인 사기 진작을 감행했던 것이다. 이러한 사실에서 김정한이 무엇보다도 주목하고자 했던 것은 바로 '여자보국대'란 이름으로 끌려온 조선인 위안부들의 상처와 고통에 대한 소설적 증언이었다. 「수라도」와 「오끼나와에서 온 편지」에서 위안부 문제를 언급하기는 했지만, 그것은 어디까지나 소문으로 전달된 이야기거나 과

거의 일을 전해주는 것에 지나지 않았다. 하지만 「잃어버린 山所」는 남양군도에서 조선인 위안부들이 실제로 겪었던 일을 직접적으로 묘사하거나 서술했다는 점에서, 우리 소설에서 위안부 문제를 가장 구체적으로 다룬 첫 작품이라고 할 수 있다. "부대가 이동해 갈 전날 밤 같은 때는 한 애가 하룻밤에 즘생 같은 사내들을 몇 십 명 씩이나 받아야 된다던가. 그러니까 얼굴빛이 모두 호박꽃 같았다", "중국 대륙을 휩쓸면서 일본 군인들은 중국 여성들을 마구 강간 해댔는데 그로 인해 군대 안에 음질 매독이 터져서 놈들의 말대로 하자면 소위 전력 약화를 가져오게 됐더라나. 하긴 불알이 팅팅 붓고 피고름을 질질 흘리면서 싸우자니…… 그래서 군 고위층의 지시로 젊고 건강하고 성병이 없는 반도 처녀들을 끌고와 놈들의 오물받이로 삼게 됐어"라고 말하는 데서, 당시 일제가 조선인 위안부들에게 얼마나 반인간적인 횡포를 저질렀는지를 구체적으로 증언하고 있는 것이다.

하지만 전쟁 승리에 고무된 일제의 군국주의 야욕은 사실상 그리 오래가지 못했다. "보란 듯이 서남태평양일대의 섬들을 파죽지세로 점령해 가던 일본군의 서슬도 1942년 6월 상순에 있었던 미드웨이 해전의 실패를 고비로 드디어 풀이 꺾이기 시작했"고, 이후 일본은 계속되는 전쟁에서 참패를 거듭하다가 급기야 1944년 2월에는 미군의 대공습으로 일본군 연합함대기지가 있었던 트럭섬이 궤멸되기에 이르렀다. 당시의 상황을 김정한은 "개전 단 사흘 만에 그처럼 뽐내던 일본 항공모함 네 척이 미군기의 완강한 폭격에 모조리 박살이 나고 해군이 거의 전멸했다는 소문이 트럭섬에까지 퍼졌다"고 증언하였다. 그 결과 "노동자들에게는 더욱 고달픈 작업이 강요되었"는데, "전쟁 물자를 숨겨두기 위한 지하 창고"나 "적기의 공습을 예상한 대피소"를 만드는 일에 동원되었던 것이다. 더군다나 일본의 패전이 점점 가시화되면서 섬에 갇혀 있는 노무자들의 생존을 위한 최소한의 보급도 모두 끊겨버려, 당시 노무자들은 더 이상 건설부대원이 아닌 "생산대"로서의 모습으로 "우선 자기들의 입에 들어갈 식량 생산"에 치중하지 않을 수 없는 상황을 겪기도 했다.[11] 또한 연합군의 트럭섬 공습이 본격화됨에 따라 "제기랄 인자 생산대가 앙이라 바로 대피대가 됐제?"라는 자조섞인 말이 나올 정도로 최소한의 생존을 걱정해야 하는 처지에 이르기까지 했다. 결국 "트럭섬들에 맹렬한 함포 사격과 동시에 미영연합군이 떼를 지어 상륙"하면서 학수 일행은 더 이상 일제의 "다꼬(문어)"[12]로 굴욕적인 복종을 이어갈 수 없다고 결심하고, "인자부터 우리는 문어가 앙이대이!"라는 선언을 하며 일본 군인의 창고를 습격하는 데서 이 소설은 중단되었다.

아마도 「잃어버린 山所」의 본격적인 이야기는 중단된 부분 이후에 전개되었을 것으로 짐작되는데, 일본의 패전과 동시에 연합군의 관리에 들어갔던 남양군도 조선인 노무자들이 조국으로 귀환하는 과정과, 고향으로 돌아온 뒤 일제에 의해 유실되고 만 조상의 산소山所를 중심 제재로

---

11 당시 남양군도로 끌려갔었던 우××의 구술에 따르면, "1,600명의 일행과 함께 1943년 10월 2일에 하코자키마루箱崎丸를 타고 떠나 18일간의 여정 끝에 트럭도에 도착하여 이미 현지에서 근무중인 조선인 4,000명(그외 일본인 6,000명 주둔)을 만날 수 있었다. 트럭도에 있을 때는 식료품을 수송해주었으나 1944년에 라울섬(남유도)에 간 후로는 식량을 조달해주지 않아 1년 3개월을 풀과 호박으로 연명했다"고 한다. (정혜경, 「일제 말기 조선인 군노무자의 실태 및 귀환」, 『한국독립운동사연구』 20, 독립기념관 한국독립운동사연구소, 2003, 76쪽)

12 소설 속의 설명에 따르면, "다꼬란 것은 원래 뼈가 없는 문어를 가리키는 일본말인데 일본 노무자들이 애도 곤도 없이 일본인 십장들 앞에서 지나치게 알랑거리는 한국인들을 비꼬아서 하는 소리였다"고 한다.

해방 이후에도 여전히 식민의 그늘에 갇혀 있었던 역사의 모순에 대한 증언을 이어갔을 것으로 생각된다. 즉 평생을 자신들의 땅을 지키며 살아온 토착 민중들이 토지조사사업으로 한 순간에 일제에게 땅을 빼앗겼던 식민지 시기와 전혀 다를 바 없이, 해방 이후에도 여전히 국가 권력에 의해 땅을 빼앗긴 채 살아갈 수밖에 없는 신식민지 현실을 특별히 부각시키고자 했을 것이다. 이러한 문제의식은 김정한 소설의 일관된 주제의식을 보여주는 것이거니와, 1965년 한일협약과 베트남파병에서 드러난 미국 주도의 신식민지적 동아시아 정책에 대한 비판적 의도가 짙게 깔려 있다고 할 수 있다. 이런 점에서 「잃어버린 山所」는 비록 미완성에 그쳤지만, 「산서동 뒷이야기」와 「오끼나와에서 온 편지」의 연장선상에서 김정한 소설의 동아시아적 문제의식을 이해하는 중요한 의미를 지녔다고 평가할 수 있다.

3. 식민지 유산의 청산과 동아시아 민중 연대

1966년 문단 복귀 이후 김정한의 소설은 올바르게 청산되지 못한 식민지 유산이 국가주의의 가면을 쓰고 여전히 횡행하고 있는 신식민지 현실에 대한 비판에 초점을 두었다. 앞서 언급한 1965년 한일협약이나 베트남파병의 문제는 바로 이러한 역사적 불구성을 그대로 노출한 동아시아적 사건이라는 점을 분명하게 인식함으로써, 해방 이후에도 그대로 남아 있는 신식민지 유산의 제대로 된 청산과 제국의 기억을 등에 업은 국가주의의 횡포에 대한 저항에 집중하고자 했던 것이다. 그런데 이러한 문제의식에서 간과해서는 안 될 중요한 사실은, 그의 소설적 지향이 식민지 종주국 일본에 대한 맹목적 비판에 있었던 것은 아니었다는 사실이다. 즉 친일 유산을 제대로 청산하지 못한 데서 비롯된 군사정부의 실정과 이를 원격조종하는 미국 주도의 제국주의 횡포에 대해서는 강하게 비판하면서도, 이러한 비판의식을 국가 간의 대립과 충돌의 문제로 이해하기보다는 민중의 현실을 외면하는 국가주의 이데올로기의 권력화된 허위성으로 바라보고자 했던 것이다. 이는 미국을 중심으로 전개되는 동아시아 제국주의 정책이 일본을 포함하여 동아시아 국가의 민중들 전체에 신식민지 현실을 조장하는 결과를 초래하고 있다는 문제의식에 토대를 두고 있다. 따라서 김정한은 특정 국가의 이데올로기에 갇히기보다는 동아시아 민중 연대의 관점에서 일제 말의 상황을 재해석하고자 했다. 「산서동 뒷이야기」에서 일본인 '이리에쌍'과 '박노인'의 관계와 「오끼나와에서 온 편지」에서 일제 말 강제징용에 끌려갔던 조선인 노동자들과 함께 북해도 탄광에서 막장일을 했던 '하야시 노인'을 설정한 것은, 그의 동아시아적 소설 의식이 제국주의와 국가주의에 철저하게 희생당했던 동아시아 민중들의 연대에 초점을 두고 있었음을 분명하게 보여준다.

주지하다시피 김정한의 대표작이자 등단작인 「사하촌」은 민중들의 삶의 터전인 농지의 소유와 경작을 둘러싼 계급적 갈등을 쟁점화한 작품이다. '절논'이라고 불렸던 보광리 땅 대부분은 원래는 조상 때부터 그곳에서 농사지으며 대대로 물려받아온 성동리 사람들의 소유였다. 하지만

"자손 대대로 복 많이 받고 또 극락 가리라는 중의 꾀임에 속아서 그만 불전에, 아니 보광사에 시주"하여 언젠가부터 절의 소유로 바뀌고 말았다. 김정한의 소설에서 불교는 대체로 친일 계급의 대리인으로 부정적으로 묘사되고 있는데,[13] 이 작품에서도 이웃 성동리 사람들의 어려움에는 아랑곳하지 않고 물길을 막아 오로지 자신들의 이익을 챙기기에 급급한 보광리 사람들의 행태를 통해 친일 계급을 등에 업은 '보광사'에 대한 비판을 서슴지 않았다. 이는 소유권이라는 형식에 얽매이지 않고도 평생 자기 땅을 경작하며 살아온 민중들의 일상적 생활마저 훼손시켜 버렸던 일본의 제국주의적 횡포를 우회적으로 비판한 것으로 볼 수 있다. 즉 당시 식민지 농민들에게 땅으로 대변되는 자본이 토지조사사업 등의 명목으로 일제에 의해 구획되고 관리되면서, 결국에는 민중들의 최소한의 생활과 생존을 위협하는 폭력으로 작용했다는 사실을 특별히 부각시키고자 했던 것이다. 김정한의 이러한 문제의식은 문단 복귀 이후인 1960년대 중반부터 두드러지게 나타나는데, 「모래톱 이야기」, 「평지」, 「독메」 등에서 자본과 국가의 폭력에 저항하는 '땅'의 구체적 장소성을 쟁점으로 삼고 있는 데서 알 수 있다.[14] 이는 해방 이후에도 여전히 땅의 권력으로 심화되고 있는 식민지 유산에 내재된 역사적 모순에 대한 비판에서 비롯된 것이다. 「잃어버린 山所」라는 소설 제목에서 유추할 수 있듯이,

---

13 「잃어버린 山所」에서도 신사참배를 거부하여 폐교된 학수의 학교를 두고 "예수쟁이 학교라서 그랬구만……"이라고 냉소적으로 말하는 할머니를 향해, "신라나 고려 때는 그래도 '구국불교'로서 할 일을 했다지마는 요새 중들은 다 안 썩었던 기요, 절마다 부처님 앞에 '일본 임금님 천세만세 하옵소서'란 비단 글빨을 걸어놓고 (…중략…) '구국불교'가 아니라 '매국불교' 아입니꺼?"라고 비판하는 학수의 대답에서 김정한의 불교에 대한 비판의식이 그대로 드러난다.

14 이에 대한 자세한 내용은, 하상일, 「동아시아적 시각으로 본 요산 소설의 '부산'」, 『작가와사회』 65, 부산작가회의, 2016 참조.

아마도 이 소설의 후반부는 이러한 문제를 중점적으로 서사화하고자 했을 것으로 짐작된다.

그가 다니던 학교의 폐교 문제 못지않게 그에게 큰 충격을 준 것은 강 건너 김해 대저면 소작쟁의 사건의 뒷조짐이었다. 강둑에서 가까운 대저면 일대는 원래 갈밭과 모래벌이었지만 소위 '조선 토지 조사 사업'이란 걸 추진할 무렵 일본인들이 맘대로 측량을 하여 강점을 하다시피한 그곳 주민들의 땅이다. 그 뒤 수리 시설이 완성되자 그 일대가 일등보답으로 변하고 땅을 뺏긴 옛 주민들은 결국 소작인으로 전락한 꼴이 됐는데 게다가 설상가상으로 무리한 소작료까지 요구했으니 아무리 힘없는 소작인들인들 그냥 받아들일 수는 없었다. 그러나 경찰의 강압으로 소작인 측에 억울한 희생자만 나고 나머지는 도의회의 결의라 해서 마치 소탕을 당하듯 만주지방으로 강제 이민을 가게 되었던 것이다. 그래도 정부 기관지인 '매일신문'은 개척사開拓士 운운해서 그러한 조치를 숫제 미화하고 있었다.

"죽일 놈들!"

학수는 조마을 사람들의 땔나무 터인 냉정재란 데 지게를 세워 놓고 강 건너 대저면 일대를 바라볼 때마다 억울하게 쫓겨 간 그곳 농민들의 일이 남의 일 같지 않게 가슴에 왔다.

이 소설에서 언급하고 있는 "강둑에서 가까운 대저면 일대"는 「모래톱 이야기」의 '조마이섬'과 같은 곳이다. 식민지를 거쳐 온 우리의 역사가 땅의 소유를 둘러싸고 어떤 폭력을 지속적으로 자행해왔는지를 보여주는 상징적 장소이다. 특정 소유와는 무관하게 자신들의 삶을 지탱시켜준 농토가 식민지 시절에는 일제의 토지조사사업으로 동양척식주식회사 소유로 넘어갔다가, 해방 이후에는 적산敵産이 되어 국가 소유로 강제 편입되었고, 언젠가부터는 유력자의 손을 오고 가는 사유지로 전락한 '땅'의 문제는, 지금까지도 우리나라 곳곳에 산재해 있는 식민지 모순의 연장임에 틀림없다. 식민지 시절 '땅'을 둘러싼 제국주의의 폭력이 해방 이후에는 국가가 그 자리를 대신해 또 다른 폭력을 가하는 악순환을 거듭하고 있는 것이다. 이런 점에서 김정한의 소설이 "비주류적인 것, 무시된 것, 억압된 것, 주변적인 것"[15]을 주목한 것은, 단순히 '지역'을 제재로 삼고자 한 데 있는 것이 아니라 식민지 유산으로서의 자본과 국가의 폭력에 저항하는 장소성의 의미를 쟁점화 하고자 한 결과라고 할 수 있다. "그가 다니던 학교의 폐교 문제 못지않게 그에게 큰 충격을 준 것"이란 학수의 말에서, 그리고 이 소설의 제목이 「잃어버린 山所」라는 데서, 조상 대대로 이어져 내려온 민중들의 삶터이자 역사적 장소인 '땅'의 문제를 통해, 일제 말의 상황이 해방 이후에도 여전히 지속되고 있음을 쟁점화 하고자 했던 것이 이 소설의 궁극적인 의도였던 것이다.

여기에서 한 가지 더 중요하게 문제 삼을 것은 김정한이 '민중'이라는 계급성을 그의 소설 속 인물이 갖추어야 할 필수적인 조건으로 삼았다는 사실이다. 그리고 이러한 민중성의 구현은 특정 국가의 이데올로기를 넘어서 동아시아 공동체의 문제의식으로 확장하고자 했다는 데 있다. 또한 1960년대 미국 주도의 신식민지적 동아시아 정책을 비판적으로 극복함으로써 동아시아 민중 연대의 가능성을 열어나가는 소설적

---

15 구모룡, 「요산문학을 읽으며 생각한 민족문학의 방법」, 앞의 책, 39쪽.

방향성을 찾고자 했다는 점이다. 앞서 언급한 대로 한일 관계를 새롭게 사유하는 가능성을 보였다고 평가된 「산서동 뒷이야기」와 「오끼나와에서 온 편지」가 그랬던 것처럼, 「잃어버린 山所」에서도 일본인의 모습을 무조건 적대적인 타자로 설정하지 않은 이유는 바로 여기에 있다.

> "나도 논부의 아들이요. 소작인의 아들이란 말이요. 그래서 못살아 이곳에 나와봤지만, 소작인의 아들은 오데로 가나 못 사루긴 한가지야!"
>
> 그는 술을 마시면 곧잘 이런 넋두리를 예사로 했다.
>
> 큰물에 혼이 날 때마다 늘 둑 안으로 옮겨 살고 싶어 하는 개펄 사람들이 갑술년 홍수 뒤에 겨우 산서동이란 부락을 만들게 된 것도 실은 이 '이리에쌍'의 선동이 크게 작용했던 것이다.
>
> 그 뒤로부터 산서동 사람들은 '이리에쌍'을 다른 일본인들과 달리 보았고, 관청이나 지주들 상대의 까다로운 교섭에는 늘 그를 앞장세우게 되었다. 물론 그도 그런 일들을 맡기를 꺼리지 않았다.
>
> ─「산서동 뒷이야기」[16]

> 그의 아버지 하야시 노인 역시 젊었을 때 북해도의 탄광에서 막장일을 했다나요. 그런 기억이 되살아났기 때문에 아버지 얘기에 별안간 어떤 충격을 받아서 그랬을 거라고요. 듣고 보니 그런 것 같기도 하죠.
>
> 아닌 게 아니라 그런 일이 있고부터 하야시 노인은 광부들의 딸인 우리들에게 한결 친절한 태도를 보였습니다.

---

16 『전집』 4, 184쪽.

"제국(일제) 말년에 국민 징용령이 발표되고부터 십육 세 이상 오십삼 세 까지의 한국인 노무자가 7십여만 명이나 일본에 끌려왔다지만, 적어도 그 중 2십만 명가량은 아마 북해도 탄광들이나 땅굴 파는 일에 동원됐을거야. 봇진이 아버지도 틀림없이 그 중의 한 사람이었을 거야. 어쩜 나와도 만났을지도……."

하야시 노인은 이틀 전과는 아주 달리 담담한 어조로 당시의 일을 이야기해 주었습니다.

—「오끼나와에서 온 편지」[17]

"박 군, 아버지가 안 계시다지?"

후지다는 난간에 허리를 기대며 물었다. 내처 눈두덩을 끔뻑끔뻑하면서.

"야."

학수는 서슴없이 말했다. 그저 누구에게서 들은 게로구나 싶었을 따름이었다.

"일찍 돌아가셨나."

"야."

"몇 살 때?"

"난 아버지 얼굴도 잘 모릅니더."

치근치근한 놈이라 싶었다.

"나와 비슷하군. 나는 세 살 때 어머니를 여의었어. 만주서."

후지다는 목소리가 별안간 낮아졌다. 학수는 곧 그러한 그의 마음속을 촌탁해 보았다.

---

17 위의 책, 276쪽.

"그럼 고향에는 어머니 혼자 계시는구먼."

후지다는 학수를 다시 돌아보았다.

"야."

학수는 내처 예사롭게만 대답했다.

"그러나 나보다 낫네."

후지다는 담배를 한 대 피어 물더니

"나는 아버지도 죽었어. 만주사변 때 제자리서 출정해서 말이다. 전쟁이란 건 무서운 거야. 우리도 언제 어디서… 아무튼 우린 다 때를 잘 못 타고 났어!"

그는 방금 피어 물었던 담배를 물 위로 던져버리고 바다 쪽을 향해 돌아섰다. 호호한 달빛이 바다를 한결 넓게 펼쳐 보였다.

'우리'란 말과 '때'란 단어가 학수의 기억 속에 스미듯 하며 그로 하여금 후지다에게 별안간 어떤 친근감 같은 것을 느끼게 했다.

—「잃어버린 山所」

1970년대 전후에 걸쳐 연속적으로 창작된 것으로 추정되는 세 작품은, 조선인과 일본인을 적대적 관계로 표면화하지 않았다는 점에서 공통점이 있다. 「산서동 뒷이야기」의 '이리에쌍', 「오끼나와에서 온 편지」의 '하야시 노인', 그리고 「잃어버린 山所」의 일본 군인 '후지다'는, 자신들의 국가인 일본의 제국주의 정책으로 인해 희생당한 민중의 표상에 다름 아니다. "나도 논부의 아들이요. 소작인의 아들"이라고 항변하는 이리에쌍의 절규와 복진 아버지가 북해도에서 강제징용을 했다는 이야기에 크게 놀라는 하야시 노인 그리고 남양군도로 끌려가는 학수에게 동병상련의 아픔을 느끼며 "우린 다 때를 잘 못 타고 났어!"라고 말하는 일본군 후지다는, 비록 식민지 속국과 종주국의 국민이라는 차별성을 지녔다 하더라도 일본 제국주의의 희생양이라는 점에서는 사실상 동일한 처지에 있다고 보았던 것이다.

물론 김정한의 소설에서 일본인 형상은 대체로 부정적으로 묘사되었다는 점에서 이 세 작품에 등장하는 일본인 형상은 상당히 예외적인 경우에 해당한다. 하지만 그의 다른 소설에서 일본인들의 직업이 군경, 공무원, 관리 등 대부분 식민지 권력의 충실한 전파자로서의 역할에 집중되었다는 점을 염두에 둔다면, 이 소설들 속에 등장하는 일본인은 조선 민중들과 마찬가지로 피해자의 위치에 있다는 점에서 전혀 다른 차원에서 바라볼 필요가 있는 것이다. 아마도 이러한 차이는 일본 전체를 가해자의 시선으로 보는 적대적 관점만이 식민지 유산의 올바른 청산을 이루는 길은 아니라는 점을 특별히 강조하고자 한 데 이유가 있다. 즉 진정한 의미에서 일제 잔재의 청산은 가해자와 피해자를 가르는 문제의식에 있는 것이 아니라, 국가의 일방적 정책에 의해 수단화되거나 도구화되는, 그래서 여전히 국가 권력의 억압과 착취의 대상이 될 수밖에 없는 민중들의 현실을 직시하는 데 있음을 강조하고자 했던 것이다. 따라서 김정한은 식민과 전쟁의 역사를 온몸으로 안고 살아온, 특정 국가를 넘어선 민중들의 연대를 바탕으로 한 동아시아적 시각을 새롭게 열어나가는 데서 1970년대 이후 우리 소설의 뚜렷한 방향성을 찾고자 했다. 이런 점에서 그의 미완성 미발표작 「잃어버린 山所」는 1966년 문단 복귀 이후 그의 소설이 무엇을 지향하고자 했는지를 보여주는 의미 있는 이정표와 같은 역할을 했다. 「수라도」에서부터 일제 말의 상황에 주목한 김정한은 「산서동 뒷이야기」와 「오끼나와에서 온 편지」에서 연속적으로 이 문제에 집중했고, 「잃어버린 山所」를 통해 이러한 문제의식을 강제징용과 위안부의 실제적 고통이 가해졌던 '남양군도'의 현장에 대한 사실적 증언을 담아 총체적으로 서사화하려 했던 것이다. 또한 이러한 식민과 제국의 고통스런 기억에도 불구하고 1960년대 중반 굴욕적인 한일협약과 미국에 의한 베트남 파병 등 여전히 신식민지 현실 속에 갇혀 살아왔던 우리 역사의 모순을 직시함으로써, '山所'로 표상되는 조상 대대로 이어져 온 땅의 문제를 통해 해방 이후에 이르러서도 제대로 청산되지 못한 식민지 유산에 대한 올바른 해결 방향을 제시하고자 했다. 이러한 문제의식의 결과로 그가 주목한 것이 바로 '동아시아 민중 연대'이고, 이를 실천적으로 보여주는 장소로 '산서동', '오끼나와' 그리고 '남양군도'를 소설의 배경으로 삼았던 것이다.

이상과 같은 뚜렷한 문제의식에도 불구하고 김정한의 동아시아적 소설 세계는 더 이상 확장되지 못한 채 중단되고 말았다. 「잃어버린 山所」가 태평양전쟁에서 일본이 패전 직전에 몰린 상황을 묘사한 부분에서 멈추어 버린 이유를 정확히 짐작하기는 어렵지만, 이후 발표된 김정한의 소설에서 이러한 동아시아적인 문제의식이 두드러지지 않았다는 사실을 주목해야 할 듯하다. 이와 같이 확고했던 그의 소설 의식이 중단될 수밖에 없었던 사정은, 70년대에서 80년대로 넘어가던 우리의 정치적 현실이 강요한 내적 검열의 문제와 관련이 있지 않을까 조심스럽게 추정해 본다. 특히 해방 이후 남양군도에서 연합군의 포로로 잡혀 있던 학수 일행이 조국으로 생환되어 겪게 되는 일들이 이 소설의 핵심적인 사건이었다고 한다면, 식민지 청산을 제대로 이루어내지 못한, 그래서 식민의 유산이 사실상 그대로 남아 있었던 1970~80년대 국가 이데올로기의 억압이 이 소설의 다음 이야기를 중단시킨 가장 큰 걸림돌이 되지 않았을까 짐작된다. 1977년 발표된 「오끼나와에서 온 편지」는 일본의 내부 식민지인 오끼나와를 배경으로 전쟁 후의 상처를 안고 살아가는 인물들의 만남과 일본군 위안부 문제에 대한 증언을 소설화한 사실상의 첫 시도였다는 점에서, 지금까지도 상당히 민감한 문제로 남아 있는 한일 간의 국가적 과제들에 대한 비판적 문제제기로 받아들여지기에 충분했을 것이다. 따라서 김정한 스스로가 이러한 현실적 이유를 감당하기에는 다소 무리가 따랐던 때가 아마도 이 소설이 발표된 시점인 1970년대 후반이 아니었을까 생각된다. 이런 점에서 「산서동 뒷이야기」, 「오끼나와에서 온 편지」, 「잃어버린 山所」는 제국과 식민의 청산을 제대로 이루어내지 못한, 그래서 자본과 국가의 독점적 정책으로 여전히 식민지와 같은 희생을 강요당했던 동아시아 민중들의 현실을 현재적으로 쟁점화하려 했던 김정한의 소설적 방향성을 실천적으로 보여준, 1970년대 우리 소설사의 의미 있는 성과라고 평가할 수 있다.[18]

---

18 하상일, 앞의 글, 56쪽.

4. 김정한 소설 연구의 동아시아적 시각의 확장

주지하다시피 김정한의 소설은 대체로 낙동강 하구를 중심으로 살아온 그의 체험적 장소가 지닌 역사성을 주된 배경을 삼았다. 하지만 이러한 체험 공간이 표상하는 지역성에 대한 이해는 지금의 행정 단위로 의미화되거나 지역적 기표의 차원으로만 해석할 문제는 아니다. 김정한 소설의 지역적 장소성은 "도시이면서도 도시에서 제외되고 소외된 곳, 법이 제대로 미치지 않는다는 것을 기화로 횡포가 자행되는 그늘진 곳"[19]이라는 데 있으므로, 그것이 반드시 특정 지역에 한정된 장소성으로 표상되어야 할 이유는 없는 것이다. 물론 이러한 지역성의 강조가 행정 단위로서의 지역과 전혀 무관하다고 볼 수는 없다. 다만 행정 단위로서의 지역의 의미를 특화하려는 의도에서 비롯된 '지역성'의 강조가 오히려 김정한 소설의 장소 의식에 내재된 '세계성'의 문제를 외면하는 결과로 굳어질 우려가 있음을 반드시 경계해야 한다.[20] 그동안 김정한 소설에서 지역의 구체성이 근대적 행정 단위에 의해 상징화되고 신비화되는, 그래서 특정 지역을 스토리텔링화 하는 전략으로서 일정 부분 강요당한 측

---

19 김중하, 앞의 글 참조.
20 이러한 문제의식에서 구모룡은, "지역문학은 추상성, 강제된 보편성에서 탈피하여 자신의 과거와 현재의 역사성에 개입해야 한다. 이럴 때 지역문학은 단순한 장소성에서 벗어날 수 있다. 그런데 장소성과 역사성은 단순한 지역적 유산이 아니다. 유산으로서의 지역은 또 다른 족쇄에 불과하다"고 하면서, "다시 쓰기로서의 지역문학은 지역적 유산을 드러내고 기념하는 것이 아니라 지역의 문제가 근대의 문제이고 세계의 문제임을 밝혀내는 기획"이라고 하였다. 이러한 문제의식은 앞으로 요산 연구에서 지역성의 문제를 어떻게 의미화해야 하는가에 대한 중요한 문제제기를 담고 있다. (구모룡, 「지역문학—문학적 생성 공간으로서의 경계영역」, 앞의 책, 27쪽)

면은 없는지 냉정하게 묻지 않을 수 없는 것이다. 이러한 문제의식에서 앞으로 김정한 소설에 대한 논의는 '지역'을 넘어서 '동아시아적'으로 확장될 필요가 있다. 즉 식민지 내부의 문제이든 해방 이후 국가와 제도의 문제이든, 그것을 특정 민족과 국가 그리고 지역의 문제로만 국한시키지 않고 제국주의의 상처와 국가주의적 근대 경험을 공유하고 있는 동아시아 민중들과의 연대라는 관점에서 논의될 필요가 있는 것이다.

본고는 「수라도」에서부터 시작된 김정한의 동아시아적 시각이 「산서동 뒷이야기」와 「오끼나와에서 온 편지」로 이어졌고, 이들 작품에 드러난 문제의식이 심화되고 확장되어 「잃어버린 山所」라는 더욱 직접적이고 사실적인 작품으로 나아갔다고 보았다. 특히 「산서동 뒷이야기」, 「오끼나와에서 온 편지」 그리고 「잃어버린 山所」로 이어지는 1970년대 김정한의 소설 의식은, 1960년대 중반 미국 주도의 신식민지 정책이 만든 한일협약과 베트남파병에 대한 비판적 문제의식에서 비롯된 것으로 이해하였다. 그 결과 김정한의 소설은 미국 중심의 동아시아 정책에 종속된 채 제대로 된 식민지 청산을 하지 못했던 국가적 실정失政을 강도 높게 비판하는 데 집중했다고 할 수 있다. 다만 이러한 역사적 문제의식이 1970년대 후반 우리나라 정치 질서의 혼란을 거치면서 자기 검열의 함정에 빠져버렸던 것은 아닌지 조심스럽게 추정해보았다. 「잃어버린 山所」가 태평양전쟁에서 일본이 패망하기 직전 상황에서 중단됨으로써, 식민지 유산의 올바른 정리와 국가주의의 횡포에 대한 소설적 증언을 현실적으로 감당하기에는 무리가 따랐을 것으로 판단되기 때문이다. 따라서 현재 요산문학관 전시실에 소장되어 있는 김정한의 미발표작들에 대한 전면적인 논의는, 해방 이전 김정한의 소설과 문단 복귀 이후 그의 소설을 연속적으로 이해하는 아주 중요한 자료적 가치가 있다. 본고에서 「잃어버린 山所」를 같은 70년대 소설인 「산서동 뒷이야기」, 「오끼나와에서 온 편지」와 연속적으로 살펴보고자 한 이유도 바로 여기에 있다.

대부분의 소설가에게 장소는 아주 특별한 의미를 갖는데, 김정한에게도 장소는 그의 소설 의식을 이해하는 가장 기본적인 출발점이 되지 않을 수 없었다. 그가 태어난 경남 동래군 북면(현재 부산시 금정구 남산동)에서의 유년 시절, 와세다대학을 다니다 귀국하여 남해의 초등학교에서 보냈던 교사 생활, 그리고 교원연맹, 농민조합, 인민위원회 등의 사회 활동[21]은 그의 소설을 사실적으로 구성하는 가장 중요한 바탕이 되었다고 할 수 있는 것이다. "어느 평론가가 나를 두고, 체험하지 못한 것은 잘 못 쓰는 사람이라고 평한 글을 읽고 꽤 알아맞힌 말이라고 생각했다"[22]라는 자신의 말에서 이미 드러나듯이, 그에게 장소는 자전적이고 체험적인 공간을 크게 벗어나지 않음으로써 서사적 리얼리티를 확보하는 중요한 장치가 되었다. 이를 통해 김정한은 친일 지주들의 횡포에 맞서는 농민을 주체로 토지와 종교 등의 문제를 쟁점화함으로써 민중의식의 형상화를 그의 소설의 일관된 주제로 삼았다. 이처럼 김정한에게 장소는 물리적인 공간으로서의 의미를 넘어서 식민의 현실과 민중의 생활에 뿌리 내린 서사적 진실을 담아내는 소설적 장치로서 역사성을 담고 있었던 것이다.[23] 그리고 이러한 역사성을 민족과 국가의 경계를 넘어서 제국과 식민의 기억을 공유하고 있는 동아시아 전체의 문제로 확대해서 바라보고자 했다. 따라서

---

21 이에 대한 자세한 내용은, 윤정규, 앞의 글을 참고할 만하다.
22 김정한, 「진실을 향하여−문학과 인생 1」, 『황량한 들판에서』, 황토, 1989, 69쪽.
23 하상일, 「식민의 현실과 민중의 생활에 뿌리 내린 서사적 진실−요산 김정한의 「사하촌」 현장을 찾아서」, 『대산문화』 35, 대산문화재단, 2010, 16~17쪽.

앞으로의 김정한 소설 연구는 식민과 제국의 기억을 공유하고 있는 동아시아 민중들의 연대 가능성이라는 측면으로 더욱 확대될 필요가 있다. 이런 점에서 본고의 연구 대상인 「잃어버린 山所」는 비록 미완성 미발표작이지만, 1960년대 중반 문단 복귀 이후 1970년대로 넘어가는 과정에서 김정한의 소설이 동아시아적으로 어떻게 확장되어 나아갔는지를 이해하는 아주 중요한 자료적 가치가 있다고 평가할 수 있다.

제4부
한국 근대문학과 재일조선인

제1장

광복 70주년, 재일조선인
시문학 연구의 현황과 과제

1. 광복 70주년, 재일조선인 시문학의 현재

　최근 들어 특정 국가의 언어와 이데올로기에 갇힌 일국적 문학 연구의 틀을 벗어나 민족 혹은 국가 그리고 언어의 차원을 넘어선 다양한 범주의 문학 연구가 활발하게 전개되고 있다. 근대 이후 한국과 밀접한 연관 관계를 형성해온 중국이나 일본과의 동아시아 비교 연구는 물론이거니와, 서구 중심의 기존 세계문학론에 맞서 아시아, 아프리카, 라틴아메리카를 중심으로 한 제3세계 문학연구로의 확장은 바로 이러한 문제의식을 실천적으로 보여주는 의미 있는 사례이다. 이러한 시도는 서구 중심적 세계 인식에 깊이 뿌리박힌 학문 풍토에서 벗어나, 구미 중심의 세계체제 바깥에서 식민의 경험과 기억을 공유해온 제3세계의 민족 혹은 국가 상호간의 역사적 연대의 사실들을 특별히 주목하려는 것이다. 또한 지리적 한계로 인해 실질적인 연대를 모색하지는 못했다 하더라도, 구미중심주의의 식민성을 넘어서려 했던 각 민족과 국가의 저항적 특수성을 주목함으로써, 그 안에 내재된 공통된 지향성으로서의 보편적 가치를 현재의 시점에서 공유하려는 연대의식을 표방하고 있다. 이는 중심화되고 특권화된 왜곡된 주체로서의 구미중심 세계체제 바깥에서 외부 혹은 타자의 시선으로 중심의 내부적 식민성과 허위성을 비판하는 주변부 또는 경계의 담론으로 전개된다. 즉 중심과 주변의 획일화된 위계를 근본적으로 무너뜨림으로써 왜곡된 중심의 다원화를 모색하고, 그 결과 다양하게 분산된 중심'들' 간의 경계의 지점을 특별히 주목하여 그 경계가 새롭게 생성해내는 사회역사적 의미를 재발견하고자 한다. 따라서 경계의 문제를 '갈등'과 '대립'의 차원에서 바라봤던 그동안의 이분법적 담론과는 다르게, 경계의 지점에서 발생하는 다양한 문제들을 생산적인 담론의 장으로 재인식하는 전향적인 태도를 보여주고 있는 것이다.

이러한 문제의식은 식민과 분단의 역사를 경험한 우리 민족에게는 무엇보다도 의미심장한 과제로 다가오지 않을 수 없다. 남과 북의 대립과 갈등이 더욱 고조되는 오늘날의 현실을 직시하고, 이데올로기의 경직성을 전면화하지 않는 민간 차원의 학술적 교류를 더욱 활발하게 전개할 필요가 있는 것이다. 또한 분단의 역사 이전으로 거슬러 올라가 여전히 식민의 상처로 고통 받는 역사적 자리를 남과 북이 공동으로 치유하려는 노력도 아끼지 않아야 한다. 이러한 대의를 올바르게 실천하기 위해서는 무엇보다도 남과 북이 통합된 주체로서의 모습을 더욱 확고히 할 필요가 있다. 즉 남과 북의 이데올로기적 대립을 조장하는 주변 국가의 이해득실에 가로막혀, 식민의 상처가 깊이 새겨진 경계와 소외의 지점에서 발생하는 갈등과 대립을 계속해서 방조하고만 있어서는 결코 안 되는 것이다.

이러한 관점에서 여전히 식민지 종주국 일본의 국가적 차별과 불평등을 겪으면서 생존권과 주권을 심각하게 위협받고 있는 재일조선인의 현실을 직시할 필요가 있다. 남북 당국은 물론이거니와 민단과 총련으로 구분된 재일조선인 사회 내부에서부터 각자의 이해방식 안에서 특정 이데올로기를 강조하거나 고수하려 해서는 안 된다. 즉 추상적이고 허위적인 이데올로기의 경계를 과감하게 허물어뜨린 바로 그 지점에서부터 재일조선인 문제를 새롭게 접근하는 전향적인 태도를 보여야 하는 것이다. 지금 재일조선인 문제는 남, 북, 민단, 총련의 이데올로기적 대립을 넘어서 '재일' 그 자체의 문제라는 인식이 가장 중요하므로, 국가주의 혹은 이데올로기적으로 규정된 왜곡된 주체의 시선이 아닌, 타자화된 또다른 주체의 시선으로 '재일'의 문제를 새롭게 인식할 필요가 있다. 광복 70년, 재일조선인 시문학 연구의 방향과 과제는 바로 이러한 문제의식으로부터 다시 출발해야 할 것이다.

2. 언어, 민족, 국가에 가로막힌 '재일'

해방 이후 재일조선인 시문학의 정체성을 규정하는 데 있어서 가장 쟁점이 되었던 문제는 바로 '언어'이다. 즉 모어母語로서의 일본어와 모국어母國語로서의 우리말 사이의 이중 언어 현실이 재일조선인 시문학을 가름하는 보편적 기준으로 자리잡아왔던 것이다. 대체로 일문학계에서는 재일조선인 문학의 범주를 재일조선인이 일본인 독자들을 대상으로 일본어로 창작한 문학으로 제한하였고, 국문학계에서는 이러한 일본어 작품뿐만 아니라 '재일조선인총연합회(총련)' 산하 '재일조선인문학예술가동맹(문예동)' 출신 문인들의 한국어 작품까지 포괄하는 확장된 범주로 재일조선인 시문학의 범주를 규정하였다. 이러한 차이가 발생한 데는 재일조선인 시문학 연구가 일본문학 전공자들을 중심으로 일본문학 연구의 한 분야로 시작되었다는 사실과 무관하지 않다. 게다가 재일조선인 문학연구가 아쿠타카와상, 나오키상 등 일본의 권위 있는 문학상을 수상한 재일작가들의 소설을 중심으로 논의되었다는 점도 중요한 요인으로 작용하였다. 그 결과 재일조선인 시문학 연구는 소설 장르에 비해 상대적으로 소외된 분야로 남게 되었고, 급기야는 특정 언어와 특정 장르에 압도되어 현재 일본 내에 거주하는 재일조선인의 사회적 현실을 온전히 반영하지 못하는 기형적인 양상을 초래하였다.

주지하다시피 언어는 한 사회의 문학을 규정하는 가장 중요한 기준 가운데 한 가지임은 틀림없는 사실이다. 특히 식민과 분단의 역사를 경험한 민족 혹은 국가에게 있어서 언어는 억압과 통제라는 식민지적 강요에 의해 심각하게 훼손된 상태로 간신히 존재할 수밖에 없었다는 사실을 충분히 고려해야만 한다. 민족 말살 정책의 수단으로 민족 언어를 금지시켰던 식민지 언어 정책은 민족 혹은 국가의 정체성을 송두리째 무너뜨리는 가장 강력한 무기로 작용했기 때문이다. 1938년 일제가 조선의 중학교 과정에서 조선어교육을 사실상 폐지하는 것을 골자로 한 교육령 개정을 단행한 이후, 제도 교육을 통해서는 우리말 교육을 전혀 받을 수 없었던 세대들에게 한국어는 더 이상 모국어가 아닌 이상적이고 관념적인 언어가 되고 만 것이다. 결국 일본어를 학습하면서 자란 이 세대들에게 해방은 곧 일본어의 폐기를 의미하는 것이었으므로, 관념적이고 추상적인 언어로만 남아 있었던 한국어를 다시 학습해야만 하는 언어적 혼란을 초래할 수밖에 없었다. 그 결과 생활 언어로서의 일본어를 송두리째 버리고 조국의 언어라는 당위성으로 한국어를 더듬더듬하며 살아가는 데서 자기정체성의 심각한 혼란을 겪어야만 했던 것이다. 이처럼 해방 이후 재일조선인들 상당수는 일본어와 조선어의 이중 언어 현실에서 결코 자유로울 수 없었다. 따라서 재일조선인 시문학 창작에 있어서도 이러한 언어적 갈등과 모순은 가장 첨예한 문제로 부각되었다.

일본이 패함으로써 조선인으로 되돌아가 소위 '해방된' 국민이 되긴 했으나, 종전이 될 때까지 나는 제 나라의 언어 '아'자 하나 쓸 줄 모르는 황국소년이었습니다. 그러한 내게, 나라를 빼앗길 때도 되찾을 때도 아무런 관련이 없었던 내게 '이것이 너의 나라다' 하고서 나라가 주어졌습니다. 그 '나라'에 맞닿을 만한 아무것도 갖추지 못한 내게 말입니다. 무엇보다도 우선 나에게는 조선어, 민족의식을 심화시키고 자각심을 일으킬 만한 모국어가 없었습니다. 간신히 알아들을까 말까 할 정도로, 표준어와는 아주 먼 방언만이 그나마 나의 모어였습니다. 그럼에도 세대적으로는, 시련을 견디어 되살아난 조국의 미래를 짊어진 확실한 젊은이 가운데 한 사람이었던 것입니다.

그야말로 손톱으로 벽을 긁는 심정으로 제 나라의 언어를 '가나다'부터 배우기 시작했습니다. 덕분에 민족적 자각 또는 제 혈관 속에 감춰져 있어 의식하지 못했던 나라를 향한 마음 등이 마침내 깨우쳐졌습니다만, 그 자각을 위한 노력을 통해서도 원초적인 민족의식을 막아온 일본어라는 언어는 익숙해진 지각을 집요하게 부추겨 사물의 옳고 그름을 일일이 자신의 저울에 올려놓으려 합니다. 사고의 선택이나 가치 판단이 조선어에서 오는 것이 아니라, 일본어에서 분광되어 나옵니다. 빛을 비추면 프리즘이 색깔을 나누듯이 조선어가 건져집니다. 이렇게 치환되는 사고 경로가 나의 주체를 주관하고 있습니다. 그 흔들림의 근원에 일본어가 뿌리내리고 있습니다.[1]

앞서 언급한 대로, 해방 이후 재일조선인사회에서 '언어'의 문제는 민족적 정체성을 지켜나가는 데 있어서 가장 필수적인 요구사항이었다. 해방 이전 일본어의 사용은 일본에 의해 강요된 타율적 선택이었다 하더라도, 해방 이후까지 계속적으로 일본어를 사용하는 것은 민족적 반역으로 낙인찍히는 금기가 될 수밖에 없었다. 하지만 인용문에서 보듯이 당시 일본에 거주하는 우리 민족 가운데 우리말을 전혀 하지 못한 채 해방을 맞이한, 그래서 오로지 일본어로 사유하고 행동할 수밖에 없는 경우가 많았다는 사실을 간과해서는 안 된다. 자신을 "황국 소년"이라고 자

---

1 김시종, 「내 안의 일본과 일본어」, 『아시아』 8, 아시아, 2008, 101~102쪽.

조적으로 말할 수밖에 없을'정도로 이미 정신과 의식이 일본어에 의해 지배당한 사람이 상당수였던 것이다. 따라서 해방 이후 일본어의 폐기와 우리말의 습득은 "그야말로 손톱으로 벽을 긁는 심정으로 제 나라의 언어를 '가나다'부터 배우기 시작" 하는 내적 고통을 수반하지 않을 수 없었다. 그럼에도 불구하고 이미 모어가 되어버린 일본어를 버리고 모국어로서의 한국어를 당위적으로 선택하는 일은 자신의 의지만으로는 감당하기 어려운 복잡한 내면의 과정을 거쳐야만 했다. 일본어는 자신의 의식의 존재로 자리 잡은 최초의 언어였기 때문에 일본어를 버리고 의식을 형성한다거나 글을 쓴다는 것은 사실상 불가능했기 때문이다. 따라서 김시종은 일본어를 사용하면서도 일본어를 무너뜨리는, 즉 "일본어로써 일본어에 보복을 자행하는 독특한 형태"[2]의 일본어를 구사함으로써 민족의 언어에 가로 막힌 자신의 태생적 한계를 극복하고자 했다.

이상과 같은 '언어'의 문제는 재일조선인 시문학에서 '민족'의 표상을 넘어 '국가'의 문제와 부딪히면서 더욱 극단적인 문제로 증폭된다. 언어는 민족뿐만 아니라 국가를 표상하는 상징적 기표로서 절대적 지위를 가진다고 해도 과언이 아니므로, 한 국가의 '국민되기'를 강요당했던 재일조선인은 국가의 언어로 사유하고 글을 쓰는 것이 가장 기본적인 태도라고 엄격하게 규정되었던 것이다. 이러한 문제의식은 '문예동'을 중심으로 전면적으로 확산되고 제도화되었다. '총련'은 1959년 북한의 주체문예이론을 실천하는 '문예동'을 결성하여 총련계 재일조선인문인들의 이념적 조직화를 시도하면서, 그 구제척인 방향성으로 민족주체의식에 바

---

2 호소미 가즈유키, 오찬욱 역, 「세계문학의 가능성―첼란, 김시종, 이시하라 요시로의 언어 체험」, 『실천문학』 51, 실천문학사, 1998, 303~304쪽.

탕을 둔 우리말 글쓰기를 공식화했다. 그 결과 우리말보다는 일본어에 익숙했던 재일조선인문인들이 조직의 언어정책에 의해 극단적으로 매도당하는 상황에 내몰리게 되면서, 상당수의 문인들이 '총련'을 탈퇴하여 독자 노선을 걷는 재일조선인 사회의 대립과 갈등을 더욱 노골화하고 말았다.

당시 '문예동' 초대위원장이었던 허남기의 우리말 시 창작으로의 전환은 이러한 언어적 대립과 갈등을 부추기는 도화선이 되었다. 그는 1939년 일본으로 건너가 일본대학 예술과에 입학하여 조선연극단체 '형상좌形象座'에서 희곡을 쓰고 연극공연도 하면서 문학 활동을 시작했는데, 조선말로 연극을 했다는 이유로 대학에서 퇴학을 당할 정도로 우리말에 대한 애착이 남달랐다.[3] 또한 1945년에는 '재일조선인연맹'(조련) 문화부에서 조선어교과서 편찬에 참여하는 등 누구보다도 우리말을 잘 구사하는 재일조선인 가운데 한 사람이었다. 이러한 그의 우리말 능력으로 볼 때, 해방 이후 그가 일본어 창작을 우리말 창작으로 전환하는 데는 사실상 크게 어려움이 없었을 것으로 판단된다. 그런데 남북의 대립 속에서 어느 한 쪽으로의 선택을 강요당했던 재일조선인 사회의 현실에서 '북'에 대한 지지를 선택한 그의 행보는, 더 이상 일본어 시 창작을 할 수도 없고 또 해서도 안 되는 상황에 직면하게 했다. 그 결과 허남기의 시는 '문예동' 결성 이전의 일본어 시와 이후 우리말로 쓴 시 사이에 극단적인 경계를 남기지 않을 수 없었다. 심지어 그는 과거 자신의 일본어 시 창작에 대해 상당한 부채의식을 가지기도 해서, 죽음을 앞둔 말년에 이르러 일본어

---

3 손지원, 「시인 허남기와 그의 작품 연구」, 사에구사 도시카쓰 외, 『한국 근대문학과 일본』, 소명출판, 2003, 207쪽.

로 썼던 자신의 작품을 모두 우리말로 바꾸는 작업에 전념하기도 했다.[4]

이처럼 당시 재일조선인 시문학의 언어 선택은 국가주의에 포섭된 이데올로기적 명분쌓기의 성격이 너무도 분명했다. 따라서 허남기를 중심으로 한 '문예동'의 우리말 시 창작은 식민지 종주국에 살면서도 끝까지 우리말을 지켜내려는 민족적 주체의식의 표현이라는 근본적 의의에도 불구하고, 북한이라는 국가의 이념에 경도된 언어로서의 우리말 시 창작이라는 이데올로기만이 전면화되는 아주 부정적인 결과를 초래하였다. 이후 남과 북의 이데올로기적 대립이 더욱 공고화되면서 재일조선인 시문학에서 우리말 창작은 오히려 이방의 언어로 폄하되는 기이한 현상이 점점 굳어져 갔다. 즉 재일조선인 문학 연구에서 '문예동'을 중심으로 한 우리말 시 창작은 북을 지지한다는 정치적·이념적 이유로 단 한 번도 중심에서 거론되지 못한 채 특수한 사례로 철저하게 외면당해왔고, 일본어 시 창작이 오히려 재일의 실존과 정체성을 제대로 반영하는 의미 있는 방향으로 인식되는 자기모순을 가져오고 말았다.

이런 점에서 '총련' 소속이 아니면서도 우리말 시 창작을 지켜온 재일조선인 시인으로 김윤을 특별히 주목할 필요가 있다. 그는 '민단' 소속으로 남한의 보수적 이념에 대한 비판적 입장을 뚜렷하게 견지하면서 '총련'과도 일정한 관계를 유지했던 시인이다. 그러므로 그의 시는 '민단'과 '총련'의 이념적 경계도 허물고, 우리말과 일본어의 언어적 경계에 휘둘

---

4 허남기는 생전에 이 작업을 마무리하지 못하고 세상을 떠났고, 그의 아내 채숙일이 일부 작품의 번역을 마무리하여 북한에서 『조국에 바치여』(평양출판사, 1992)라는 시선집을 출간했다. 이 시선집에는 그의 일본어 시와 시집 『조선 겨울이야기』, 『선물』, 『화승총의 노래』, 『조선해협』 등이 한글로 번역·수록되어 있다. (하상일, 『재일디아스포라 시문학의 역사적 이해』, 소명출판, 2011, 167쪽)

려온 정체성의 혼란으로부터 비교적 자유로울 수 있었다. 다시 말해 그의 시는 민족과 언어 그리고 이념에 사로잡힌 재일조선인 사회의 극단적 이원화를 넘어서는 재일조선인 시문학의 공통분모를 두루 갖추고 있다고 할 수 있다. 비록 소속은 '민단'이었지만 처음부터 그의 시는 재일조선인 사회의 통일을 지향했고, 그 속에서 한목소리로 실천되고 형상화되는 통일문학에 기여하는 재일조선인 시문학의 가능성을 지향했다는 점에서, 언어와 민족 그리고 국가를 넘어서는 '재일'의 독자적 가능성을 충실히 보여주었던 것이다.

> 서로 정다운
> 사이이면서
>
> 서로 외면을 하고
> 살아야 할 술법만
> 늘어가고
>
> 누구를 위한
> 상반인지
> 이 꼴.
>
> 허수아비처럼
> 조롱받다가
> 헌신짝처럼

버림받을

신세

한낮이 무서워

어둠만 찾는 올빼미 망신쟁이들

무엇이

무서워

낮이 싫어서

어둠 속으로만 어둠 속으로만

기어드는 분열쟁이들

서로

정답게 살아야할 사람들끼리

서로 웃음꽃을 피우며

해와 함께

살 날.

구름낀 하늘이

개일 날을 위하여

사로 아껴서

사는

사람들

서로 정다운

사이를

웃으며

꽃피울 그날을 위하여

사람들은

낮이나 밤이나

도깨비떼들과 맞서고

있다.[5]

　인용시를 통해 시인은 "서로 정다운 / 사이이면서도 // 서로 외면을 하고 / 살아야 할 술법만 / 늘어가"는 재일조선인 사회의 극단적 이원화를 강하게 비판하면서, 이러한 대립과 갈등이 도대체 "누구를 위한 상반인지"를 정직하게 묻고 있다. 계속해서 "이 꼴"로 살아간다면, 일본 내에서 재일조선인들은 "허수아비처럼 / 조롱받다가 / 헌신짝처럼 / 버림받을 / 신세"가 되고 말 것이 불을 보듯 뻔하다는 엄중한 경고도 한다. 그러므로 "낮이 싫어서 / 어둠 속으로만 어둠 속으로만 / 기어드는 분열쟁이들"에 맞서 재일조선인으로서의 자율성과 독립성을 지켜내는 재일조선인 사회의 올바른 방향성을 정립해야한다는 사실을 특별히 강조하고 있다.[6] 이처럼 김윤의 시는 언어, 민족 그리고 국가의 이데올로기에 포섭된 재일조선인 사회의 분열과 갈등을 넘어서는 뚜렷한 방향을 제시하는 데

5　김윤, 「그리운 사람들」, 『바람과 구름과 태양』, 현대문학사, 1971.
6　위의 책, 312~313쪽.

집중하였다. 이는 국가주의에 의해 강요된 언어의 선택과 이로 인한 재일조선인 사회의 극심한 분열이, 식민의 종식이 곧 분단으로 이어지고만 우리 역사의 뼈아픈 상처에 가장 큰 원인이 있다는 사실을 직시한 데서 온 결과였다. 따라서 그는 재일조선인 사회가 분단과 이념을 넘어 통일의 가치를 지향해야 한다는 점을 분명히 하면서, 이러한 노력을 하기는커녕 오히려 재일조선인 사회로까지 대립과 갈등을 조장하는 분단국가의 통치 이데올로기를 강력하게 규탄한다. 이런 점에서 김윤의 시는 언어, 민족, 국가에 가로막힌 재일조선인 시문학이 분단과 이념을 극복하는 뚜렷한 방향성을 제시한 것은 물론이거니와, 세대적 단절이 더욱 심화되어 가는 재일조선인 사회의 통합과 자율적이고 독립적인 '재일'의 새로운 가능성을 열어나가는 데 있어서 상당히 의미 있는 방향성을 제시했다고 평가할 수 있다.

3. 분단, 이념, 세대를 넘어서는 '재일'

이소가이 지로는 재일조선인 문학을 특징짓는 중요한 요소로 재일조선인들의 자기정체성, 즉 '아이덴티티identity의 추구'를 중심에 두었다. 그에 의하면, 식민지 시기부터 해방 이후에 이르기까지 재일조선인 문학의 성격은 크게 네 가지 아이덴티티로 구분할 수 있는데, 저항적 아이덴티티, 민족적 아이덴티티, 재일적 아이덴티티, 실존적 아이덴티티가 바로 그것이다.[7] 여기에서 저항적 아이덴티티는 일본의 식민지 지배 역사에 대반 비판을 주제로 한 문학이 핵심적으로 드러내는 것이고, 민족적 아이덴티티는 분단 조국의 이데올로기적 대립과 갈등 그리고 이를 극복하는 통일 지향의 가치를 중점적으로 표상한 것이다. 이 두 가지아이덴티티는 재일1~2세대들의 문학에서 가장 중요한 주제가 되었던 것으로, '재일'의 특수성을 구현한 것이라기보다는 식민과 분단을 경험한 민족으로서의 보편적 지향을 담은 것이라고 할 수 있다. 그런데 재일조선인 사회가 3세대로 넘어오면서 이러한 두 가지 아이덴티티의 추구는 '재일'을 규정하는 근원적 토대임을 부정할 수 없다 하더라도 가장 본질적인 문제로 부각되거나 쟁점화되지는 않았다. 무엇보다도 재일3세대들에게 더욱 중요한 현실적인 과제는 일본 국가와 사회가 재일조선인들에게 가하는 차별적 지위와 모순에 대항하는 생존의 문제였기 때문이다. 즉 식민과 분단이 이러한 차별과 모순을 가져온 근원적 원인이 라는 역사적 사실을 전혀 도외시할 수는 없지만, 이러한 문제의식은 재일조선인 사회에서 일종의 관념이나 정신으로 남아있을 뿐, 차별과 불평등이라는 실제적인 문제를 해결해주는 구체적인 방향이 되어 주지는 못한다. 다시 말해 재일3세대 이후 재일조선인 사회에서 생존과 생활의 문제는 분단과 이념의 문제보다 시급한 과제로 인식되지 않을 수 없었던 것이다. 따라서 이때부터 재일조선인 문학은 일본에서 살아가는 재일조선인의 법적 차별과 부조리에 맞서는 재일적 아이덴티티의 추구를 주된 방향으로 삼았다. 이러한 재일조선인 사회의 변화는 최근에 와서 더욱 급격

---

7   이소가이 지로, 『"在日" 文學論』, 新幹社, 2004, 7~112쪽. 본고에서는 김환기 편, 『재일디아
    스포라 문학』, 새미, 2006, 65~66쪽에서 재인용.

한 양상으로 치달아, 민족, 국가, 분단, 이념 그리고 언어의 구속으로부터 벗어나 재일조선인으로서 일본 사회에 어떻게 뿌리내릴 것인가의 문제를 고민하는 실존적 아이덴티티의 단계로 구체화되기에 이르렀다.

이처럼 지금 재일조선인 시문학은 세대의 차이가 문학적 지향성의 차이를 결정하는 뚜렷한 변화의 양상을 보이고 있다. 즉 민족적 지향과 분단체제에서 비롯된 대립과 갈등의 문제를 첨예하게 드러낸 재일1~2세대와는 달리, 재일3세대 이후는 민족과 국가에 귀속된 혈통의식이나 우리말과 일본어 사이에서 갈등하고 고민했던 과거의 문제의식으로부터 사실상 벗어났다고 해도 과언이 아니다. 이들에게 '재일'의 문제는 일본에서 살아가는 구체적 삶의 방법으로서만 유의미한 것이므로, 남과 북이 강조하는 민족과 국가의 강조는 '상상의 공동체'로서만 존재하는 추상적 기표에 불과하다고 할 수 있다. 이러한 탈민족, 탈국가적 문제인식은 당면한 '재일'의 현실적 상황을 여과 없이 반영하고 있다는 점에서 주의 깊게 살펴봐야 한다. 하지만 생존과 생활의 강조가 자칫 '재일'의 역사적 연속성마저 부정함으로써 결국에는 '재일'의 특수성을 일본의 국가적 문제의식 안에 가두어 버리는 왜곡된 결과를 초래할 우려가 있음을 반드시 경계해야 한다. 재일적 아이덴티티와 실존적 아이덴티티가 분단이나 이념과 별개의 문제가 아니라는 점에서, 이러한 문제의식 역시 민족과 국가의 허위적 이데올로기를 더욱 분명하게 인식하는 데서부터 출발해야 한다는 사실을 반드시 기억해야 한다.

우리는 새 規制의 방책에 따라

해방부터 燈錄 하나씩을

지니고 다녀야 하였다.
절대적으로 必需携帶!
번지르르한 강요밑에
허울좋은 收容.

하나의 조국에 건느지 못해
구름다리를 내려, 결국은
두 개 국적의 기명으로 변하여
꾹꾹 따로따로 罪人처럼 지장을 찍고
수속을 치르던 굴욕.

국제상례를 따랐으나
分裂國家의 축도판으로
上下強弱의 가격딱지로
분단이 확정되어 간단히 정리되었다.
그러나 알팍한 수첩 하나를
지녀 살므로 하여
이모저모 구어박힌 쐐기.

옷주머니에 꽂거나
안주머니에 넣거나
단단히 단추를 껴야 안심이 갔다.
마지못한 준수이지만

없었다간 추상같은 심문

어느 사정도 들어주지 않다가

끝장에는 잡힌 잠이었다.

우리의 등록은 가냘퍼서

더더귀더더귀 구박이 열린다.

가만히 사는 密航者일지라도

노래기내가 날리 만무한데

어쩌면 덜컥 걸리기 일쑤요

더넘스럽게 달려들어 오오무라行이요

마침내 連行船을 타기 마련인가.

그런데도 우리는 우리들끼리

서로의 기록을 두고 따져서

까실까실 입장을 세워왔다.

입뿌리와는 版局이달라

승강이를 부리고

斷罪하여 정분을 가리어

독살을 피우다 피투성이며

탕 문닫고 원수다.

그러나 動亂때 그 지경같이

가린들 무슨 다름이 있을소냐.

다툼은 엉망진창을 이루어

우리 지도자들에겐 사상문젤지 모르나마

일본당국의 교활을 보건데 분관없이

군더더기 단속에 지나지 않는

이 얼마나 개패가 아닌가.

그런데 찌는 해는 가고가도

노상 눈초리가 치솟아 있다.

―강순, 「개패」 전문8

강순의 시는 남과 북, 민단과 총련으로 이원화된 조직의 이데올로기적 허구성을 넘어서 여전히 식민의 그늘에서 차별받고 억압당하는 재일조선인들의 불평등 현실을 주목하였다. 한일협약의 결과로 재일조선인은 일본 국가에서의 법적 지위를 얻었지만, 이는 재일조선인의 권익을 보호하려는 것이 아니라 한일 양국의 정치적 이해의 산물이었다는 점에서 그 상처와 비극은 여전히 계속되었다. "허울 좋은 收容"이었다는 데서 잘 알 수 있듯이, 재일조선인의 인권을 보호하고 불평등 구조를 개선하기 위한 근본적 제도의 정립은 처음부터 없었던 것이다. 그럼에도 불구하고 분단 조국의 이데올로기적 태도에 대한 비판은커녕 재일조선인 사회 내부에서부터 오히려 분단을 합리화하는 국가 이데올로기의 선택을 강요하는 것은, "두 개 국적의 기명으로 변하여 / 꾹꾹 따로따로 罪人처럼 지장을 찍고 / 수속을 치르던 굴욕"이 아닐 수 없었다. 결국 "절대적으

---

8   강순, 「개패」, 『강바람』, 이화서방, 1984, 102~104쪽

로 必需携帶!'를 강요당한 외국인등록표로 마치 주인의 감시와 통제 아래 목줄이 묶여 있는 개와 같은 취급을 견디지 않으면 안 되었다. 즉 일본에서의 법적 지위를 보장 받는다는 허울 좋은 명목의 외국인등록표는 말 그대로 "개패"에 지나지 않았던 것이다.

이처럼 민족과 국가의 이데올로기에 갇혀 일본인들에게 당하는 온갖 수모와 굴욕에 전혀 대응하지 못하는 상황에 이르렀음에도, "우리는 우리들끼리 / 서로의 기록을 두고 따져서 / 까실까실 입장을 세"우며 반목하고 질시하는 재일조선인 사회의 대립과 갈등은 더욱 극으로 치달았다. 함께 힘을 모아 부당한 일본의 차별에 맞서는 공동의 연대를 모색해도 모자랄 판에 서로 "문닫고 원수로" 살았던 극심한 분열과 모순은 재일의 삶을 더욱 황폐화시킨 가장 큰 원인이 되었다. 그 결과 재일조선인 사회는 민족정체성은 물론이거니와 생활과 생존의 문제마저 위협받는 심각한 상황을 자초하고 말았던 것이다. 따라서 강순은 그의 시가 "재일생활의 뒤숭숭하고 그만큼 곤혹으로 흔들리는 상황"과 "파문 속에 사는 한 생활자로서의 주저와 갈등과 울화"를 해소하는 하나의 가능성이 되기를 진정으로 기대했다. 재일조선인의 실존은 남북의 이데올로기에 대한 맹목에 있는 것이 아니라, "절박한 동포들의 정직한 심정과 속임없는 내실의 형상"[9]에 있다는 사실을 무엇보다도 중요하게 생각했던 것이다. 이런 점에서 2000년대 들어 재일조선인 시문학이 이데올로기를 점차 걷어내고 그 자리에 고향마을의 꽃들과 풀들, 토속적인 음식들, 지역의 특산물 등을 주요 제재로 삼았던 것은, 분단과 이념을 넘어서고 세대를 통합하

---

9   강순, 「시집을 엮어놓고」, 『강바람』, 이화서방, 317~318쪽.

는 '재일'의 상징적 표상을 찾아가는 과정이었다는 점에서 중요한 의미
가 있다.

쑥은 쑥국이요
냉이는 냉이찌개

안해가 량팔 걷고
솜씨를 부릴 때
나는 전화 걸며
이웃들을 부른다오

해마다 봄이 오면
강가에 가서
안해와 더불어 캐오는
고향향기
맛보자고

야들야들쑥들이
키돋움하며
기다린다오
오복소복 냉이들이
무더기지어 기다린다오

캐고 또 캐면

무거운 짐이지만

고향산천 다

걸머지고온다오

저녁 무렵 한가득 둘러앉으면

맥주요 막걸리요

이야기도 푸짐해서

가슴속도 한가득

언제나 묻네

고향에서 이런 맛 볼 때는

그 언제인가

— 정화수, 「쑥은 쑥국이요」 전문[10]

　"해마다 봄이 오면 / 강가에 가서 / 안해와 더불어 캐오는 / 고향향기", 즉 "쑥"과 "냉이"를 제재로 재일조선인 모두가 한마음 한뜻으로 고향의 정취를 마음껏 누려보자는 소박한 바람을 담은 작품이다. 비록 타국에서 온갖 멸시와 차별을 받고 살아가고 있지만, 그럼에도 불구하고 민속, 풍물, 노래, 음식 등을 지키고자 했던 이들의 마음에는, 고향을 향한 근원적 그리움을 치유하려는 공동체의 집단의식과 같은 주술적 의미를 내포하고 있다. "쑥국"과 "냉이찌개"를 함께 나누어 먹으면서 "고향에서

10　정화수, 「쑥은 쑥국이요」, 『종소리』 창간호, 2000.1.

이런 맛 볼 때는/ 그 언제인가"를 간절히 묻는 데서, 국가와 이념의 완고한 경계를 넘어서는 통일을 향한 지향성을 충분히 엿볼 수 있는 것이다.[11] 인용시는 『종소리』를 중심으로 2000년 이후 '총련'계 재일조선인 시문학의 변화를 중심에서 이끌었던 정화수 시인의 작품이다. 수령 형상 창조와 북한에 대한 찬양 일변도의 작품으로 일관했던 총련계 재일조선인 시문학은 『종소리』를 시작으로 주제나 형식면에서 획기적인 변화를 보여주었다. 북한문학의 통제와 영향을 벗어나 시의 본질에 충실한 서정시의 세계를 열어나가면서 재일조선인으로서의 민족적 정체성에 대한 근원적 고민을 담아내고자 했던 것이다. 이런 점에서 정화수를 비롯한 『종소리』의 시는 2000년 이후 재일조선인 시문학의 변화를 읽어내는 아주 중요한 의미를 지닌다. 그리고 이러한 변화를 이론적으로 뒷받침했던 김학렬의 주장도 같은 맥락에서 이해할 필요가 있다.

시문학의 사상은 서정화된 사상이지 결코 개연적 논리의 그것이 아니다. 주지하는 바와 같이 개념과 논리의 전개는 사회과학의 방법이지 문학예술에

---

11 2000년대 이후 재일조선인 시문학의 방향성을 제시했다고 할 수 있는 시 전문 동인지 『종소리』에는 이러한 지향성을 담은 시 작품이 두드러지게 발표되었다. 고향의 정경을 떠올리게 하는 꽃과 나무와 같은 자연물을 제재로 한 것으로 「들장미」(김두권, 1호), 「진달래꽃」(김두권, 9호), 「나리꽃」(김두권, 14호), 「단감나무」(정화수, 17호) 등이 있고, 고향의 정겨운 음식과 술을 제재로 한 것으로는 「호박찌개」(정화흠, 8호), 「애호박」(정화흠, 16호), 「상추」(정화수, 18호), 「열무김치」(김학렬, 19호), 「찰강냉이」(정구일, 20호), 「안동소주」(김학렬, 21호), 「호박전」(정화흠, 28호), 「감자부침이」(정구일, 31호) 등이 있다. 하상일, 「재일조선인 시문학 연구-『종소리』를 중심으로」, 『한국문학논총』 48, 한국문학회, 2008.4, 183~184쪽 참조. 이러한 경향에 대해 북한의 비평가 류만은, "민속음식과 관련한 여러 시작품에서 풍기는 정서는 동포시인들이 동포들의 생활을 노래하는 데서 줄곧 주체성, 민족성을 놓치지 않고 생활체험과 사색을 심화한 결과 이룩된 결실이다"라고 평가했다. (류만, 「민족의 넋이 높뛰는 애국의 『종소리』-시잡지 『종소리』를 읽고」, 『종소리』 27, 종소리 시인회, 2006, 50쪽)

서는 금물이다. 시문학의 방법의 기본은 개념과 논리에 의거하는 것이 아니라 생활(자연도 포함)과 표상에 의거하는 것이다. 즉 개념적 설명은 비예술성의 주요 요인이 된다. 시의 사상 감정은 시인의 직설적인 주장에서보다 주로 작품에 표현된 생활적인 표상이 자아낸 정감(서정)에 기초하여 비로소 독자들에게 감명 깊게 감동적으로 전달되는 법이다.[12]

"시문학의 사상은 서정화된 사상이지 결코 개연적 논리의 그것이 아니다"라는 말에서, 2000년 이후 총련계 재일조선인 시문학의 성찰과 변화의 지점을 읽어낼 수 있다. 이전까지 북한의 지도 이념에 귀속되어 이를 구체적으로 실천하는 "사회과학의 방법"으로 시 창작을 해왔던 것에 대한 철저한 반성의 의미를 표방한 것이라고 할 수 있다. "직설적인 주장"이 아닌 "생활의 표상"을 대비적으로 서술한 이유도 바로 이러한 점을 특별히 강조하고자 한 데 있다. 김학렬은 다른 글에서도 "무엇보다도 시의 사상 표현에서 정치 이념적으로 직설적으로 설명하여 인식을 주는 데 조급해 하는 폐단을 극복하고 독자들에게 먼저 시적인 감동을 안겨주기 위한 공감되는 사상으로, 느껴지는 사상으로 시형상(시화)를 하는 데 힘을 기울여야 한다"[13]라고 주장한 바 있다. 시 창작에 있어서 친북적 이데올로기의 심화를 뒤로 하고 사상성과 예술성의 조화를 모색해야 한다는 점을 명시적으로 부각시키고 있는 것이다. 물론 이러한 주장은 사실 특별히 새로울 것이 없는 시문학의 일반적인 논리이지만, 사상성의 측면

---

12 김학렬, 「절절한 망향의 정감, 세련된 시적 형상—정화흠 시집 『민들레꽃』을 두고」, 『종소리』 4, 종소리 시인회, 2000, 47쪽.
13 김학렬, 「재일조선인 시문학의 근황」, 김학렬 외, 『재일동포 한국어문학의 전개양상과 특징 연구』, 국학자료원, 2007, 20쪽.

보다는 시의 본질에 바탕을 둔 예술성의 강화를 주장하는 것만으로도 총련계 재일조선인 시문학의 놀랄만한 변화를 보여주는 것이라고 평가하지 않을 수 없다.

4. 재일조선인 시문학 연구의 새로운 방향

광복 70년, 재일조선인 시문학의 방향과 과제를 생각해보는 이 논문은 재일조선인 시문학의 현재를 뚜렷하게 보여주지 못하는 명백한 한계를 지녔다. 사실 2000년 이후 재일조선인 시문학의 방향을 이끌고 있다고 평가한 『종소리』만 보더라도, 재일3세대 이후의 시를 전혀 찾아보기 힘들 정도로 재일조선인 시문학의 현재를 만나기란 여간 어려운 일이 아니다.[14] 소설 분야에는 굳이 재일조선인 문학이라고 명명하는 것에 논란은 있다손 치더라도 재일3세대 이후의 일본어 작품이 계속해서 발표되고 있다. 하지만 시 분야는 이미 민족적, 세대적 연속성이 무너졌다고 해도 과언이 아닐 정도로 노쇠한 양상을 보이고 있음을 부정하기 힘들다. 어쩌면 '재일'이라는 말에 기대하는 민족적 관념으로서의 내포적 의미를

---

14 최근 필자에게 보내온 『종소리』 64(2015.10)의 목차를 보면, 재일시인으로 김두권, 정화흠, 허옥녀, 김경숙, 리방세, 김성철, 김애미, 리금순, 오홍심, 김윤호, 김지영 등이 있는데, 이들 모두 60~80대에 이르는 노년층이다. 앞으로 이들을 이어줄 젊은 시인들이 없다는 점에서 재일조선인 한글 시문학을 지키고 있는 『종소리』 동인들의 노력이 언제까지 지속될지 그다지 긍정적인 전망을 갖기 어려운 것이 사실이다.

더 이상 강조하는 것이 불가능한 일일지도 모르겠다. 이미 '재일'은 우리가 기대하는 공동체적 '기의'의 차원을 벗어나 끊임없이 미끄러지는 탈민족적 '기표'로 의미화되고 있기 때문이다.

이처럼 여러 측면에서 이질성과 다양성을 보이는 재일조선인 시문학의 변화를 관념적으로 주입된 '재일'의 특수성 속에 가두어 바라보는 태도는 결코 바람직하지 않다. 즉 남과 북의 이데올로기적 대립을 그대로 답습해온 그동안의 재일조선인 사회의 극단적 이원화를 극복하기 위해서는, 무엇보다도 그 경계의 지점에서 '틈in-between-ness'[15]의 사유를 통해 생성되는 창조적 지점을 중요하게 인식할 필요가 있다. 따라서 앞으로 '재일'을 '일본에 산다' 또는 '일본에 있다'와 같은 수동적 차원에서 바라볼 것이 아니라, '재일한다'라는 능동적이고 적극적인 행동의 차원에서 인식함으로써 재일조선인 사회를 주체적으로 재구성할 필요가 있다. 재일조선인 시문학은 재일조선인이 살아온 지난 역사에 대한 증언과 기록의 차원을 넘어서 이제는 지금 재일조선인이 발 딛고 서 있는 지점에서부터 새로운 문제의식을 이끌어내야만 하는 것이다. 이러한 방향성은 과거의 역사와 현재의 경험을 동시에 아우르는 것이어야 할 뿐만 아니라, 미래로 나아가는 연속성의 측면도 함께 지녀야 한다는 사실을 명심해야 할 것이다.

---

15 릴라 간디는 제국주의에 의해 강화된 문화와 정체성들이 전지구적으로 혼합되고 있는 있는 현상에 초점을 맞추어 '혼성hybridity'과 '이산diaspora'이라는 용어의 분석적 다재다능함과 이론적 탄력성을 주목하였다. 그리고 '혼성'이라는 용어에 의해 상정되는 '틈 in-between-ness'이라는 개념은 이에 수반되는 '이산'이라는 개념에 의해 더욱 정교화된다고 하였다. 이처럼 디아스포라적 사유는 문화적 탈공간dislocation의 의미를 생성함으로써 재일의 실존적 상황을 다각적으로 이해하고 분석하는 유효한 방법론이 될 수 있다. (릴라 간디, 이영욱 역, 『포스트식민주의란 무엇인가』, 현실문화연구, 2000, 161~167쪽 참조)

/ 제2장 /

김시종과 『진달래』

1. 김시종과 재일조선인 시문학

　　재일조선인은 해방 이전에는 식민지 조선과 종주국 일본 사이에서, 해방 이후에는 남한과 북한 그리고 일본이라는 세 국가의 틈바구니에서 정체성의 혼란과 이데올로기의 억압을 겪으며 살아왔다. 이러한 현실은 재일조선인들에게 해방 이전에는 식민지 조국의 해방과 독립을, 해방 이후에는 좌우 대립에 따른 분단의 극복과 통일을 궁극적인 실천 과제로 설정하게 했다. 또한 일본 내에서의 민족적 차별에 맞서 정치사회적 혹은 문화적 운동을 지속적으로 전개함으로써 재일조선인으로서의 자기정체성을 지켜나가려는 올곧은 실천을 견지해왔다. 하지만 이데올로기나 사상을 뛰어 넘은 재일조선인의 민족적 요구는, 남북 대립이 점점 더 격화되면서 '총련'과 '민단'이라는 두 단체의 귀속 여부에 따라 전혀 다른 이념을 선택해야만 했고, 남과 북 어느 한쪽으로의 국민되기를 일방적으로 강요당했다. 그 결과 재일조선인 사회는 남북 분단 못지않은 극심한 대립과 갈등을 겪을 수밖에 없었다. 재일조선인문학의 자리는 바로 이러한 사상과 이데올로기의 단절과 억압으로부터 결코 자유로울 수 없었다. 남과 북 각각의 국가주의적 노선에 무조건 따라야만 했던 분단의 상처와 고통이 줄곧 재일조선인 사회를 지배하고 있었으므로, 남과 북을 하나로 아우르는 '조선'이라는 기표는 일본 내에서 실체도 의미도 없는 추상적 기호로 취급당하기 일쑤였다. 따라서 재일조선인문학에서 남도 북도 아닌 '조선'을 선택하는 순간 기회주의적이고 반국가적인 회색인으로 평가되는 것은 당연한 결과가 아닐 수 없었다. 최근 들어 재일조선인문학이 일본문학의 하위갈래로 더욱 중요하게 언급되고 평가되는 것과는 달리, 정작 우리 문학 내부에서는 아직도 정당한 평가를 받지 못하고 있는 것은 남과 북의 이데올로기 편향에 의해 철저하게 외면당한 재일조선인문학의 역사적 의미를 여전히 간과하고 있기 때문이다.

재일조선인 시인 김시종의 생애와 시 창작의 과정은 이와 같은 재일조선인문학의 뼈아픈 역사를 그대로 보여준다는 점에서 특별히 주목된다. 김시종은 1929년 부산에서 태어나 제주도에서 학창 시절 대부분을 보냈다.[1] 제주 4·3사건에 가담하여 군경의 체포를 피해 다니다가 1949

---

1 그동안 김시종과 관련되어 출간된 모든 책에서 그의 출생지를 함경도 원산으로 명기했으나, 이는 아버지의 출신을 그대로 이어받은 것이어서 잘못된 것이었다. 최근 출간된 자전에서 그는 "나는 항만도시 부산의 해변에 있는 '함바飯場'에서 태어났다"고 정확히 출신에 대해 새롭게 밝혔다. (김시종, 윤여일 역, 『조선과 일본에 살다』, 돌베개, 2016, 35쪽)

년 6월 일본으로 건너가 8월에 일본공산당에 입당하면서 본격적으로 재일조선인 조직운동에 참여하기 시작했다. 1950년 5월 26일『신오사카신문』에 일본어로 발표한「꿈같은 일」로 시인으로서의 활동을 시작했고,[2] 1951년 '오사카재일조선인문화협회'의 종합지『조선평론』에 참여했으며, 1953년 2월에는 자신의 주도로 '오사카조선시인집단'을 조직하여 시 전문지『진달래』를 창간하였다. 그리고 1955년 첫시집『지평선』을 발간한 것을 시작으로 1957년 두 번째 시집『일본풍토기』를, 그리고 세 번째 시집으로 기획되었던『일본풍토기』II는『진달래』문제로 '총련'과의 갈등이 깊어지면서 그 원고마저 분실하여 발간하지 못했고, 1970년에 이르러서야『니카타』를 출간했다. 이후『삼천리』에 연재하였던『이카이노 시집』(1978)을 비롯하여『광주시편』(1983),『들판의 시』(1991),『화석의 여름』(1998) 등을 지속적으로 출간함으로써, 해방 이후 재일조선인 시인 가운데 가장 활발한 시작 활동을 펼친 것은 물론이거니와 재일조선인의 시대정신을 가장 문제적으로 담아낸 시인으로 평가할 수 있다.

본고에서는 이러한 점에 초점을 두어 해방 이후 김시종의 일본에서의 초기 활동을 주목하고, 오사카에서 '조선시인집단'을 조직하여『진달래』[3]를 발간한 과정과 필화 사건에 휘말려 '총련'을 탈퇴하고 독자적인 재

---

2   김시종은 1948년 4월 이후 제주도 4 · 3사건에 연루되면서 아버지가 준비해준 밀항선을 타고 1949년 6월에 일본 고베 앞바다(스마須磨 부근)에 상륙한다. 곧 일본공산당에 입당하여 활동을 시작하고 조직의 지원을 받아 외국인증명서를 손에 넣는다. 만약 강제 송환되면 처형당할 위험이 도사리던 시대였다. 1950년 5월 26일『신오사카신문』의 '노동하는 사람의 시働く人の詩'라는 모집란에 최초의 일본어 시게 게재된다. 필명은 '직공 하야시 다이조工員林大造'였다. (윤건차, 박정우 외역,『자이니치의 정신사』, 한겨레출판, 2016, 392쪽)

3   『진달래』는 일본공산당 민족대책부의 지도하에 김시종이 편집 겸 발행인이 되어 1953년 2월 창간하였다. 문학을 통해 오사카 근방의 젊은 조선인을 조직한다는 명백한 정치적 목적을 지니고 있었으나, 모더니스트 시인 정인鄭仁을 배출하는 등 점차 문학 자체를 추구하

일조선인 시문학의 방향을 열어나간 경위를 살펴보고자 한다. 이를 위해 『진달래』 전권의 서지사항과 여기에 수록된 김시종의 글을 전체적으로 살펴봄으로써, 김시종이 재일조선인 시문학의 정체성과 방향에 대해 어떤 입장을 가지고 있었는지, 그리고 이러한 문학적 방향성이 그의 시와 산문을 통해 어떻게 구체화되었는지를 논의할 것이다. 이러한 시도는 김시종 시문학의 발생적 토대를 이해하는 것인 동시에, 재일조선인 시문학이 '총련'과의 결별 과정에서 남도 북도 아닌 '조선'이라는 민족적 정체성을 '재일한다在日する'라는 적극적 의지로 심화하고 변용시켜 나가게 된 이유를 밝혀내는 것이기도 하다. 이는 민족 혹은 국가의 이데올로기적 관념성을 넘어서 '재일'의 독자성과 주체성을 형성해온 재일조선인 시문학의 역사적 전개를 이해하는 뚜렷한 방향이 될 수도 있을 것이다.

2. 재일조선인의 언어적 정체성과 주체적 시관의 정립

해방 이후 재일조선인들에게 '조선어'는 그들의 민족적 정체성과 생활의 기반을 이루는 가장 기본적인 토대였음에 틀림없다. 이는 '선택'의 문제가 아니라 '필수'적인 요청사항이었고, 식민의 상태를 완전히 씻어내

는 장으로 변화해갔다. 1955년 좌파 재일조선인의 운동 방침이 크게 전환되어 북한이 직접 운동을 지도하게 되자, 조직의 거센 비판을 받고 1958년 10월 20호로 종간되었다. 이후 1959년 6월 김시종, 정인, 양석일 3명이 『진달래』의 정신을 이은 『가리온』을 창간했으나, 이 역시 조직의 압력으로 불과 3호만을 발간하고 중단되고 말았다.

는 '당위'적인 목표이기도 했다. 하지만 해방 이후 재일조선인들에게 이와 같은 명명백백한 언어의식은 갑자기 해방을 맞이한 당혹스러운 현실 속에서 온갖 자괴감과 고통을 안겨주는 자기모순으로 다가왔다. 특히 일제 말 조선어 말살 정책으로 정규적인 학교 교육을 통해 조선어를 배우지 못한 세대들에게는, 해방 이후 일본어의 금지라는 민족적 요구가 침묵을 강요하는 또 다른 억압으로 내면화되지 않을 수 없었다. 결국 당시 재일조선인 대부분이 일본어와 조선어의 이중 언어 현실에서 결코 자유로울 수 없었고, 이러한 언어적 모순과 갈등은 해방 이후 재일조선인 시문학의 형성에 있어서 가장 첨예한 문제를 야기하는 근본적인 원인이 되기도 했다. 식민지 시절 자신의 모습을 '황국 소년'에 불과했다고 자조적으로 말했던 김시종에게 이와 같은 일본어와 조선어 사이의 갈등과 혼란은, 그의 시문학이 나아갈 방향을 결정하는 데 있어서 무엇보다도 중요한 과제가 되었다고 해도 과언이 아니다.

일본이 패함으로써 조선인으로 되돌아가 소위 '해방된' 국민이 되긴 했으나, 종전이 될 때까지 나는 제 나라의 언어 '아'자 하나 쓸 줄 모르는 황국 소년이었습니다. 그러한 내게, 나라를 빼앗길 때도 되찾을 때도 아무런 관련이 없었던 내게 '이것이 너의 나라다' 하고서 나라가 주어졌습니다. 그 '나라'에 맞닿을 만한 아무 것도 갖추지 못한 내게 말입니다. 무엇보다도 우선 나에게는 조선어, 민족의식을 심화시키고 자각심을 일으킬 만한 모국어가 없었습니다. 간신히 알아들을까 말까 할 정도로, 표준어와는 아주 먼 방언만이 그나마 나의 모어였습니다. 그럼에도 세대적으로는, 시련을 견디어 되살아난 조국의 미래를 짊어진 확실한 젊은이 가운데 한 사람이었던 것입니다.

그야말로 손톱으로 벽을 긁는 심정으로 제 나라의 언어를 '가나다'부터 배우기 시작했습니다. 덕분에 민족적 자각 또는 제 혈관 속에 감춰져 있어 의식하지 못했던 나라를 향한 마음 등이 마침내 깨우쳐졌습니다만, 그 자각을 위한 노력을 통해서도 원초적인 민족의식을 막아온 일본어라는 언어는 익숙해진 지각을 집요하게 부추겨 사물의 옳고 그름을 일일이 자신의 저울에 올려놓으려 합니다. 사고의 선택이나 가치 판단이 조선어에서 오는 것이 아니라, 일본어에서 분광되어 나옵니다. 빛을 비추면 프리즘이 색깔을 나누듯 이 조선어가 건져집니다. 이렇게 치환되는 사고 경로가 나의 주체를 주관하고 있습니다. 그 흔들림의 근원에 일본어가 뿌리내리고 있습니다.[4]

"사고의 선택이나 가치 판단이 조선어에서 오는 것이 아니라, 일본어에서 분광되어 나"오는 재일조선인의 언어적 현실에서, '조선어'를 사용하여 글을 쓰고 사고를 해야만 한다는 당위적 명제는 식민의 언어에 갇혀 살았던 자기를 발견하는 고통스러운 순간이었을 것이다. 김시종에게 '일본어'는 자신의 의식을 규정하고 자신의 존재를 인식하는 최초의 언어였으므로, 해방이 되었다고 해서 일본어를 무조건 버리고 글을 쓴다는 것은 사실상 불가능했기 때문이다. 결국 그는 일본어를 쓰면서도 정통의 일본어를 배반하는 이단異端의 일본어를 사용함으로써, 일본인의 사유와 의식을 안정적으로 질서화 하는 표준화된 일본어의 체계를 의식적으로 깨뜨리고 왜곡하였다. 즉 일본어이면서 엄밀히 말해 일본어라고 할 수 없는, 재일조선인의 실존을 반영하는 새로운 언어를 구사하고자

---

4   김시종, 앞의 글, 101~102쪽.

했던 것이다. 조선어에 전혀 익숙하지 않았던 김시종의 경우와는 조금 다르지만, 당시 허남기, 강순 등의 재일1세대 시인들이 '총련' 결성 이전의 초기 시작 활동에서 조선어가 아닌 일본어로 창작을 했었다는 사실에 비추어 볼 때도, 해방 이후 재일조선인 시문학의 정체성과 조선어의 필연적 일치는 그 당위성에도 불구하고 현실적으로는 불가능한 측면이 많았다는 점을 반드시 기억해야 할 것이다.[5] 김시종의 『진달래』 필화 사건은 이러한 언어적 갈등이 재일조선인 시문학에서 첨예한 쟁점으로 부각된 가장 대표적인 사례였다.[6]

재일조선인 좌파운동은 '재일조선인연맹(조련)'과 '재일조선통일민주전선(민전)'을 거쳐 1955년 '재일본조선인총연합회(총련)'의 결성으로 재일조선인 문학예술운동의 조직적 요구를 강화해 나갔다. 구체적 요구 사항은 크게 두 가지로 정리할 수 있는데, 첫째는 문학의 내용에서 조선적인 것, 애국적인 것(사회주의적인 것), 민족 지향적이며 자주적인 것을 추구하는 것이고, 둘째는 문학의 형식에서 민족어인 우리말과 글로 재일조선인들의 애국적이며 민족적인 감정과 정서, 심리를 반영함으로써 재일조선인들의 지지와 사랑을 받는 동포 교양의 무기로 복무할 것을

---

5   이에 대한 자세한 사항은, 하상일, 『재일디아스포라 시문학의 역사적 이해』, 소명출판, 2011 참조.

6   재일조선인의 역사를 기술하면서 윤건차는 이 때의 상황을 다음과 같이 서술하였다. "『진달래』가 시 잡지로서 높은 수준에 도달하게 되는 것은 13호(1955.9) 이후부터라고 한다. 그 시기는 민전을 대신해 공화국·김일성을 추앙하는 조선총련이 결성된 것과 때를 같이한다. 따라서 『진달래』 자체가 조총련의 집요한 공격에 노출되어 간다. 재일조선인운동의 '노선 전환'으로 조총련결성이 재일동포들에게 극적인 영향을 주고 있던 상황에서, 문화·예술 방면에서도 '조국'으로의 지향이 강요되어 간다. 시 창작이라는 면에서 보면, '조선인은 조선어로 조국을 노래해야 한다'는 방침이 내려오면서 『진달래』로부터 회원들이 급속히 빠져나간다." (윤건차, 박징우 외역, 앞의 책, 394쪽)

원칙으로 하는 것이었다.[7] 이러한 조직의 입장은 재일조선인 시문학에 엄청난 파장을 불러일으켰는데, 무엇보다도 재일조선인 시인들의 일본어 창작이 사상성과 결부되어 민족적 배반으로 단죄되는 극단적인 상황을 가져왔다.[8] 이것은 재일조선인의 언어적 현실을 완전히 무시한 채 오로지 북의 지도노선에 입각한 특정 이념과 조직 강령의 일방적인 복종 강요에 가장 큰 이유가 있었다. 따라서 김시종은 이러한 '총련' 조직의 요구에 강력하게 반발하였고, 「정책발표회」(『진달래』 15호), 「인디언 사냥」(『진달래』 16호), 「오사카 총련」(『진달래』 18호) 등의 시를 발표하여 '총련'의 지도 방침에 분명한 반기를 들었다.

> 급한 용무가 있으시면
>
> 서둘러 가 주세요.
>
> 총련에는
>
> 전화가 없습니다.
>
>
> 급하시다면

---

7 맹복실, 「재일조선인문학의 주체 확립을 위한 투쟁—1955~1959년 평론을 중심으로」, 『조선대학교 학보』 16, 발행처, 1999, 47쪽 참조.

8 이러한 '총련'의 극단적 태도에 대해 김웅교는, 당시 문예동은 "자이니치 작가의 일본어 글쓰기는 일본 사회에 편입되는 동화론assimilation theory"이라는 점에서, "동화론을 선택한 이민자는 모국에서 가져온 전통가치, 관습, 제도들을 거주국에서 신분상승을 꾀하기 위해서 버린다"고 보았다. 하지만 이들의 일본어 글쓰기는 "일본인 독자를 위한 대중적 영합"은 전혀 없고, "오히려 일본 정부에 대한 저항적 디아스포라의 항변이 가득차 있다"고 지적했다. 이는 우리말 글쓰기와 민족주의를 무조건 동일화해서 바라보려 했던 당시 재일조선인 사회의 또 다른 억압과 폭력을 잘 보여준다. (김웅교, 「이방인, 자이니치 디아스포라 문학」, 『한국근대문학연구』 21, 한국근대문학회, 2010.4, 139~140쪽 참조)

소리쳐주세요.

총련에는

접수처가 없습니다.

볼 일이 급하시다면

다른 곳으로 가 주세요.

총련에는 화장실이 없습니다.

총련은

여러분의 단체입니다.

애용해주신 덕분에 전화요금이

쌓여 멈춰버렸습니다.

총련은

오기 쉬운 곳입니다.

모두들 그냥 지나가니

접수의 수고는 덜었습니다.

속은 어차피 썩어 있습니다.

겉만 번지르르하다면,

우리의 취미로는 딱 입니다.

화장실은 급한 대로 쓸 수 있다면 상관없습니다.

그러니 새로운 손님은 초대하지 않겠습니다.

그러니 새로운 손님은 보내지 않겠습니다.

2층 홀은 예약제입니다.

오늘밤은 창가학회가 사용합니다.

―「오사카 총련」 부분[9]

김시종은 "정치주의와 야합하고 아첨하는 형세로 운동을 진행했"던 재일조선인 문학운동이 "정치주의자들에게는 일종의 만족을 주었"겠지만, "정치주의와 야합한 시의 운명이 어떠한 것인가는 가장 수치스러워할 슬로건 시로 귀착한 다수의 사례가 증명하고 있다"[10]라고 하면서, 정치적 노선의 전환이 문학의 운명을 일방적으로 결정짓는 '총련'의 태도를 강하게 비판했다. 김시종은, 북한 체제의 강화를 목적으로 한 '총련'이 지도 노선의 강력한 파급을 위해 "이목이 쏠릴 무언가를 '사상악'의 본보기로 만들어내는 것"이 필요했고, 여기에 걸려든 것이 바로 『진달래』였다고 보았다. 『진달래』에 대한 '총련'의 비판은 크게 두 가지였는데, "『진달래』가 무국적주의자의 모임이라는 것"과 "일본어로 일본문학에 몸을 파는 주체성 상실의 무리들"[11]이라는 것이었다. 「오사카 총련」에서 "없습니다"의 반복은 재일조선인의 일상을 제약하고 규정하는 '총련'의 획일화된 사상적 요구에 대한 풍자의 의미를 담고 있다. 조국이 아닌 일본

---

9   재일에스닉잡지연구회 역, 『오사카 재일조선인 시지 진달래 가리온』 4, 지식과교양, 2016, 173~174쪽.
10 재일에스닉잡지연구회 역, 『오사카 재일조선인 시지 진달래 가리온』 5, 지식과교양, 2016, 3쪽.
11 김시종, 윤여일 역, 앞의 책, 265쪽.

에서 온갖 차별과 멸시를 견디며 살아가는 재일조선인들의 단체임에도 불구하고, 특정한 이데올로기의 강요와 억압으로 누구에게나 "오기 쉬운 곳"이 되기는커녕 "모두들 그냥 지나가"는 유명무실의 단체가 되어버렸다는 사실을 냉소적으로 바라보았던 것이다. 또한 "속은 어차피 썩어 있"고 "겉만 번지르르"한 자기모순으로 인해 재일조선인의 생활과 정서를 하나로 응집시켜야 할 조직이 "새로운 손님"을 맞이하려는 노력을 하지는 않고, 오로지 북한의 지령에 부응하는 재일조선인 사회의 급진적인 변화와 실천만을 강제하는 데 혈안이 되어 있을 뿐이라는 점을 비판했던 것이다. 결국 김시종은 '총련'이 일본 내에서 재일조선인이 처한 민족적 차별과 고통의 현실을 적극적으로 대변하는 데 앞장서야 할 조직임에도 불구하고, 재일조선인의 생활과 언어라는 가장 현실적인 문제조차 송두리째 외면하고 오로지 북의 이념과 노선에 맞춰 재일조선인 사회의 무조건적인 변화만을 강요하는 태도를 결코 용납할 수 없었다. 또한 이러한 조직의 횡포와 탄압 아래에서는 재일조선인 시문학이 나아갈 진정성 있는 방향을 찾는다는 것은 사실상 불가능하다고 판단했다. 따라서 그는 "중앙집권제를 공언하며 재일세대의 독자성을 제거하는 조선총련의 눈꼴사나운 권위주의, 정치주의, 획일주의에 대해" "「장님과 뱀의 억지문답」(『진달래』 18호)이라는 논고로 반대의견을 내세"[12]움으로써 재일조선인 시문학의 정체성과 방향을 독자적으로 정립하고자 했다.

　　나는 일본어로 시를 쓰고 있는 것에 대해 오랜 의문을 품어왔다. 그것은

12　위의 책, 267쪽.

아마도 '시를 쓴다'는 구체적인 행동 이전의 문제로 민족적 존재 문제였던 것 같다. 조선인이 일본어로 시를 쓴다는 것이 즉 그 시인의 민족적 사상성 결여라 지적당하기 쉬운 점 때문에, 나 스스로 어느새 그것을 하나의 정의로 받아들이게 되었다. 그래서 나는 애써 언어의 의식이라는 것을 시도해 보았지만 '조선의 시'다운 시는 전혀 쓰지 못했다. 내 번민은 여기서 시작되었다고 해도 좋을 것이다. 왜냐하면 '조선인'이라는 총체적인 것 안에 일개개인인 내가 자신이 가진 특성을 조금도 가미하지 않은 채 갑자기 덤벼들었기 때문이다. 나는 그 전에 우선 이렇게 해야 했다. '나는 재일이라는 수식어를 가진 조선인이다.' (…중략…)

시를 쓴다는 것과 애국시를 쓴다는 것은 전혀 관계가 없다. 일본어로 시를 쓴다 해서 국어시에 신경 쓸 필요는 조금도 없다. '재일'이라는 특수성은 조국과는 자연히 다른 창작상의 방법론이 여기서 새롭게 제기되어야만 한다고 생각한다. 보기에도 강해보이는

철가면이여.

가면을 벗어라!

그리고 햇살을 쐬어라!

그리고 빛깔을 되찾으라![13]

재일조선인의 언어적 실상에 대한 통찰과 이해를 하기보다는 오로지 민족적 이념을 앞세워 언어를 위협하고 통제하는 현실에서, "시를 쓴다"는 행위, 그것도 조선어가 아닌 일본어로 시를 쓴다는 것은 민족적 배반

---

13 재일에스닉잡지연구회 역, 『오사카 재일조선인 시지 진달래 가리온』 4, 앞의 책, 177~190쪽.

이고 친일적 태도라는 것이 '총련'의 경직된 사고였다. 따라서 김시종은 "재일이라는 수식어를 가진 조선인"이라는 자신의 정체성에 대해 더욱 분명한 자각을 해야만 했다. 즉 "'재일'이라는 특수성"이 재일조선인에게 가장 중요한 창작의 방향이 되어야 함에도 불구하고, 민족적 관념에 갇혀 "철가면"을 쓴 상태로는 진정한 의미에서 재일조선인 시문학의 방향을 새롭게 열어나갈 수 없다고 확신했던 것이다. 하지만 이러한 그의 의식은 "유민의 기억에서 벗어날 수 없는 시인의 감성"이라는 회색인의 태도로 지탄받았다. 즉 "조선민주주의 인민공화국 공민으로서 긍지를 부여받은 이 시점에, 유민의 기억으로 연결되는 일체의 부르주아 사상이 우리들 주변에서 일소되어야만 하고, 그렇기 때문에 작열하는 자기 내부투쟁이 우리 주변에서 일어나야만 할 것이다. 그때야말로 시는 선전이고 선동의 무기로써 충분한 효용성을 갖고 우리들의 대열에 되돌아올 것"[14]이라는 관점에서, 김시종의 시적 태도는 '총련'의 정신에 맞는 재정립을 강력하게 요구받았던 것이다.[15] 첫 시집 『지평선』과 『진달래』에 발표한 김시종의 시들이 '재일조선인=공화국공민'이라는 국가주의 의식에 분명하게 뿌리내리지 못하고, 남도 북도 아닌 재일이라는 유이민의 세계에 침잠해 재일조선인 시문학의 국가주의적 혹은 민족주의적 방향을 부르주아적으로 타락하게 만들었다는 강한 비판에 직면했던 것이다. 따라서 그는 이러한 비판에 맞서는 재일조선인 시론의 올곧

---

14 홍윤표, 「유민의 기억에 대해서-특집 『지평선』 독후감에서」, 재일에스닉잡지연구회 역, 『오사카 재일조선인 시지 진달래 가리온』 3, 지식과교양, 2016, 204~210쪽.

15 이러한 비판에 대한 김시종은, "'유민의 기억'이야말로 자신의 창작 근본에 있다고 다시 확인하고 또한 그것을 '일본적 현실' 속에서 재차 문제로 제기하는 것을 자기 문학의 방향으로 강력히 천명"했다. (호소미 가즈유키, 동선희 역, 『디아스포라를 사는 시인 김시종』, 어문학사, 2013, 56쪽)

은 정립에 주력하게 되는데, 재일조선인 시인으로서 조국을 향한 의식과 시를 쓰는 의식이 어떻게 구별되고 달라야 하는가에 대한 뚜렷한 문제의식으로 재일조선인 시문학의 독자적이고 주체적인 방향을 모색하는 실천적인 노력을 강구해 나갔다.

3. 정형화된 의식의 탈피와 재일조선인 시론의 방향

『진달래』 15호(1956.5.15)는 「김시종연구─김시종 작품의 장과 그 계열─시집 『지평선』이 의미하는 것」이라는 특집을 마련하여 김시종의 시 「정책발표회」, 「맹관총창盲管銃槍」 2편과 허남기, 홍윤표, 무라이 헤이시치村井不七의 비평, 쓰보이 시게지壺井繁治, 오카모토 준岡本潤, 오임준, 고토 야에後藤やゑ, 오노 교코小野京子의 산문을 수록하였다. 여기에서 허남기는 「4월에 보내는 편지」를 통해 자신이 생각하는 '조선'과 김시종이 생각하는 '조선'의 차이를 언급하면서, 김시종의 '조선'에는 "왠지 초라한 음률을 연주하고/ 왠지 모를 트레몰로가 흐른다"는 점에서 신파적인 태도를 버려야 한다는 점을 강조했다. 그래서 그는 "김시종이여/ 자네도 지금의 자네에게서/ 빨리 강하고 씩씩한 자네에게/ 자네의 지도를 버리고 빠져나오는 것이 좋다네"[16]라는 말로 '총련'과 다른 길을 선

---

16 허남기, 「4월에 보내는 편지」, 재일에스닉잡지연구회 역, 『오사카 재일조선인 시지 진달래 가리온』 3, 앞의 책, 196~203쪽.

택한 김시종을 향한 애정 어린 설득의 목소리를 직접적으로 드러낸다. 하지만 이후 김시종의 시적 방향이 '총련'의 지도 노선으로부터 완전히 이탈하여 독자적인 시의 길을 걸어감에 따라, 이러한 설득의 목소리는 과격한 비판의 목소리로 급격히 전환된다. 허남기는 「김시종 동무의 일문시집 『지평선』에 관련하여」(『조선문예』 1957.6)에서 "시에 있어서 가장 중요한 것은 우리가 서 있는 발의 위치고 각도에 있다. 자기 발판을 다시 살펴볼 때가 아닐까?"[17]라고 하면서, 김시종의 시작 태도와 방향이 조국을 등지고 있는 데 대한 신랄한 비판을 서슴지 않았던 것이다. 이러한 허남기의 비판에는 1955년 '총련' 결성 이후 북한을 적극 지지하면서 북한에 대한 찬양이나 수령 형상 창조 등 북한문학의 지도 방침에 따른 시 쓰기로 급격한 변화를 시도했던 자신의 태도를 합리화하려는 것과 전혀 무관하지는 않았을 것이다. 그 이전까지만 해도 허남기 역시 「조련」 중앙문화부 부부장(1948), 『민주조선』 편집장(1949)을 역임하면서도 일본어로 시를 썼고, 일본어 시집 『朝鮮冬物語』(1949), 『日本時事詩集』(1950), 『화승총의 노래』(1951) 등을 간행하기도 했다. 하지만 허남기는 '총련' 결성 이후 '재일조선인문학회' 위원장(1957), '문예동' 위원장(1959)을 맡으면서 '총련'의 방침에 따라 일본어 시 쓰기를 중단하고 우리말 시 쓰기로 전환했다는 점에서, 재일의 독자성을 특별히 강조하는 김시종의 시관에 대한 전면적인 비판을 하지 않을 수 없는 위치에 놓였던 것이다.

그렇다면 김시종이 무엇보다도 강조했던 재일조선인의 주체적 시관

---

17 맹복실, 앞의 글, 51쪽에서 재인용.

이란 무엇인가? 민족 혹은 국가 이데올로기가 강요하는 시의 정형성, 즉 획일화된 형상적 체계와 이미지는 재일의 삶과 문제의식에는 맞지 않는 것이므로, 재일의 시와 조국의 시는 분명 달라야 한다는 데 그의 주체적 시관의 핵심이 있다. 하지만 '총련'의 강령은 너무도 완고해서 김시종과 『진달래』 동인들에게 무조건적인 수용을 강요했고, 결국 그 결과에 승복하지 않은 『진달래』는 강제 폐간을 당하고 말았다. 또한 김시종의 세 번째 시집 『일본풍토기』 II 역시 '총련' 조직의 비판을 피하지 못해 원고마저 소실되는 극단적인 상황을 초래하기도 했다. 김시종 스스로 '유서'라는 의미심장한 발언을 하면서 발표했던, 앞서 언급한 「장님과 뱀의 억지문답」에서 그가 무엇보다도 '정형화된 의식의 탈피'라는 과제를 재일조선인 시문학의 주체적 방향으로 강조했던 이유도 바로 여기에 있다. 『진달래』 15호에 발표된 권경택의 「솔개와 가난한 남매」에 대한 비판에는 이러한 그의 시적 지향이 더욱 분명하게 드러난다.

> 오늘도 굶었다
> 효일이와 여동생 순자는
> 어둑어둑한 복도 구석에 서서
> 우울한 얼굴을 하고
> 신발장을 차고 있다.
> 효일이의 오른쪽 발이 툭 차면
> 순자의 왼발이 툭하고 찬다.
>
> 발견한 것은 효일이다.

대단하다!

저렇게 높은 곳에 말이야

효일이가 동상 입은 손으로 가리켰다.

순자가 위를 쳐다보자

검은 새가 천천히 움직이고 있다.

오빠 저건 솔개네.

응, 솔개야.

한 마리뿐이라 외롭지 않으려나.

외롭지 않을 걸

저렇게 높이 있으니 조선까지 날 수 있을 거야.

그럼 날 수 있지.

쳐다보는 효일이의 눈이 반짝 빛나고 있다.

지켜보는 순자의 볼이 빨갛다.

(…중략…) '공감'의 잔해만 눈에 띄는 작품의 전형이라 할 수 있을 것이다. 미리 준비해둔 결론으로 이끌어 가기 위한 스토리에 지나지 않는 것이다. 내게는 이 '가난한 남매'가 조국을 느낌으로써 어려움을 극복하는 과정 등이 너무도 식상한 나머지 입이 떡 벌어지지만 독자들에게는 어느 정도 '공감'을 불러일으킬만한 재료를 갖추고 있는 만큼 경계하지 않으면 안 된다. 여기에는 주문한대로 '애국심'이 있다. '효일'과 '순자'의 영웅성도 그럴 듯하지만 이런 결식 아동을 주제로 한 '작자'의 눈―실은 이 '눈'이 문제지만―'민족성'도 최상이다. 그러니 '대중의 시'라 평가해도 좋은 것일까? 나는 감히 이 작품의 구조에 대해 논하지 않을 수 없다.

이 작품에는 우선 '작자' 자신이 없다고 단정지어도 좋을 것이다. '결식', '어두운 얼굴', '동상 걸린 손'이라는 '가난'한 조건을 갖추고 있으면서도, 타이틀 또한 「~가난한 남매」로 가져간 의도는 결코 조심성이 없기 때문은 아니다. '어두운 복도에서 어두운 얼굴을 하고 있는' 남매와 '동상 걸린 손'이 분간되는 위치, '작자'의 눈이 있음에도 불구하고, 결식아동에 대한 '작자=선생'의 움직임—충동—이 조금이라도 개입되어 있는 것일까? 애시당초 개입 가능할 리가 없었을 것이다. 그 '결식아동' 중에 '작자'가 끼어드는 순간 '가난한 남매'들의 '애국적 행위'는 중단되어 버리는 것이다.

그것을 위해서는 '바라볼 수 있는 위치'만이 작자가 있을 곳이고, 아이들에게 인형극을 계속 하게 하기 위해서는 그만큼의 '거리'가 필요한 것이다. 그렇게 하면 슬픈가? 작자의 눈은 너무도 사정을 잘 알고 있다. 여기에 이 작품이 가진 모순—작자의 위치와 사상의 거리—가 있다.[18]

시인으로서의 주체적 자의식 없이 미리 '주문'받은 대로 정해진 결론을 따라가는 시 창작의 과정에서 시인의 존재 이유를 찾는 것은 사실상 불가능하다. 시인과 작품의 적정한 거리의 문제는 시 창작에서 상당히 중요한 문제인데, 시인은 '바라볼 수 있는 위치'에서 있어야 하지 시 내부의 사상과 이념 그리고 주제에 어떤 식으로든 깊숙이 개입해서는 안 된다는, 그래서 오로지 '총련'의 지도 방침을 설득력 있게 받아쓰는 데 주력해야 한다는 조직의 시관을 도저히 수용할 수는 없었던 것이 김시종의 완고한 생각이었다. 그래서 그는 앞서 보았듯이 "시를 쓴다는 것과 애국

---

18 재일에스닉잡지연구회 역, 『오사카 재일조선인 시지 진달래 가리온』 4, 앞의 책, 187~188쪽.

시를 쓴다는 것은 전혀 관계가 없다"는 단정적인 어법으로 '총련'의 지도방침에 직접적인 반발을 했고, "'재일'이라는 특수성은 조국과는 자연히 다른 창작상의 방법론이" 새롭게 요구된다는 점을 주장하며 재일조선인 시문학의 주체성과 독자성을 강조하는 방향으로 나아갔던 것이다. 이러한 그의 입장에 대한 구사쓰 노부오草津 信男의 견해는 김시종이 주장한 재일조선인의 주체성 문제와 시 창작의 관련성을 더욱 분명하게 이해할 수 있게 한다는 점에서 주목된다.

문제는 주체성 확립이라는 과제를 둘러싸고 이루어지고 있는 것으로, 이 문제의 올바른 해명 없이 아무리 시를 둘러싼 언어문제, 기법에 대해 운운한들 결국은 유형화된 근원을 이루는 정형화된 의식을 타파하지 못하고 시도 또한 성립할 수 없는 것이다. 재일조선인의 진보한 부분, 공화국 공민이라는 긍지는 고귀하지만, 그것을 휘둘러서는 아무것도 생겨나지 않는다. 여기에 정치 영역과 확실히 구별될 수 있는 문학 독자적인 과제가 있고, 더구나 양자를 관통하는 민족적 자각의 문제가 제기되어지는 것이다. (…중략…) 조선인이 일본어로 시를 쓰는 것을 둘러싸고 두 편향이 존재하고 있는 것 같다. 하나는 즉시 그곳에서 창작 주체의 민족적인 사상성이 희박함을 골라내는 형식에 빠진 극좌적인 주장이고, 다른 하나는 일본어로 씀으로써 일어나는 내부의 갈등을 코스모폴리타니즘 방향으로 해소하는 우익적 편향이다. 양자는 모두 공화국 공민이기는 하지만 모국어보다는 일본어로 발상하고 사고해 생활하는 재일조선인의 주체성을 실제에 있어서 부정하는데서 발생한다.[19]

---

19 구사쓰 노부오, 「밤을 간절히 바라는 것―『진달래』의 시론 발전과 김시종 시에 관하여」, 재일에스닉잡지연구회 역, 앞의 책, 324~325쪽.

재일조선인 시론의 정립에 있어서 무엇보다도 중요한 문제는 "정치 영역과 확실히 구별될 수 있는 문학 독자적인 과제"로, 이것은 민족적 관념이나 국가적 위계를 넘어서 '재일'의 생활과 실존이라는 현실적인 토대에 가장 중요한 바탕을 두어야 한다는 것이다. 일본어 글쓰기를 바라보는 좌우 모두의 편향을 벗어나 일본어로 사고하고 글을 쓰는 데 익숙한 재일조선인의 현실적 상황을 그 자체로 인정하고 수용하는 것이야말로, 재일조선인 시 창작의 실존적 조건이 될 수밖에 없다는 점을 받아들이는 데서부터 재일조선인 시론의 뚜렷한 방향을 찾을 수 있다는 것이다. 그리고 이러한 문제의식을 누구보다도 실천적으로 보여준 시인이 바로 김시종이라는 것이 인용글의 요지이다. 『진달래』 18호부터 편집위원으로 가담해 『가리온』 창간을 주도했던 양석일(처음에는 본명 양정웅으로 활동) 또한 이러한 입장에서 재일조선인 시문학의 방향을 명확히 제시하고자 했다. 그는 허남기의 시를 비판한 「방법 이전의 서정―허남기의 작품에 대해서」에서, "허남기는 그 자신과 가장 친근한 재일조선인의 실체를 노래한 적이 있을까? 재일조선인의 희로애락의 표정, 다양한 희비극을 그 근원적 인간관계에 대하여 쓴 적이 있던 것일까"[20] 라고 말함으로써, 재일조선인의 목소리가 아닌 공화국의 목소리 일변도로 변질되어 가는 허남기를 비롯한 재일조선인 시문학의 자리를 냉정하게 비판했던 것이다. 결국 김시종의 시와 시관은 '총련'과는 다른 지점에서 그리고 남한을 지지했던 '민단'계와도 전혀 다른 위치에서, 진정한 의미에서 '재일'의 생활과 실존을 담아내는 시론의 방향을 제시했다

---

20 재일에스닉잡지연구회 역, 『오사카 재일조선인 시지 진달래 가리온』 5, 지식과교양, 2016, 50쪽.

고 평가할 수 있다. 『진달래』를 이어 창간한 『가리온』은 바로 이와 같은 문제의식을 구체적으로 제시하고자 했던 절박한 의지의 표명이었다.

우리들은 문학창조라는 과제를 통하여 정신형성의 도상에 있는 새로운 발언 등을 '주체성 상실'이라는 한마디로 마치 그것이 반조국적 언동인양 싹둑 베어내고 무시하는 정치주의자들과 끝까지 대립한다. 우리들은 이 새로운 문제제기를 『가리온』에서 전개해 나아갈 것이다. 동인들의 문제의식을 서로 공유하면서 혁명적인 방법에 가까이 가기 위한 상호비판을 소홀히 하지 않을 것이다. 우리들은 두 번 다시 실패를 반복하고 싶지 않다. 정치주의에 무비판적으로 끌려 다녔던 자신을 혐오한 나머지, '조선인'이라는 자의식도 애매해졌던 한 때의 진달래에 대해 우리들은 냉철한 비판을 가하고 있다. 조국귀환문제가 현실문제가 된 오늘날, 새삼스럽게 이 잡지를 창간하는 것을 동포들은 결코 간단히 받아들이지 않을 것이다. 그 요인이 무엇인가와는 별도로, 우리들부터가 그 오해에 담긴 위구심을 거듭 인정하는 것이다. 그렇지만 언젠가는 우리들의 이러한 작업이 미래의 조선 문학에 하나의 초석이 될 것을 의심치 않는다.

사회주의 국가건설을 향해 돌진하고 있는 조국, 조선민주주의인민공화국의 혁명적인 모든 사업의 성공을 『가리온』은 기원한다.[21]

인용한 『가리온』 창간사에서 알 수 있듯이, 당시 김시종에게 '조선'은 남한이 아닌 북한을 의미하는 것에 가까웠으며, 사회주의 국가건설을

---

21 위의 책, 4~5쪽.

지향하는 북한의 이데올로기를 지지했음에 틀림없다. '총련'과의 대립과 『진달래』의 강제 폐간에도 불구하고 김시종은 여전히 북쪽의 혁명정책과 방향을 지지했던 것이다. 그러므로 이러한 그의 문학적 입장 표명 그 자체를 두고 변절의 누명을 덧씌우는 것은 결코 타당하지 않다. 다만 그는 문학적인 것과 정치적인 것의 차이와 구별을 주장했던 것이고, 그 무엇보다도 생활인으로서의 재일조선인의 현실을 외면하지 않는 것이 재일조선인 시문학의 독자성과 주체성의 올바른 방향이라고 보았던 것이다. 그렇다고 해서 그가 재일조선인 시문학에서 이념적이고 민족적인 부분에 대해서 무조건적으로 부정하거나 외면하고 있는 것은 결코 아니었다. 인용문에서 볼 수 있듯이, 그가 "'조선인'이라는 자의식도 애매해졌던 한 때의 진달래에 대해 우리들은 냉철한 비판을 가하고 있"음을 결코 간과해서는 안 되는 것이다. 다시 말해 그의 시론적 태도가 이념을 벗어난 지점에서 발생한 것이 아니라, 이념과 생활이 실제적으로 결합되어 진정으로 재일조선인의 삶과 현실을 대변하는 시적 목소리가 되기를 바라는 데서 이루어진 것임을 명확하게 보여주는 것이다. 이는 재일조선인 시문학이 남과 북 어느 한쪽만을 강조하거나 경시하는 일방적 태도로 관철되어서는 절대 안 된다는 것이고, 일본 내에서 살아가는 재일조선인의 현실적 처지와 조국 북한의 처지는 전혀 다르다는 점을 인정할 것을 거듭 강조하고자 한 것으로 이해할 수 있다. 그럼에도 불구하고 이후 '총련' 조직의 통제와 탄압은 더욱 노골화되었고, 김시종 뿐만 아니라 여러 시인과 소설가들이 '총련'을 탈퇴하여 독자적인 노선을 확립하는 지독한 단절의 결과를 초래하고 말았다. 재일조선인 시문학에서 김시종의 시사적 위치는 바로 이러한 단절과 대립의 경계에서, 재일조선인의 독립적이고 주체적인 자리를 모색하는 진지한 자기성찰의 과정이었다는 점에서 아주 특별할 수밖에 없는 것이다.

4. 김시종과 '재일'의 주체성

앞서 논의했듯이 『진달래』는 일본 공산당의 지령 하에 조선인 공산당원을 지도하는 문화정책의 일환으로 창간되었고, 그 중심에는 김시종이 있었다. 비록 14호까지는 철필로 긁은 등사본 형태의 조악한 잡지[22]였지만, 식민과 분단의 상처를 온전히 짊어지고 살아야 했던 재일조선인의 실존과 생활을 담아내는 의미 있는 실천의 장이 되기에 충분했다. 그런데 1955년 '총련' 결성 이후부터 잡지 내용에 대한 간섭은 물론이거니와 창작 방법에 대한 지도방침 하달 등 획일화된 문예정책을 강요당하면서 『진달래』의 자율성과 재일조선인 시문학의 주체적 방향은 크게 훼손되지 않을 수 없었다. 물론 창간 당시 공산당 하부조직으로서 반미와 반요시다 그리고 반이승만이라는 이데올로기적 성격을 직접적으로 표명하는 선전·선동적 특성을 일정하게 드러냈던 것은 사실이지만, 호를 거듭해가면서 이러한 이념과 정치의 문제보다는 재일조선인으로서의 생활의 문제에 더욱 집중함으로써 갈등의 골은 더욱 깊어만 갔다. 무엇보

---

22 『진달래』와 『가리온』에 발표된 김시종의 글 목록과 판권 등의 서지사항에 대해서는 첨부한 '표1'과 '표2'를 참조할 것.

다도 '재일'의 현실에 주목한 김시종에게 이와 같은 이념의 일방적 강요와 획일화된 창작 방법의 하달은 재일조선인으로서의 자기정체성을 무시한 폭력의 방식으로 받아들여지지 않을 수 없었다. 이에 김시종은 20호를 끝으로 『진달래』 폐간을 불사하면서 맞서 싸웠고 『가리온』을 새로 창간하여 재일조선인 시문학의 주체성을 지키려는 확고한 입장을 고수했다.

재일조선인 시문학에서 세대의 차이는 문학적 지향의 차이를 분명하게 구분하는 지표가 되고 있다. 재일1세대와 2세대가 보여주었던 민족적 주체성의 확립과 일본의 재일조선인 차별에 대한 저항 그리고 분단의식과 통일의식을 구체적으로 형상화한 비판적 리얼리즘의 양상은, 재일3세대 이후에 이르러서는 관념적이고 당위적인 차원에서 해석되고 이해되고 있을 뿐 자신들의 문학적 정체성을 구성하는 중요한 근거로 내면화되고 있지는 않다. 지금 '재일'의 실존적 조건은 민족과 국가 그리고 이념의 차원에서 접근할 문제가 아니라, 일본에서 살아가는 생활인으로서의 문제로 바라보는 것이 더욱 절실한 과제라고 할 수 있기 때문이다. 김시종이 강조하는 '재일한다在日する'의 의미는 바로 이러한 생활 세계적 현실에서 바라본 재일조선인의 정체성에 대한 근본적 고민을 담아내고 있으며, 그의 시가 지향하는 재일조선인 시론의 주체적 방향 역시 이와 같은 뚜렷한 자기성찰의 결과라고 할 수 있다. 이런 점에서 『진달래』 필화 사건은 남과 북으로 이원화된 조국의 상황과는 달리, 남과 북 그리고 일본이라는 세 지점을 일정하게 공유하고 있는 재일조선인 시문학의 정체성을 형성하는 중요한 출발점이었다. 그리고 이를 선도한 김시종의 시 의식은 진정한 의미에서 재일조선인 시문학의

주체적인 위치를 정립하기 위한 의미 있는 저항이었다고 평가할 만하다. 김시종의 투쟁으로부터 비로소 '재일'이라는 독립적이고 주체적인 재일조선인 시문학의 자리가 형성되기 시작했고, 과거의 역사에 대한 재현을 넘어 현재와 미래를 아우르는 재일조선인 시문학의 연속성을 확보하는 중요한 장치가 마련되었다고 해도 과언이 아니다. 이제는 이념적이고 역사적인 당위성만을 갖고 재일조선인 시문학을 말하는 것은 시대착오적인 것이 되지 않을 수 없다. 그렇다고 해서 민족적 관념이 재일조선인 시문학의 시대정신과 완전히 무관하다고 단정 지을 수도 없다는 점에서, 재일조선인 시의 현재와 미래는 아주 복잡하고 중층적인 접근과 해석이 필요하다. 이런 점에서 김시종과 『진달래』는 재일조선인 시문학의 내용과 형식을 진지하게 성찰함으로써 남과 북 어느 한 쪽으로 치우치지 않는, 그래서 '재일'의 독자성을 올곧게 견지하는 주체적인 시론의 방향을 제시해 주었다는 점에서 남다른 의의가 있다고 평가할 수 있다.

〈표 1〉『진달래』 소재 김시종 글 목록

호수	제목	장르	발행년월일	판권	비고
1	창간사	산문	1953.2.16	발행 겸 편집 김시종	
	진달래	시			
	아침 영상-2월 8일을 찬양하다	시			
	편집후기	산문			
2	사라진 별-스탈린의 영혼에게	시	1953.3.25		
	편집후기	산문			
3	개표	시	1953.6.22		
	쓰르라미의 노래	시			
	편집후기	산문			
4	품속-살아계셔 주실 어머니에게 바치며	시	1953.9.1		
	타로	시			
	편집후기	산문			
5	마쓰가와 사건을 노래하다-일본의 판결, 마쓰가와 판결 최종일을 앞두고	시	1953.12.1		
	사이토 긴사쿠의 죽음에	시			
	1953년 12월 22일	시			
	편집후기	산문			
6	올바른 이해를 위하여	산문	1954.2.28		심근증으로 입원
	세모	시			
	한낮	시			
	편집후기	산문			
7	신문기사에서	시	1954.4.30		
	편집후기	산문			
8	처분법(9호 재수록)	시	1954.6.30	발행 홍종근(홍윤표) 편집 김시종	
	편집후기	산문			
9	지식	시	1954.10.1	발행 홍종근 편집 박실	
	묘비	시			
	남쪽 섬-알려지지 않은 죽음	시			
	분명히 그런 눈이 있다	시			
10	어?	시	1954.12.25	발행 홍종근 편집 정인	
11	당신은 이미 나를 조종할 수 없다	시	1955.3.15		
12			1955.7.1	발행 박실 편집 정인	

호수	제목	장르	발행년월일	판권	비고
13	권경택의 작품에 대하여	평론	1955.10.1		
	반대 또한 진실이다	시			
	진화적 퇴화론	시			
14			1955.12.30		『지평선』 발간
15	정책발표회	시	1956.5.15		김시종 특집
	맹관총창	시			
	편집후기	산문			
16	자서	산문	1956.8.20	발행 박실 편집 홍윤표 · 김시종 · 조삼룡 · 김인삼	
	내 작품의 장과 '유민의 기억'	산문			
	하얀 손—오르골이여, 너는 왜 한 소절의 노래밖에 모르느냐?	시			
	인디언 사냥	시			
17	로봇의 수기	시	1957.2.6		
18	오사카 총련	시	1957.7.5	발행 홍윤표 편집 양정웅 · 김인삼 · 김화봉 · 정인	
	맹인과 뱀의 입씨름—의식의 정형화와 시를 중심으로	평론			
19	개를 먹다	시	1957.11.10	발행 홍윤표 편집 양정웅 · 김인삼 · 김화봉	
	비와 무덤과 가을과 어머니와—아버지여, 이 정적은 당신의 것이다	시			
20	짤랑	시	1958.10.25	발행 정인 편집 양석일	
	다이너미즘 변혁—하마다 치쇼 제2시집이 의미하는 것	평론			

〈표 2〉 『가리온』 소재 김시종 글 목록

호수	제목	장르	발행년월일	판권
1	종족검정	시	1959.6.20	대표 김시종 편집동인 양석일 · 정인 · 권경택
	의안	산문		
	주체와 객체 사이	산문		
2	나의 성 나의 목숨	시	1959.11.25	
	편집후기	산문		
3	엽총	시	1963	

제5부
한국 근대문학과 동아시아적 시각의 확장

/ 제1장 /
이육사와 중국

1. 이육사의 중국행

이육사는 식민지 시대를 살았던 대표적 저항시인이자 사상가이고 독립운동가이다. 지금까지 이육사에 대한 연구는 이러한 측면을 중심으로 문학적 논의와 역사적 실증 두 가지 방향에서 상당히 많은 연구 성과가 도출되었다. 특히 독립운동가로서의 이육사를 주목한 역사학계의 연구 성과는 육사의 행적을 사실적으로 복원해냄으로써, 그의 삶과 문학이 어떠한 연관 속에서 구축되었는지를 이해하는 중요한 자료를 제공해주었다. 그 결과 이육사에 대한 논의는 역사·전기적 방법론을 토대로 그의 문학세계를 재해석하고 문학사적 의미를 새롭게 규명하는 데 큰 도움을 받았다. 그런데 이육사의 문학은 식민지 시기 독립운동을 실천하는 중요한 방법적 선택 가운데 한 가지였다는 점에서, 이러한 두 가지 지향성을 분리해서 바라보기보다는 통합해서 이해하는 논의들이 더욱 확충될 필요가 있다. 즉 이육사의 행적과 활동 가운데 아직도 의문과 의혹으로 남겨진 사실들을 실증적으로 확인하고 재구해 냄으로써, 각 시대의 문학적 실천이 어떠한 역사의식과 현실인식에서 비롯된 것인지를 구체적으로 밝혀내야 한다는 것이다.

이러한 문제의식에서 가장 중요하게 떠오르는 과제가 이육사와 중국의 관계이다. 그는 1924년 4월부터 1925년 1월까지 9개월 정도 일본 동경에 머무르면서 대학 진학을 염두에 두고 금성고등예비학교를 다닌 것을 제외하고는 대부분의 시절을 중국의 여러 곳을 오가면서 지냈다. 이러한 그의 중국행이 독립운동을 위한 것이었음은 이미 여러 경로를 통해 검증되었다. 뿐만 아니라 중국문학 작품 번역, 중국의 정치사회에 대한 시사평론, 중국문학에 대한 논평 등 당시 이육사의 중국에 대한 소양은 아주 남달랐던 것으로 짐작된다. 그렇다면 이육사에게 당시 중국은 어떤 역사적 의미를 지녔던 것일까. 이 글은 바로 이러한 의문에 대한 해답을 찾기 위한 과정이다. 일본에 비해 자료 공개가 엄격한 중국의 사정상, 특히 외국인에게 자료 공개를 쉽게 허락하지 않는 불가피한 상황으로 인해, 이 글의 상당 부분은 실증적 자료를 확인하지 못한 가설이나 추정에 지나지 않을지도 모른다. 다만 이러한 논의가 설득력 있는 견해가 되도록 최대한 논리적 근거를 들어 그 경위를 추적해내고자 했을 따름이다.

이육사의 중국행은 모두 다섯 번으로 정리할 수 있다. 첫째는 1925년 1월 일본에서 귀국하여 이정기와 함께 북경으로 갔다가 이듬해 1926년 봄에 돌아왔고, 둘째는 1926년 7월 북경으로 건너가 9월에 중국대학에 입학하여 7개월간 다니다가(혹은 2년 중퇴) 이듬해 1927년 여름에 귀국했으며, 셋째는 1931년 1월 '대구격문사건'으로 체포되었다가 3월에 석방된 후 8월에 만주로 가서 3개월간 머물다 연말에 귀국했고, 넷째는 1932년 조선일보사를 퇴사하고 4~5월경에 심양으로 갔다가 7~8월경 북경과 천진을 오가며 머물다 9월에 북경에서 남경으로 이동하여 10월 20일에 남경 근교 탕산湯山에 문을 연 조선혁명군사정치간부학교에 1기생으로 입교하여 1933년 4월 20일 졸업하고 5월에 상해로 이동했다가 7월에 서울로 들어왔으며, 다섯째 1943년 4월 중경 및 연안으로 갈 계획으로 북경에 갔다가 7월 모친과 맏형의 소상小祥에 참여하러 귀국했는데, 늦가을 무렵 일본 경찰에 검거되어 중국으로 압송 북경 주재 일본총영사관에 구금되었다가 이듬해 1944년 1월 16일 순국했다.[1]

앞서 언급한 대로 그는 중국의 정세나 중국문학에 대해서도 깊은 관심을 표명하고 여러 글을 남겼다. 조선혁명군사정치간부학교 졸업 무렵인 1933년 4월 『대중』에 발표한 「자연과학과 유물변증법」이나 같은 잡지에 제목만 남아 있는 「레닌주의 철학의 임무」와 같은 급진적 사회혁명론을 기반으로, 「五中全會를 앞두고 外分內裂의 中國政情」(『신조선』, 1933.9), 「危機에 臨한 中國政局의 展望」(『개벽』, 1935.1), 「公認 "깽그"團 中國靑幇秘史小考」(『개벽』, 1935.3), 「中國農村의 現狀」(『신동아』, 1936.8), 「中國의 新國民運動 檢討」(『신동아』, 1936.4 목차만 남아 있음) 등 중국의 현안에 대한 시사평론을 발표했다. 또한 노신의 사후 그를 추모하는 논평인 「魯迅 追悼文」(『조선일보』, 1936.10.23~29)을 비롯하여 「中國文學 50年

---

1   이상에서 정리한 이육사의 연보는 김희곤, 『이육사 평전』, 푸른역사, 2010을 따랐음을 밝혀둔다.

史」(『문장』, 1941.1 · 4), 「中國文現代詩의 一斷面」(『문장』, 1941.6) 등 중국 문학을 대상으로 한 문학평론, 노신魯迅의 소설 「고향」 번역(『조광』, 1936.12), 고정古丁의 소설 「골목안小巷」 번역(『조광』, 1941.6) 등을 발표한 것으로 보아 중국문학에 대한 전문적 식견을 갖추고 있었던 것으로 추정된다.

이처럼 이육사와 중국의 관계는 독립운동의 차원이든 문학적 차원이든 아주 밀접한 영향 관계에 있었음에 틀림없다. 그리고 이러한 두 가지 방향은 상호 유기적인 관련을 맺으며 그의 삶과 활동 전반에 핵심적인 문제의식으로 자리 잡았다고 할 수 있다. 따라서 이육사의 문학 세계를 해명하는 데 있어서 당시 그가 중국의 정세와 중국문학의 현실을 어떻게 바라보고 이해했는가 하는 문제는 상당히 중요한 과제가 아닐 수 없다. 이런 점에서 이 글은 이육사의 다섯 번의 중국행을 전기적으로 따라가면서 각 시기마다 그의 사상과 문학의 형성에 중국이 어떤 의미를 지니고 있었는지를 규명하는 데 초점을 두고자 한다. 이러한 시도는 한국 근대문학을 국민국가의 틀 안에서 접근해온 그동안의 연구 성과들에 대한 비판적 성찰을 전제로 하고 있음을 밝혀둔다. 즉 이육사 문학 연구 역시 민족주의 담론의 과도한 강조로 인해 당시 그가 일본과 중국을 오가면서 동아시아적 지형 위에서 문학과 현실을 통찰하고 있었음을 간과한 데 대한 반성을 촉구하는 것이다. 이육사의 중국행은 표면적으로는 독립운동을 실천하기 위한 과정이었지만, 이러한 선택을 하게 된 그의 내면에는 중국의 정세와 중국문학 등 중국에 대한 전반적인 이해를 바탕으로 동아시아를 올바르게 인식하고자 한 포부가 내재되어 있었을 것이다. 그러므로 앞으로의 이육사 연구는 문학적 접근이든 독립운동사적 접근이든 중국에서의 그의 행적에 대한 실증적 규명에 더욱 집중할 필요가 있다. 이육사 문학 연구는 이와 같은 전기적 사실의 명확한 복원으로부터 새롭게 출발해야 할 때가 된 것이다. 이 글은 이러한 문제제기를 본격적으로 수행하기에 앞서 그동안 논의되었던 연구 성과들을 일목요연하게 정리함으로써 그 방향을 구체적으로 찾는 데 주된 목적이 있다.

2. 중국대학 유학과 사회주의 사상의 형성

일본 경찰의 기록을 살펴보면, 육사는 자신의 중국 유학 경위를 '北京 中國大學 社會學科',[2] '北京 中國大學 商科',[3] '北平(북평은 북경) 中國大 學'[4] 등으로 밝혔다. 일본 경찰의 조사 기록이라는 점에서 이러한 육사의 대답을 무조건 신빙성 있는 증언으로 믿기는 어렵다. 하지만 이육사의 행적을 정리한 자료마다 중국으로 간 시기나 대학 재학 기간 등에서는 차이가 나더라도 대체로 중국대학이라는 학교 명칭은 공통적으로 나오고 있음을 알 수 있다. 그런데 현재 중국 북경에는 중국대학이 존재하지 않기 때문에 육사의 주변 지인들의 기억에 의존해 그의 중국 유학을 '북

---

2   「이활 신문조서」(京城本町警察署, 1934.6.17), 국사편찬위원회 편, 『한민족독립운동사자료집』 30, 국사편찬위원회, 1997, 154쪽.
3   「證人 李源祿 素行調書」(京城本町警察署, 1934.7.20), 위의 책, 423쪽.
4   朝鮮總督府警務局, 「軍官學校事件の眞相」(1934.12), 한홍구·이재화 편, 『한국민족해방운동사자료총서』 3, 경인문화사, 1988, 125쪽.

경대학 사회학과'로 정리하거나, 1926년 후학기부터 1927년 전학기까지 광저우의 중산대학 학적부에 '이활'이라는 이름이 있다는 것을 근거로 그가 북경이 아닌 광저우에 머물면서 중산대학을 다녔다고 추정하기도 했다.[5] 이처럼 현재 중국대학이 존재하지 않는다는 것 때문에 '중국에 있는 대학'이라는 보편적인 접근으로 '중국대학'을 '중국에 있는 북경대학'으로 정리하는 것은 결코 바람직하지 않다. 또한 광저우 중산대학의 이활은 동명이인일 가능성이 많은 것이, 이육사의 수필 「季節의 五行」(『조선일보』, 1938.12.24~28)[6]에서 "고도의 가을바람이 한층 낙막落寞한 자금성을 끼고 돌면서 고서와 골품에 대한 얘기와 역대 중국의 비명에 대한 지식을 가르쳐준 것이 인연이 되어 나는 그의 연구실을 자주 드나들게 되었다"라는 데서, 이육사가 중국에서 유학할 당시 담당교수였던 Y 교수와 북경의 중심 자금성 주변을 산책하며 지적 교류를 나누었음을 알 수 있기 때문이다. 이런 몇 가지 정황으로 보아서도 이육사의 중국 유학은 광저우가 아닌 북경에서 이루어진 것이 맞고, 자금성 주변에 있었던 대학(당시 북경대학과 중국대학이 있었음)을 다닌 것으로 보는 것이 타당할 것으로 판단된다.

그렇다면 일본 경찰의 기록에 반복적으로 나오는 중국대학의 실체를 실증적으로 확인하는 것이 무엇보다도 중요한 과제이다. 1949년 중화인민공화국 수립 이후 중국 내의 상당수 대학이 통폐합을 하면서 현재는 없어진 곳이 아주 많다는 사실을 염두에 둔다면, 중국대학 역시 공산당 수립 이전에는 분명히 존재했을 것이라고 가정하는 게 당연하다. 따라

5   김희곤, 『새로 쓰는 이육사 평전』, 지영사, 2000, 20쪽.
6   김용직·손병희 편저, 『이육사전집』, 깊은샘, 2004, 150~162쪽.

<그림 1〉 설립 당시 북경 중국대학 교문

〈그림 2〉 1926년 정왕부 자리로 옮긴 중국대학

〈그림 3〉 북경 제29중학교 앞 중국대학 소개 현판

〈그림 4〉 북경 제29중학교 교문

　　서 1949년 이전에 나온 북경 고지도를 살펴본 결과, 중국대학이라는 곳
이 실제로 존재했음을 확인할 수 있었다. 이에 2006년 6월 2일 「한국작가
회의」 산하 「민족문학연구소」 답사팀이 북경 지도에 표시되어 있는 '중
국대학'의 지점을 찾아갔더니 그곳에는 천안문광장 서쪽에 있는 북경 제
29중학교가 있었는데, 이곳이 바로 1920년대 당시 중국대학이 있었던
장소였다. 그곳에는 중국대학의 역사를 알려주는 현판이 있었고, 때마
침 '중국대학교우회'가 주관하는 '중국대학 역사자료 전시회'를 하고 있
어서 당시 중국대학의 역사를 실증적으로 확인할 수 있었다.

중국대학은 1912년 손문孫文이 일본의 와세다 대학을 모방하여 북경에 세운 사립대학으로, 개교 당시에는 '국민대학國民大學'이라고 불렀고 북경 제29중학교가 있는 위치에 세워졌다. 초대 교장은 송교인宋敎仁이었고, 1917년부터 '중국대학中國大學'으로 학교 명칭을 변경했으며, 1926년 9월에는 정왕부鄭王府를 매입하여 그곳으로 이전하였다. 따라서 이육사는 설립 당시의 캠퍼스가 아닌 정왕부 캠퍼스에서 대학을 다녔던 것으로 추정된다. 그런데 1949년 중화인민공화국 수립 이후 대학의 통폐합 과정에서 결국 폐교되어 부속중학교만 남아 제29중학으로 명맥을 유지했던 것이다. 하지만 이 학교 역시 2008년 7월 철거되어 현재는 중국인민대회당의 사무실 건물로 신축되었다.[7]

이육사의 중국대학 입학은 1926년 7월경 이루어졌는데, 전문부專門部 상본과商本科에서 2개 학기를 다닌 것으로 추정된다.[8] 당시 중국대학은 1926년 9월 중순경 상학기上學期를 개강했고, 1927년 북벌전쟁北伐戰爭 등 위급한 중국 시국으로 인하여 기말고사가 6월 10일로 앞당겨져 하학기下學期가 일찍 종강되었다고 한다. 일본 경찰의 기록에 이육사가 중국대학

---

7 이상 '중국대학'에 관한 설명은 다음 글들을 종합적으로 참고했음을 밝혀둔다. 김재용, 「이육사와 중국」, 『안동작가』 4, 민족문학작가회의 안동지부, 2006; 홍석표, 「이육사의 중국 유학과 북경중국대학」, 『중국어문학지』 29, 중국어문학회, 2009.

8 당시 중국대학에서 개설한 교육과정은 크게 대학부(현 4년제 대학에 해당)와 전문부(3년제 대학에 해당)로 구별된다. 대학부는 문학원文學院, 법학원法學院, 상학원商學院으로 세분되며 전문부에는 법본과法本科, 정치경제본과政治經濟本科, 상본과商本科가 개설되어 있었다. 그 외에 대학부와 전문부에 대응하는 대학부 예과(예비과정 2년) 및 전문부 예과(예비과정 1년)도 개설되어 있었다. 그러나 대학부와 전문부의 세부전공 어디를 살펴봐도 '사회학과'는 찾을 수 없다. 따라서 이육사가 중국대학에서 다녔던 학과는 '상과'로 귀결된다. 이육사는 일본에서 1년의 예비과정을 마쳤으므로 전문부에 바로 진학할 수 있었을 것으로 추정되기 때문이다. (姚然, 「이육사 문학의 사상적 배경 연구—중국 유학체험을 중심으로」, 서울대 석사논문, 2012, 21쪽)

에서 7개월 혹은 2개 학기를 다녔다는 사실에 주목한다면, 이육사가 1926년 10월 16일 시행한 '선과방청생규칙選科傍聽生規則'에 따라 선과생 또는 방청생 자격으로 중국대학을 다닌 것으로 추정할 수도 있다. 즉 10월 중순에 입학하여 이듬해 6월 종강했다면 겨울방학 기간을 제외하면 정확히 7개월 그리고 2개 학기를 다닌 셈이 되는 것이다. 게다가 상과를 다녔으면서도 앞서 언급한 대로 「季節의 五行」에 등장하는 문학을 전공한 Y 교수가 담당교수였다는 사실도 이육사가 선과생이었을 가능성에 무게를 실어준다.[9] 여기에서 Y 교수가 북경대학의 마유조馬裕藻 교수로 추정된다는 연구 결과[10]도 있어서, 이육사가 북경대학 사회학과를 다녔다는 그동안의 증언을 명확히 부정할 수도 없을 듯하다.

누구나 二十이란 시절엔 가을밤 깊도록 금서를 읽던 밤이 있으리다. 그러나 나는 그때에 무슨 까닭에 야금술에 관한 서적을 읽어본 일이 있었나이다.

그때 나를 담당한 Y 교수는 동경에서 문학을 공부한 사람으로 그의 작품에 「贗作」이란 것이 있었습니다. 그 내용이란 건 글씨의 贗品을 능굴이 같은 상인들이 시골놈팡이 졸부를 붙들어놓고 능청맞게 팔어 먹는 것인데 그 독후감을 얘기했더니 그는 좋아라고 나를 붙들고 자기의 의견을 말한 뒤 고도의 가을바람이 한층 落寞한 자금성을 끼고 돌면서 고서와 골품에 대한 얘기와 역대중국의 비명에 대한 지식을 가르쳐준 것이 인연이 되어 나는 그의 연구실을 자주 드나들게 되었나이다. 그 뒤에도 나는 Y 교수를 만나면 내가 잘 알아듣지도 못하고 사실은 알고 싶지도 않은 고고학에 관한 얘기까지도 들려주는 것이었습니다.

9　이에 대한 자세한 사항은 홍석표, 앞의 글을 참조할 것.
10　姚然, 앞의 글, 참조. 이하 마유조에 대한 설명은 이 글의 설명을 따랐음을 밝혀둔다.

그러나 그러한 높은 지식은 애써 배우려고 하지 않은 것이라 지금에 기억되지 않는 것도 죄될 바도 없지마는 그가 文學을 닦았고 文學을 가르치면서도 冶金學에 깊은 조예가 있었다는 것은 지금 생각해봐도 끔찍한 일입니다.[11]

마유조의 자字는 유어幼漁로, 이름과 자의 초성이 모두 Y로 되어 있고, 일본 와세다대학과 동경제국대학에서 유학했고, 고서적이나 골동품, 금석학 등에 조예가 깊었다는 점에서 Y 교수와 일치하는 점이 아주 많다. 그리고 마유조의 동생 마형馬衡이 훈고학의 전통을 계승하면서 현대 고고학의 고증 방법을 수용하여 금석학에 한 평생을 바친 중국 근대 고고학의 개척자라는 사실도 이를 뒷받침하는 중요한 증거가 된다. 또한 당시 북경 소재 대학 교수들이 여러 대학교에서 강의를 겸임할 수 있었는데, 마유조 교수 역시 중국대학을 비롯한 다른 대학에서 강의를 담당하기도 했다. 실제로 중국대학동문회지의 「교수명단」에 마유조의 이름이 있어서 이러한 사실을 확인할 수 있다. 다만, 언제 교수로 재직했는지에 대한 연도가 명시되지 않아서 이육사가 중국대학을 다닐 당시에 재직하고 있었는지를 실증하기는 어렵다. 그러므로 이육사가 중국대학을 다녔다는 것은 여러 가지 점에서 신빙성 있는 사실로 판단되지만, 그가 중국대학을 다니면서 북경대학 청강생으로 수강했을 가능성도 염두에 둘 필요가 있다.

이처럼 이육사의 중국 유학은 실증적인 자료의 불확실성으로 인해 여러 가지 추정이 가능할 뿐 아직까지 명확한 결론을 내리기는 힘든 상황

---

11 「季節의 五行」, 김용직·손병희 편저, 앞의 책, 156~157쪽.

이다. 하지만 그가 당시 중국 유학을 자신의 사상을 형성하는 중요한 바탕으로 삼으려 했던 것은 틀림없는 사실이다. 특히 일본 유학에서부터 이어져온 사회주의 사상은 중국 유학을 통해 더욱 구체화되었고, 이러한 사상적 토대는 이후 발표된 그의 산문이나 비평에서 직접적으로 발현되었다.

앞서 언급했듯이 이육사는 1924년 4월부터 1925년 1월까지 9개월 정도 일본 동경에 머무르면서 금성고등예비학교錦城高等預備學校 혹은 정칙예비학교正則預備學校 혹은 일본대학日本大學 문과文科 전문부專門部를 다녔다. 채 1년도 안 되는 짧은 기간이었지만 그는 일본에 머무르는 동안 아나키즘을 접하면서 사회주의사상 형성의 중요한 발판을 마련하였다. 당시 일본에서 활동한 노동운동가 김태엽의 증언[12]에 따르면, 이육사는 '흑우회黑友會' 회원으로 활동했다는 것이다. 흑우회는 1921년 동경에서 한인들이 조직한 '흑도회黑濤會'가 사회주의계열과 아나키스트계열로 분리되면서 후자의 계열이 조직한 단체이다. 그리고 이육사가 일본으로 건너간 지 4개월이 지난 9월에 동경을 중심으로 한 칸토 지역에 '간토대진재關東大震災'라고 불리는 엄청나게 큰 규모의 대지진이 발생했는데, 이러한 혼란 속에서 일본인들은 조선인들이 폭동을 일으키려 한다는 허위사실을 유포해 자경단自警團이라는 조직을 만들어 독립운동가 박열을 구속하는 등 조선인들을 무수히 학살하였다. 이에 이육사와 같은 안동 출신의 의열단원인 김지섭이 일본 왕궁 입구 니쥬바시二重橋에 폭탄을 던져 일본의 탄압과 횡포에 저항하였다. 이러한 역사적 경험은 이육사가

---

12 김태엽, 「항일조선인의 증언」, 동경 : 불이출판사, 1984. (김희곤, 『이육사 평전』, 푸른역사, 2010, 80~81쪽에서 재인용)

주자학적 테두리를 벗어나 사회역사의식을 심화하고 확장하는 사상적 변화의 전기가 되기에 충분했을 것이다. 따라서 그는 더 이상 일본에서 학업을 이어갈 이유가 없다고 판단하고, 표면적으로는 건강상의 이유를 들어 귀국했다.[13]

일본에서 돌아온 이육사는 대구 조양회관에서 신문화 강좌를 열어 문화 활동을 벌이던 중 1926년 봄 이정기와 함께 처음 중국 북경으로 갔다. 당시 이육사가 중국에서 만났던 인물들로 남형우, 배천택, 김창숙 등이 거론되었다. 앞의 두 사람은 '다물단多勿團', 김창숙은 '의열단義烈團'과 관계있는 인물로, 두 단체 모두 아나키즘 사상을 중심으로 한 독립운동을 전개한 단체였다.[14] 이러한 사실은 그가 중국대학을 중퇴하고 1927년 여름 귀국한 직후인 10월 18일 조선은행 대구지점 폭발 사건인 '장진홍 의거'가 일어났을 때 중국에서 막 돌아온 이육사도 대구에 있던 많은 청년들과 함께 투옥되었는데, 당시 '예심결정서'에 1925년 이육사가 이정기와 함께 중국으로 건너가 비밀결사에 참여했다고 기록되어 있는 데서 알 수 있다. 이처럼 이육사는 일본에서의 아나키즘운동을 토대로 중국으로 그 무대를 확장하여, 이들 단체의 지도자들과 만남으로써 사회주의 독립운동의 실천적 방법을 구체화해 나갔다고 할 수 있다. 그리고 이러한 사회주의 사상을 무장하는 조직적인 준비 과정으로 중국 유학을 결심하고, 1926년 여름 두 번째로 북경으로 건너가 중국대학에 입학했던 것이다.

결론적으로 이육사는 일본 유학을 중도에 그만두고 귀국하여 중국에

---

13 위의 책, 82쪽 참조.
14 무정부주의운동사편찬위원회 편, 『한국아나키즘운동사』, 형설출판사, 1978, 293~294쪽; 구승회 외, 『한국 아나키즘 100년』, 이학사, 2004, 216~219쪽.

서 본격적인 독립운동을 전개하기로 결심했고, 이를 실천하는 가장 좋은 방법이 중국의 대학에 적을 두는 것이라고 판단했던 것이다. 1925년 이육사의 첫 번째 중국행은 바로 이러한 계획을 구체적으로 알아보는 방편인 동시에 중국 내의 아나키즘 조직과의 연대 방안을 모색하기 위한 것이었고, 1926년 1월 귀국하여 중국 유학 준비를 마친 다음 7월에 두 번째로 중국 북경으로 가서 2개월간 머물다 9월에 중국대학에 입학하여 이듬해 6월까지 방학 기간을 제외하고 7개월간 2개 학기를 다닌 것으로 정리할 수 있다. 이처럼 그의 중국대학 유학은 사회주의 사상의 심화 확대와 중국 내 독립운동 조직과의 결속 및 연대를 모색하는 실천적 차원에서 이루어진 것이었다.

3. 조선혁명군사정치간부학교 입교와
중국 정세에 대한 논평

1927년 중국 내의 북벌전쟁 등의 혼란으로 청년 학생들 대다수가 좌익으로 몰리는 위험에 직면함에 따라, 이육사는 더 이상 학업을 수행할 수 없어 중국대학을 2개 학기만 다니고 서둘러 귀국했다. 그런데 그는 조국으로 돌아오자마자 '장진홍의거'에 연루되어 1년 7개월간의 옥고를 치렀고, 1929년 5월에 이르러서야 감옥에서 풀려났다. 이후 그는 중외일보

中外日報 대구지국 기자로 근무하면서 1930년 10월 『별건곤』에 '大邱 二六四'라는 필명으로 「대구사회단체개관」[15]을 발표했고, 1931년 대구 거리에 일본을 배척하는 격문이 유포된 '불온격문사건不穩檄文事件'에 또다시 연루되어 경찰에 체포되었다가 3월 23일에 불기소처분으로 풀려났다.[16] 같은 해 8월에 『조선일보』로 직장을 옮겨 이듬해 3월 퇴사하기 전까지 「대구의 자랑 약령시의 유래」, 「대구 장 연구회 창립보고서」, 「신진작가 장혁주군 방문기」 등을 발표하였고, 만주로 가서 3개월간 머물다 연말에 귀국하기도 했다. 이처럼 이육사는 일제의 탄압과 감시에도 아랑곳하지 않고 대구를 중심으로 반일 저항운동을 지속적으로 전개하면서 사회주의 사상에 기초한 독립운동의 실천 방안을 지속적으로 모색하였던 것으로 보인다. 결국 그는 국내에서의 활동이 지닌 한계를 절감하여 세 번째로 중국행을 결심하고 1932년 4월 봉천(현재 심양)을 거쳐 천진을 오가면서 중국에서의 자신의 진로를 구체적으로 찾고자 했다. 이때 이육사는 천진에서 윤세주[17]의 권유를 받아 남경 근처 탕산에 위치한

---

15 이육사가 이 글에서 소개한 단체는 '대구청년동맹', '대구소년동맹', '신간회 대구지회', '근우회 대구지회', '경북 형평사 대구지사', '경북청년연맹' 등이다. 이 가운데 '대구청년동맹'은 고려공청 경북위원회 책임비서였던 장적우(본명 장홍상)을 중심으로 대구에서 학생운동을 주도한 단체로, 장적우는 학생비밀결사조직을 결성하여 학생들에게 사회주의를 전파하고 전위활동가를 양성하는 역할을 담당하였다. 이육사는 이 글을 통해 당시 대구의 사회단체들이 더욱 투철하게 사회주의 사상을 고취함으로써 조직의 틀을 군건하게 마련해야 한다는 점을 강조했다. (김일수, 「1920년대 경북지역 청년운동」, 『한국근현대청년운동사』, 풀빛, 1995, 307~308쪽; 하상일, 「이육사의 사회주의사상과 비평의식」, 『한국민족문화』 26, 부산대 한국민족문화연구소, 2005 참조)

16 「이활 신문조서」, 국사편찬위원회 편, 『한민족독립운동사자료집』 30, 국사편찬위원회, 1997, 152쪽 참조.

17 석정石井 윤세주尹世胄는 경남 밀양 출신으로, 3·1운동에 참여했다가 중국으로 망명하여 신흥무관학교新興武官學校를 다녔고, 1919년 11월 길림吉林에서 의열단 결성에 참여했다. 1920년 국내로 잠입했다가 일경에 체포되어 옥고를 치르고 1927년 2월에 출옥했다. 이후 신간회 밀양지회에서 활약하다가 이육사가 봉천으로 갔던 무렵인 1931년에 그곳으로

조선혁명군사정치간부학교[18]에 입교하게 된다.

조선혁명군사정치간부학교의 교육 내용은 크게 정치, 군사, 실습과목으로 구성되어 있었는데, 특히 정치 과목은 세계 정세와 혁명이론에 초점을 두고 있었는데, 유물사관, 변증법, 경제학, 중국혁명사, 의열단사, 조선 정세 등[19]이 포함되어 있었다. 당시 이 학교의 지도그룹은 황포군관학교를 이수하면서 이미 공산주의 혁명 논리를 직접적으로 수용하고 있었으므로 교육 내용은 공산주의 색채를 강하게 드러냈고, 항일 투쟁에 필요한 특무공작에 관한 내용도 교육에 포함되어 있었다. 실제로 입교생들은 주 1회 혁명의식의 강화와 혁명이론 연구에 대한 토론을 하는 등 공산주의 혁명이론에 바탕을 둔 항일 독립운동 간부를 양성하는 체계적인 교육을 수행했다. 이런 점들로 보아 조선혁명군사정치간부학교 졸업 무렵의 이육사는 사회주의 의식이 아주 강하게 내면화된 것으로 짐작되는데, 당시 교장인 김원봉이 중국 부르조아 계급인 국민당과 타협을 하고 있어 사상이 애매하고 비계급적이라고 비판한 점은 이를 뒷받침한다.[20]

이육사는 1933년 4월 20일 조선혁명군사정치간부학교 졸업 이후 국

가서 다시 의열단에 합류하였다. 그는 봉천, 천진, 북경을 중심으로 활동하면서 의열단이 남경에 조선혁명군사간부학교를 설립할 때 자신도 1기생으로 입교하여 이육사와 함께 졸업하였다. 윤세주에 대한 자세한 논의는 다음 글들을 참고할 만하다. 한홍구, 「태항산에 묻힌 혁명가 윤세주」, 『역사비평』 3, 역사비평사, 1988; 신호웅, 「石井 尹世冑의 獨立運動路線 研究」, 『人文學研究』 11, 관동대 인문과학연구소, 2007; 성춘복, 「석정 윤세주의 생애와 사상」, 『밀양문학』 14, 밀양문학회, 2011.

18 조선혁명군사정치간부학교는 의열단이 운영한 군사간부학교로서 정식 명칭이 '중국국민정부 군사위원회 간부훈련반 제6대'였다. 1932년 10월부터 1935년 9월에 이르는 3년여 동안 1기생 26명, 2기생 55명, 3기생 44명 등 130여 명에 이르는 '청년 투사'를 양성했다. (한상도, 『韓國獨立運動과 中國軍官學校』, 문학과지성사, 1994, 255쪽 참조)

19 朝鮮總督府警務局, 앞의 글, 192~193쪽 참조.

20 김희곤, 『이육사 평전』, 푸른역사, 2010, 122~156쪽 참조.

내로 들어와 국내의 노동자, 농민에 대해 혁명의식을 고취하는 것과, 군사간부학교 2기생을 모집하는 두 가지 역할을 수행하고자 했다. 특히 전자의 경우는 여러 잡지에 시사 논평을 발표하여 이를 구체적으로 실행에 옮기려 했던 것으로 생각된다. 따라서 그는 귀국 직후부터 1936년까지 '李活'이라는 필명으로 시사 논평 8편을 발표했다. 이 글들은 대부분 조선혁명군사정치간부학교에서 받은 교육을 바탕으로 이루어졌다고 할 수 있는데, 귀국과 동시에 발표한 「自然科學과 唯物辨證法」(『大衆』 1933.4)은 당시 이육사가 급진적 사회혁명론에 입각해 있었음을 충분히 알 수 있게 한다. 이 글은 레닌의 말을 인용하여 자신의 견해를 부연 설명하는 방식으로 되어 있는데, 자본주의를 앞세운 제국주의 침략 과정을 비판하고 계급투쟁에서 승리하기 위한 철학적 근거로 자연과학적 유물론과 사적 유물론을 통일된 이론으로 발전시킨 레닌의 유물변증법의 확대와 발전을 주장하였다. 이는 조선혁명군사정치간부학교 졸업 무렵 김원봉과의 대화에서 이육사 스스로 밝힌 대로 "도회지의 노동자층을 파고들어서 공산주의를 선전하여 노동자를 의식적으로 지도 교양하고, 학교에서 배운 중·한 합작의 혁명공작을 실천에 옮겨 목적을 관철"[21]하겠다는 실천적 의지와도 전혀 무관하지 않은 것이다.

앞서 언급했듯이 당시 이육사는 중국의 정치사회적 현실에 대한 비판적 글을 많이 발표했는데, 이를 통해 중국의 정치적 동향이 조선의 독립에 미칠 영향에 대해 깊이 고민했던 것으로 생각된다. 이육사가 김원봉과 국민당의 관계에 대해 아주 부정적인 생각을 표명했던 데서 알 수 있

---

21 「증인 이원록 소행조서」(朝鮮總督府警務局, 1935.5.15), 국사편찬위원회 편, 『한민족독립운동사자료집』 31, 국사편찬위원회, 1997, 192쪽.

듯이, 그는 장개석과 중국국민당에 대해서는 상당히 비판적인 입장을 견지했었다. 「五中全會를 앞두고 外分內裂의 中國政情」에서 장개석을 중심으로 한 국민당 정부의 분열과 실정失政 그리고 중국 공산당과의 대립 등에 상당히 비판적인 태도를 보였고, 「危機에 臨한 中國政局의 展望」에서도 장개석이 국난을 이용하여 '남의사藍衣社'라는 사병집단으로 당권을 장악하고 독재 세력을 형성했음을 강하게 비판했으며, 「公認 "깽그"團 中國青帮祕史小考」은 국민당의 비호를 받은 갱조직이 노동자와 농민의 생존권 투쟁인 모든 쟁의를 진압하는 등 제국주의와 결탁하여 자신들의 이익만을 챙기려 한 국민당 세력들을 신랄하게 비판했다. 또한 「中國農村의 現狀」에서는 제국주의적 상품경제의 여파로 급속도로 피폐해가는 중국 농촌의 현실을 상업자본주의와 결탁한 국민당 내부의 구조적 문제에서 비롯된 것으로 파악하였다.[22] 이처럼 이육사는 중국의 정치경제적 현실에 대한 정확한 이해와 국민당 정부의 실정에 따른 사회적 모순을 명확히 비판함으로써, 당시 식민지 조선의 현실이 안고 있는 정치경제적 현안과 사회구조적 문제점을 간접적으로 비판하는 우회적이고 전략적인 글쓰기를 실천하였다.

조선혁명군사정치간부학교에 입교할 당시 이육사는 이 학교가 김원봉의 개인적 인맥에 의한 것이지 직접적으로 중국 국민당의 도움을 받아 설립되었다고는 생각하지 못했을 수도 있다. 공산주의 혁명을 꿈꾸던 그가 국민당에서 세운 학교에 입교를 했다는 사실은 크게 설득력을 얻기 힘들기 때문이다. 뿐만 아니라 당시 이육사는 김원봉과 의열단에 대해

---

22 류현정, 「이육사(1904~1944)의 시대인식」, 안동대 석사논문, 2002, 6~12쪽 참조.

서도 전적으로 신뢰하지는 않았다. 「李活 訊問調書」에 따르면, 천진에서 윤세주가 자신을 의열단원이라고 소개하면서 이육사에게 김원봉이 남경 근교에 세운 조선혁명군사정치간부학교 입교를 권하자 "의열단은 테러리즘의 전형이므로 현재로서는 무어라 대답할 수가 없다. 나는 북경에 친구가 있으니 그곳에서 일할 생각이므로 지금 대답을 할 수 없다"고 하면서 처음에는 윤세주의 제의에 선뜻 응하지 않았다고 한다. 그리고 이후 고민 끝에 조선혁명군사정치간부학교 입교를 결심하고 남경으로 갔을 때 김원봉이 별도로 불러 생도로 입교하기보다는 정치학 교관을 제의했을 때 나눈 대화에서도, 김원봉의 사상적, 정치적 측면에서의 애매함과 말과 행동의 불일치, 이론과 실천의 괴리를 지적하며 비판적 태도를 취했다.

(김원봉이) 공산주의적으로만 운운하는 것은 싫다. 요는 이론과 실제가 일치하지 않으면 안 된다. 때로는 삼민주의를 부르짖고 때로는 민족주의를 예찬하고 때로는 공산주의에 左袒하는 것은 안 된다. 또 김원봉은 1927년 3월 12일의 사건中山艦事件 이래로 공산당에 가담하여 匪賊의 무리에 투신한 것이 아닌가. 그러면서도 일국일당주의를 저버리고 왜 上海로 돌아왔는가. 레닌주의정치학교를 세울 때 밀정으로 소문난 安光泉과 제휴하고는 입으로만 교묘하게 말하는 것은 믿을 수 없다.[23]

인용문은 조선혁명군사간부학교를 다닐 당시 이육사가 윤세주에게

---

23 「證人 李源祿 素行調書」, 앞의 책, 190쪽.

했던 말인데, "기회주의에 가까운 실리주의·편의주의 태도를 배격하면서 단호하고도 일관된 원칙주의적 자세를 견지하고 정치적 순결주의에 가까운 성향까지 내보이던 육사"[24]의 성향을 잘 보여준다. 물론 이러한 내용은 일본의 조사 과정에서 나온 대답이란 점에서, 이육사가 의도적으로 김원봉이나 의열단과의 관계가 노출되는 것을 피하기 위한 전략적 발언을 한 것이었을지도 모른다. 하지만 국민당과 김원봉의 관계를 염두에 둔다면, 김원봉의 노선과 공산주의 혁명을 꿈꾸던 이육사의 노선은 국공 합작의 결렬만큼이나 미묘한 입장 차이를 지녔던 것이 아니었을까 짐작된다. 즉 당시 이육사는 투철한 공산주의자로서의 면모를 보여주지 못했던 김원봉과는 처음부터 불편한 관계였다고 할 수 있는 것이다.

이런 점들을 미루어 생각할 때, 조선혁명군사정치간부학교 졸업 이후 이육사의 사상적 태도는 그 전보다 훨씬 급진적이고 좌경화되었을 것으로 판단된다. 앞서 언급했듯이, 졸업을 앞두고 김원봉과 나눈 대화에서 도시 노동자 계급의 의식화와 조직화에 깊은 관심을 표명했던 이유도 바로 여기에 있다. 그는 조선 혁명의 궁극적인 목표가 노동자 계급의 혁명으로 나아가야 한다는 생각을 했다. 이러한 사실은 그가 조선혁명군사정치간부학교 졸업 기념으로 공연한 「지하실」의 줄거리를 통해서도 확인할 수 있다.

京城의 某 공장 지하실의 어두운 방에서 노동자 일동이 일을 하고 있는데, 라디오 방송으로 '모월 모일 우리 조선혁명이 성공하다'라는 보도가 있고,

---

24 김영범, 「이육사의 독립운동 시·공간(1926~1933)과 의열단 문제」, 『한국독립운동사연구』 34, 독립기념관 한국독립운동사연구소, 2009, 345쪽.

계속 지금 용산의 모 공장을 점령하였다든가, 지금 평양의 모 공장을 점령하였다든가, 지금 부산의 모 공장을 점령하였다든가 하는 방송을 해오고, 마침내 공산제도가 실현되어 토지는 국유로 되어서 농민에게 공평하게 분배되고 식당, 일터, 주거 등이 노동자 등에게 각각 지정되어 완전한 노동자, 농민이 지배하는 사회가 실현되었으므로 농민, 노동자는 크게 기뻐하여 '조선혁명 성공 만세'를 고창하고 폐막하였다.[25]

이육사가 이 연극을 통해 궁극적으로 말하고자 했던 것은 '조선혁명의 성공'이었던 것 같다. 그는 도시의 지하실을 배경으로 노동운동의 어두운 현실을 말함으로써, 1930년대 이후 노동자, 농민들의 대중적 투쟁과 도시 공장을 중심으로 한 파업투쟁의 확산 등을 무엇보다도 주목했던 것이다. 이 연극의 소재가 바로 그 파업투쟁이었고, 이육사는 이러한 계급적 투쟁이 성공을 이루어 토지를 국유화하고 평등 분배를 실현함으로써 공산 제도를 구현하고자 했던 것이다. 이처럼 조선혁명군사정치간부학교 졸업 이후 이육사의 사상은 공산주의 계급혁명에 기초한 사회주의 실현이라는 상당히 급진주의적 노선을 지니고 있었다고 할 수 있다.

---

25 「김공신 신문조서」, 국사편찬위원회 편, 『한민족독립운동사자료집』 31, 앞의 책, 149~150쪽.

4. 이육사와 동아시아

앞서 살펴본 대로 이육사의 중국 정세에 대한 이해와 논평은 전반적으로 부정적이었는데, 이는 국민당의 실정에 대한 반감과 비판이 크게 작용한 탓으로 볼 수 있다. 그의 중국 관련 시사 논평이 1937년 이후에는 전혀 발표되지 않았다는 점은 이러한 사실을 뒷받침한다. 즉 1937년 중일전쟁이 일어나자 중국 공산당과 국민당은 2차 국공합작을 통해 항일혁명운동을 펼치는데, 이 때의 국민당의 태도 변화는 그동안 이육사가 국민당의 노선을 비판했던 것과는 완전히 다른 방향이었다는 점을 무엇보다도 주목할 필요가 있는 것이다. 따라서 이육사는 국민당의 항일운동에 깊은 관심을 가지면서 중국의 동향과 정세에 대한 긍정적인 입장을 지니고 있었던 것으로 생각된다. 이처럼 당시 이육사는 중국 내의 정치사회적 변화에 아주 민감하게 반응하면서, 국가주의적 틀을 넘어서 한·중·일을 아우르는 동아시아적 지형 변화에 적극적으로 대응하고자 했다.

중국과 일본 간의 전쟁이 일어나자 조선의 지식인들 상당수는 그 결과에 깊은 관심을 표명했고, 문인들의 경우에도 이 전쟁의 결과가 조선의 독립에 미칠 영향에 대해 상당한 관심을 가졌다. 즉 한편으로는 일본의 무모한 전쟁 야욕이 실패로 끝나 중국이 승리하게 된다면 조선은 저절로 독립을 하게 될 것이라는 기대가 있었던 반면, 다른 한편으로는 일본이 승리할 경우 더 이상 조선의 독립을 기대하는 것은 불가능할지도 모른다는 심각한 우려가 동시에 있었던 것이다. 결국 1938년 무한 삼진의 함락으로 중일전쟁이 사실상 일본의 승리로 기울어지면서, 이와 같은 동아시아의 현실을 그대로 수용하여 일본의 패권을 인정하고 식민주의에 협력해야 한다는 논리가 대세를 이루었다. 일본에 협력하는 것이 조선 민족이 더 나은 삶을 보장받는 길이 될 수 있다는 식민주의적 내적 논리가 형성되기 시작한 것이다. 즉 식민지 내내 조선인으로 살아온 탓에 받았던 차별과 억압을 해소하기 위해서는 일본인이 되는 방법밖에 없다는 내선일체의 불가피성과, 유럽중심주의의 세계사적 질서를 넘어서기 위해서 일본을 중심으로 한 대동아공영권을 형성할 필요가 있다는 동양 담론으로서의 근대초극론이 조선 지식인의 내면을 설득하기에 충분한 논리가 되었던 것이다. 이처럼 일제 말의 친일은 중일전쟁 이후 동아시아의 신질서라는 외적 체제의 변화와 무관하지는 않지만, 무조건적인 일제의 강요에 의한 결과라기보다는 조선 지식인들이 자발적으로 선택한 측면이 더욱 강했다는 사실을 간과해서는 안 된다.[26]

이러한 동아시아적 정세의 혼란을 바라보는 이육사의 사상적 절박성은 그의 시 「절정」에 고스란히 투영되어 있다.

매운 계절의 채찍에 갈겨
마침내 북방으로 휩쓸려오다

하늘도 그만 지쳐 끝난 고원
서릿발 칼날진 그 위에 서다

---

26 이에 대한 자세한 내용은, 김재용, 『협력과 저항』(소명출판, 2004); 『풍화와 기억』(소명출판, 2016)을 참조할 것.

어데다 무릎을 꿇어야 하나?
한발 재겨디딜 곳조차 없다

이러매 눈감아 생각해 볼밖에
겨울은 강철로 된 무지갠가 보다.

— 「절정」 전문[27]

　인용시의 "한발 재겨디딜 곳조차 없다"라는 표현에서 당시 이육사가 동아시아적 정세를 어떻게 이해하고 있었는지를 충분히 알 수 있다. 게다가 이러한 외적 상황의 급변으로 인해 국내의 독립운동마저 직접적으로 타격을 입을 수밖에 없게 되었다는 현실인식도 선명하게 부각되어 있다. "서릿발 칼날진 그 위"로 상징된 시적 현실은 중일전쟁 이후 일제의 탄압이 점점 가혹해졌던 당시의 상황에 그대로 겹쳐진다는 점에서, "어데다 무릎을 꿇어야 하나?"라는, 최소한의 운신도 불가능한 극한 상황에 처한 이육사 자신의 고뇌가 온전히 드러나는 것이다. 따라서 그는 더 이상 국내에 머물러 있을 수만은 없다고 판단하고, 마지막 중국행인 다섯 번째 북경행을 결심하지 않았을까 짐작된다.

　1943년 신정은 큰 눈이 내려 온통 서울이 새하얀 눈 속에 파묻혀 있었다. 아침 일찍이 육사가 찾아왔었다. 그리고 문에 들어서자마자 나를 재촉하여 답설踏雪을 하러 가자고 하였었다. 중국 사람들은 신정에 으레 답설을 한다는

27　박현수, 『원전 주해 이육사 시전집』, 예옥, 2008, 110쪽.

것이었다.

조금 뒤에 우리는 청량리淸凉里에서 홍릉洪陵 쪽으로 은세계와 같은 눈길을 걸어갔다. 우리의 발길은 우리도 모르는 사이에 임업시험장林業試驗場 깊숙이 말끔한 원림園林 속으로 옮겨가고 있었다. 울창한 숲은 온통 눈꽃이 피어 가지들이 용사龍蛇로 늘어지고, 길 양쪽에 잘 매만져진 화초 위로 화사한 햇빛이 깔려 있었다. 햇볕은 눈 위에 반짝이고 파릇파릇한 햇싹이 금방 돋아날 것만 같다.

"가까운 날에 난 북경에 가려네."

하고 육사는 문득 말하였다. 나는 적이 가슴이 설레임을 느꼈다. 한참 정세가 험난하고 위급해지고 있는 판국에 그가 북경행을 한다는 것은 무언가 중대한 일이 있다는 것을 직감케 하고 있었다. 그 때 북경 길은 촉도蜀道만큼이나 어려운 길이었다. 나는 가만히 눈을 들여다보았다. 언제나 다름없이 상냥하고 사무사思無邪한 표정이었다. 그 봄에 그는 표연히 북경을 향하여 떠나간 것이다.[28]

"한참 정세가 험난하고 위급해지고 있는 판국에 그가 북경행을 한다는 것은 무언가 중대한 일이 있다는 것을 직감케 하고 있었다"는 이육사의 절친 신석초의 증언에서 알 수 있듯이, 당시 이육사는 '절정'의 막다른 상황에 처해 있는 독립운동을 타개해 나갈 막중한 임무를 갖고 중국행을 결심했던 것으로 보인다. 그는 중국으로 가면서 북경을 거쳐 중경으로 가서 어느 요인을 모시고 연안으로 갈 예정이고, 귀국할 때는 무기를 들여올 것이라고 암시했다.[29] 비슷한 무렵 김태준이나 김사량이 연안(태항

---

28 신석초, 「이육사의 인물」, 『나라사랑』 16, 외솔회, 1974, 107쪽.
29 김진화, 『일제하 대구의 언론연구』, 화다출판사, 1978, 141~142쪽. (김희곤, 앞의 책,

산)으로 갔고, 김원봉은 중경으로 갔다는 점을 염두에 둔다면, 이육사의 마지막 중국행은 일제 말 동아시아적 지형 변화와 아주 밀접한 관련이 있지 않았을까 추정된다. 국민당 세력의 중경과 공산당 거점인 연안을 연결 지으려는 데 그의 주된 목적이 있었을지도 모르는 것이다. 아마도 이러한 국공합작이 아니고서는 "한발 재겨디딜 곳조차 없"는 일제하의 현실을 극복하는 것은 사실상 불가능하다고 생각했을 것이다. 즉 이육사는 "국공합작을 통한 국민혁명과 국공합작을 통한 항일혁명을 같은 선상에 놓고 조망"[30]하고 있었던 것이다.

이상에서 살펴봤듯이, 이육사는 식민지 시기 중국과의 밀접한 관계 안에서 그의 삶과 문학을 올곧게 지켜나가는 길을 찾고자 했음에 틀림없다. 따라서 이육사에 대한 논의는 독립운동의 차원이든 문학적 측면이든, 중국에 대한 전반적인 이해 위에서 실증적인 연구의 방향으로 재설정될 필요가 있다. 그의 중국 정세에 대한 전문가적 식견이나 중국문학에 대한 논평 및 번역 작업은, 이육사와 중국의 관계를 결코 가볍게 바라볼 수 없는 아주 중요한 자료적 가치를 지닌다. 이런 점에서 앞으로 이육사 연구는 역사학과 문학이 적극적으로 통섭하는 토대 위에서 상호 협력적인 연구가 더욱 활발하게 이루어질 필요가 있다. 아마도 이와 같은 연구가 진전된다면 이육사 문학 작품에 대한 해석과 평가는 상당히 심화되고 확장될 수 있을 것이다. 특히 다섯 번의 중국행(만주행이 잦았다는 점에서 실제 횟수는 이보다 더할 지도 모른다)을 면밀히 살펴보고 그 의도와 전략을 구체적으로 밝혀내는 것은, 이육사의 문학과 사상이 어떻게 발전하

226~227쪽에서 재인용)
30 김재용, 앞의 글, 33쪽.

고 성숙해 왔는가를 이해하는 핵심적인 길잡이가 될 것이다. 앞서 밝힌 대로 아직까지도 이육사의 중국 행적은 정확하게 실증되지 못한 부분이 많다. 앞으로 국가적 차원에서 자료 공개에 대한 이해와 협조가 강구되어 이육사를 비롯한 우리 근대문인과 중국의 관계에 대한 실증적 이해가 더욱 충실히 이행될 수 있기를 기대한다.

제2장

백석의 지방주의와 향토

1. 일제 말 제국주의 담론을 넘어서는 방향

백석에 관한 연구사 검토에 따르면 지금까지 백석 연구는 무려 600여 건[1]에 달할 정도로 방대하다. 그의 시와 산문을 집대성한 전집만 하더라도 여러 권[2]에 이르고, 대학원 석·박사논문, 전집 및 시집 해설, 연구서, 소논문, 평론, 동화집 등 그 종류도 다양하다. 연구 주제에 있어서도 토

---

1   이동순, 「백석 시문학의 가장 완전한 정본定本을 위하여」, 이동순·김문주·최동호 편, 『백석문학전집』 1―시, 서정시학, 2012, 365쪽.
2   대표적인 것을 정리하면 다음과 같다. 이동순 편, 『백석 시전집』, 창작과비평사, 1987; 김재용 편, 『백석 전집』, 실천문학사, 2011; 고형진 편, 『정본 백석 시집』, 문학동네, 2011; 송준 편, 『백석시전집』, 흰당나귀, 2012; 이동순·김문주·최동호 편, 앞의 책, 서정시학, 2012; 김문주·이상숙·최동호 편, 『백석문학전집』 2―산문·기타, 서정시학, 2012. 이 가운데 본고에서는 가장 마지막에 출간된 『백석문학전집』 1―시와 『백석문학전집』 2―산문·기타를 주텍스트로 삼고 나머지 책들을 보조텍스트로 하여 논의하였음을 밝혀둔다.

속어와 방언을 중심으로 한 시어 연구, 이야기체나 시어 배열 방식에 대한 구조 분석, 민속이나 무속과 같은 전통적 소재에 관한 주제적 연구, 1930년대 향토 담론과 동양론의 관계를 매개로 한 사상적 연구, 1930년대 모더니티와 창작방법론에 대한 연구 등 특정 분야나 주제에 한정되지 않는 총체적인 연구가 이루어졌다. 물론 이러한 방대한 연구 성과 가운데는 기존 연구에 대한 개괄적 정리나 소개의 차원을 넘어서지 못하는 동어반복이 상당수를 차지한다는 점에서, 그동안 백석 연구는 양적 성과에 비해 질적으로 심화된 연구는 오히려 부족했다고 볼 수도 있다. 또한 해방 이후 북한에 머무르면서 1960년대 초까지 썼던 그의 후기시와 북한 문예조직에서 활동하면서 아동문학과 번역 분야를 중심으로 발표한 그의 산문과 번역물이 다수 새롭게 발굴되었다는 점에서 백석 연구의 외연을 좀 더 확대할 필요도 있다. 이런 점에서 앞으로 백석 연구는 기존 연구 성과를 비판적으로 살펴보면서 해방 이전의 시와 해방 이후 북한에서 발표한 시를 모두 포함하여 그의 시 전체를 통시적으로 조망하는 연구와 아동문학을 주제로 한 평론이나 산문을 포함하여 그가 남긴 글 모두를 대상으로 백석의 문학관 혹은 문학사상에 대한 연구로 확장되고 심화되어야 할 것이다. 뿐만 아니라 해방 이전의 백석에 관한 연구에 있어서도 작품 해설이나 주제적 분류의 차원에 머물렀던 동어반복을 넘어서 1930년대 이후 식민지 말기에 대응하는 그의 문학사상이나 창작방법론을 살펴보는 더욱 진전된 연구로 나아갈 필요가 있다.

이런 맥락에서 본고는 일제 말 제국주의 식민 담론의 확장 속에서 백석의 문학적 지향점이 어디에 있었는지를 사상적 측면과 창작방법론적 측면을 중심으로 밝히는 데 주된 목적이 있다. 즉 1930년대 중반 카프의

해체로부터 인식된 근대의 파산 혹은 위기가 '조선적인 것'이라는 전통에 대한 재발견으로 이어지고, 이러한 흐름이 서구에 맞선다는 왜곡된 명분을 앞세워 일제의 제국주의 전략을 강화하고자 했던 '대동아공영권'과도 자연스럽게 맞물리는 상황에서, 일본 유학에서 돌아온 백석의 문학이 어떤 사상적 준거에 토대를 두고 있었는지를 살펴보고자 하는 것이다. 또한 1930년대 김기림에 의해 주도되었던 모더니티의 창작방법론이 향토적 세계의 복원을 통해 공동체적 시원의 회복을 추구했던 백석의 시 세계와 방법론적으로 어떻게 조응했는지를 논의하고자 한다. 이를 위해서는 크게 두 가지 방향에서의 분석이 필요한데, 첫째는 '서구=보편/동양=특수'라는 도식을 넘어서고자 했던 동양론이 '동양(일본)=보편/조선=특수'라는 제국주의 등식으로 합리화되는 과정에 대한 비판으로 '조선적인 것'의 의미를 탈식민의 논리로 재구성해내려는 '지방주의' 담론이 백석의 시 창작에 어떻게 투영되었는지를 살펴보는 것이고, 둘째는 이러한 '조선적인 것'에 대한 재인식이 '향토' 담론으로 구체화되는 과정에서 1920년대 민족주의 담론으로서의 소재주의적 한계를 넘어서 1930년대 모더니티의 세계와 어떻게 결합하고 충돌하는지를 주목하는 것이다. 이러한 두 가지 관점은 백석의 문학사상을 전체적으로 이해하는 중요한 근거가 될 뿐만 아니라 일제 말 제국주의 담론의 확장에 맞서는 한국문학의 정체성을 규명하는 데 있어서도 가장 핵심적인 문제의식이 될 것이다.

2. '지방주의'의 언어의식과 구체적 생활세계의 복원

임화는 '지방주의'에 대해 "필요 이상으로 지방적 색채 혹은 그 특수성을 과장하는 문학적 경향으로, 지방적 특색이라는 것을 적당한 위치에서 필요한 정도로 취급하지 않는 때문"[3]이라는 부정적 입장을 표명했다. 이는 지방주의가 '조선적인 것=민족적인 것'의 강조로만 편향됨으로써 자칫 세계적 보편주의를 외면하는 배타적 논리로 작용한다면 당대 조선문학은 식민지 문학의 한계를 극복할 수 없다는 판단 때문이었다. 또한 지방색의 강조는 민족공동체의 회복이라는 당위론에 압도된 나머지 식민지 현실의 생활세계를 외면하는 감상적 복고주의로 흐를 위험성이 있다고 보았기 때문이다. 이런 점에서 그는 백석의 시집 『사슴』의 시적 성취를 부분적으로는 인정하면서도 식민지 현실에 대응하는 바람직한 문학의 방향성을 지니지는 못했다는 점에서 부정적인 평가를 했던 것이다.

물론 훌륭한 조선문학이면 차등(此等) 정(正)히 소멸되고 있는 모든 고유의 것을 예술 가운데 형상할 의무를 갖는 것이다.

그러나 순수한 문학적 입장에서, 국제적·사회적 고려 없이, 또 소멸하는 것의 반면에 성장하는 것을 봄이 없이 소멸해가는 고유의 것을 볼 때, 그곳에는 감상적 회고주의의 정서와 소멸해가는 것만으로 그 작품은 충분하리라.

이러한 때 이 작품이 상당히 강한 복고주의로써 착색될 것은 아마도 면하지

---

3   임화, 「문학상의 지방주의 문제」, 『조광』, 1936.10. (임화문학예술전집 편찬위원회 편, 『임화문학예술전집』4—평론 1, 소명출판, 2009, 705쪽에서 재인용)

못할 것이다.

조선문학의 모든 종류의 예술지상주의가 복고주의로 통하는 길의 한가닥이 여기에 있는 것이다.

또한 이것은 불가피적으로 지방주의적 색채를 가지고 자기를 윤색한다.

월전月前에 간행된 백석 씨의 시집『사슴』가운데 나타난 향토적 서정시는 우리들에게 좋은 교훈을 준다.

『사슴』가운데는 농촌 고유의 여러 가지 습속, 낡은 삼림, 촌의 분위기, 산길, 그윽한 골짝 등의 아름다운 정경이 시인의 고운 감수력을 가지고 객관적으로 노래되고 있다. 백석 씨는 분명히 아름다운 감각과 정서를 가진 시인이다. 더욱이 이 시인의 방언에 대한 고려와 시적 구사는 전인미답의 것이라 해도 과언은 아니리라.

그러나 우리들이 냉정하게 이지理智로 돌아갈 때 시집『사슴』을 일관한 시인의 정서는 그의 객관적인 태도에 불구하고 어디인지 공허히 표상되지 않은 애상哀傷이 되어 흐르는 것을 느끼지 아니치는 못하리라.

그곳에는 생생한 생활의 노래가 없다. 오직 이제 막 소멸하려고 하는 과거적인 모든 것에 대한 끝없는 애수哀愁 그것에 대한 비가悲歌이다. 요컨대 현대화된 향토적 목가牧歌가 아닐까?『사슴』의 작자가 시어상에서 일반화되지 않은 특수한 방언을 선택한 것은 결코 작자 개인의 고의固意나 또 단순한 취미도 아니다.

나는 이 야릇한 방언은 시집『사슴』의 예술적 가치를 의심할 것도 없이 저하시킨 것이라 믿으며, 내용으로서도 이 시들은 보편성을 가진 전조선적인 문학과 원거리遠距離의 것이다.[4]

---

4 위의 글, 719~720쪽.

임화의 백석 비판은 "특수한 방언"의 사용으로 인해 식민지 조선의 보편적 문제에 쉽게 다가가지 못하는 소통의 한계와 "생생한 생활의 노래"를 찾을 수 없어 "과거적인 것에 대한 끝없는 애수"로만 흐르는 복고적 감상성을 지녔다는 데 핵심이 있다. 무엇보다도 "야릇한 방언"이 시의 예술적 가치를 떨어뜨릴 뿐만 아니라 "보편성을 가진 전조선적인 문학과 원거리"를 만드는 결정적 이유가 된다고 보았던 것이다. 당시 임화는 조선어학회에 의해 추진되었던 표준어 제정에 깊은 관심을 가졌던 것으로 알려져 있다. 따라서 일제 말 조선어 말살 정책에 맞서 민족어를 지켜내야 한다는 위기의식을 누구보다도 강하게 지녔던 임화에게 있어서 방언의 사용은 자칫 표준화를 통한 민족어의 확고한 정립을 저해하는 결과가 될 수도 있다고 인식했을 것이다. 프롤레타리아 국제주의를 지향했던 임화가 지역과 계급에 대한 특수성을 외면하고 서울(표준)이라는 보편성의 확립을 지지했다는 것은 다소 의아한 부분으로 여겨질 수도 있다. 하지만 조선어학회의 표준어 제정 작업은 몰락하는 조선어의 위기를 제도적으로 막아내고자 하는 민족주의의 발로였다는 점에서, 조선 문학인의 일본어 창작이 점점 더 만연되는 현실 앞에서 조선 문학은 조선어로 창작되어야 한다는 점을 강조했던 임화의 입장에서 민족어의 정립은 가장 시급하고 절박한 과제가 되지 않을 수 없었을 것이다. 다만 '서울'과 '중산층'이라는 표준어 제정 기준에서 알 수 있듯이, 조선어학회의 표준어 제정은 '서울=보편 / 지방=특수' 혹은 '중산층=보편 / 프롤레타리아=특수'라는 이분법적 왜곡을 조장하는 결과가 될 우려도 분명 있었음을 간과해서는 안 된다. 이런 점에서 백석이 그의 시에서 평북 방언을 비롯하여 조선 곳곳의 지역어를 의도적으로 사용한 것은 "조선어학회의 표준어 제정이라는 서울중심주의에 대한 항의"⁵의 성격을 드러낸 것으로 이해할 수 있다. 당시 임화가 백석의 시에 대해 부정적인 논평을 할 수밖에 없었던 이유는 일제 말 민족어의 위기에 대응하는 자신의 언어의식과 지방주의의 실현으로서의 백석의 언어의식이 상반된 관점에 있었기 때문이라고 할 수 있는 것이다.⁶

물론 백석은 일본 유학을 하고 귀국한 신지식인이었고 신문사 기자와 학교 교사라는 직업을 가졌으므로 공적 언어로서의 표준어의 중요성을 절대적으로 외면할 수는 없는 위치에 있었을 것이다. 실제로 그의 시에 나타난 방언의 특징을 살펴보면, 문장 구성이나 어법에 있어서는 보편적 문법을 지키면서 고유명사나 체언과 같은 어휘 선택에 있어서 즐겨 방언을 구사했다는 점을 알 수 있다. 즉 누구보다도 표준어 구사에 능통했으면서도 의식적으로 토속어나 방언을 결합해서 사용함으로써 보편적 언어에 저항하는 특수한 언어의 역사성을 획득하고자 했던 것이다. 결국 "백석의 방언은 표준어 사용자의 언어체계 위에서 선택적으로 추가된, 의식적인 수집활동"⁷이라고 볼 수 있다. 이러한 의식적인 언어 선택은 '서

---

5 김재용, 「프로문학 시절의 임화와 문학어로서의 민족어」, 임화문학연구회 편, 『임화문학연구』 1, 소명출판, 2009, 72쪽.

6 김기림의 경우에는 "백석은 우리를 충분히 哀傷的이게 만들 수 있는 세계를 주무르면서도 그것 속에 빠져서 어쩔줄 모르는 것이 얼마나 추태라는 것을 가장 절실하게 깨달은 시인이다. 차라리 거의 鐵石의 냉담에 필적하는 불발한 정신을 가지고 대상과 마주선다. 그 점에 『사슴』은 그 외관의 철저한 향토취미에도 불구하고 주착없는 일련의 향토주의와는 명료하게 구별되는 '모더니티'를 갖고 있는 것이다"라고 높이 평가했다. (「사슴을 안고」, 『조선일보』 1936.1.29. 김기림, 『김기림전집』 2, 심설당, 1988, 373~374쪽에서 재인용) 김재용은 앞의 글에서 김기림과 임화의 이러한 상반된 평가에 대해서도, "함경도 출신의 김기림과 서울 출신의 임화가 가지고 있는 감각의 차이도 이러한 상이한 입장을 취함에 한 몫을 하였을 것이다"라고 보았다.

7 이현승, 「백석 시의 로컬리티」, 『근대문학연구』 25, 근대문학회, 2012, 123쪽.

구＝보편'에 맞서는 '동양론'의 실체가 실질적으로는 '동양(일본)＝보편'의 확립이라는 제국주의 담론의 고착화에 있었음을 간파한 것으로, 보편주의의 한계와 오류를 넘어서는 반제도적 혹은 탈제도적 언어를 구사함으로써 식민주의에 저항하는 내적 논리를 찾고자 했던 결과이다.

주지하다시피 1930년대 중반을 넘어서면서 일제는 서구적 '근대'를 보편성으로 하는 세계 인식을 비판하고 '동양적인 것'을 대안으로 서구적 근대를 초극하려는 논리를 만들어갔다. 하지만 이러한 '동양'에 대한 재인식은 태평양전쟁의 승리를 위한 아시아인들의 전쟁 참여를 합리화하는 동원이데올로기로 작용하는 등 사실상 일본의 제국주의 담론을 고착화시키려는 치밀한 계산을 은폐하고 있었다. 즉 아시아 공동체의 중심에 '일본'을 상정하고 그 주변에 아시아 여러 국가들을 귀속시켜 서구적 근대의 보편에 맞서는 '대동아공영권'을 수립하려 했던 식민주의 논리를 숨기고 있었던 것이다. 일제 말 조선의 지성계는 이러한 일제의 논리에 영합하거나 저항하면서 '동양론'의 일환으로 '조선적인 것'에 대한 탐구를 확산시키는 자기모순에 직면하였다. 여기에서 '동양'은 서구적 근대에 맞서는 저항적 실체로서의 탈식민적 성격보다는 '동양＝일본'이라는 또 다른 보편에 복종하는 식민주의 논리에 대한 합리화의 성격이 더욱 강하다는 점에서 자기모순을 벗어나기 어려웠던 것이다. 백석의 시는 이러한 자기모순의 시대의식을 어떻게 해소해나갈 것인가에 대한 첨예한 문제의식을 보여주었다. 그는 서구적 근대를 절대적으로 극복해야 할 대상으로 상정하지는 않았다는 점에서 '근대의 초극'을 주장하는 '동양론'의 이중성을 결코 받아들일 수 없었다. 오히려 일제의 동양론에 내재된 보편주의의 권력 작용에 맞서는 '지방주의'를 역으로 강조함으로써 일본에 의해 이식된 부정적 근대가 아닌 이상적 가능성으로서의 근대적 실재와 직접 마주하고자 했다. 다시 말해 백석의 지방주의는 일제에 의해 조장된 '근대의 초극'이라는 왜곡된 근대론을 넘어서 주체적 입장에서 근대의 새로운 가능성을 찾으려는 시도였다고 볼 수 있는 것이다. 백석이 한 곳에 정주하지 않고 지방의 여러 곳을 떠돌아다니면서 그곳의 말과 음식, 풍속 등을 형상화한 시를 많이 썼던 이유도 바로 여기에서 찾아야 할 것이다. 그는 "중앙집권화의 표준화가 요구하는 추상성에 맞서 싸우는 길은 이를 거부하고 그 지역의 구체적 삶의 조건을 되찾는 것"[8]이라는 점을 분명하게 인식했던 것이다.

> 바람맛도 짭짤한 물맛도 짭짤한
>
> 전복에 해삼에 도미 가재미의 생선이 좋고
> 파래에 아개미에 호루기의 젓갈이 좋고
>
> 새벽녘의 거리엔 쾅쾅 북이 울고
> 밤새껏 바다에선 뿡뿡 배가 울고
>
> 자다가도 일어나 바다로 가고 싶은 곳이다
>
> ─「통영」 부분

---

8 김재용, 「근대인의 고향상실과 유토피아의 염원」, 『백석 전집』, 실천문학사, 2011, 601쪽.

명태창난젓에 고추무거리에 막칼질한 무이를 뷔벼 익힌 것을

이 투박한 북관을 한없이 끼밀고 있노라면

쓸쓸하니 무릎은 꿇어진다

시큼한 배척한 퀴퀴한 이 내음새 속에

나는 가느슥히 여진의 살내음새를 맡는다

얼근한 비릿한 구릿한 이 맛 속에선

까마득히 신라 백성의 향수도 맛본다

— 「북관」 전문

　인용한 두 편의 시 가운데 전자는 남도 지방을 여행한 후 쓴 '통영' 소재 시 가운데 한 편이고, 후자는 「함주시초」로 묶인 함경도 지방을 여행한 후 남긴 시이다. 백석은 자신의 고향인 평안도의 민속과 언어를 토대로 아주 특색 있는 시를 쓰면서도 조선의 여러 지방을 여행하면서 그곳의 말과 음식과 풍속을 실감 있게 전하는 기행시를 많이 남겼다. 그에게 있어서 기행은 서울이라는 보편주의의 추상성에 저항하는 구체적 체험의 형식이었다. 즉 동양 혹은 일본이라는 보편의 추상성을 넘어서기 위해서는 그것을 온전히 답습하는 또 다른 보편으로서의 서울의 추상성을 극복해야 한다고 보았던 것이다. "전복", "해삼", "도미", "가재미", "파래", "아개미", "호루기의 젓갈", "명태창난젓", "고추무거리", "무이"와 같은 지역의 특산물에 대한 열거, "바람맛도 짭짤한 물맛도 짭짤한"이나 "시큼한 배척한 퀴퀴한 이 내음새 속에 / 나는 가느슥히 여진의 살내음새를

맡는다"와 같은 미각과 후각의 실감은, 구체적인 장소 체험을 통해 각 지역의 생활 세계에 직접 다가서려는 진정한 의미에서의 '지방주의'의 감각적 실천을 보여준 것이라고 할 수 있다. 특히 그의 시에서 음식은 지역의 특수성이 가장 깊숙이 침윤되어 있는 것이어서 지역 음식에 대한 체험적 공유는 각 지역의 구체적 생활과 감각을 시적으로 형상화하는 이상적 매개가 된다.[9] 즉 그가 지역을 유랑하며 보고자 한 것이 한국문화의 보편적 전통에 대한 탐색은 결코 아니었다는 점에서 명승지나 역사적 유적의 일반화된 감각이 아닌 각 지역의 사람들이 먹고 마시고 노는 생활의 한가운데 일어나는 애환을 구체적 감각으로 재현하고자 했던 것이다.

이처럼 백석의 '지방주의'는 토속어와 방언 그리고 지역의 민속이나 풍속, 전통음식 등을 감각적으로 형상화함으로써 보편주의의 강요에 의해 점점 추상화되어 가는 구체적 생활세계의 복원을 지향하였다. 자본과 근대의 문명적 세계 지향이 각 지역의 역사와 전통을 통합하여 '조선적인 것'의 표상을 인위적으로 도식화하려 했던 시도와는 정반대로 지역의 생활과 풍속을 온전히 되살리면서 그것들이 자연스럽게 근대와 만나는 방식을 주체적으로 고민했던 것이다. 이는 전통과 근대의 충돌이 불가피한 현실을 직시함으로써 근대와의 긴장 속에서 전통을 인식해야 한다는 뚜렷한 문제의식을 가졌기에 가능한 일이었다. 백석에게 유년의 시공간에 대한 추억으로 표상되는 전근대의 공동체적 세계는 맹목적 회귀의 대상으로 수용된 것이 아니라 파편화되고 개체화된 문명적 근대를 성찰하기 위한 것이었음을 간과해서는 안 된다. 이런 점에서 그의 지방

---

9   백석의 시에 나타난 음식의 여러 의미에 대해서는 소래섭, 『백석의 맛』(프로네시스, 2009)에 잘 정리되어 있다.

주의는 자본주의적 근대가 앞세운 보편주의와 중앙집권화의 모순과 허위에 맞서는, 그래서 인간의 물신화와 개체화에 저항함으로써 공동체적 삶의 가치가 살아있는 구체적 생활세계를 되찾는데 진정한 목표가 있었다고 할 수 있다.

3. '향토'의 재발견과 창작방법으로서의 모더니티

백석의 '지방주의'는 소재적으로든 방법론적으로든 자연스럽게 '향토'의 세계와 만날 수밖에 없었다. 그의 시는 전통의 상실 혹은 해체를 유년의 기억을 통해 재구성한 '향토'의 세계를 통해 복원하고자 했기 때문이다. 하지만 백석의 이러한 지향성은 국수주의적 태도에서 비롯된 복고적 전통의식에서 비롯된 것은 아니다. 그의 시에서 '향토'의 형상화는 1920년대 민족주의 담론에서 보여주었던 문화적 유적이나 유물과 같은 보편적 전통의 세계와는 전혀 거리가 멀었던 것이다. 그가 복원하고자 했던 전통은 민족주의 감수성의 차원을 넘어서 더욱 근원적이고 존재론적인 것을 지향했다. 즉 역사의 변화에 따라 상대적이고 유동적인 가치를 지닌 전통이 아닌 보편과 특수의 경계를 넘어서 더욱 본질적인 세계와 만나는 전통의 현대적 의미에 대해 깊이 성찰했던 것이다. 백석은 전통에 대한 감상주의적 태도를 배격하고 지역마다 면면히 이어져 내려오는 생활 세계의 모습에서 전통의 현대적 가치를 재발견하고자 했다. 그래서 그의 시는 대체로 소재적인 측면에서는 토속적이고 전통적인 것을 취하면서도 창작방법적인 측면에서는 철저하게 모더니티적인 양면성을 보여준다. 사물과 대상을 바라보는 심미적 거리를 일정하게 확보함으로써 섣부른 감상적 동일시보다는 객관적 관찰자의 시선으로 이미지를 통해 형상화 했던 것이다.

이런 점에서 박용철은 백석의 시에 대해 "修整없는 方言에 依하야 表出된 鄕土生活의 詩篇들을 琢磨를 經한 寶玉類의 藝術에 屬하는 것이 아니라 서슬이선 돌 生命의 本源과 近接해 있는 藝術인 것이다. 그것의 힘은 鄕土趣味 程度의 微溫 作爲가 아니고 鄕土의 生活이 제스스로의 强烈에 依하야 必然의 表現의 衣裳을 입었다는 데 있다"[10]라고 했고, 김기림은 앞서 인용한 대로 "『사슴』은 그 외관의 철저한 향토취미에도 불구하고 주착없는 일련의 향토주의와는 명료하게 구별되는 '모더니티'를 갖고 있는 것이다"[11]라고 했다. 이처럼 박용철과 김기림은 백석의 시가 전통과 모더니티의 절묘한 결합을 보여준다는 점에서 1930년대 중후반 우리 시문학에서 아주 특별한 위치를 차지한다고 평가하였다. 반대로 오장환은 백석의 시세계를 "풍경의 묘사와 조그만 환상을 코닥크에 올려 놓은 스타일만 찾는 모더니스트"[12]라고 부정적으로 평가했는데, 이러한 평가 역시 관점은 달라도 백석의 시세계가 낯선 이미지에 압도된 모더니티를 보여준다는 점을 지적한 것으로 이해할 수 있다.

이처럼 백석은 표면적으로는 향토적 세계를 보여주었지만 실제적으

---

10 박용철, 「白石 詩集 「사슴」 評」, 『조광』, 1936.4. (박용철, 『박용철전집』 2, 시문학사, 1940, 122~123쪽에서 재인용)
11 김기림, 앞의 글.
12 오장환, 「백석론」, 『풍림』 5, 1937.4, 18쪽.

로는 당대의 감상적 복고주의와는 확연하게 구별되는 현대적 의미를 재발견하고자 했다는 점에서 철저하게 '모더니티' 지향적이었다. 여기에서 특별히 주목해야 할 부분은 백석의 모더니티 지향이 당대의 김기림이나 김광균 등이 보여주었던 서구적이고 문명적인 모더니티와는 명확히 구분된다는 사실이다. 즉 백석의 시는 도시적 문명 세계가 아닌 고향을 비롯한 지역을 향하고 있었고, 인공적이고 기계적인 시어가 아닌 자연적이고 토속적인 시어를 재발견하려 했다는 점에서 1930년대 모더니티의 일반적 특징과는 상당히 다른 결과를 보여주었다. 그의 시가 추구한 모더니티는 "세계관으로서보다는 창작 방법으로서의 모더니즘의 세례"[13]를 받았다고 할 수 있는 것이다. 그의 시는 '향토'의 형상화를 일종의 '낯설게 하기' 전략으로 삼아 익숙한 세계를 익숙하지 않은 세계로 혁신해냄으로써 모더니티의 세계마저 새롭게 해석해내고자 했다. 그래서 그는 "카프 계열 사회파 시인들의 생경한 시어와 모더니스트들의 외래어 지향이 대세를 이루고 있을 때" "모어 중의 모어인 고향의 방언에 의지"[14]했던 것이다. '향토'를 매개로 한 백석의 근대 지향은 잃어버린 공동체의 기억을 근원적으로 회복하기 위한 의식적인 선택이었다고 할 수 있다. 당시 이효석이 백석을 통해 공감했던 문제의식도 바로 향토와 근대의 접점에 대한 중층적 인식에 있었다. 그에게 있어서 '향토'는 곧 '근대'의 다른 이름이었던 것이다.

---

13 최두석, 「백석의 시세계와 창작방법」, 고형진 편, 『백석』, 새미, 1996, 139쪽.
14 유종호, 「넘치는 사랑과 슬픔 속에 ─ 백석의 시세계 2」, 『다시 읽는 한국 시인』, 문학동네, 2002, 285쪽.

우연히 백석 시집 『사슴』을 읽은 것은 다행이라 생각한다. 잃었던 고향을 찾아낸 듯한 느낌을 불현 듯이 느끼기 때문이다. 시집에 나오는 모든 소재와 정서가 그대로 바로 영서의 것이며 물론 동시에 이 땅 전부의 것일 것이다. 나는 고향을 찾은 느낌에 기쁘고 반갑고 마음이 뛰놀았다. 워즈위스가 어릴 때의 자연과의 교섭을 알뜰히 추억해낸 것과도 같이 나는 얼마든지 어린 때의 기억을 드러낼 수 있게 되었다. 고향의 모양은—그것을 옳게 찾지 못했을 뿐이지—늘 굵게 피 속에 맺히고 있었던 것을 느끼게 되었다. 『사슴』은 나의 고향의 그림일 뿐 아니라 참으로 이 땅의 고향의 일면이다. 소재의 나열의 감쯤은 덮어놓을 수 있는 것이며 그곳에는 귀하고 아름다운 조선의 목가적 표현이 있다. 면목없는 이 시인은 고향의 소재를 더욱 더욱 들춰 아름다운 『사슴』의 노래를 얼마든지 더 계속하고 나아가 발전시켜주었으면 한다.[15]

당시 유럽중심주의에 입각한 세계주의자였던 이효석이 일본의 지방으로서의 조선의 의미와 조선의 지방으로서의 향토의 의미를 긍정적으로 바라봤다는 사실은 상당히 의외가 아닐 수 없다. 하지만 이러한 인식과 태도는 임화가 그랬던 것처럼 '의도된 전략'의 결과였다. 즉 '사상'의 차원이 아닌 '방법론'의 차원에서의 긍정이라면 '근대의 초극'이라는 제국주의 담론의 왜곡에 표면적으로는 부합하는 듯하면서도 실질적으로는 '근대의 재인식'을 모색하는 역설의 장치가 될 수 있다고 보았던 것이다. 다시 말해 동양 혹은 일본을 보편으로 상정하고 조선을 지방 혹은 주변의 지위로 격하하는 식민의 논리를 역이용하여 '조선적인 것' 혹은 '지

---

15 이효석, 「영서의 기억」, 『효석 전집』 5, 춘조사, 1959, 165쪽.

방적인 것'을 통해 일본이라는 왜곡된 보편을 넘어서는 진정한 의미에서의 근대를 실현하는 방법을 찾고자 했던 것이다. 따라서 이효석은 "조선문학의 향토성은 제국문학의 지방성을 넘어 세계문학으로 나아가기 위한 모색의 산물"[16]이 되어야 한다고 말했다. 그가 백석의 시에서 "워즈워스가 어릴 때의 자연과의 교섭을 알뜰히 추억해낸 것과도 같"은 세계를 발견한 것도, 유년의 기억을 통해 가장 조선적인 것의 모더니티를 구체적으로 형상화하는 백석의 창작 방법에 대한 신뢰에서 비롯된 것으로 이해할 수 있다.

산॥턱 원두막은 뷔엿나 불비치외롭다
헌겁심지에 아즈까리 기름의
쪼 는소리가 들리는듯하다

잠자리 조을든 문허진성城터
반디불이난다 파 란혼魂들갓다
어데서 말잇는듯이 크다란 산॥새 한머리가
어두운 골작이로 난다

헐리다 남은성문城門이
한울빗가티 휜 하다
날이밝으면 또 메기수염의늙은이가

---

16 오태영, 「'향토'의 창안과 조선문학의 탈지방성」, 동국대 한국문학연구소 편, 『'고향'의 창조와 재발견』, 역락, 2007, 235쪽.

청배를팔러 올 것이다

─「정주성(定州城)」 전문

인용시는 1935년 8월 30일 『조선일보』에 발표된 백석의 시인으로서의 등단작이다. 시의 표제인 "정주성"은 백석의 고향 마을에 있는 오래된 성이다. 일본 유학을 마치고 돌아와 『조선일보』의 기자로 일하면서 발표한 이 작품에서 눈여겨볼 문제는 고향 마을의 역사와 전통을 형상화했다는 사실이다. 비록 그 대상이 조선의 보편적인 전통을 떠올릴만한 명성을 가진 것은 아니지만, 우리 민족의 역사가 새겨진 구체적 장소로부터 그의 시가 출발되었다는 사실은 중요하게 평가해야 할 부분이다. 또한 "문허진성터"에서 짐작할 수 있듯이 그곳은 역사의 화려함을 온전히 보존했던 곳이 아니라 "헐리다 남은성문"처럼 복원되지 않고 그대로 방치되어 있는 쇠락한 역사의 현장이었다는 점에서, 백석의 시가 지향하는 역사와 전통의 방향을 충분히 알 수 있게 한다. 그리고 그 역사의 현장은 "메기수염의늙은이가 / 청배를팔러 올 것"이라는 데서 짐작할 수 있듯이, 거대 역사의 이면에 그 지역의 생활 세계와 결합된 장소의 구체성을 실감하게 한다. 이처럼 백석의 시는 역사와 전통과 생활이 구분되지 않는 주변인의 삶의 구체성을 지향했다. 여기에 어설픈 감상이 들어설 자리는 전혀 없었다. 쇠락한 성터의 쓸쓸함을 바라보면서도 시의 화자는 불빛에 의탁해 간신히 "외롭다"고 말할 뿐 자신의 감정을 직접적으로 노출하지는 않는다. 그의 시는 철저하게 이미지를 통한 형상화에 기대고 있을 뿐이다. 게다가 그의 시에서 사물과 대상의 이미지는 역사와 전통의 내밀한 감각과 서사를 내포하고 있다는 점에서 "이미지즘·모더니즘 시의 명증스럽지만 바닥이 얕은 물상의 차원도 극복하고 있"[17]다고 평가할 수 있다. 이는 너무도 이질적이라고 생각한 두 세계, 즉 '향토'와 '모더니티'의 결합이 빚어내는 아주 특별한 시적 울림을 보여준다. 뿐만 아니라 고향의 유적을 풍경으로 응시하면서 잊혀진 역사와 근원적 세계를 다시 복원해내고자 하는 그의 시도는, '향토'를 열등한 것으로 인식하거나 과거지향적인 것으로만 평가하는 당대의 일반적인 시각과는 정면으로 배치된다. 이런 점에서 백석에게 있어서 '향토'의 재인식은 제국의 근대를 넘어서는 뚜렷한 방법적 전략이었을 뿐만 아니라, 서구 문명의 동경에 압도된 맹목적 근대 지향 또한 비판적으로 성찰하는 주체적 세계 인식의 과정이었다고 할 수 있다.

고원선高原線 종점終點인 이 작은 정거장停車場엔
그렇게도 우쭐대며 달가불시며 뛰어오던 뿡뿡차車가
가이없이 쓸쓸하니도 우두머니 서 있다

해빛이 초롱불같이 희맑은데
해정한 모래부리 플랫폼에선
모두들 쩔쩔 끓는 구수한 귀이리차茶를 마신다

칠성七星고기라는 고기의 쩜벙쩜벙 뛰노는 소리가
쨋쨋하니 들려오는 호수湖水까지는

---

17 김용직, 「「정주성」 해설」, 최동호 외, 『백석 시 읽기의 즐거움』, 서정시학, 2006, 104쪽.

들쭉이 한불 새까마니 익어가는 망연한 벌판을 지나가야 한다

—「함남도안(咸南道安)」 전문

1930년대 대표적 모더니스트 시인이었던 김기림은 일상의 사물을 시어로 채택함에 있어서 본래의 사물이 지닌 리얼리티를 의도적으로 제거함으로써 오히려 당대의 일상어와 다른 인공적 언어를 만들어냈고, 그가 선택한 소재 역시 대부분 조선의 향토와는 거리가 먼 서구 문물과 관련됨으로써 그 자체로 낯설고 생경한 이미지 효과를 불러일으켰다. 이에 반해 백석은 사물과 대상을 지나치게 상징화시키는 것을 거부하면서 시의 제재가 되는 현실과 직접적으로 마주함으로써 사물 그 자체의 의미와 경험적 세계에 다가가려 했다. 또한 서구 문명의 도입이라는 근대적 과제에 직면했을 때도 그것을 신기(新奇)의 감정으로 동경하기보다는 경험적 시어로 육화하는 주체적 변용의 과정을 보여주었다. 김기림에게는 대표적인 문명의 표상으로 수용되었던 '기차'의 형상이 인용시에서 보듯이 백석에게는 식민지 조선의 쓸쓸한 풍경과 유랑의 정서를 전달하는 구체적인 매개물인 "뿡뿡차"로 변용되고 있는 것이다. 이처럼 백석에게는 서구 문물에 대한 동경을 이미지로 형상화하는 것이 중요한 것이 아니라, 조선에 수용된 문명이 어떻게 조선의 생활 한 가운데 들어와 있는지를 살펴보는 것이 무엇보다도 절실한 과제였다. 즉 "백석은 기차를 통해 달라진 조선인의 삶을 기록했던 것이 아니라, 오히려 조선적 삶의 모습을 보여주기 위해 기차를 조선화 된 모습으로 제시"[18]했다고 할 수 있는

---

18 이근화, 『근대적 시어의 탄생과 조선어의 위상』, 서정시학, 2012, 66쪽.

것이다. 그러므로 백석이 바라본 "고원선 종점"의 "정거장"에 선 "뽕뽕차"는 결코 근대적 문명의 표상일 수만은 없었다. 그는 "뽕뽕차"의 시선을 빌려 정거장에 모인 다른 지방 조선 사람들의 일상적 생활의 모습을 발견하고자 했던 것이다. 그리고 "쩔쩔 끓는 구수한 귀이리차"를 마시고 "칠성고기라는 고기의 쩜벙쩜벙 뛰노는 소리"를 들으면서 조선 사람들의 생활 세계를 내면화하고자 했다. 이런 점에서 백석에게 근대의 풍경은 조선의 향토적 세계와 정반대의 방향에 있는 것이 아니라 오히려 조선의 향토를 더욱 구체적으로 체험하고 바라보는 의미 있는 시선視線으로 작용하였다. 이처럼 백석의 시적 지향은 "당시 시단의 지배적인 주류인 이미지즘의 시작방식에 대한 충격과 답습"[19]을 거쳐 개념화되고 관념화된 근대의 세계를 뛰어 넘는 구체적 생활 세계의 모더니티를 제시하고자 했다. 이는 1930년대 이후 우리 시가 전통과 근대 사이에서 갈등하고 대립하는 극단의 방향성만을 거듭해왔음을 생각할 때 아주 의미 있는 시도가 아닐 수 없었다. 절충론의 위험과 한계를 무릅쓰고라도 한국 근대시는 전통과 근대의 접점을 찾는 노력을 더욱 구체적으로 전개했어야 했다. 일제 말 '향토' 담론은 근대와의 치열한 싸움에서 얻어지는 "발명품"[20]과 같은 것이었음을 더욱 분명하게 자각할 필요가 있었던 것이다. 앞서 지적한 대로 백석에게 '향토'가 '근대'의 또 다른 이름이었던 이유는 바로 이러한 선구적 인식에서 비롯된 것이었다.

---

19 고형진, 『한국 현대시의 서사지향성 연구』, 시와시학사, 1995, 43쪽.
20 "다른 많은 관념들과 마찬가지로 '향토' 역시 근대의 발명품이었다"라고 본 한만수의 견해는 상당히 설득력이 있다. 그에 의하면 "농업에서 공업으로의 경제구조 변동과 대규모 이농을 통해 산출되고 확산된 이 관념 속에는 전근대와 근대, 중심과 주변, 식민본국과 식민지, 지식인과 대중, 개인의 고향과 전체로서의 국가 등이 착종되어 있다"는 것이다. (한만수, 「1930년대 '향토'의 발견과 검열 우회」, 동국대 한국문학연구소 편, 앞의 책, 211쪽)

4. 왜곡된 근대를 넘어서는 주체적 근대 찾기

　해방 이후 백석은 남한을 선택하지 않고 북한을 선택함으로써 그의 시세계와 문학사상은 북한의 이데올로기에 의해 좌초되고 말았다. 물론 그가 북한을 선택했다고 해서 북한 체제에 적극적으로 동조한 것으로 이해할 만한 근거는 사실상 없다. 오히려 그의 문학적 지향이 북한문학 형성기의 사회주의 리얼리즘과는 달리 서정적이고 전통적인 세계를 지향했다는 점에서 북한의 문학 노선과는 상당히 맞지 않았으므로 북한을 선택할 논리적 근거는 없었을 것이다. 그럼에도 불구하고 그가 북한을 선택한 것은, 엄밀히 말해 선택이라고도 할 수 없지만, 고향에 남아 있고자 하는 소박한 의식의 결과였던 것으로 생각된다. 지방주의와 향토에 일관했던 그의 시정신은 고향에 토대를 둔 공동체의 기억에 맞닿아 있었기 때문이다. 따라서 그는 북한에 남았지만 시인으로서의 활동은 그다지 왕성하게 하지 않았고 번역과 아동문학으로 관심을 바꿔 활동하였다.[21] 하지만 이 또한 결코 만만치 않아서 북한 아동문학의 도식성을 비판했던 그의 입장이 아동문학 논쟁을 불러일으켰고, 그 결과 백석은 사상성과 당성이 결여되었다는 비판을 받는 상황에 내몰리게 되었다. 결국 그는

21　1947년 12월에 발간된 『조선문학』 2집에 당시 북조선 문예총의 명단이 나오는데 백석은 외국문학 분과위원으로 나와 있다. 외국문학 분과의 위원명단에 정률, 박무, 유문화, 엄호석, 이휘창, 최호, 김상오와 함께 백석의 이름이 올려져 있다. 그런데 정작 시 위원 명단에는 그의 이름이 빠져 있다. 백인준과 김상오처럼 막 시작 활동을 시작한 사람들까지 위원으로 올려져 있는 마당에 그의 이름이 빠져 있다는 것은 어떤 이유에서이건 그가 당시 시작활동을 전혀 하지 않고 번역활동만을 했음을 의미한다. (김재용 편, 『백석 전집』, 실천문학사, 2011, 611쪽)

1958년 삼수군 관평리에 있는 국영협동조합으로 내려가 축산반에서 일하면서 사실상 문학 창작과의 인연을 접을 수밖에 없었다. 이후 1960년 대 초까지 몇 편의 시를 발표하기는 했지만 대부분 북한 체제에 대한 찬양의 성격을 드러낸 것이란 점에서 백석의 본래적 문학과는 상당히 거리가 먼 결과였다. 하지만 그의 문학적 지향이 중앙의 보편주의와는 애초부터 다른 길을 지향했다는 점에서 축산노동자로서의 삶은 새로운 공동체를 열망하는 의식적인 선택의 과정으로 이해할 수도 있을 듯하다. 당시 발표한 「공동식당」은 표면적으로는 사회주의적 공동체의 모습을 드러냈지만 이것은 검열을 의식한 작위일 뿐 그 본질에는 유년의 기억 속에 깊이 자리 잡은 공동체의 합일에 대한 근원적 지향이 분명하게 새겨져 있기 때문이다.

백석의 문학은 지방주의에 입각한 언어의식을 토대로 지역의 역사와 생활을 구체적으로 형상화하는 일관된 방향성을 보여주었다. 또한 이러한 지방주의는 향토의 세계와 자연스럽게 조응하면서 감상적 복고주의의 차원이 아닌 근대를 성찰하는 기제로서의 모더니티의 감각을 실현하였다. 즉 비록 소재적인 측면에서는 토속적이고 민속적인 전통에 기대고 있었지만 그것을 표현하는 방법에 있어서는 사물이나 대상과의 관조적 거리를 확보하고 감정과 정서를 최대한 통제하여 그것을 감각적 이미지로 형상화하는 모더니티의 전략을 구사했던 것이다. 뿐만 아니라 문명적 근대의 표상을 바라보는 태도에 있어서도 무조건적 동경으로서의 미적 감각에만 기대지 않고 그러한 표상이 조선인의 생활 속에 어떻게 투영되었는지를 구체화하는 '조선화된 근대'의 모습을 발견하는 데 주력하였다. 이러한 의식과 태도는 식민지 말기 일제에 의해 왜곡된 근대의 부정성을 넘어서면서도 그것을 맹목적으로 거부하지는 않는, 즉 현실로서의 근대를 승인한 상태에서 그것을 어떻게 주체적으로 수용할 것인가의 문제를 고민한 결과라고 할 수 있다. 다시 말해 근대를 비판적으로 수용하는 방법론적 전략에 있어서 전근대와 근대를 이분법적으로 구분하거나 상호 배척하지 않고 서로를 통합하는 경계에서 충돌과 접합의 생산적인 측면을 발견해내고자 했던 것이다. 이런 점에서 백석이 추구한 지방주의와 향토의 문제는 전근대적인 것이 아니라 오히려 철저하게 근대적인 것으로, 식민지 말기 동양론의 왜곡된 근대를 넘어서는 진정한 의미에서의 주체적 근대 찾기의 과정이었다고 평가할 수 있다.

초출일람

제1부 한국 근대문학과 상해

제1장 식민지 시기 상해 이주 조선문인 연구의 주제와 방법
『비평문학』 50, 한국비평문학회, 2013.

제2장 근대 상해 이주 한국문인의 상해 인식과 상해 지역 대학의 영향
『해항도시문화교섭학』 14, 한국해양대 국제해양문제연구소, 2016.

제3장 근대 상해 이주 한국문인의 상해 배경 문학작품
『영주어문』 36, 영주어문학회, 2017.

제2부 심훈과 중국

제1장 심훈과 중국
『비평문학』 55, 한국비평문학회, 2015.

제2장 심훈의 중국 체류기 시의 정치성과 서정성
『한민족문화연구』 51, 한민족문화학회, 2015.

제3장 심훈의 「항주유기」와 시조 창작의 전략
『비평문학』 61, 한국비평문학회, 2016.

제4장 심훈의 생애와 시세계의 변천
『동북아문화연구』 49, 동북아시아문화학회, 2016.

제3부 김정한과 동아시아

제1장 요산 소설의 지역성과 동아시아적 시각
『영주어문』 34, 영주어문학회, 2016.

제2장 김정한의 미발표작 「잃어버린 山所」
『국어국문학』 180, 국어국문학회, 2017.

제4부 한국 근대문학과 재일조선인

제1장 광복 70주년, 재일조선인 시문학 연구의 현황과 과제
　　『한민족문화연구』 53, 한민족문화학회, 2016.

제2장 김시종과 『진달래』
　　『한민족문화연구』 57, 한민족문화학회, 2017.

제5부 한국 근대문학과 동아시아적 시각

제1장 이육사와 중국
　　『배달말』 60, 배달말학회, 2017.

제2장 백석의 지방주의와 향토
　　『한민족문화연구』 43, 한민족문화학회, 2013.

참고문헌

1. 기본자료

「上海大韓人居留民團의 過去及現在狀況」, 『獨立新聞』, 1920.4.8.

『나라사랑』 16, 외솔회, 1974.

『동아일보』 1924.9.28・1926.11.1.

강로향, 「江南夏夜散筆」, 『동아일보』, 1935.8.6.

강순, 『강바람』, 이화서방, 1984.

고형진 편, 『정본 백석 시집』, 문학동네, 2011.

국사편찬위원회 편, 『韓國獨立運動史』 자료 3-임정편 3, 국사편찬위원회, 1973.

_____, 「증인 이원록 소행조서」(朝鮮總督府警務局, 1935.5.15), 『한민족
　　독립운동사자료집』 30, 국사편찬위원회, 1997.

_____, 「이활 신문조서」(京城本町警察署, 1934.6.17), 『한민족독립운동
　　사자료집』 30, 국사편찬위원회, 1997.

_____, 「김공신 신문조서」, 『한민족독립운동사자료집』 31, 1997.

_____, 「이원록 신문조서」(朝鮮總督府警務局, 1935.5.15), 『한민족독립
　　운동사자료집』 31, 국사편찬위원회, 1997.

김광주, 「고향에 남기고 온 꿈」, 『신동아』, 1936.3.

_____, 「그 시절의 상해의 봄」, 『신동아』, 1934.4.

_____, 「김구 선생 가시던 날」, 『신천지』, 1949.8.

_____, 「나의 문학도 회고」, 『백민』, 1949.3.

_____, 「나의 초련기」, 『신동아』, 1936.5.

_____, 「南京路의 蒼空」, 『조선문단』 詩歌特大號, 1935.6.

_____, 「盧山春夢」, 『백민』, 1947.5.

_____, 「마음의 화폭」, 『동아일보』, 1934.6.12.

_____, 「문학풍토기-중국상해편」, 『현대문학』, 1966.11.

_____, 「병상과 여인」, 『신동아』, 1936.2.

_____, 「병상에서」, 『조선문단』 창간특대호, 1935.4.

_____, 「北平서 온 令監」, 『신동아』, 1936.2.

_____, 「상해를 떠나며-파랑의 항구에서」, 『동아일보』, 1938.2.18・19・22・23.

_____, 「상해시절회상기」 상, 『세대』, 1965.12.

_____, 「상해시절회상기」 하, 『세대』, 1966.1.

_____, 「상해와 그 여자」, 『조선일보』, 1932.3.27~4.4.

_____, 「상해의 겨울밤」, 『신동아』, 58, 1936.

_____, 「상해의 밤」, 『신동아』, 38, 1934.

_____, 「野鷄―이쁜이의 편지」, 『조선문학』 속간, 1936.9.

_____, 「인생」, 『조선문단』 詩歌特大號, 1935.6.

_____, 「長髮老人」, 『조선일보』, 1933.5.13~5.20.

_____, 「檜林彈雨 3日間의 상해」, 『민성』, 1949.7.

_____, 「칠월송」, 『조선문단』, 1935.12.

_____, 「破婚」, 『신가정』, 1934.10.

_____, 「鋪道의 憂鬱」, 『신동아』, 1934.2.

_____, 「호반에서」, 『신동아』, 1936.9.

_____, 「黃浦江畔에 서서」, 『신동아』, 1934.9.

_____, 「황포탄의 황혼」, 『신동아』, 1934. 4.

_____, 「황혼이 올때면」, 『조선문학』, 1937. 1.

_____, 『춘우송』, 인문각, 1958.

김기림, 「사슴을 안고」, 『조선일보』 1936.1.29. (『김기림전집』 2, 심설당, 1988)

김문주·이상숙·최동호 편, 『백석문학전집』 2―산문·기타, 서정시학, 2002.

김성, 「上海의 여름」, 『개벽』 1924.4.

김시종, 「내 안의 일본과 일본어」, 『아시아』 8, 아시아, 2008

김시종, 유숙자 역, 『경계의 시』, 소화, 2008.

김용직·손병희 편저, 『이육사전집』, 깊은샘, 2004.

김윤, 『바람과 구름과 태양』, 현대문학사, 1971.

김재용 편, 『백석 전집』, 실천문학사, 2011.

김정한, 『洛東江의 파숫군』, 한길사, 1978.

_____, 『사람답게 살아가라』, 동보서적, 2000.

_____, 『황량한 들판에서』, 황토, 1988.

김종욱·박정희 편, 『심훈전집』 1~8, 역락, 2016.

민현기 편, 『일제강점기 항일독립투쟁소설 선집』, 계명대 출판부, 1989.

박용철, 「白石 詩集 「사슴」 評」, 『조광』 1936.4. (『박용철전집』 2, 시문학사, 1940)

박현수, 『원전주해 이육사 시전집』, 예옥, 2008.

벌꽃(주요한), 「장강어구에서—12월」, 『창조』, 1920.2.

_____, 「장강어구에서—3월」, 『창조』, 1920.3.

북경대학조선문화연구소 편, 『중국조선민족문학선집』 1, 민족출판사, 1995.

上海寓客, 「상해의 해부」, 『개벽』 3, 1920.8.

송아지, 「가는 해 오는 해」, 『독립신문』, 1920.1.1.

_____, 「즐김 노래」, 『독립신문』, 1920.3.1.

송준, 『시인 백석』 1~3, 흰당나귀, 2012.

송준 편, 『백석시전집』, 흰당나귀, 2012.

심원섭 편주, 『원본 이육사전집』, 집문당, 1986.

심훈, 「동방의 애인」(미완), 『조선일보』, 1930.10.29~12.20.

___, 「상해의 밤」, 『그날이오면』, 1920.

___, 『沈熏文學全集』 1~3, 탐구당, 1966.

연변대 조선문학연구소·김동훈·허경진·허휘훈 주편, 『김학철·김광주 외』, 보고
        사, 2007.

_____, 『신채호·주요섭·최상덕·
        김산의 소설』, 보고사, 2007.

_____, 『종합산문』 1, 보고사, 2010.

요한기념사업회 편, 『주요한 문집—새벽』 1, 요한기념사업회, 1982.

이동순·김문주·최동호, 『백석문학전집』 1—시, 서정시학, 2012.

이동순 편, 『백석 시전집』, 창작과비평사, 1987.

이효석, 「영서의 기억」, 『효석 전집』 5, 춘조사, 1959.

임화, 「문학상의 지방주의 문제」, 『조광』 1936. 10. (임화문학예술전집 편찬위원회 편,
        『임화문학예술전집』 4—평론 1, 소명출판, 2009)

재일에스닉잡지연구회 역, 『오사카 재일조선인 시지 진달래 가리온』 1~5, 지식과교
        양, 2016.

조갑상 외편, 『김정한 전집』 1~5, 작가마을, 2008.

조남철 편, 『중국내 조선인 소설선집』, 평민사, 1988.

朝鮮總督府警務局, 「軍官學校事件の眞相」(1934.12), 한홍구·이재화 편, 『한국민족해
        방운동사자료총서』 3, 경인문화사, 1988.

종소리 시인회, 『종소리』 1~64, 2000~2015.

주요섭, 「1925년 5월 30일」, 『신동아』, 1934.5.

_____, 「내가 배운 滬江大學」, 『사조』 1-6, 사조사, 1958.11.

_____, 「살인」, 『개벽』, 1925.6.

_____, 「선봉대」, 『개벽』, 1924.10.

_____, 「인력거꾼」, 『개벽』, 1925.4.

_____, 「첫사랑 값」, 『조선문단』, 1925. 8~11.

주요한, 「그 봄을 바라」, 『창조』 8, 1921.1.

_____, 「기자생활의 추억」, 『신동아』 31, 1934.5.

_____, 「나의 雅號 나의 異名」, 『동아일보』, 1934.3.19.

_____, 「모든 것이 다 갈 때」, 『창조』 9, 1921.5.

_____, 「상해풍경」, 『조선문단』, 1925.1.

_____, 『아름다운 새벽』, 한성도서주식회사, 1924.

_____, 「공원에서 〈상해 이야기〉」, 『창조』 1920.2.

_____, 「지나소녀 〈상해 이야기〉」, 『창조』 1920.2.

최독견, 「낙원이 부서지네」, 『新民』 1927.5.

_____, 「남자」, 『新民』, 1926.9.

_____, 「황혼」, 『新民』, 1927.8.

춘원, 「강남의 봄」, 『창조』 1920.7.

피천득, 「나의 〈파입〉」, 『신동아』, 1934.2.

_____, 「上海大戰回想記」, 『신동아』, 1933.2.

허남기, 『조국에 바치여』, 평양출판사, 1992.

滬上居人, 「上海夜話」, 『별건곤』, 1930.7.

_____, 「上海夜話」, 『조선지광』, 1930.10.

_____, 「上海印象記」, 『신인문학』, 1935.4.

_____, 「上海印象記」, 『新人文學』, 1935.4.

滬上夢人, 「上海서, 第二信」, 『청춘』 4, 1915.1.

_____, 「上海서, 第一信」, 『청춘』 3, 1914.12.

_____, 「上海片信」, 『개벽』 46, 1924.4.

홍양명, 「上海風景, 누-란 事件」, 『삼천리』, 1931.12.1.

2. 논문

강만길, 「조선혁명간부학교와 육사 이활」, 『민족문학사연구』 8, 민족문학사연구소, 1995.

권유성, 「상해『독립신문』소재 주요한 시에 대한 서지적 고찰」, 『문학과언어』29, 문학과언어학회, 2007.

김경복, 「이육사 시의 사회주의 의식 연구」, 『한국시학연구』12, 한국시학회, 2005.

김도형, 「중부태평양 팔라우 군도 한인의 강제동원과 귀환」, 『한국독립운동사연구』26, 독립기념관 독립운동사연구소, 2006.

김영범, 「이육사의 독립운동 시·공간(1926~1933)과 의열단 문제」, 『한국독립운동사연구』34, 독립기념관 한국독립운동사연구소, 2009.

김용직, 「「정주성」 해설」, 최동호 외, 『백석 시 읽기의 즐거움』, 서정시학, 2006.

김윤식, 「3·1운동과 문인들의 저항운동」, 『한국독립운동사연구』1, 독립기념관 한국독립운동사연구소, 1987.

_____, 「추산당과 가야부인-김정한론」, 『한국문학논총』50, 한국문학회, 2008.

김응교, 「이방인, 자이니치 디아스포라 문학」, 『한국근대문학연구』21, 한국근대문학회, 2010.

김일수, 「1920년대 경북지역 청년운동」, 『한국근현대청년운동사』, 풀빛, 1995.

김재용, 「근대인의 고향상실과 유토피아의 염원」, 『백석 전집』, 실천문학사, 2011.

_____, 「이육사와 중국」, 『안동작가』4, 민족문학작가회의 안동지부, 2006.

_____, 「프로문학 시절의 임화와 문학어로서의 민족어」, 임화문학연구회 편, 『임화문학연구』, 소명출판, 2009.

김주현, 「상해판『독립신문』소재 신채호의 작품 발굴 및 그 의의」, 『어문학』97, 한국어문학회, 2007.

김중하, 「요산의 삶과 문학」, 『'요산 김정한 선생 탄생 100주년 기념학술발표대회' 자료집』, 한국문학회, 2008.12.13.

김학렬, 「재일조선인 시문학의 근황」, 김학렬 외, 『재일동포 한국어문학의 전개양상과 특징 연구』, 국학자료원, 2007.

_____, 「절절한 망향의 정감, 세련된 시적 형상-정화흠 시집『민들레꽃』을 두고」, 『종소리』4, 종소리 시인회, 2000.

김해응, 「한국 여행자 문학에 비친 중국 이미지 연구-한국 근대 여행자들의 상해 체험」, 『조선-한국학연구론문집』 19, 중앙민족대 조선-한국학연구센터, 2009.

김호웅, 「1920~30년대 한국문학과 상해-한국 근대문학자의 중국관과 근대 인식을 중심으로」, 『현대문학의 연구』23, 한국문학연구학회, 2004.

김희곤, 「19세기 말~20세기 전반, 한국인의 눈으로 본 상해」, 『지방사와 지방문화』

9-1, 역사문화학회, 2006.

_____, 「이육사의 독립운동에 대한 연구 성과와 과제」, 『한국근현대사연구』 61, 한국 근현대사학회, 2012.

_____, 「이육사의 민족문제 인식」, 『한국독립운동사연구』 23, 독립기념관 한국독립 운동사연구소, 2004.

_____, 「이육사의 생애에 대한 재검토-독립운동을 중심으로」, 『한국근현대사연구』 13, 한국근현대사학회, 2000.

도연, 「이육사 문학의 사상적배경 연구-중국유학 체험을 중심으로」, 서울대 석사논 문, 2012.

류만, 「민족의 넋이 높뛰는 애국의 『종소리』-시잡지 『종소리』를 읽고」, 『종소리』 27, 종소리 시인회, 2006.

류양선, 「심훈론」, 『관악어문연구』 5, 서울대 국어국문학과, 1980.

류정현, 「이육사(1904~1944)의 시대인식-1930년대 시사평론을 중심으로」, 안동 대 석사논문, 2002.

맹복실, 「재일조선인문학의 주체 확립을 위한 투쟁-1955~1959년 평론을 중심으 로」, 『조선대학교 학보』 16, 조선대, 1999.6.25.

박경수, 「주요한의 상해시절 시와 이중적 글쓰기」, 『한국문학논총』 68, 한국문학회, 2014.

박남용・박은혜, 「김광주의 중국체험과 중국신문학의 소개, 번역과 수용」, 『중국연구』 47, 한국외대 중국문제연구소, 2009.11.

박려화, 「이육사의 중국관」, 원광대 석사논문, 2009.

박윤우, 「상해시절 주요한의 시와 민중시론」, 『제21회 한중인문학회 국제학술대회 자 료집』, 한중인문학회, 2008.11.1.

반병률, 「이동휘-선구적 민족혁명가 공산주의운동가」, 『한국사시민강좌』 47, 일조 각, 2010.

백영서, 「교육독립론자 차이위안페이-중국의 대학과 혁명」, 『전환의 시대 대학은 무 엇인가』, 한길사, 2000.

서은주, 「1930년대 문학에 나타난 '모던 상하이'의 표상」, 『한국문학이론과비평』 40, 한국문학이론과비평학회, 2008.9.

손지봉, 「1920~30년대 한국문학에 나타난 상해의 의미」, 한국정신문화연구원 석사 논문, 1988.

손지원, 「시인 허남기와 그의 작품 연구」, 사에구사 도시카쓰 외, 『한국 근대문학과 일본』, 소명출판, 2003.

신석초, 「이육사의 인물」, 『나라사랑』 16, 외솔회, 1974.

신웅순, 「심훈 시조 考」, 『한국문예비평연구』 36, 한국현대문예비평학회, 2011.

신호웅, 「石井 尹世胄의 獨立運動路線 硏究」, 『人文學硏究』 11, 관동대 인문과학연구소, 2007.

양국화, 「한국 작가의 상해지역 체험과 그 문학적 형상화―주요한, 주요섭, 심훈을 중심으로」, 인하대 석사논문, 2011.

오장환, 「백석론」, 『풍림』 5, 1937.

오태영, 「'향토'의 창안과 조선문학의 탈지방성」, 동국대 한국문학연구소 편, 『'고향'의 창조와 재발견』, 역락, 2007.

유병석, 「심훈의 생애 연구」, 『국어교육』 14, 한국국어교육연구회, 1968.

유종호, 「넘치는 사랑과 슬픔 속에―백석의 시세계 2」, 『다시 읽는 한국 시인』, 문학동네, 2002.

윤기미, 「심훈의 중국생활과 시세계」, 『한중인문학연구』 28, 한중인문학회, 2009.

윤석중, 「인물론―沈熏」, 『신문과방송』 87, 한국언론진흥재단, 1978.

윤석규, 「요산 김정한이 겪은 해방정국」, 『역사비평』 32, 역사비평사, 1995.

이동순, 「백석 시문학의 가장 완전한 정본(定本)을 위하여」, 이동순·김문주·최동호 편, 『백석문학전집』 1―시, 서정시학, 2012.

_____, 「상해판 「독립신문」과 망명지에서의 문학 주체의식의 확보」, 『민족시의 정신사』, 창작과비평사, 1996.

이상경, 「상해판 『독립신문』의 여성관련 서사연구」, 『페미니즘연구』 10-2, 한국여성연구소, 2010.

_____, 「한국문학에서 제국주의와 여성」, 강진호 편, 『김정한』, 새미, 2002.

이영미, 「중국 상해의 항일운동과 한국의 문학지식인」, 『평화학연구』 13-3, 한국평화연구학회, 2012.

이현승, 「백석 시의 로컬리티」, 『근대문학연구』 25, 근대문학회, 2012.

임형택, 「항일민족시―상해독립신문소재」, 『대동문화연구』 14, 대동문화연구원, 1981.

정대호, 「주요한의 시에 나타난 3·1운동 전후의 민족의 전망에 대한 변화」, 『문학과언어』 10, 문학과언어연구회, 1989.

정혜경, 「일제 말기 조선인 군노무자의 실태 및 귀환」, 『한국독립운동사연구』 20, 독립기념관 독립운동사연구소, 2003.

정호웅, 「한국 현대소설과 상해」, 『한국언어문화』 36, 한국언어문화학회, 2008.

조두섭, 「주요한 상해 시의 근대성」, 『우리말글』 21, 우리말글학회, 2001.

_____, 「주요한 상해독립신문 시의 문학사적 위상」, 『인문과학연구』 11, 대구대인문
　　　과학연구소, 1993.

조성환, 「韓國 近代 知識人의 上海 體驗」, 『중국학』 29, 한국중국학회, 2007.

최낙민, 「1920~30년대 한국문학에 나타난 상해의 공간 표상」, 『해양도시문화교섭
　　　학』 7, 한국해양대 국제해양문제연구소, 2012.

_____, 「김광주의 문학작품을 통해 본 해항도시 상해와 한인사회」, 『동북아문화연구』
　　　26, 동북아시아문화학회, 2011.

최두석, 「백석의 시세계와 창작방법」, 고형진 편, 『백석』, 새미, 1996.

최병우, 「김광주의 상해 체험」, 『제21회 한중인문학회 국제학술대회자료집』, 한중인
　　　문학회, 2008.11.1.

최승호, 「이병기, 근대에 대한 서정적 대응방식」, 최승호 편, 『서정시의 본질과 근대성
　　　비판』, 다운샘, 1999.

최원식, 「90년대에 다시 읽는 요산」, 『작가연구』 4, 새미, 1997.

_____, 「심훈연구서설」, 김학성·최원식 외, 『한국근대문학사의 쟁점』, 창작과비평
　　　사, 1990.

_____, 「요산 김정한 문학과 동아시아」, 『작가와사회』 65, 부산작가회의, 2016.

하상일, 「근대 상해 이주 한국문인의 상해 인식과 상해 지역 대학의 영향」, 『해항도시
　　　문화교섭학』 14, 한국해양대 국제해양문제연구소, 2016.

_____, 「동아시아적 시각으로 본 요산 소설의 '부산'」, 『작가와사회』 65, 부산작가회
　　　의, 2016.

_____, 「식민지 현실과 민중의 생활에 뿌리내린 서사적 진실-요산 김정한의 「사하
　　　촌」 현장을 찾아서」, 『대산문화』 35, 대산문화재단, 2010.

_____, 「심훈과 중국」, 『中韓日 文化交流 擴大를 위한 韓國語文學 및 外國語教育研究
　　　國制學術會議 발표논문집』, 절강수인대, 2014.10.25.

_____, 「심훈의 중국에서의 행적과 시세계의 변화」, 『2014 越秀-中源國際韓國學研討
　　　會 발표논문집』, 절강월수외국어대학 한국문화연구소, 2014.12.13.

_____, 「이육사의 사회주의사상과 비평의식」, 『한국민족문화』 26, 부산대 한국민족
　　　문화연구소, 2005.

_____, 「재일조선인 시문학 연구-『종소리』를 중심으로」, 『한국문학논총』 48, 한국
　　　문학회, 2008.

한기형, 「'백랑(白浪)'의 잠행 혹은 만유―중국에서의 심훈」, 『민족문학사연구』 35, 민족문학사학회, 2007.

_____, 「서사의 로칼리티, 소실된 동아시아―심훈의 중국체험과 『동방의 애인』」, 『대동문화연구』 63, 성균관대 대동문화연구원, 2008.

_____, 「습작기(1919~1920)의 심훈―신자료 소개와 관련하여」, 『민족문학사연구』 22, 민족문학사학회, 2003.

한만수, 「1930년대 '향토'의 발견과 검열 우회」, 동국대 한국문학연구소 편, 『'고향'의 창조와 재발견』, 역락, 2007.

한수영, 「김정한 소설의 지역성과 세계성―문단 복귀 후의 김정한 소설의 문학사적 의미」, 『사상과 성찰―한국 근대문학의 언어·주체·이데올로기』, 소명출판, 2011.

홍석표, 「이육사의 중국 유학과 북경중국대학」, 『중국어문학지』 29, 중국어문학회, 2009.

황국명, 「요산 김정한의 미발표작 별견」, 『요산 김정한 선생 탄생 100주년 기념학술발표대회 자료집』, 한국문학회, 2008.12.13.

_____, 「요산문학 연구의 윤리적 전회와 그 비판」, 『한국문학논총』 51, 한국문학회, 2009.

황춘옥, 「상해를 배경으로 한 한국근대소설 연구」, 인하대 석사논문, 2005.

3. 단행본

구모룡, 『지역문학과 주변부적 시각』, 신생, 2005.
구승회 외, 『한국 아나키즘 100년』, 이학사, 2004.
김성길, 『마지막 낙원 팔라우』, 삼성서적, 1997.
김재용, 『협력과 저항』, 소명출판, 2004.
김희곤, 『이육사 평전』, 푸른역사, 2010.
무정부주의운동사편찬위원회 편, 『한국아나키즘운동사』, 형설출판사, 1978.
반병률, 『성재 이동휘 일대기』, 범우사, 1998.
백영서, 『중국현대대학문화연구』, 일조각, 1994.
소래섭, 『백석의 맛』, 프로네시스, 2009.
손과지, 『상해한인사회사―1910~1945』, 한울, 2001.
윤여일, 『동아시아 담론―1990~2000년 한국 사상계의 한 단면』, 돌베개, 2016.

이덕일, 『이회영과 젊은 그들』, 역사의아침, 2009.

이동영, 『한국독립유공지사열전』, 육우당기념회, 1986.

이정박헌영전집편집위원회 편, 『이정박헌영 전집』 4, 역사비평사, 2004.

임경석, 『이정 박헌영 일대기』, 역사비평사, 2004.

정문상, 『중국의 국민혁명과 상해학생운동』, 혜안, 2004.

최학송, 『재중 조선인 문학 연구』, 소명출판, 2013.

하상일, 『재일디아스포라 시문학의 역사적 이해』, 소명출판, 2011.

한상도, 『韓國獨立運動과 中國軍官學校』, 문학과지성사, 1994.

홍석표, 『근대 한중 교류의 기원』, 이화여자대 출판부, 2015.

4. 외국 서적 및 번역서/번역글

김시종, 윤여일 역, 『조선과 일본에 살다』, 돌베개, 2016.

김환기 편, 『재일디아스포라 문학』, 새미, 2006.

니웨이(倪伟), 「'마도(魔都)' 모던」, 『ASIA』 25, 2012.

隊克勛(Clarence Burton Day), 劉家峰 譯, 「西籍敎職員名單」, 『之江大學』, 珠海出版社, 1999.

王立誠, 「美國敎會高等敎育在中國-滬江大學個案研究」, 복단대 박사논문, 1995.

_____, 『美國文化浸透與近代中國敎育-滬江大學的歷史』, 복단대학출판사, 2001.

윤건차, 박진우 외역, 『자이니치의 정신사』, 한겨레출판, 2016.

이소가이 지로, 『'在日'文學論』, 新幹社, 2004.

張立程 · 汪林茂, 『之江大學史』, 杭州出版社, 2015.

張文昌, 「之江大學」, 『浙江文史資料選輯』 29, 浙江人民出版社, 1985.

호소미 가즈유키, 동선희 역, 『디아스포라를 사는 시인 김시종』, 어문학사, 2013.

새 천 년이 시작된 지도 벌써 몇 해가 지났다. 식민지와 분단국가로 지 낸 20세기 한국 역사의 와중에서 근대 민족국가 수립과 민족 문화 정립 에 애써온 우리 한국학계는 세계사 속의 근대 한국을 학술적으로 미처 정리하지 못한 채 세계화와 지방화라는 또 다른 과제를 안게 되었다. 국 가보다 개인, 지방, 동아시아가 새로운 한국학의 주요 대상이 된 작금의 현실에서 우리가 겪어온 근대성을 다시 한번 정리하고 21세기에 맞는 새 로운 모습으로 탈바꿈시키는 것은 어느 과제보다 앞서 우리 학계가 정리 해야 할 숙제이다. 20세기 초 전근대 한국학을 재구성하지 못한 채 맞은 지난 세기 조선학·한국학이 겪은 어려움을 상기해 보면, 새로운 세기 를 맞아 한국 역사의 근대성을 정리하는 일의 시급성은 아무리 강조해도 지나치지 않다.

우리 근대한국학연구소는 오랜 전통이 있는 연세대학교 조선학·한 국학 연구 전통을 원주에서 창조적으로 계승하고자 하는 목표에서 설립 되었다. 1928년 위당·동암·용재가 조선 유학과 마르크스주의, 그리고 서학이라는 상이한 학문적 기반에도 불구하고 조선학·한국학 정립을 목표로 힘을 합친 전통은 매우 중요한 경험이었다. 이에 외솔과 한결이 힘을 더함으로써 그 내포가 풍부해졌음은 두말할 나위가 없다. 연세대